北大荒

文学作品选评

小说卷

总主编　施新佳

本卷主编　董　慧

本卷副主编　曲竟玮
张　远

此书为中央支持地方高校改革发展资金优秀青年人才支持项目『北大荒文学研究』（项目编号:ZYQN2019081）的成果

哈爾濱工業大學出版社

内容简介

《北大荒文学作品选评》分为《小说卷》和《诗歌、散文、话剧卷》，其中《小说卷》收录作品分析六十余篇，《诗歌、散文、话剧卷》收录作品分析七十余篇。本书是为高等院校中国现当代文学专业研究生所编写的辅助性教材，力图通过对北大荒文学作品的解读向学生介绍不同时期北大荒文学所达到的高度，侧重对文本进行分析，培养学生鉴赏分析作品的能力，提高其文学修养，也适合文学爱好者阅读。

图书在版编目(CIP)数据

北大荒文学作品选评．小说卷/施新佳，李华，董慧主编．—哈尔滨：哈尔滨工业大学出版社，2022．6

ISBN 978-7-5767-0463-1

Ⅰ．①北…　Ⅱ．①施…②李…③董…　Ⅲ．①小说集-中国-当代　Ⅳ．①I217．1

中国版本图书馆 CIP 数据核字(2022)第 186465 号

北大荒文学作品选评．小说卷

BEIDAHUANG WENXUE ZUOPIN XUANPING. XIAOSHUO JUAN

策划编辑　李艳文　范业婷
责任编辑　孙　迪　马　媛　那兰兰
出版发行　哈尔滨工业大学出版社
社　　址　哈尔滨市南岗区复华四道街 10 号　邮编 150006
传　　真　0451-86414749
网　　址　http://hitpress.hit.edu.cn
印　　刷　哈尔滨市圣铂印刷有限公司
开　　本　787 毫米×960 毫米　1/16　印张 41.75　字数 626 千字
版　　次　2022 年 6 月第 1 版　2022 年 6 月第 1 次印刷
书　　号　ISBN 978-7-5767-0463-1
定　　价　138.00 元(全 2 册)

前　　言

《北大荒文学作品选评》是为中国现当代文学专业的研究生编写的一部教材，也可供文学爱好者们阅读。本书力图通过对北大荒文学作品的解读，展现出北大荒文学在不同阶段所取得的成就。本书收录小说、诗歌、散文、话剧共141篇，其中小说卷64篇，诗歌、散文、话剧卷77篇。在写作过程中，有以下问题特此说明：

1. 关于北大荒的界定问题。从狭义上说，北大荒是指黑龙江省的三江平原、松嫩平原、牡丹江平原一带的大片荒原，随着各路建设者的到来，北大荒掀起了快速开发建设的篇章，建立起的星罗棋布的垦区。从广义上来说，北大荒是指黑龙江。本书采用广义说。因而，《北大荒文学作品选评》针对的是整个黑龙江省的文学作品，并从中选择能够体现黑龙江地域特点和成就的作品。同时，考虑到作品的地域性与代表性，本书所研究的作家不局限于黑龙江本土作家，也包括一些在黑龙江长期工作、生活的作家。

2. 本书基本按照北大荒文学的发展流变选编，按体裁分类编排，希冀学生及文学爱好者能够较为清晰地看到北大荒文学的发展历程，以及所取得的成就。

3. 编写体例方面，每篇作品的评论大致包括以下几个方面：作家简介、作品评述、阅读提示。阅读提示摘录的内容是对该作家、作品的主要评论观点，为读者开阔视野、启发思维、深入研究此作品提供方便。本书所摘录的研究文章、论文、著作等已经标明出处，在此向各位作者表示诚挚的谢意！

4. 在教材编写的过程中，牡丹江师范学院文学院中国现当代文学专业的教师们多次研讨、反复商议，力求所选择的篇目能够反映出北大荒文学百年来的成绩，2019 级和 2020 级研究生赵成凤、王宝欣、任雨、王茹、李慧琼、王巍、刘悦、柴梦飞、任安宁、马忆敏、耿潇、缪玲芳、张倩冰、孙信信、刘亚男、盛明杰同学也在教师的指导下，完成了一些篇目的评论撰写；刘悦、柴梦飞、任安宁、马忆敏、耿潇、缪玲芳同学还协助教师进行了校对的工作。因此，本书是本专业师生通力合作、共同完成的成果。

由于时间紧张和其他条件的限制，一些想法还没有完全诉诸笔端，所评论的作品由于编写者眼界的局限难免疏漏，个别地方也存在不足。后续我们会继续深入研究，也恳请学界同行提出宝贵的意见和建议，我们一定会诚恳地接受！

编者

2022 年 2 月于牡丹江

目　　录

小　　说

---

*由于本书篇幅所限，不便将原文收入，只保留书目。

小　　说

生死场(存目)

萧　红

萧红(1911—1942),女,原名张迺莹,笔名悄吟、田娣等,后以笔名萧红闻名于世,黑龙江省呼兰县(今哈尔滨市呼兰区)人。中国现代女作家,被誉为“二十世纪三十年代的文学洛神”。她以“翩若惊鸿,婉若游龙”的笔致,牵引着小说艺术轻疾柔美地翱翔于散文和诗的天地,被称为“诗之小说”的作家。萧红幼年丧母,1930 年为反抗包办婚姻,逃离家庭;1933 年以悄吟为笔名发表第一篇作品《弃儿》,与萧军合作出版小说散文集《跋涉》;1935 年发表成名作《生死场》,被鲁迅编入“奴隶丛书”;1936 年出版散文集《商市街》《桥》;1937 年发表短篇小说集《牛车上》;1940 年出版短篇小说集《旷野的呼喊》;1941 年出版《马伯乐》《呼兰河传》;1942 年病逝。萧红短暂的一生,给我们留下了许多脍炙人口的佳作。

中篇小说《生死场》原名为《麦场》,创作完成于 1934 年,1935 年作为“奴隶丛书”之三印行,鲁迅为这篇小说作序,胡风为其作《读后记》。自发表以来,《生死场》受到社会的广泛关注。

《生死场》一共十七节,六万余字,描绘了哈尔滨农村中形形色色的人物。小说前九节描写的是“九一八”事变前人们的琐碎生活,围绕三个家庭展开,有精神麻木的麻面婆和二里半一家;有坚忍顽强的赵三和王婆一家;有追求幸福,却遭逢了失意和悲哀的金枝和成业一家。他们把生命奉献给了这片土地,却因交纳地租、抵御贫病等问题,过着生不如死的生活。后八节是“九一八”事变,东北沦陷后农民的苦难生活和顽强斗争史。在日本人的烧杀掠夺下，原本生不如死的生活更加雪上加霜，二里半失去了老婆和孩子，王婆失去了儿子，金枝失去了丈夫，他们目睹着身边的亲人一个个死亡。在昔日镰刀会的领导者李青山的带领下，民众终于鼓起勇气开始反抗，年事已高的赵三仍然积极鼓励自己的儿子参加抗战；胆小懦弱的二里半也因老婆麻面婆的死亡而决然放弃自家的山羊，投入人民革命军的队伍中；北村一个老婆婆把自己的独生子送到前线去打仗。小说虽未说明抗战胜利的结局，但是百姓们从麻木愚昧的状态中已经觉醒，正在奋起反抗。结尾刚健有力、振奋人心。

萧红在写《生死场》时，并没有专注于描写故事情节或者典型人物，而是采取生活场景连缀铺叙的写法，刻画了东北农村里百姓的群像，鲁迅先生在序言中说“这自然还不过是略图”，但是已经有很多刻画得栩栩如生、血肉丰满的人物形象，其中女性形象尤为突出。小说中的女性如蝼蚁般生存，她们的“天空是低的，羽翼是残缺的，灵魂是麻木的”。对于痛苦已经麻木，如行尸走肉般生活的金枝、王婆、麻面婆等女人，共同构筑了这片混沌、无知无觉的村庄，充盈的是女性千百年间无处言说的巨大痛苦。

《生死场》中女性受着男性的摆布，忍受着丈夫的冷漠和无情。福发婶说，“我怕男人，男人和石块一样硬，叫我不敢触一触他”；成业对金枝只是赤裸裸的肉体的欲望，所以他从未考虑过金枝的处境，即使未婚先孕的金枝害怕得要命，也不去管她的死活，甚至在结婚后开始暴力殴打她；美丽的月英生了病，竟然被丈夫用砖头围起来，“彼此不相关联”，当王婆前去探望月英时，发现那个曾经有一双多情的眼睛、眼光如棉绒一样愉快温暖的月英竟然已经半身腐烂了；王婆服毒自杀，她的丈夫赵三怕她拖累了人一起死，竟然用扁担像“扎实的刀一般的切在王婆的腰间”。

对于痛苦，这些女性不是没有反抗，她们也尝试去呼喊、去改变。令人心酸的是，社会没有给她们充足的空间，一个被社会不容的女性，一个羽翼残缺的女性，反抗的结局注定是失败。金枝成为年轻的寡妇后，为了躲避日本人的凌辱，不得不到城市去谋生。在肮脏的环境里，金枝小心翼翼地求生，但是依旧避免不了悲剧的发生，在给一个独身汉补衣服时遭到凌辱，“她无助的嘶狂着，圆眼睛望一望锁住的门不能自开，她不能逃走，事情必然要发生”——这就是社会对她的呼喊的回应，无论身处乡村还是城市，结果都是一样，凌辱无处不在。金枝无奈地从城市回到乡村，金枝想出家，庙庵却早已空了。

小说在第一节“麦场”中，用“一只山羊在大道边啮嚼榆树的根端”这句话，奠定了作品苍凉的基调。作家用散文笔法，随性洒脱地刻画了死寂般的农村景象；之后谈动物、庄稼、树木等景物，给这片寂寥的乡村增加了生命的活力。小说提及了东北村镇的乡风民俗，比如描写妇女聚集在王婆的炕头上，讲着粗俗的话，用嬉笑打闹来排遣时光的景象，是彼时典型的农村风俗画。

萧红用平淡的语调、比喻和夸张的修辞手法叙述着惊心动魄的农村生活。小说中，对于王婆的幼女的死亡，王婆这样描述道：“她的小手颤颤着，血在冒着汽从鼻子流出，从嘴也流出，好像喉管被切断了。我听一听她的肚子还有响，那和一条小狗给车轮轧死一样。”小说形容麻面婆时说其像“母熊带着草类进洞”，形容五姑姐难产的场面是“土炕上扬起灰尘。光着身子的女人，和一条鱼似的，她趴在那里”。小说多次把人和动物相比，人的生命如动物般被毫不在意地丢弃，如小说中所说：“在乡村，人和动物一样忙着生，忙着死。”在这片土地上，人们麻木冷漠地生活着，不在乎生，也不关心死，机械地活着。萧红以透露着“寒意”和“冷漠”的语句，把乡村真实的、残忍的一面展现在读者面前，淋漓尽致地展现了乡村女性的悲剧命运。

【阅读提示】

不用说，这里的农民的运命是不能够和走向地上乐园的苏联的农民相比的：蚊子似的生活着，糊糊涂涂地生殖，乱七八糟地死亡，用自己的血汗自己的生命肥沃了大地，种出食粮，养出畜类，勤勤苦苦地蠕动在自然的暴君和两只脚的暴君的威力下面。

…………

这写的只是哈尔滨附近的一个偏僻的村庄，而且是觉醒底最初的阶段，然而这里面是真实的受难的中国农民，是真实的野生的奋起。它“显示着中国的一份和全部，现在和未来，死路与活路”（鲁迅序《八月的乡村》语）。

使人兴奋的是，这本不但写出了愚夫愚妇底悲欢苦恼，而且写出了蓝空下的血迹模糊的大地和流在那模糊的血土上的铁一样重的战斗意志的书，却是出自一个青年女性的手笔。在这里我们看到了女性的纤细的感觉也看到了非女性的雄迈的胸境。

——胡风：《〈生死场〉读后记》，《萧红全集·小说卷》，北京燕山出版社 2014 年版

《生死场》中，启蒙与民间两种元素体现得都很充分。从大的方面讲，这个作品写的是这里的人是如何从愚昧、麻木到最后的觉醒和反抗，这很明显是以启蒙的眼光来看的。

…………

这些都带着启蒙的印记。但如果《生死场》仅仅只是这些，那它最多是一部思想进步的作品而已，还谈不上是一部有生命力的艺术品。在这同时，作者凭着她对民间世界的了解和对底层人的情感，以她特有的艺术直感，写出了民间生活的自在状态，这使《生死场》又具有非常震撼的真实。作者没有粉饰什么，就像赵三，中国农民就是这样，为情感而打动，重伦理，讲良心，看重民间简单的原始道义。中国农民天性中本来就有不稳定性，受了挫折，他就不敢再尝试了，这是非常真实的，作者没有故意去塑造一个高大的农民英雄。

…………

作者在写这些的时候，并非一味地批判，相反，她在更大程度上是不断地在认同和强化这些生存的法则。

——陈思和：《中国现代文学名篇十五讲》，北京大学出版社 2018 年版

呼兰河传(存目)

萧　红

长篇小说《呼兰河传》可以说是萧红在生命尽头创作的传世之作。小说创作完成于1940年12月20日,最初于1940年9月1日至12月27日连载于戴望舒主编的《星岛日报》副刊《星座》,1941年5月30日,《呼兰河传》单行本作为“每月文库”第二辑之六,由桂林上海杂志公司出版。

《呼兰河传》全书共七章,是作者为自己生于斯、长于斯的呼兰河畔小城作的传。萧红的一生是悲苦的、曲折的、漂泊的,只有小时候在祖父身边的日子才是她心中最难以忘记的美好时光。萧红在《呼兰河传》中写自己的祖父:“等我生来了,第一给了祖父无限的欢喜,等我长大了,祖父非常的爱我,使我觉得在这世界上,有了祖父就够了。”所以她用自己的方式怀念着祖父生活过的故乡,用笔深情地写下了呼兰河这片土地和这里的人。《呼兰河传》依旧延续了萧红的小说特色,广泛摄取呼兰小城的群像,从街头巷尾的情景到各种繁复的盛典,从祖父的后花园到家中的庭院厢房,从繁华的十字街、破败的东二道街、安静的小胡同等场景,进而描绘了在这里生活的形形色色的人物:因儿子淹死而发疯后,继续平静地卖豆芽的王寡妇;有为争一个妇女而把对方按进染缸淹死的青年学徒;有被折磨致死的小团圆媳妇;有因和冯歪嘴子私自结合,在邻居讥笑中悄无声息死亡的王大姐;有丫鬟使女、厨子猪倌;等等。他们共同构成了呼兰小城的乡风民俗,情景历历如绘,人物栩栩如生。

在小说中，社会的陋习不是轻易能够消除的，可悲的小团圆媳妇，从一个直率、开朗的小姑娘，到最后被婆婆、庸医、“云游真人”等人活活折磨致死，成为这个“吃人”旧社会下的牺牲品，而这些麻木的“看客”打着治病的幌子，践踏着小团圆媳妇的尊严而不自知；坚韧顽强的冯歪嘴子，勇敢地追求自己的幸福，即使受到邻里的冷嘲热讽，仍和王家姑娘自由恋爱结婚，在妻子去世后，他没有放弃，努力抚养孩子长大……作者通过书写这些人物的悲剧命运，强烈地批判了根深蒂固的封建旧观念，他们既是悲剧的受害者，也是悲剧的制造者，他们对于自己的悲惨境遇麻木不仁，同时对于他人的痛苦也无动于衷。萧红用悲悯的心态诉说着这些可怜人的生活，用愤怒的语言斥责着那个惨无人道的旧社会。

在小说中，祖父在呼兰小城人们心中是一束光，他是一个爱笑、善良的人，总是“笑得和孩子似的”，他能够体会别人的痛苦，试图帮助小团圆媳妇摆脱挨打的遭遇，但劝说无果；在冯歪嘴子无处可去的情况下，施以帮助，但是无法阻止呼兰河人的嘲讽。

萧红是一位在小说艺术上勇于创新的作家。她曾说：“有一种小说学，小说有一定的写法……我不相信这一套，有各式各样的作者，有各式各样的小说。”《呼兰河传》便体现了萧红独特的艺术风格。

小说具有散文化的特征。因为《呼兰河传》没有一个完整的结构，故事情节也比较零碎，所以有人觉得《呼兰河传》不是一部小说。但是抛开小说固定的模式来看，萧红的小说可以称为“散文化的结构”，也就是所谓的形散而神不散，故事由情感的流动结构而成。无论是那破败的东二道街、安静的小胡同，还是冯歪嘴子、有二伯等人，都暗含了作者的深意。冯歪嘴子的不幸和那个安静冷漠的小胡同形成照应，揭示了人性的冷漠；破败的东二道街和人们思想的腐化形成照应，揭示了呼兰河人不仅生活贫困，思想也很“贫困”的状态，所以小说中“零碎”的场景描写，都有其存在的独特意义。这种信马由缰的巡礼式书写方式，让读者看到了一幅惟妙惟肖、栩栩如生的东北风俗画，这正是萧红作品独有的魅力。

由于《呼兰河传》是萧红带着对故乡的思念，用细腻的文笔回忆自己童年生活的小说，所以小说自然地运用了儿童的叙事视角，用“我”这个小女孩的天真烂漫的眼光观察呼兰河的一切，在“我”的眼中，“花开了，就像花睡醒了似的。鸟飞了，就像鸟上天了似的。虫子叫了，就像虫子在说话似的。一切都活了。都有无限的本领，要做什么，就做什么。要怎么样，就怎么样。都是自由的”。这些充满天真幻想的语言，是作家在现实生活中经历磨难后，试图在心灵上回归家园的体现。萧红曾经说过“从祖父那里，知道了人生除掉了冰冷和憎恶而外，还有温暖和爱。所以我就向这‘温暖’和‘爱’的方面，怀着永久的憧憬追求”。因而，小说中除了有腐朽的思想、罪恶的行为、可憎的压迫外，还有“我”幻想中的美好和自由，有了这种自由，冯歪嘴子和王大姐可以幸福生活，小团圆媳妇也可以笑着活下去，呼兰河的人们也“活过来了”。萧红用独特的儿童视角，给呼兰河的人们架构了一个精神家园。

对于呼兰河这样带有东北特色的地域，作家也描绘了这里的自然风土人情和乡风民俗。如在盂兰节放河灯，这是为了让已经往生的人沿着河灯的方向找到投胎的路；在娘娘庙大会上烧香祭拜，买一个不倒翁，这是为了向送子观音祈求早日得子；搭野台子演戏谢神还愿，虽没有固定的主题，但是都是为了集会庆贺；在东北地区流行着“跳大神”治病的传说，人们为图心安把性命寄托于神灵……除此之外，还有“指腹为婚”和丧葬中的“报庙”，前者是封建礼教制度“父母之命、媒妁之言”的产物，后者是家中有人去世，要到龙王庙停庙报丧的陈规旧俗，还有葬礼中各种各样的花圈纸货，体现了旧社会人们相信鬼神、祈求超度的腐朽思想。呼兰小城的生活不是没有音响和色彩，“一年四季，依着那些走马灯似的挨次到来的隆重热闹的节日，在灰黯的日常生活的背景前，呈显了粗线条的大红大绿的带有原始性的色彩”，他们在这个闭塞的小城里麻木地活着，谱写着这首东北特有的凄婉的歌谣。作者用清冷的语言无声地控诉着这些“可悲又可怜”的呼兰河畔的人。

【阅读提示】

(《呼兰河传》)全书共七章,是作家为自己生于斯、长于斯的呼兰河畔的乡镇作的传。小说打破了因人立传的体例,广泛摄取整个呼兰县城的形相和魂魄,它的卑琐哀苦的物质生活、愚昧落后的乡风民俗,种种人的生老病死、希望的幻灭和挣扎的顽强。时间已是20世纪一二十年代,辛亥革命的浪潮并没有冲击过这里的封建宗法制度,人们依然在一种停滞不前的社会状态中,愚昧而麻木地过着一种循环反复的悲苦生活,到处弥漫着一种令人窒息的酸楚的气氛。作品一开头便富有才情而又触目惊心地描述了这个边远小城中横梗街头的深达五六尺的大泥坑,它联系着人们悲苦的生活,联系着人们麻木的心理,联系着整个小城阴暗可悲的气氛。大泥坑实际上成了呼兰县城的标志和象征。

——杨义:《中国现代小说史》(第二卷),人民文学出版社,2001年版

也许有人会觉得《呼兰河传》不是一部小说。

他们也许会这样说:没有贯串全书的线索,故事和人物都是零零碎碎,都是片段的,不是整个的有机体。

也许又有人觉得《呼兰河传》好像是自传,却又不完全像自传。

但是我却觉得正因其不完全像自传,所以更好,更有意义。

而且我们不也可以说:要点不在《呼兰河传》不像是一部严格意义的小说,而在于它这"不像"之外,还有些别的东西——一些比"像"一部小说更为"诱人"些的东西:它是一篇叙事诗,一幅多彩的风土画,一串凄婉的歌谣。

有讽刺,也有幽默。开始读时有轻松之感,然而愈读下去心头就会一点一点沉重起来。可是,仍然有美,即使这美有点病态,也仍然不能不使你炫惑。

——茅盾:《〈呼兰河传〉序》,《呼兰河传》,北京联合出版公司,2014年版

没有祖国的孩子（存目）

舒　群

舒群（1913—1989），原名李书堂，笔名舒群、黑人等，满族，生于黑龙江省阿城县（今哈尔滨市阿城区）。“九一八”事变后，舒群从事了很多爱国活动。1934 年 3 月被迫离开哈尔滨赴青岛，1935 年来到上海，加入“左联”。1938 年抵达延安，后历任“鲁艺”文学系主任，东北大学副校长，东北电影制片厂厂长，东北文联副主席，中国文联副秘书长，中国作家协会秘书长，中国作家协会顾问，《中国》杂志主编，全国第五、六、七届政协委员。舒群 1935 年开始发表作品，主要作品有《没有祖国的孩子》《崔毅》《我的女教师》《老兵》《秘密的故事》《这一代人》等，作品辑为《舒群文集 1—4》。

短篇小说《没有祖国的孩子》是舒群的处女作，也是他的成名作与代表作。1934 年秋，在青岛被捕入狱期间，舒群用了将近一年时间创作并完成了初稿。1935 年舒群被释放，在上海完成了改稿工作。1936 年《没有祖国的孩子》面世，产生了强烈的社会影响，成为当时左翼文学十分优秀的作品之一。在舒群创作《没有祖国的孩子》时，正值日本帝国主义在中国进行侵略，无数中国人在饥饿与死亡之间游走。《没有祖国的孩子》颂扬了爱国主义精神，闪耀着国际主义精神的光辉。

小说以舒群在中东铁路路员子弟学校的亲身经历为基础，描写了在日本帝国主义入侵东北之后，三个不同国籍的孩子的故事。朝鲜孩子果里想和别的小孩一样上学念书、看电影，而不是在伙伴们去上课时，自己只能在地里放牛，但是他无法和其他孩子享有一样的权利，因为在世界上已经没有高丽这个国家了。果里在日本帝国主义的侵略战争中失去了父母，也失去了自己的国家，父亲因为带领成千上万的工人到总督府抗议而被残忍杀害，母亲不希望果里和他们一样过着下等的生活，让他逃亡到中国东北，寻找自由之路。虽然在这里他依然遭受了日本侵略者很多侮辱与冷眼，但果里依旧没有对生活失去希望，反而越来越坚强。对于失去祖国的孩子们来说，他们对祖国的感情也更加深厚。果里在被日本“魔鬼”欺压时也曾无动于衷，他也因为对日本兵的言听计从而受到伙伴们的嘲讽与谩骂，直到要被“魔鬼”带走，他才极力反抗，又重新回到了朋友的身边。小说最后，学校里曾经说果里没有祖国的“我们”仿佛感受到了果里内心的伤痛。所有孩子要回到各自的国家，无处可去的果里选择和果瓦列夫留在中国。在被盘问时，果里为了保护“我”，勇敢地承认自己是高丽人，希望“魔鬼”不要伤害“我”。可见，遭受了众多磨难与打击的果里依旧有一颗善良、真挚的心。果里是生活中真实存在的人物，是作者在中东铁路苏联子弟第十一中时结识的朝鲜同学，因此小说中“我”和果里的友谊十分真挚，富有感染力。

果里出身于革命家庭，但是作者对于他的家庭情况一开始并没有讲明，只做了简略交代，对于生活中发生的事也只展示了几个片段，通过果里在朋友们中受到不公平待遇，引出了果里的人生遭遇。他辞别朝鲜的家人长途跋涉来到了中国东北。在苦难中成长的果里性格深沉，不善言辞且倔强。果里从一开始因不能和伙伴们一同上学而苦闷，到最终走向不屈不挠的反抗道路，体现了人物在困境中的成长历程。当日本侵略者要把他一起带走时，他虽沉默不语，但是“复仇”两个字已刻印在他的心中，这让他成为一个勇敢的人。小说的结尾果里为保护朋友，主动承认：“我是高丽人，他不是的！”简练的语言突出了果里的高尚品质，他不顾自己的生命安危，誓死保护朋友。

舒群对环境描写十分用心。故事发生在中国东北蚂蜒河边的边境小镇。舒群用细腻的笔触呈现了边境小镇的独特风光，比如在描写蚂蜒河边的草径时，舒群用了这样的语句：“望着蚂蜒河边的一条草径，那里是泥泞的，摆满大的小的死水池，有的镶着一圈，有的蒙着一层全是一色的绿菌。”从这些描写中，我们仿佛能够体会到当时果里放牛的艰苦生活。此外，基于边镇独特的地理位置，大量苏联人旅居于此，小说对此地的描写弥漫着异国情调的气息。

作者主要运用了第一人称的写作手法，通过“我”——一个中国小孩果瓦列夫——的所见所闻，来引起读者的思考。作者选取孩子的视角来叙述故事，生动地体现了人物的生存状态和生活图景。果瓦列夫具有强烈的爱国主义情感，当他看到祖国所遭受的种种不幸——校园里的国旗被撤换，自己生活的土地被无情地践踏，他不希望像果里一样，成为没有祖国的孩子，于是他跑到储藏室，去找堆在墙角的旧旗子。这段细节描写，把果瓦列夫内心深处对祖国深深的眷恋真实生动地展现了出来。就是因为内心怀着对祖国的怀恋，对日本侵略者的仇恨使他不顾一切奔向祖国的怀抱。另外小说通过描写几个孩子之间互帮互助的情谊，从侧面展示了各国人民团结一心共同抗击法西斯敌人的坚定决心。

作家在小说中表现的爱国情感令人动容，同时，小说中的众多民族在当时都遭受着不公正的待遇，对其流露出的关怀，也体现了作者的大爱情怀，这种情感影响了一代代人，众多评论家也充分肯定了小说的历史价值与社会价值。

【阅读提示】

舒群是一个新人的名字，但《没有祖国的孩子》却是一个优秀的短篇。在这短篇里，他尽情地描写了一个高丽小孩子在异邦所受的凌辱和压迫，我们从字里行间看出，作者对于他的祖国，是寄托着热烈的追慕的。

首先，我们必须指出这短篇的内容的真实同诚实。真实与诚实，本来就是一切的艺术所不能欠缺的，作者不惟显示了作品里的人物同事件的真实性，使我们相信这些人物同事件的现实存在的可能，还使我们同情他们，分尝着他们的悲喜。这力量，是从作者和题材的亲切上所产生出来的。

——梅雨:《创作月评〈舒群:没有祖国的孩子〉文学:六卷五期》,《文学界》创刊号,1936 年 6 月 5 日

一九三四年春,我自哈尔滨抵青岛。此片乃与倪青华同志合照剪影。是时,我已开始酝酿《没有祖国的孩子》的内容结构。约九月间,青岛地下党组织,全遭蒋介石蓝衣社特务破坏;我亦被捕,与党市委书记高嵩同志被囚一室。在尊敬的高嵩同志的支持与鼓舞下,我完成《没有祖国的孩子》的草稿。在这里,我首先应向作为山东八路军指挥员之一的、于抗日战争胜利前夕壮烈牺牲的高嵩烈士致谢致敬;当然,包括倪青华、倪鲁平等敬爱的诸同志及其全家人都在内。鲁平、高嵩去世已久,青华而今安在?一九三五年春,我被释后,走烟台、上海,稿写定,请人呈鲁迅先生而未得其呈;幸逢白薇同志于美华里,转递周扬同志,并经苏灵扬同志亲冒白色恐怖之行,以助我若干改正,始于翌年刊于傅东华主编《文学》五月号。现已事过境迁,陈迹久远,有如隔世;而我仍在念念不忘、感谢前辈作家、负责同志的亲切之情,感谢左联、感谢党的亲切之情。

——舒群:《〈没有祖国的孩子〉序——〈舒群文集〉卷一》,《北方文学》,1982 年 4 月

舒群的小说结构严谨,语言优美生动,从《没有祖国的孩子》起便形成了较成熟的艺术特色,作品的结构强调内在逻辑的张力,围绕刻画人物的性格设置细节,善于从细微处呈现性格特征,以求产生生动而真实的效果。舒群在小说创作中精于选择视角,常常以故事的某一矛盾集中的断面为基点构筑结构,笔墨精粹而主题突出。他的作品活泼多样,既有如《夜景》《战地》那样寓大于小的精致场面,也有如《松花江的支流》那样的从容铺排。舒群的作品中具有浓郁的地域色彩,他以较富表现力的语言灵巧地勾勒出东北的山川风物、人生世态的魂魄,表现出可贵的美学追求。

——任惜时:《东北文学通览》,辽宁大学出版社,1994 年版

呼兰河边(存目)

罗烽

罗烽(1909—1991),沈阳人,原名傅乃琦,笔名洛红、彭勃、克宁、罗迅,1935 年逃往上海后用罗烽作为笔名,后以笔名罗烽闻名于世。罗烽初中毕业后因家庭贫困停止升学,1920 年以后随父母迁往齐齐哈尔,于 1928 年考入哈尔滨呼海铁路工作。在此期间罗烽树立了革命的志向,也走上了文学道路。“九一八”事变后,罗烽在杨靖宇领导下开展革命文艺活动,创办大型文艺周刊《夜哨》《文艺》,组织抗日文艺团体“星星剧团”,宣传抗日救国的思想。中华人民共和国成立后,历任东北人民政府文化部副部长兼秘书长,东北文联第一副主席,中国作协第一、二届理事、顾问。先后著有短篇小说集《呼兰河边》《横渡》《粮食》,中篇小说集《归来》《莫云和韩尔谟少尉》,长篇小说《满洲的囚徒》,独幕剧《现在晚了》,剧本《台儿庄》《总动员》,长诗三部曲《碑》(即《奴隶的屈辱》《祖国的海岸》《明天,我回故乡去》)等。

《呼兰河边》出自罗烽同名的短篇小说集。小说集于 1937 年 8 月由上海北新书局出版,是罗烽离开东北后出版的第一个短篇小说集。短篇小说《呼兰河边》的背景是在日伪统治之下的东北地区,三千万东北人民在日本侵略者统治下屈辱地生活。小说讲述的是驻扎在呼兰河周围的日本守备队残害无辜的故事。畏缩胆小的日本兵一有风吹草动就大惊失色,严加戒备,他们把一个放牛的孩子当作刺探军情的间谍,将孩子和牛抓起来,对孩子刑讯逼问,最后杀了牛吃肉,孩子也被他们无辜地杀害了。小说揭露了帝国主义侵略的罪行,表达了爱国主义精神。罗烽曾说:“在国破家亡、耻结辱殁的年代里,虽未做到‘我以我血荐轩辕’,但总算用笔墨泼绘了灾难深重的亿万人民的挣扎、呐喊、愤怒、厮杀与搏斗的身影。”①展现出了他关爱民生、与人民共命运的想法。

罗烽控诉了日本军队在中国土地上为所欲为、残害生灵的恶行,同时也挖掘了中华民族自身存在的劣根性。战争是残酷的,日军将放牛娃杀害是残忍的,全然不管他只是一个小孩子。放牛娃被捕后无人伸手营救,也是令人心惊的。同村的人对放牛娃的遭遇置之不理,没有人作保救出放牛娃,这体现出了同村人的冷漠和麻木。《呼兰河边》反映出广大人民在日军侵略之下的现实处境与思想状况。作者也意图通过这篇小说鼓舞广大同胞勇于反抗帝国主义的强权势力,知晓只有反抗才有出路的道理。

小说写了两类人,一类是日本兵,一类是中国人。日本兵“贼眉鼠眼”,一有风吹草动就草木皆兵,他们以虚伪、丑恶的嘴脸残害无辜的百姓。小说里的中根是一个爱喝酒的日本兵,他把放牛娃和牛抓住后,有着胜利般的喜悦,甚至将牛杀掉后,把烧杀劫掠获得的牛肉当作“报酬”,在“我”这里拿纸,认为这是公平交易。日本兵曾许诺全村人作保可以放走孩子,但到了第二天不管有没有全村人的联保,放牛娃和牛的尸体都被抛在了山岗之上,由此可见日本兵的言而无信,卑鄙无耻。作者对他们的外貌描写也充满了贬义,他们脑袋是“凶狠的”,态度是“贼眉鼠眼的”,腿是“弯曲地不成样子的”,以此展现出日本兵残忍而又狼狈的形象。

中国人在小说中分为两个阵营:一类是同村人,另一类是“我”和张。同村人代表的是广大愚昧麻木的农民,“我”和张则代表的是两种知识分子。在放牛娃被捕以后,“我”日日夜夜听到嘶吼的声音,这个声音时时刻刻提醒着“我”中国人的悲惨遭遇,“我”想拯救受苦受难的同胞,在放牛娃被捕后也做过努力,却因为手无缚鸡之力而无法施

① 罗烽.罗烽文集[M].沈阳:春风文艺出版社,1983(8):321.

救。张虽然同情可怜放牛娃和牛,但他只能向牛给予援助,冒险给牛一捆青草谋求片刻的安宁。“我”是有启蒙和挣扎意识的,而张虽对生命有同情心,但仍是懦弱的人,只能从牛身上谋求心理安慰。当张知道吃的牛肉是他曾设法救助的牛后,他吃了一口又吐了出来,表现了知识分子悔恨而又无可奈何的处境。但无论是设法营救放牛娃的“我”,还是援助牛的张,最终都无法改变日军残暴的手段,放牛娃和牛的死代表的是中国东北沦陷区人民被随意蹂躏的命运。

《呼兰河边》以象征手法形象生动地揭露了帝国主义的罪行。牛在小说中和放牛娃同时出现,二者是贯通一体的,作者没有直接描写放牛娃的悲惨遭遇,而是从“我”的听觉和牛的处境来反映日本兵的残暴酷刑。作者从正面描写牛,描绘牛在山墙下挣扎却无济于事的处境,其实,更是从侧面表现了放牛娃和中国人民在日军蹂躏下无法脱身的悲哀。

作者善于描写人物的心理活动,通过心理描写将人物的内心活动和性格生动地表现了出来,使人物形象更加鲜活真实。“我”夜晚听到尖锐的叫声,脑海里呈现的是放牛娃痛苦不堪的脸,“我”害怕、愤怒、悲哀,想要忘却那张脸,那张脸却在脑海中越刻越深,在“我”辗转反侧不能入眠之时,尖锐的叫声化成“中国人哪,中国人哪,受难的中国人哪!”,不停地回旋于耳边。作者通过描写“我”看到放牛娃被捕后夜晚始终恐慌不能入睡的心理活动,表现了“我”作为国人看同胞受难而无可奈何的内疚和惭愧,展现了帝国主义侵略带给国人的伤痛,控诉了他们惨无人道的暴行。

【阅读提示】

罗烽的小说作品充满了强烈的现实主义精神和浓郁的时代氛围。他曾说:“……在国破家亡、耻结辱殁的年代里,虽未做到‘我以我血荐轩辕’,但总算用笔墨泼绘了灾难深重的亿万人民的挣扎、呐喊、愤怒、厮杀与搏斗的身影。”(《罗烽文集》)罗烽的小说创作紧追抗战中的中国社会阶级矛盾、民族矛盾的风云变幻,以独到的视角展现了中国人民，特别是东北人民在国民党反动政权及日伪政权的残暴统治下的苦难生活和英勇顽强的斗争，尤其是塑造了抗日救国的主体力量——人民群众的英雄群像，抨击讥讽了国民党反动统治者与民为敌、投降卖国的卑劣行径。

三十年代是中国社会的阶级矛盾、民族矛盾日趋激化、复杂的年代，也是罗烽小说创作活动的高峰期。罗烽的小说创作直面现实生活，认真严谨地反映真实的社会生活，分析展示其本质意义，在民族矛盾上升为主要矛盾的历史时期，他创作了为数众多的反映抗战题材的优秀小说作品，笔触所及，由白山黑水的东北故乡到黄河、长江岸边，以多种艺术表现的视角和风格，精心镂刻了中华民族全民抗战的英雄业绩。罗烽常常以惨烈的死亡故事折射出民族矛盾、阶级矛盾的强烈冲突和对心灵的震撼。

——任惜时：《东北文学通览》，辽宁大学出版社，1994 年版

《呼兰河边》是罗烽的第一个短篇小说集，共收有十三个短篇。这些作品记载了我们民族在现代历史中最屈辱、最痛苦的一页……日寇铁蹄蹂躏下的东北人民，在经受着罕见的苦难，砍头、枪杀、活埋……但是，人民不会永远沉默，他们从墓穴里挣扎了起来，他们砸碎了镣铐，组织义勇军，起来战斗了。这声音，现在传到了 30 年代的上海。罗烽说，他自己“不过是一只被灾荒逼出乡土的乌鸦”，他要用粗躁的、刺耳的声音“把我几年来积闷的痛苦倾泻出来”。罗烽笔下倾泻出来的就是白山黑水间三千万人民的心声。

——徐塞，王科：《驰过天际的星群——对东北流亡作家群的整体研究》，远方出版社，1998 年版

1937 年，罗烽出版了他的第一本短篇小说集《呼兰河边》。小说描写日军铁道守备队无端怀疑一个放牛娃是义勇军密探，将他和牛一起无辜地抓进日本铁道守备队的防守所。为了取得男孩“通匪”的罪证，他们日夜拷打孩子单薄瘦小的身躯。最终，被吃掉肉的牛骨和孩

子的尸体一同被残忍地遗弃在荒野中。《呼兰河边》以血淋淋的现实无情地揭露了日本侵略者的凶残暴戾,激起了广大民众的抗日情绪,在社会上引起强烈反响。

——范丽红:《东北抗战图志》,辽宁民族出版社,2017 年版

如果将《呼兰河边》这篇小说与鲁迅的小说《药》平行对比来看,就会有一种特殊的意味和内涵。鲁迅在《药》中通过小栓吃掉蘸了夏瑜的血的馒头的情节,来表现当时农民对于知识分子的启蒙行为的不理解,进而表现知识分子进行启蒙行为的无力。非但启蒙无法实现,民众还会心安理得地吃启蒙者的血。《呼兰河边》中,同事张吃牛犊(孩子)的肉则表现了在战争年代知识分子救亡行为的无力。非但救亡无法实现,知识分子还会在某些不知情的时候咬掉,甚至差一点就吃掉民众的肉。而当知识分子看到救亡行为失败,甚至会走向它的反面时,就会产生深深的忏悔意识。

当这种忏悔意识与作者对于知识分子与民众的关系的思考联系起来时,就体现出作者的深刻性。在短篇小说《呼兰河边》中,孩子和牛犊总是同时出现,他们最后也一起被杀死。可以说,在这篇文章中,孩子和牛犊已经形成一种同构关系,牛犊就象征着孩子。这样看来,当那个为日本侵略者做事的张姓知识分子在不知情的情况下,咬了一口被日本侵略者做熟的牛犊的肉时,也就意味着咬了放牛的孩子的肉。当他意识到自己所吃的是那个牛犊的肉时,立刻"把嘴里的肉喷吐出来,手里的一大块摔到地上,哭了"。

——巫晓燕:《罗烽白朗研究》,春风文艺出版社,2019 年版

原动力(存目)

草　明

草明(1913—2002),女,原名吴绚文,笔名褚雅明等,后以笔名草明闻名于世。广东顺德人。读中学时受到“十月革命”影响,酷爱文艺,1931年“九一八”事变后,参加抗日救国运动并开始文学创作,参与欧阳山创办的进步刊物《广州文艺》的编辑工作,因揭露旧制度被通缉,1933年逃往上海,加入“左联”,1940年到延安加入共产党,后来到东北深入工厂,组织工会,并做群众工作,创作出一些工业题材的小说。主要作品有《原动力》《火车头》《乘风破浪》等。

《原动力》是草明的代表作之一,这是一部工业题材的中篇小说,共七万余字,1948年9月由东北书店出版。1947年,草明来到牡丹江镜泊湖发电厂,她向工人们请教电厂的发电原理,深入工人及家属中去鼓动宣传,给工人和护厂战士上文化课,在这过程中,她结识了董大娘和老工人邹乐章,并以他们为原型塑造了《原动力》中的张大嫂、老孙头的形象。她在关心爱护群众的同时,还了解到电厂遭日寇破坏后,工人、干部在党的领导下克服重重困难夜以继日修复电厂的感人事迹。草明敏锐地捕捉到工人阶级在新社会的大公无私、忘我劳动、勇于创造的高昂激情和英勇斗志,出于对人民大众当家做主的责任感和使命感精神的钦佩,草明以镜泊湖发电厂的生活体验为素材,创作出了反映中华人民共和国成立后工人精神风貌的《原动力》。

小说讲的是东北玉带湖发电厂的工人在共产党的领导下恢复生产并发电支援解放战争的故事,表现了在党的领导下中国工人阶级的伟大力量和创造精神，这正是建设国家原动力。玉带湖发电厂受到日本鬼子和国民党的破坏，老工人孙怀德带领工人们恢复发电机器。共产党派王永明经理来到发电厂，但是他官僚主义作风浓厚，不能很好地发动工人阶级，在抢修机器的过程中机器发生了故障，引发火灾，导致党员吴祥泰受伤。后来经过一系列事情，王永明克服了思想上的错误，坚持群众路线，带领群众修理机器，第二次机器修理获得成功。庆功宴上孙怀德、刘月轩、吴祥泰被评为特级劳动英雄。水电站修复后，许多客人来到水电站参观，并说此地的主要原动力是“水”，有人纠正说是“这些优秀的工人”，孙怀德说：“没有民主政府的领导，光有工人也不成呀！”书名《原动力》的真正含义是工人阶级积极劳动的主人翁态度，正是新中国工业的原动力！坚持党的领导是取得工业胜利的根本保证。

《原动力》塑造了一系列鲜活生动的工人形象，如孙怀德、王永明等。其中最具有代表性的是孙怀德，在玉带湖发电厂重建的过程中，孙怀德也完成了从旧式工人到新式工人的转变。他认为劳动是生活中必要的事情，不劳动是可耻的，具有原始的朴素的劳动人民思想。孙怀德在战争时期受尽了日本工头的迫害，孩子也被日本人害死，国民党统治时期电厂依旧没有起色，抗战胜利后共产党的领导给他带来了新生，劳动热情再次被激发出来。孙怀德不仅是一位具有吃苦耐劳精神的工人，也是一位有思想的领导者，能够带领其他工人和乡亲们投入恢复电厂的工作中。他拥护中国共产党的领导，懂得走群众路线，踏实肯干、机智灵活，具有前瞻性。例如当国民党企图破坏机器时，孙怀德用自己的智慧保住了机器。再如小说的第八章《老孙头在屯子里》讲的是由于修复机器需要向村民征集大量的铁皮，刚开始村民们都不愿意拿出家里的马口铁，其他干部都无法说服村民，老孙头为村民们讲解通电可以惠及百姓，解释共产党领导下人民可以当家做主，经过他真诚地劝说之后，村民向他提供了铁皮，也了解了共产党。

小说塑造的不是“高大全”式的人物，正面人物也有其弱点，例如电厂的王永明经理，他不能紧密地联系群众，割裂了电厂管理层和普通工人之间的关系，具有自保和从众的心理，导致发电厂第一次发电失败，造成工人受伤，但是他很快认知到自己的错误并加以改正，使得发电厂成功发电。除了男性工人形象，小说还塑造了性格鲜明的妇女形象。例如妇女小组组长张大嫂，她性格泼辣，"能干又厉害"，丈夫张荣对她由"怕"到"服"。在重建电厂的过程中，张大嫂带领其他妇女做好后勤保障工作。吕柳是王永明的贤内助，温柔善良又隐忍，即使看到丈夫的缺点，吕柳也耐心劝导，帮助他改正错误。还有为争取进妇女小组而违逆丈夫的朱自珍媳妇，她们性格各异，但是都在协助丈夫的工作中扮演着重要的角色。这几位女性形象真实可爱，为工业题材的作品融入了几分细腻和柔美。

《原动力》具有鲜明的政治宣传性，政治色彩浓厚。草明是经历过延安文艺整风运动的作家，本身是党员干部，然后才是作家，因此，她的作品具有政治宣传的作用。在《原动力》中，作者赋予工人阶级崇高的地位，小说还经常出现"向工、农、兵学习"的思想主张，将王永明第一次发电失败归结为"没有走好群众路线""犯了官僚主义"。这种情节与人物的设置能够启发读者思考工业发展与思想政治的关系，同时也突出当时文艺为政治服务的观念，起到一定的政治宣传作用。

《原动力》具有浓郁的东北地域色彩，小说中的玉带湖地区指的是今天的黑龙江省牡丹江市镜泊湖地区。小说以东北自然风貌为背景，特别是在第二章《和冰的斗争中》，描绘了冬天玉带湖发电厂的景象，冰雪覆盖，工人克服严寒为发电做准备。"一百二十吨的大起重机和三十吨的小起重机毫无光彩地、静悄悄地挂在高高的屋顶上。地面上积了一层冰，最薄的地方也有一二尺厚，厚的地方便有三尺多厚……制御盘的脚底都给冰埋住了。两部油压机因为检查口打不开，水是自上流下的，现在却变成两座小冰山了。"冰天雪地的自然风貌不仅突显了该小说鲜明的地域特质，更突显了工人们当初建设发电厂的艰辛。

在语言描写上，小说注重东北方言俚语的运用，特别是描写正面人物和普通村民的时候，使用方言较多，读起来亲切自然，韵味十足。老孙头、李占春等工人阶级的语言具有鲜明的地域特征，如开篇李占春和朱自珍的对话:“你没看见它冻成冰坨子那个样吗?还修这破炉子干啥?有本事的先修机器呀。”“冰坨子”体现了东北寒冷的地域特征,“干啥”是东北的口语,这样的语言在小说中随处可见。“瞅,他又自己在那发呆了呢。”“瞅”“有门道儿”“不大离”均体现了东北方言的特色。老金头在玉带湖上打鱼时说:“不介,我老金头在这疙瘩打了五十七年鱼……”这些带有地域特征的语言,让读者感受到了东北人民生动自然的生活韵味。

【阅读提示】

你这是很成功的作品,不仅富有教育意义,而且很美,我向你表示庆贺和谢意。“会改,就不能错。凭这,就能坐稳江山。”“我们要从不断的创造与发明中争取第一。”这些精粹的警语,深刻地打动了我。而你的全部作品就是把这些教训具象化了的,化得那么自然圆熟。我知道你是费了很大的苦心来的。我们掌笔杆的人,照例是不擅长来写技术部门,尽力回避。你克服了这种弱点,不仅写了,而且写好了。写技术部门的文字,写者固然吃力,读者也一样吃力,但你写得却恰到好处,以你的诗人的素质,女性的纤细和婉,把材料所具有的硬性中和了。我特别喜欢第九章几位女性采山里红那一段,写得真是如闻其声,如见其人。各个人物的个性都刻画得很稳定。孙怀德和张大嫂写得特别好。我真是说不尽我的感谢,我庆祝你的成功,庆祝这第一部写工人作品的成功。

——余仁凯:《郭沫若评〈原动力〉》,《草明葛琴研究资料》,北京十月文艺出版社,1991年版

《原动力》是关于这方面的第一部中篇作品,论规模和气魄它还不及《水门汀》,然而这在今天是一部好作品,一部富有教育意义的作品。

《原动力》在政治上把握得正确,那是一眼就看得见的。其次,它写的是典型环境中的典型人物典型事件,那也是毫无疑问的。如果有不够的话,那是关于描写的技术方面;例如开头一章关于老孙头的过

去历史之叙述及后面同样的一类关于某人某人的“介绍”,稍嫌噜苏,又有些人物如王永明的老婆及公司中某科长,既然写到了却又写得太少,似乎写此二人不过为了王永明应得有老婆而公司应得有科长之流,……像这样的小毛病,本无关紧要,不过您要我说意见,所以也就说说,聊供参考而已。

——余仁凯:《茅盾评〈原动力〉》,《草明葛琴研究资料》,北京十月文艺出版社,1991年版

红花还得绿叶扶(存目)

张德裕

张德裕(1928—1999),哈尔滨人。幼年上过三年半私塾,1942 年在俄办毛皮工厂当工人。1946 年在北满军区电池厂当工人、副厂长,后被调到哈尔滨东北书店任业务科负责人。1948 年、1949 年先后任北安中苏友协京剧团编剧,《火车头》报记者、副刊编辑。1952 年至北京中央文学讲习所进修,结业后继续返黑龙江文联从事文学工作。代表作品有短篇小说《红花还得绿叶扶》。

短篇小说《红花还得绿叶扶》原载于沈阳《东北日报》副刊 1949 年 8 月 6 日,是龙江文坛在中华人民共和国成立后由工农兵业余作家自主创作的第一篇小说。毛泽东的《在延安文艺座谈会上的讲话》确立了文艺为工农兵服务的无产阶级文艺方向,从小说的创作者、主题内容以及读者受众等几个方面皆可以看出这部作品是毛泽东文艺思想的一次成功实践。受时代的号召,各省市文协积极响应党和国家的政策,鼓励工人阶级提起笔来从自身丰富的生产生活经历中汲取宝贵的创作资源,书写反映时代主题的作品,记录社会主义建设事业中的种种事件。从张德裕的写作实践即可一窥这项文艺建设工程。在《红花还得绿叶扶》中,作家鲜明地显露了自身明确且坚定的阶级意识,借主人公李青山的行为表现出对党组织及其下达政策的绝对拥护,以及对生产建设的全身心投入、对改造思想争做先进的积极响应、对自身错误的及时反思与检讨。小说一经发表,便被作为体现新中国文艺风向的范例而受到读者群的一致好评,更是博得了一些专业作家的称赞。如茅盾为此特做《略谈工人文艺运动》的专题文章以示鼓励，工人文艺创作队伍也因此逐渐壮大起来。

这篇小说短小而精悍，情节简单，主题明确。小说以组长与组员间的矛盾为引，提出了如何结合党的领导政策开展工人工作的问题。原为模范小组的瓦匠组因组长李青山在生活工作方面过于严苛的要求而普遍表露出一种消极怠工的情绪。组员们内心的不满终外化至行为层面，因而在制订生产计划的会议上不发言，在修理员工宿舍时不卖力。李青山为此陷入“孤立无援”的尴尬境地，只得一个人独自连夜赶完工程。通宵赶工的疲累加上连日来因与组员的龃龉而致的心力交瘁使他终于病倒了。这一病却使他与组员都开始了自我检讨，矛盾双方皆自觉地站在对方的立场上考虑问题，李青山意识到了自己的“关心则乱”，工友们也体会到了组长的良苦用心。最终在工会刘主任的协调下，瓦匠组的成员们就此问题达成了一致。李青山由此领悟到领导工作的正确方法，即“红花还得绿叶扶”，在组织开展工作时要充分考虑客观实际，照顾到工友们的想法，团结大家，发挥集体的优势，由此点明题旨，升华主题。

聚焦于问题的提出、解决，作者着重刻画了组长李青山这个人物。前期，由于他能识文断字，提笔能写报告，张口能讲革命道理，干活又卖力，受到了工友们的一致推崇，先后被推选为瓦匠组的组长和支会的宣传教员。而矛盾正是在他的视野有新开阔时滋生的，当他还是一名普通工人时，所思所想无非是做好自己的本职工作，与工友们的思想层次也是相近的。可是当他越深入接受党的教育，进一步了解到党为人民群众谋幸福争利益所做的艰苦斗争与无私奉献时，量变由此发生质变，他的思想觉悟由此提升。深感于党的培养，他自觉承担起改造落后分子、团结进步分子、狠抓生产建设、带领组员争做模范小组的责任。高度的使命感使其严于律己。他怀着满腔热血积极在工友间开展工作，可由于理想与现实的不对称，个人的主观意愿过于强烈，其忽视了客观实况。他没有充分考虑到每个工人由于自身经历、性格特点、文化水平等不同而对新思想的接受程度亦有层次深浅的不同，体现在其工作作风上便显得过于苛刻而不近人情。这不仅表现在他急切要求组员们快速吸收党宣传的阶级思想并像他一样迅速应用至日常生产生活中，另外组员们平日里的互侃在他眼中也成为落后思想的表征而备受指摘。但是李青山对组员的严苛始终是为了党和人民的集体利益，是为了全组成员的共同进步，而非为个人晋升铺桥搭路。因此李青山的病反而成了双方和好的契机。小说以李青山前、后期领导作风心态的转变为写作的着力点，细致分析了矛盾双方各自的行事作风，成功地塑造了一个忠诚于党和人民、热心为公、尽职尽责、勤奋学习、思想先进、善于自省反思的领导人物形象。

在小说的结构组织上可见作者巧妙的艺术构思。《红花还得绿叶扶》以一个场景作为切入点，一开篇即将矛盾充分地暴露在读者眼前，设置悬念，之后便以瓦匠组组长李青山与组员之间的不合为主要线索勾连起故事的前后情节。围绕于此，作者细致讲述了双方龃龉形成的原因、冲突爆发的僵持过程，以及矛盾化解的圆满结局。尽管故事整体上是沿着明确的因果链轨迹推进，但在具体的文本操作层面上却是以迂回的形式得以呈现。作者并未严格地按照时间顺序交代小说的起承转合，而是在顺叙的总体框架中适当移植进插叙这一手法，使情节顿生起伏的跌宕感。冲突场景的设置交代了故事发生的背景，一组对立的人物也由此出场。紧接着作者回宕笔墨，回溯矛盾的根源，细致分析，层层推进，事件的全貌便一点点显形，这在阅读接受层面上也极大地提高了读者的参与感。由此可见在对小说叙事时间的把控上，作者颇下了一番功夫。他择取一天作为矛盾达至高潮的书写对象，时间的流逝速度在文本沙漏里变缓了——早晨组员们在工作会场中的沉默为叙事的引子，在以插叙的形式说明此缘由之后，便以大段的篇幅描绘李青山与组员因长期以来的不和而致的不欢场面，而这也因服从于小说的主题中心所致。因此对于“这一天”之前、之后的时间，作者便任其快速流淌。在不同空间的场景切换间，时间隐身于其中，高效率地完成了其叙事使命——将在几天里发生的事件压缩至相对较短的段落中。从小说详略有致的营构安排中，又可见作者从横纵两方面完善情节的独具匠心，由此小说体量虽小而却内涵丰富。具体而言便是，纵览之，作者将一段时间内积累而成的矛盾按照时间顺序发展压缩为三天内得以表现并解决；又在短短的一天内，主要以横截面的形式勾勒了矛盾双方主要人物的形象及其性格特点，而这也是矛盾冲突发展的内因，为此情节因有了鲜活的人物形象而真实可感。凭借这张纵横交错的情节网，主题内涵因而被作者捕获。

在整体的结构组织上已见作者的精巧设计，同时他又着眼于细处点缀。最显著的便是以小见大手法的使用。小说以一句俗语为题，简洁明了又不乏生动，颇富象征暗示意味——作者将李青山领导工作受阻的原因及反思凝练概括为生活中常见的现象，切口虽小，意蕴却深。在小说即将接近尾声，也是矛盾进展至高潮阶段时，作者便适时地以具体事例点明题目的内涵意义。他先是细致刻画了李青山因被工友孤立而失魂落魄地揪光芍药花叶的行为，光秃秃的花梗此时便被赋予了隐喻的功能，以此指涉当时不被工友们认可的组长李青山，但作者只是描述，为之后刘主席的“语破天机”做铺垫。芍药花的价值升华最终便在刘主任的一番劝解里得以完成，再经由李青山之口在检讨会上的反省得以确证，小说由此圆满告结。具体而言便是以芍药花作喻，形象生动地说明了在领导小组工作时，要恰当地使用方法，团结进步分子，改造落后分子，不能脱离群众的道理。紧扣题眼，小说的叙事节奏张弛有度，这主要得益于细节描写的应用，其不只表现为前文对芍药花花梗的白描勾勒，也表现在作者善于用经济的笔墨，寥寥几笔便勾勒出人物的主要形态。这般对物、对人的处理，旨归之处亦是服务于主题的情节向前发展。作者正是通过这篇小说，反映了当时工厂里工人阶级在党的方针政策指引下思想改造的情况，以李青山、老孙头、老赵头、老曹头为代表，还原了那个时期的工人虽然性格上有各自的缺陷，但朴实真诚，敢于接受批评并改正的真实情态。同时作者又灵活运用以人物带动情节发展的叙事策略。刘主任的几度出场，虽然作者在他身上着墨不多，但他说的几句话却极具有分量，瓦匠组不合的由头、李青山的自省领悟等都是经此点拨。

小说语言朴实无华，口语的大量使用既符合了人物自身的性格特点，又为小说增添了在特定时代下的生活气息。例如老孙头语带讥诮的怪脾气，充分体现在对其语言描写中，活灵活现。小说的开篇，在李青山催促着大家发言，指责大家没有思想觉悟时，老孙头便针尖对麦芒似的呛了一句，利用谐音“脚捂”表达着自己的不满。在这篇小说中，语言描写是作者描绘人物，从而推动故事情节发展的有力武器。除了老孙头的话中带刺外，老赵头的风趣幽默、老曹头的封建迷信、刘主任的顾全大局等都通过其各自的语言表达为读者所知悉。

【阅读提示】

《红花还得绿叶扶》描写的是某工厂“模范小组”瓦匠组的组长李青山，因为要强，出于恨铁不成钢的主观动机，老是批评指责本组成员，闹得全组意见纷纷，对他离心离德，甚至连一件修炉灶的小事大家都不支持，只好自己单枪匹马闷头干，结果又累又懊糟病倒了。后来在工会刘主席的帮助下，才懂得要当好领导不能光批评指责，应当以身作则团结大家一起干，明白了“红花还得绿叶扶”的道理。这篇小说的情节虽然简单平实，但富有浓郁的生活气息，文笔也较为生动流畅。通过对一个班组工人团结生产的故事描写，表现了新中国成立后获得翻身解放的工人阶级，以国家主人翁的姿态参加生产、忘我劳动、为国家建设多做贡献的精神风貌。

——彭放主编：《黑龙江文学通史》第三卷，北方文艺出版社 2002 年版

林海雪原(存目)

曲　波

曲波(1923—2002),原名曲清涛,山东省龙口市人。曾任中国作家协会常务理事。幼时念过几年私塾,熟读《三国演义》《水浒传》《说岳全传》等。又在武馆学艺五年,练就了一身本领。1938 年参加八路军,1945 年抗日战争胜利后转战东北继续参加解放斗争。1946 年亲自率领侦察小分队,深入牡丹江地区剿匪。1957 年根据真实经历创作的第一部长篇小说《林海雪原》出版,自此以后,走上了业余文学写作的道路。之后陆续作有长篇小说《山呼海啸》《桥隆飙》《戎鄂碑》和散文《散观平武》等。

《林海雪原》是曲波创作生涯的起点,也是曲波创作生涯的一座高峰。自小说问世后,至今其作品已多次被改编,经受着时间和人民的检验。纵观这些实绩的获得,得益于原著小说兼具思想价值内涵与艺术魅力的双重特点。曲波将个人亲身经历充分故事化和艺术化,塑造了一系列生动鲜明的人物形象,描绘了一场场惊心动魄、悬念丛生、高潮迭起的战斗场景,同时也勾勒了一幅白雪皑皑、奇景遍布的具有浪漫神话色彩的林海雪域风貌图。在这部小说中,作者充分发挥讲故事、编故事的天赋,赋予其“政治正确”和“通俗娱乐”的双重功能,前者体现为对阶级性的高度重视,小说中人物参军剿匪的动机与目的无一不是出于阶级压迫与阶级利益;后者则以情节的传奇性与人物的生动性为代表,在相继歼灭各大山头匪首的战斗中,指挥官的谋略布局之精密、战士们的冲锋陷阵之勇敢,增加了故事的可读性。因此不仅仅使其在当时便深受人民喜爱，而且能够在时代的潮流中不被湮没而历久弥新，实属是“十七年”时期文艺创作领域“戴着镣铐跳舞”的典范。

小说以解放战争时期牡丹江地区的剿匪、土改运动为背景。在小说中，名义上的五个“旅”分窜在各处山头，他们分别是奶头山的许大马棒和蝴蝶迷、威虎山的座山雕、威虎山北边山头的九彪、完颜岭的马希山、李德林，以及名存实亡的党务专员侯殿坤和保安总司令谢文东。这些匪首凭着天险和残存的兵力做困兽之斗，烧杀抢掠，无恶不作，破坏着党领导的土改运动成果，妄图等国民党大军来到，继续他们鱼肉百姓、作威作福的统治。小说开头便以许大马棒制造的杉岚站惨案引出小分队建立的原因。由于匪徒们人数少，躲藏地点隐蔽，大规模的兵团作战并不能够彻底清除匪患，于是一支三十六人的侦察小分队便因时因地因势组建而成了。这支小分队由各个能人义士组成，有极富侦察经验、英勇果敢的杨子荣，有力大无穷、体格健壮、精通各项运动的“坦克”刘勋苍，有在雪地行军健步如飞的“长腿”孙达得，有身段敏捷灵巧、善于攀登的栾超家，有医疗技术高超、勇敢抢救伤患的模范女兵白茹等。他们在谋略超群、行事严谨细致、智勇双全的青年指挥官少剑波的带领下通过一系列的侦察活动，探知敌方地下先遣军的秘密，利用敌人露出的破绽，凭借自己过硬的本领、强健的体魄和坚韧不拔的意志，奇袭奶头山、智取威虎山、将计就计擒九彪、调虎离山大破马希山的巢穴，最后在林海雪原大周旋中一举歼敌。

少剑波和杨子荣是作者在小说中极尽笔墨塑造的正面人物形象，少剑波虽年仅二十二岁，但他已然是战士们由衷钦佩和信任的二〇三首长，他是智慧的化身，是党的代言人，是小队的主心骨。他善谋善断，具有出色的指挥才能。首先表现在他具有敏锐的观察力以及缜密细致的思维，这使他的运筹帷幄有了可靠的依据。剿匪初始，他仅凭一只胶皮鞋的线索就命杨子荣和孙达得寻迹觅踪，从而查到有匪徒所在的九龙汇屯落。其次，他具有极富谋略性的智慧才能，从他指挥奇袭奶头山开始至林海雪原大周旋剿匪结束，他的军事才能发挥着至关重要的作用。在智取威虎山一役中，他巧施计策，兵分三路，可以说这种安排使得人尽其用，既照顾到了眼前的战局，又不忘解决后顾之忧，同时又为未来的剿匪战斗提前布下罗网。再次，他拥有强大的心理素质，这表现在他遇敌临危不乱，在绥芬河大甸子遇刺时，仍保持头脑冷静、理智清醒的沉着状态，第一时间采取果断的措施，封锁自己受伤的消息，在全队战士群情激愤的状态下，告诫他们严格遵守纪律，不要自乱阵脚，给匪徒以可乘之机，上述安排使匪徒妄图瓦解小分队力量的阴谋未能得逞。最后，他拥有对共产党和人民群众的赤胆忠心，时刻牢记自己身为一名党员的责任与担当，并影响着队内的其他成员。在绥芬河大甸子，由于匪患的猖獗，群众对小分队的抵触心理较大，小分队由此产生了焦躁愤怒的情绪。少剑波注意到这种情况后，第一时间召开会议，严厉批评了这种脱离群众的行为，并对群众这种反常行为做出合理分析，严肃军纪，训诫战士们积极争取发动群众，维护好群众利益。

少剑波的优良品质在杨子荣身上也清晰可见。这集中表现在他伪装成匪徒胡彪骗取座山雕的信任，为小分队夺取威虎山提供关键情报的情节。上山前他百般练习匪徒的举止言行，之后他勇斗猛虎，凭借一口流利的黑话和一身逼真的匪气，又有先遣图作为“见面礼”，成功打入敌人的内部。在面对座山雕接二连三的考验时，他沉着应对，一一化解危机，反利用考察他的军事演习送出情报，先发制人舌战小炉匠并亲手枪决这个心腹大患。他又巧妙利用百鸡宴司宴官的身份，借讨彩头为名，点亮这个匪徒巢穴，为小分队上山指路，又以师徒合欢为由，劝酒劝肉，使匪徒们丧失作战能力。在完成这一系列颇见胆量与智慧的行动时，与少剑波一样，他始终将之归功于党的英明领导，以不能辜负党的托付与信任为第一要义。

小说之所以能成为经典，离不开作者精巧的艺术构思。以小说中的人物塑造为例，尽管他们在时代因素的影响下不免带有脸谱化的倾向而有些失真，但总体来说，由于经过作者对其能力、人格方面等从整体到细节处的艺术加工，少剑波、杨子荣这两个人物因此成为文学画廓中的典型。在人物群像的描摹上，采用了对照、反衬的手法，在显性的艺术层面使得人物鲜活可感。与此同时，经由人物形象传达出的主题意蕴也由此凸显，具体表现为作者设置了正邪截然对立的两个阵营，在书写正面人物时，浓墨重彩地突出人物的优良品质和高尚的道德情操，可以看到英雄人物在小说中几乎没有一点儿瑕疵；可反面人物却被描写得穷形尽相，从外形到神态到言行举止都如妖魔鬼怪般，面目可憎，手段残忍。例如对两个阵营中同为女性的白茹和蝴蝶迷的外貌描写，蝴蝶迷的长相被描述得简直“令人发呕”，脸长，脸皮干黄，满脸雀斑，满口大黄牙；而白茹则被称为“小白鸽”，大眼睛明亮美丽，两腮像月季花瓣似的，身材灵巧，能歌善舞。

在结构组织方面，《林海雪原》与《西游记》的取经模式有相似之处。小分队在少剑波的带领下，相继攻克山头，剿灭匪首。在此过程中，先遣图就如西天取经路终点处的经文一般，成为小说叙事的线索。先遣图上绘制着每个“旅”掌管的地下组织名单，匪首们对它趋之若鹜——一撮毛千方百计想从栾匪的妻子身上夺取，全因先遣图能扩充其实力，壮大其声势。少剑波便利用敌人此贪欲精心谋划布局，杨子荣得以化身胡彪取得座山雕的信任。小说情节上环环相扣，线索连贯，前后呼应，每个人物的出场都有推动情节的作用，如小炉匠、一撮毛、定河道人等反派人物串联起了许大马棒和座山雕以及九彪的覆灭过程，为剿匪提供了良机，这些都充分显示了作者精湛的情节组织能力。

作者在创作小说时坚持现实主义的原则，力求高度还原那段惊心动魄的剿匪历史，以此铭记在战斗中不幸牺牲的战友，展现共产党领导的解放战争获胜之不易，告诫人民珍惜当下的美好生活。在叙写剿匪故事时，可以看到作者贴近历史真实的努力，人物基本上可以在现实中找到原型，每场战斗从起初的布局谋划至交锋时的殊死之战，从敌我的明争暗斗至军民的携手作战，作者也几乎兼顾方方面面，对细节极尽打磨。例如小说在威虎山一役之后，专有一章讲述战士们脚冻伤的情况以及救治手段。这体现了小说叙事对生活逻辑的尊重，真实刻画了战士们在恶劣气候下的正常反应,这一方面淡化了小分队能人异士宛若战神的奇幻色彩,使其不因神性过多而失真,增添了鲜活亲切的人气;另一方面通过对战士们战后身体状况的补充书写,战士们钢铁般的意志不着一墨而尽显无遗,白茹的高超医术得以服众。在对宏大战斗场景的设置中,也可见作者向现实靠拢的用心。小说中小分队所要歼灭的匪首占据着牡丹江的四座山头,对攻克山头的方式,作者没有简单地以一座山头的覆灭为模板而复制其他三段战斗。每个山头有其独特的地势特点,匪首与匪众之间的关系也大不相同,关系网错综复杂,于是在小说中即使是同为天险的奶头山与威虎山,谋略的制定也需因地因时因事制宜,前者可"瓮中捉鳖",后者若再如此便是"作茧自缚"了,于是便有了杨子荣利用匪徒间的利益矛盾混入敌众,里应外合一举攻破的经典案例。从宏大布局至山间常识,小说都尽量呈现出真实的面貌,以此向革命英雄致敬。

除此之外,作者还在小说中大量采用神话传奇以及歌谣的形式,描述林海雪原间的山川险景与风物特产,例如蘑菇老人神话奶头山、棒槌公公奇谈四方台、山林间的四季四害等,为小分队的剿匪过程增添了浪漫的奇幻色彩。小说的语言整体上在高度政治化的同时,也在部分情节因充分贴合了人物心理而富有生趣。例如白茹对少剑波已暗生情意,对其说话时便既有下属对上级的尊重服从,也有少女对心上人不解其意的委屈。总之,正是兼顾了思想性与艺术性,才使这部红色经典在时代的变迁中经久不衰。

【阅读提示】

曲波在《林海雪原》中"讲故事"的成功得到了当时权威批评家侯金镜等人的肯定:"我们不能不钦佩作者讲故事的能力,每一个战斗都有不同的打法,每一个英雄战士都有自己不同的遭遇和行动。"他们主要从技术角度来肯定作者"讲故事"的能力。所谓"讲故事的能力",一是指作者能将故事情节讲(写)得"奇峰凸起"、"变化万端";二是故事布局不但能够"几个主要战斗故事当中交错着许多小故事",还能有闲笔"花开三朵各表一枝";三是作者的语言能力,"注意口语化","注意语言在表现人物的性格身份时的确切性"。

——姚丹:《"事实契约"与"虚构契约"——从作者角度谈〈林海雪原〉与"历史真实"》,《中国现代文学研究丛刊》,2003年第3期

回顾中国当代小说史,在"十七年"时期、"文革"时期和新时期以后都能成为热点的,还真不多。"三红一创,青山保林"中,似乎只有那个"林"——《林海雪原》——享此殊荣。我们可以说,《林海雪原》是个仅有的"三朝元老"。

这部作品之所以一直未被忘记,能引起不同时代读者或观众的兴趣,关键在于它具备了别的作品很难兼备的两个基本要素,那就是"政治正确"和"娱乐功能"。……《林海雪原》这两大要素的兼具,又与作者本人的基本素养和客观条件密不可分:曲波有出色的编故事、讲故事天赋,出身和经历又使他具备得天独厚的"政治正确"前提及素材来源。曲波找到了将自己的"政治正确"条件与编故事、讲故事天赋结合以产生最佳效果的最佳方式。这是他获得成功的奥妙之所在。

——阎浩岗:《〈林海雪原〉何以能成"三朝元老"?》,《文艺报》,2015年7月31日

第一个主人（存目）

钟　涛

钟涛（1926—2010），原名符宗涛，湖南汉寿县人。1943 年考入西南联合大学数学系，1947 年冬赴解放区参加革命，在晋冀鲁豫边区北方大学学习，后参加人民解放军。1951 年调《解放军文艺》担任编辑。曾先后三次赴朝鲜战场采访，发表《营参谋长》《防空哨兵》等短篇小说。1958 年出版短篇小说集《静静的港湾》，同年 3 月转业到北大荒，在八五零农场当农工。11 月调《北大荒文艺》编辑部，先后创作《荒野里响起号角声》《第一个主人》等作品。1962 年钟涛任黑龙江省作家协会专业作家，省作协理事。在负责八五二农场史的编写工作时，钟涛带职担任了生产队副队长职务，其间创作了长篇小说《大甸风云》。钟涛还著有长篇小说《千重浪》（与他人合作），中篇小说集《悠悠黑龙江》《光明屯纪事》，短篇小说《维纳斯的命运》《红旗的故事》等。

短篇小说《第一个主人》原载于 1959 年第 3 期《北大荒》。小说主要写了“我”是一位地质勘查员，要在北大荒修建一座大型水库。北大荒地处严寒地区，这里有茂密的森林，厚厚的积雪，生活条件十分艰苦。在修建水库的过程中，“我”遇到了这片土地上的“第一个主人”金学吉。小说讲述了金学吉和勘查员的交往，体现出拓荒者对工作的尽职尽责、踏实肯干、无所畏惧、勇于接受挑战的光辉品质。

小说的主人公金学吉，是一位年仅十七岁的朝鲜族青年，是北大荒水文站的工作人员。他的老家在吉林延边，出生在密山，幼时便看到很多从关里来的“解放军”，这些走南闯北的人吸引了小金的注意，他也想成为这样的人，为北大荒建设做出自己的贡献。中学还没毕业，金学吉就跑到农垦局要求参加工作，因为年龄太小遭到拒绝，随后进了水文短期训练班，结业后被分配到虎林水文站工作。水文站的员工共三个人，小金每天生活在荒无人烟的森林中，但他并不觉得条件艰苦，也不觉得孤单，因为他终于实现了自己的梦想，为北大荒尽一分自己的力量。在勘查队修建水库的大部队来到水文站附近驻扎时，小金积极帮助他们，为勘查队做饭，提供住处，做出了重要的贡献。金学吉是普通的，又是极有代表性的。作者通过书写金学吉的故事，赞颂了像他一样的无数的北大荒开拓者，他们默默无闻，勤于奉献，坚守岗位，不计回报，是他们把荒无人烟的北大荒变成万亩良田，他们是这个地方的“第一个主人”。

小说以勘查事件入手，塑造了拓荒者金学吉的人物形象，真实生动地讲述了北大荒早期的拓荒历史。北大荒的极寒天气，艰苦的生活条件，没有吓倒以金学吉为代表的垦荒者。他们都是“异乡人”，一个共同的信念使他们走到一起，并像亲人一样相处，共同携手建造美好家园。他们冬季对抗“烟泡儿”，夏季对抗疯涨的河水，昔日的原始森林，现在的幸福家园，这里的一切变化都离不开金学吉这样的同志的付出。

小说结构严谨、构思精巧，从小金对开发人员的照顾开始，以小金的离开结束，故事发展环环相扣。文笔质朴自然，明白晓畅。同时，小说富有浓郁的东北地域色彩。其中的“烟炮儿”是东北地区特有的自然现象，展示出北大荒自然条件的恶劣，同时，神秘的原始森林、木头房子、冬季大雪封山、滑雪出行等，也为小说增添了浓郁的东北地域风情。人们在这片土地上垦荒、饮酒、跳舞，谱写着建设者之歌。

小说语言质朴、流畅。第一次见面时，小金用一句话拉近了人与人之间的距离。“同志们，你们回来了”，看似平常的话不仅解开了丢失东西的疑惑，同时又给人以亲人般的感觉，如回到自己的家中。同时在小说的结尾，从“我”与小金的对话可以看出小金内心的煎熬。“像这样的搬家，恐怕只有咱们北大荒才能遇到的哩！不过再过几年，像咱们这样的地方就很难找到了。”小金面对调令不得不离开，但他以一种戏谑的方式掩饰内心的不舍，话语中透露着幽默与诙谐。不仅小金如此，其他人的语言也是爽朗、豪放的，以此可以感受到拓荒者的自信果敢与积极乐观。

【阅读提示】

40 多年来，先后有八批复转军人共 14 万多人奔赴北国边陲披荆斩棘、开荒造田。转业官兵们一手拿镐，一手拿笔，在艰苦卓绝的创造性劳动中，创造了具有军垦艺术特色的北大荒文学艺术。它是军旅文化和黑土文化有机结合的产物。它以在新的历史条件下——特别是“十万转业官兵开发北大荒”这个举国瞩目的历史事件为契机，是军旅文化的进一步发展和深化。

——邓灿，孙勇才：《北大荒文学艺术史》，黑龙江人民出版社，1996 年版

其中《第一个主人》，热情地讴歌了朝鲜族青年金学吉独自一人守护水文站的经过和地质勘查队员们艰苦的生活及乐观豪迈情怀。从一个侧面反映了创业初期北大荒人的艰难历程，也揭示了北大荒人的精神特征和高尚情操。

——韩乃寅，逄金明：《北大荒全书 · 文学艺术卷》，黑龙江人民出版社，2007 年版

大甸风云（存目）

钟　涛

1958年春，十万转业官兵挺进了北大荒，转业官兵中的一批文学工作者从火热的垦荒生活中汲取创作素材，以饱满的激情创作了一批反映军垦生活、建设边疆的小说，这些作品具有鲜明的时代精神和地方特色。钟涛的长篇小说《大甸风云》便是其中的代表性作品。

《大甸风云》是钟涛的第一部长篇小说，作者依据在北大荒八五二农场任机务副队长的经历写成。作品先是发表于1964年第5期《收获》杂志，1966年由北方文艺出版社出版单行本。小说分为三卷十二章，以恢宏的气势、朴素的语言描绘了拓荒者冒着生命危险踏荒、烧荒，开发亘古荒原的故事，赞颂了拓荒者爬冰卧雪、战天斗地的英雄气概。小说讲述了20世纪50年代，主人公洪廷烈听从国家的指挥转业到国家最需要的地方——北大荒，在密山白桦林农场工作，同时转业的还有师长庞柏泉、毕长河、游致航、江猛林、邹志飞等一大批官兵，他们要在这片荒草甸子上面建立起现代化的农场。拓荒者在这里建造房屋、开垦荒地，经历重重困难，把一眼望不到尽头的荒地变成了绿油油的庄稼田，把荒草甸子变成了万亩良田。作者以革命现实主义手法，用饱蘸着激情的艺术笔触生动地再现了转业官兵的拓荒事迹，运用简洁朴实的语言、跌宕起伏的情节塑造了北大荒第一代拓荒者的英雄形象，展现了北大荒人顽强拼搏的精神特质。

洪廷烈是一位铁道部队干部，他习惯了部队的生活，在接到调往密山的调令时，一开始他是无法接受的，来到密山后看到当地荒凉的景象更是心灰意冷，但见到自己的老上级庞柏泉也来到这里，知晓了开垦北大荒的重要性，才明白工作的重要意义。洪廷烈拥有抗美援朝纪念章、军功章、东北解放纪念章、华北解放纪念章和中南解放纪念章，这些军功章足以显示他是一位为国家做出过卓越贡献的军人。他从十几岁便参军，从此再也没有回过家，即使家里为他娶了妻子，他仍把心思全扑在工作上，在工作中他取得了成绩，但他也忽视了父母和妻子的感受。当他来到密山以后，妹妹和妻子来投奔他，他却始终忙于工作，无暇顾及妻子，让妻子和一群女孩睡集体宿舍。作品以洪廷烈为例，展现出拓荒者全心全意投入北大荒的发展建设中，常忘记自身的状况及身边人的感受。

小说也塑造了更早在北大荒扎根定居的耿古大爷（嘎古大爷）。耿古大爷每天靠打鱼维持生活，每天日出而作，日落而息，依靠万物状态判断当下的日期、季节和节气，他可以通过水花判断什么时候打什么鱼、什么时节播种，还可以预知庄稼的收成情况。这位隐居人有自己的生活哲学，同时，也是一个十分善良的人。他在自身性命难保的情况下收留小路，把他养大成人，又把他送到外面的世界去学习知识、技能。他还是荒草甸子的第一位守护者，在官兵们来开垦荒地时，他大力支持开荒，并让出了自己的屋子。耿古大爷始终用自己的行动默默支持着大部队开荒，因为他知晓唤醒这片沉睡的土地的重要意义。耿古大爷的存在展现出北大荒垦荒工作的延续性，从他对垦荒工作的期待与参与中，也可以看到垦荒工作满足了广大人民长期以来想要改变北大荒的心愿。除洪廷烈、耿古大爷以外，小路、毕长河、洪敏……都放弃自己的舒适生活，来到北大荒，他们直爽善良，信守承诺，齐心协力，推动着北大荒的建设，这使全篇洋溢着战天斗地的调子。

小说以革命现实主义的手法生动再现了转业官兵和人民的拓荒故事，气势恢宏壮阔，情节跌宕起伏，语言富有激情，并具有浓郁的地域色彩。《大甸风云》是对历史的记录与还原，不仅在北大荒文学史上占有重要地位，同时也具有深刻的社会意义，对当代青年也有着教育启发作用。

【阅读提示】

国家意志与个体诉求的共谋不仅体现在移民身上，还在北大荒土著居民身上得以呈现。北大荒文学擅长勾画他们祈盼北大荒不再荒凉的心灵轨迹，作品中塑造的带有苦难经历甚至传奇色彩的人物嘎古大爷(《大甸风云》)、王开富(《雁飞塞北》)、黄老清(《北大荒人》)表现出对开发北大荒的担忧。从“北大荒，真荒凉，鹅冠草，小叶樟，又有兔子又有狼，就是缺少大姑娘！”的民间小调，到北大荒老人的感慨：“地是好地，就是没有房子，没有热炕，也缺少娘们！”都呈现出他们对家园的渴求，也是对复转官兵扎根荒原的热望。北大荒文学描画垦荒者的精神肖像，给生命以质量和尊严，包含隐喻的文化意蕴，倾注着人文关怀。值得一提的是，北大荒文学把“个人”与“家庭”和谐统一到民族国家的建设中，《雁飞塞北》中大雁岛诞生的第一个公民小春雁、《大甸风云》中大甸等下一代垦荒者的出生带有明显的理想指向。

——车红梅：《北大荒文学研究》，中国社会科学出版社，2017年版

《大甸风云》以恢宏的气势、朴实的语言、火热的激情描绘了拓荒者冒着生命危险踏荒、烧荒、开发亘古荒原的壮丽图景，以革命现实主义手法，生动地再现了转业官兵的拓荒事迹，用简洁朴实的语言、跌宕起伏的艺术情节塑造了北大荒第一代拓荒者的英雄形象。在艺术表现上，这部作品不是单纯着眼于故事情节的完整性来追求戏剧性艺术效果，而是通过雄浑、粗犷而又委婉、细腻的氛围描写，着力营造一种凝练、深邃，充溢着北大荒蛮荒风味的审美意境，而在这富有诗情画意、充满激情的意境中蕴含着作家奋力拼搏、积极向上的乐观主义精神。

——赵国春，郭亚楠：《北大荒文艺史略》，哈尔滨工程大学出版社，2019年版

第一书记上马记(存目)

张 惟

张惟(1932—2015),原名张汉荣,福建龙岩人。1949年参军,1958年春天随十万官兵转业到北大荒当农垦工人,后为《东北农垦报》记者。1959年加入中国作家协会黑龙江分会,创作了《初上北大荒》《战斗在北满平原上》《塞上夜》《北大荒来信》《老红军战士》《第一书记上马记》等一批反映北大荒生活的作品。1964年调任福建省委宣传部文艺处干事。1970年回到故乡闽西红土地,任《工农兵文艺》《闽西文艺(文丛)》主编,龙岩地区文化局长兼文联主席、作协主席、党史办主任等职。1979年,张惟加入中国作家协会。张惟的代表作主要有长篇小说《中国,走出古田山凹》《中央苏区演义》《血色黎明》,散文集《雁行集》《觅踪访史录》《龙津魂》,长篇传记文学《爱国者王源兴》,电影《血与火的洗礼》,电视剧《大地的儿女》《闽西大暴动》等,其中《闽西大暴动》获福建省纪念建党70周年作品二等奖。

《第一书记上马记》原载于1959年第10期《北大荒文艺》,是张惟为《北大荒文艺》"国庆特大号"创作的中篇小说。小说以20世纪50年代后期"大跃进"为时代背景,高度赞扬了以王宏德为首的一批转业官兵在开垦北大荒过程中实事求是、无私奉献的工作作风和艰苦奋斗、勇于开拓的精神。小说直面现实,揭露出"大跃进""浮夸风""官僚主义"的生活现象。

小说主要讲述了党员王宏德响应党的号召和大批转业官兵一道远征北大荒,积极领导并迅速组织转业官兵有条不紊地开垦和播种的故事。由王宏德带领的“红旗队”八连在各水利连的开垦中，每人平均日进度一直遥遥领先，却突然被三分场九连连续反超。分场副场长、水利分部指挥居进只看数字，不调查实情，认为王宏德右倾保守，全盘否定了王宏德连队做出的巨大贡献，免去了王宏德政治指导员的职务。后查出三分场九连的数字造假，给党的工作造成了重大损失，三分场九队的队长因此受到党的严厉处分，居进副场长到生产队进行锻炼，王宏德也恢复了政治指导员的职位。此后，居进和王宏德因制定生产指标产生分歧，二人争论不休，在领导的支持和鼓励下，群众同意了王宏德制定的生产指标。小说的最后，王宏德因踏实肯干、深谋远虑，受到大家的一致拥护，也受到领导的重视与信任，被调到分场党委会任第一书记，指导更多分场生产发展。

《第一书记上马记》主要通过描绘转业官兵王宏德在开垦北大荒的过程中经历的种种困难，形象地展现出“大跃进”时期北大荒的历史风貌和转业官兵的精神风貌，从而提炼出一个深刻的思想主题，即只有把个人前途同国家民族的命运、人民的革命事业结合在一起，投入时代的洪流中去，在改造客观世界的同时不断改造自己的主观世界，才有真正的前途和出路。

王宏德是作家着力塑造的中心人物，王宏德形象的塑造主要通过他团结群众艰苦开荒，实事求是、勇于和“左”倾错误做斗争，鼓足干劲、制定生产指标这三件事展开，从他身上我们可以看到中国人民建设祖国边疆的豪迈气概和实干家精神。首先，他不畏困难，艰苦奋斗。面对恶劣的自然环境和客观条件——严寒的冬天，寂静的北大荒原野，冰雪覆盖的草原，两间马架子，两台破旧的拖拉机……王宏德沉着冷静地寻找解决措施，利用党员的身份号召成立临时党支部以便形成核心的战斗堡垒。其次，他信念坚定，团结群众。王宏德始终相信中国共产党，坚信在党的领导下，垦荒事业一定会一步步走上正轨。他可以坦然接受组织的任命，也可以以一颗平常心接受组织的撤职安排，不抱怨，不欺骗组织。面对组织的道歉，他笑着说出“做母亲的即使错了，是不用向儿子道歉的”这样的话语。在任何职位上他都能踏实上进地完成自己的本职工作,始终和土地为伍,和群众为伍,始终将群众放在首要位置,一切以群众利益为主。最后,他实事求是,深谋远虑。王宏德所列出的工作计划和安排都是经过多次商讨和计算而制定的,无论是开垦日进度还是亩产五百五十斤的生产计划都是根据开垦北大荒人力、物力、财力的实际情况所做出的准确判断,真正做到了一切从实际出发。

分场副场长、水利分部指挥居进是小说的另一个主要人物,他深受“大跃进”运动的影响,是一个在思想上和王宏德相对立的人物。前期的居进身上沾染了严重的浮夸作风。居进对开垦事业要求“严”,充满“热情”,每天晚上都要等在电话旁听取水利开垦工作汇报,最喜欢听到每日各队人均土地开垦面积增多的消息,追求高指标,却从不深入考虑实际情况,有着严重的官僚主义做派。在思想方法上存在主观和片面的错误。后期的居进存在着保守右倾的作风。居进因虚假汇报一事,主动申请接受处分,到基层工作。然而在制定年生产指标时,用保守思想来认识问题,提出了一个不需努力就能达到的生产标准,严重挫伤了群众的生产积极性。

在人物塑造方面,作者善于将人物放在尖锐激烈的斗争旋涡中加以刻画,通过不同人物对同一事件的不同反应来展示各自的性格特征。如王宏德和居进关于开垦进度、生产指标的不同看法,杨立勇和赵柏对生产方式的不同态度,不仅使王宏德、杨立勇这一体现时代精神的艺术形象血肉丰满,真实感人,也使居进、赵柏等人物性格鲜明。通过这些艺术形象,我们看到了中华民族勤劳勇敢、顽强拼搏的精神,也看到了中国人民在中国共产党的领导下无私奉献、战天斗地建设新中国的伟大历程。

在艺术手法方面,作品运用现实主义手法,关注现实,贴近生活,揭示出“大跃进”时期官僚主义、浮夸风、高指标、瞎指挥的真实社会状况。作家创作这篇小说的年代正处于“大跃进”时期,作家以其思辨的眼光和敏锐的洞察力,以及对时代的深刻把握,将客观现实和主观思想和谐地融为一体,抓住了事物的本质。在《第一书记上马记》中,作者从生活实际出发，通过对王宏德、居进等典型人物典型性格的刻画，以及对在农田开垦过程中所出现的问题进行真实、细致的描摹，展现出开发荒原、建设边疆的艰辛历程，表现出对顽强拼搏、艰苦创业的拓荒者的热情赞颂。

小说中，作家通过北大荒特有的自然景物突出北大荒鲜明的地方特色。如小说中对北大荒黑土地的描写："眼前展开的是一片辽阔的黑土平原，无边无际。经过去年深翻和深松的土地，细碎匀整，饱含雪水，乌黑闪亮，肥沃得好似要滴出油来。"这段描写将北大荒肥沃富饶、幅员辽阔、地广人稀的特点生动形象地呈现了出来。还有小说中关于北大荒冬季自然风光的描写："天气干冷干冷的，寒风像千万只钢针似的，密密麻麻地扫荡在北大荒平原上。""怒风，在草原上奔腾呼啸；春天里北上的大雁，早已南飞得无影无踪。""三月的雪花越飘越浓，天气冷冽冷冽的。"将北大荒寒风刺骨、大雪纷飞的自然气候展现在人们面前。当然，自然环境描写要和作品的主题、情节发展、人物性格有机融合，例如："气温已经降到零下三十八度，北风仍一股劲地紧吹着，把棉衣都吹透了，全身凉飕飕的。露在外面的鼻子，冻得起了白泡，由痛变麻了。"通过对自然气候的描绘写出了突击组头顶冰天、脚踩雪地的恶劣的自然条件，而且将他们不怕苦、不怕难、钢铁般的坚强意志呈现在了读者眼前。

【阅读提示】

《第一书记上马记》表现了作家对斗争生活的热情以及对现实问题的关切。它出现在50年代后期，像安徒生笔下敢讲真话的天真小孩，一语戳穿了皇帝的新衣。1962车12月，王震同志到北大荒视察时曾亲笔给张惟同志写了信，肯定了他的创作方向。信中说："我看过你一些通讯之类文章，觉得还好，特此致意。""你在林区工作，请写一点通讯，即要充分表达职工特别是转业参加劳动军官的革命干劲，忠于社会主义事业的蓬勃的生活力和斗志——不浮夸，朴素实际生动的平凡的劳动事例。"领导的亲切关怀和殷切希望，给张惟创作上以巨大鼓舞，使他沿着社会主义现实主义道路前进。

——郭荣江：《从生活的大书里扯下来的一页——评〈第一书记上马记〉》，《闽西大学学报》，1989 年第 1 期

这部小说有力地鞭挞了当时“大跃进”中出现的浮夸不实，违反科学的思想作风，讴歌了党的实事求是的优良传统，塑造了王宏德、韦克佥、杨立勇等一些坚持原则的转业军官性格鲜明，有血有肉的形象。

当时在编辑部任编辑的我国著名作家、评论家聂绀弩私下写诗赠作者张惟。诗云：

《第一书记上马记》，绝世奇文惹大波。

开会百回批倒了，发言一句可听么？

英雄巨像千尊少，皇帝新衣半件多。

北大荒人谁最健，张惟豪气壮山河。

——邓灿，孙勇才：《北大荒文学艺术史》，黑龙江人民出版社，1996 年版

《第一书记上马记》是写 1958 年“大跃进”期间某农场七分队和九分队两个生产队，以不同的思想作风和工作态度对待冬季水利建设和制订生产队指标的一场斗争。虽然，这篇小说受到当时环境的影响，但它有力地鞭挞了当时“大跃进”中出现的浮夸不实，违反科学的思想作风，讴歌了党的实事求是的优良传统，塑造了王宏德、韦克佥、杨立勇等一些坚持原则的转业军官性格鲜明、有血有肉的形象，成为反映农垦生活的先锋之作。

——安会茹，刘娜：《当祖国需要的时候——北大荒精神》，黑龙江人民出版社，2008 年版

首先，作者以饱满的激情，真实、生动地描绘了转业官兵垦荒创业的壮丽图景，表现了他们战天斗地的英雄气概，赞扬了他们开发荒原建设边疆的丰功伟绩。其次，这篇作品率先在小说创作领域成功地塑

造了第一批具有拼搏精神和开拓意识的创业者形象。第三，这篇作品还具有浓郁的乡土气息和鲜明的地域特色。

——赵国春，郭亚楠：《北大荒文艺史略》，哈尔滨工业大学出版社，2019 年版

我们的政委（存目）

林　予

林予（1930—1993），原名汪人以，原籍江西省上饶县（今上饶市），出生于北平（今北京）。曾任哈尔滨作家协会主席、中国作家协会黑龙江分会副主席等职务，被誉为“北大荒文学的奠基人”。林予自幼受父母的教育与家庭环境的熏陶，有着深厚的文学基础，上学期间多次在报纸上发表文章，并参加爱国救亡运动。1949 年 5 月参加中国人民解放军，随部队进军大西南，穿过十万大山来到风景秀丽的西双版纳。火热的斗争生活，激起他的创作灵感，在西双版纳创作了《勐铃河边春来早》《界碑》《苏娅》等十余篇短篇小说，之后又出版了短篇小说集《勐铃河之春》《风雨江河》《森林之歌》等。1955 年，调中央军委文化部，先后任《解放军文艺》编辑、创作员。在这期间，创作了反映云南边疆生活的长篇小说《寨上烽烟》、电影文学剧本《边寨烽火》、儿童文学《播种者》等。1958 年初夏，他随同十万转业官兵奔赴北大荒。拓荒者的斗争生活，激起他的创作热情，他很快创作了反映垦区生活的短篇小说《我们的政委》、长篇小说《雁飞塞北》，以及电影文学剧本《大雁北飞》等。纵观林予 40 多年的文学创作生涯，大体可分为两个阶段，早期的作品多以反映云南边防斗争生活为主，后期则多以北大荒的农垦生活为题材。

短篇小说《我们的政委》最初发表在《上海文学》1959 年第 11 期，是林予在负责八五三农场的场史撰写工作期间所写的短篇小说，也是他来北大荒后创作的第一篇以垦荒生活为题材的作品。1963 年该作品与同期反映北大荒垦荒生活的小说《江畔的花朵》等十余篇作品共同组成同名短篇小说集《我们的政委》，由北方文艺出版社出版发行。这篇作品也被选入《黑龙江短篇小说选(1949—1979)》。小说的情节并不复杂，主要围绕农具手"我"、机车手老刘和杨政委的垦荒生活展开叙事，讲述了一个洋溢着革命激情的女政委来到北大荒参加垦荒建设的故事。作家将时代特征作为人物情感和生活的外部背景，通过描写女政委与同志、爱人之间的日常生活，塑造了一个严格认真、内心坚毅、温柔善良的女性形象，表现出对坚守在北大荒默默无闻耕耘者的赞扬。

作家在短小的篇幅内塑造了多个生动典型的人物形象，其中，杨政委是作家着力刻画的人物，也是塑造得最为出彩的形象，给读者留下较为深刻的印象。杨政委是一个温柔善良、亲切近人、严谨细致的好领导、好同志，备受垦荒战士们的敬爱。她初到北大荒便来到作业区考察同志们的工作，当发现"我"和老刘对土地进行错误的翻耕时，她严厉批评并制止了"我们"这种为了赶进度而不顾翻耕质量的行为，并耐心向"我们"解释，给予正确的翻耕指导。她每天总是勤勤恳恳地工作，事必躬亲，白天到作业区实地考察，了解各种作业上的问题，晚上废寝忘食地研究机车防陷的具体解决措施，她的帐篷常到深夜仍然有光亮传出。在生活中，杨政委又以女性特有的温柔细致温暖着每一位垦荒队员。"我"因为一时的着急将手腕擦破，她关切地询问并帮"我"包扎伤口。当垦荒战士不会料理生活时，她总是像家人一样帮助他们做各种事情。除此之外，她又是北大荒这片土地最深情坚定的守护者、建设者，对北大荒怀有深沉而独特的感情。她的爱人因为剿匪在北大荒壮烈牺牲，杨政委为实现其生前的愿望，向组织申请十多次才被批准来到北大荒，承担起建设家园的责任，一定意义上，她是最能体会到这片土地独特意义的人。

与杨政委相比，"我"更多是作为小说的叙述者出现，是勤劳吃苦、坚强刚毅的万千垦荒战士中的一员。机车手老刘虽然在小说中所占的篇幅并不多，但形象比较饱满、生动，具有一定的代表性。老刘是劳动模范，曾获得“红旗机车手”称号，有着一心想为祖国多增耕地的满腔热血，在得知农场要开发荒地时抢着参加垦荒工作。他体现出开发荒原尖兵们的整体精神风貌，即在垦荒事业中展现的昂扬激情与奋斗精神。正是因为有千千万万个像杨政委、“我”、老刘这样的垦荒战士的努力和奉献，才有了北大荒的快速发展。

在人物形象塑造上，作家追求生动立体的呈现方式，能够在较深的层次上刻画人物。以杨政委为例，小说通过北大荒日常生活中的多个情节丰富她的形象。如通过机车手老刘对罗队长的回忆，诉说了杨政委过去的故事。杨政委以前是卫生队的一员，她随部队来到了北大荒，初来时胆子很小，耗子叫一声也会吓一跳，可就是这样一位胆子很小的姑娘，为了救人，不顾自己的安危去献血，最后病倒了。作家通过对这一事件的描绘，展现了杨政委既温柔体贴，又刚强勇敢的性格特征。作家也没有将其男性化，遮蔽其特有的女性气质，而是将杨政委塑造得既有巾帼不让须眉的英雄气质，又有着女性的温柔与细腻，从而使形象鲜明立体。

在叙事上，作家采用第一人称叙事视角，以小说里作为农具手“我”的视角进行叙述，由于所有故事情节都是“我”在日常生活中的耳闻目睹，所以小说更具真实感。作家透过零碎的日常事件着力刻画了以杨政委为主的垦荒者的性格特征和热火朝天的北大荒建设图景，把垦荒者们的性格与理想贯穿在小说之中，凸显了作家对像杨政委一样的无数新中国女性的赞美，以及对像以老刘为首投身于生产建设的战士们的颂扬，使得激情乐观、青春热血成为响彻小说的主旋律。

作家善于捕捉细节，通过动作、神态等描写，展现人物丰富的内心世界。如当杨政委听到“我”是部队转业的军人后，“我的话就像唤起了她深沉的回忆……她浑身颤抖起来”。作家通过对杨政委“眼皮泛红”“浑身颤抖”等悲伤神态的描写，让读者看到了一个表面刚强但内心细腻的人，引发读者思索，为下文书写杨政委与军人的特殊情感做铺垫。作家也通过对垦荒日常生活片段的截取和对人物言谈举止的细节描写，从不同角度表现了女政委无私奉献的博大情怀和崇高美德。

作家采用暗示和插叙的方式推动故事发展。“我”第一次见到杨政委便觉得她的心“既严峻又娴雅,既美丽又微带忧伤”,这些暗示使杨政委充满了神秘色彩,引起读者探究人物过去故事的欲望。随后,作家又借老刘之口揭秘了杨政委曾经的故事,即罗队长与杨政委二人的感人事迹,作为一种补充性的叙述引发了小说的高潮,表现了革命者的精神与崇高的感情,使得人物在平凡之中闪闪发光,取得了强烈的艺术效果。

【阅读提示】

《我们的政委》的成功,在于它那种作品内容和艺术技巧的内在的、不落任何斧凿之痕的融合和统一,在于它那种在表现人物精神风貌上,步步深入,层层剥露,富于节律,富于韵味的自然和贴切。

读这篇小说,你会感到,主人公杨政委自身的言行并不多,更无任何慷慨激昂之处,然而她的品性、情操、气质、意志,却那么清晰地烙进了读者的心里,这主要在于作者对于技巧有一种精细的调动和运用;虽不处处写她,却又无一处不在写她。作品刚开始时,杨政委给人的印象,充其量不过是带着些执拗和认真的,在北大荒惯见的那种普通妇女,读者的注意力实在并未完全集中到这个人物身上,然而随着作品层铺迭现地推进,我们发现那个杨政委已经成了大家(作品中的垦荒队员和读者)都离不开的人物了。及至老刘在无意中道出了她的身世经历,读者和作品中的垦荒队员一样,都恍如梦醒,一下子跌入了一种全新的境界——而作品的意境也由此而陡然升华。

——刘冬冠:《由南国到北疆——林予和他的小说》,《小说林》,1984年第4期

《我们的政委》是林予来到北大荒后创作的第一篇反映垦区生活的成功之作。在作品中,作家饱蘸着革命激情塑造了一个新中国伟大女性——杨政委的艺术形象。杨政委是北大荒某垦荒大队的领导,但

她却不是那种专会发号施令的“长官”。在垦荒队，她以女性特有的温柔细腻的情致，关怀、体贴着垦荒战士；以认真、严肃的态度既纠正了垦荒战士的某些粗犷荒蛮的野性，又给他们以温馨的呵护和精神鼓励。在荒原上，她是燃烧在垦荒战士们心中的一团烈火，而在她心中燃烧的烈火又激励着垦荒战士们披荆斩棘、艰苦创业。作家通过这个既积淀着中华民族女性特有的贤惠、善良美德，又体现着新时代女性所具有的博大、宽厚心理气质的女性形象塑造，不仅为垦区文学的崛起开了先河，也为他日后创作更加恢宏的长篇佳构积累了经验，奠定了基础。

——彭放：《黑龙江文学通史》第三卷，北方文艺出版社，2002年版

雁飞塞北(存目)

林　予

长篇小说《雁飞塞北》1962年由人民文学出版社出版发行，是林予最负盛名的代表作，也是中华人民共和国成立后黑龙江省第一部长篇小说，被茅盾列为当时的优秀之作。《雁飞塞北》与钟涛的长篇小说《大甸风云》的出版共同标志着垦区文学的丰收，是黑龙江文学发展史上的一个里程碑。1983年《雁飞塞北》由人民出版社再版发行，2008年被选为“中国当代长篇小说藏本”，成为陪伴教育新中国几代人成长的红色文学经典。

这部小说主要以1956年铁道兵和1958年十万转业官兵开发建设雁窝岛(大雁岛)的事迹为原型，真实地记录了一代人垦荒创业的艰辛历程，叙写了北大荒蓬勃发展、欣欣向荣的崭新面貌。因为这些北大荒的建设者多为中原人或南方人，他们是在党的号召下远赴黑龙江，积极投身到开发建设北大荒的队伍中来，并长期扎根于此，所以林予将这部小说的名字定为“雁飞塞北”。

小说共44章，从我国开始第二个五年计划的头一年开始叙事，主要讲述了十万转业官兵与北大荒原住民共同开发建设大雁岛的日常生活故事。在中国东北角的清河镇，八一农场党委书记杨海东为了扩大垦荒面积，与张兴华、沈小宛等人在实地调研时发现了大雁岛这片肥沃辽阔的土地，并决定在此建立八一农场大雁分场。组织决定委派张兴华、萧俊才、罗海民等数千名垦荒战士进军大雁岛进行垦荒建设。但由于大雁岛三面临水、一面靠沼泽的特殊地理环境给战士们的开荒带来了极大难度，所以在建设的过程中形成了以张兴华为代表的激进进取派，以及以苏超凡为首的保守稳健派两种不同路线，并由此引发了有关房建、水利、修路、机车防陷、排治沼泽、农业生产播种等一系列的激烈矛盾冲突。但在如此恶劣艰苦的条件下，垦荒者们并没有退缩，而是选择相信群众的主观能动性，克服了暴风雪、大烟泡、大酱缸等自然条件，解决了拖拉机陷入沼泽、盖房、开发湿地、运送物资等实际问题，历尽千难万险，吃尽苦头后终于迎来了爱情、家庭、友情、工作的大丰收。

作家通过对大雁岛曲折艰难的垦荒建设全过程的描写，讴歌了老一辈拓荒者们吃苦耐劳、无私奉献的崇高精神和战天斗地、高昂奋进的英雄气概。为了加快实现第二个五年计划，垦荒战士怀着满腔热血扎根大雁岛，与恶劣的自然环境、残酷的生存条件做斗争，并为此付出了一定的代价。但他们以苦为乐，没有怨言，在短短一年时间内将大雁岛从闭塞荒芜变得生机焕发、美丽富饶。

小说在赞美垦荒者们崇高品质的同时，在人物塑造方面也取得了较高的成就，着力刻画了一支由转业官兵、农业专家、技术员、军医等向北大荒进军的队伍，给读者留下了较深的印象。张兴华是小说中较为出彩的人物之一，他为人正直、风趣幽默，虽略有些莽撞但敢想敢干、魄力十足，体现了新的历史时期垦荒者的精神面貌。杨海东是一个出色的组织者和领导者，他脚踏实地、认真负责，一切以人民、国家的利益为重，为了崇高的信仰远离温馨的家庭，毅然决然地来到北大荒，是大雁岛开发建设的骨干力量，也是垦荒者们的强心剂。罗海民，拖拉机二队队长，虽然有些许的大男子主义，拒绝了妻子进岛开发建设的请求，但自己却将生命奉献给了社会主义建设事业，为了抢救被水冲散的油桶而壮烈牺牲，具有不畏困难的坚毅品质和不怕牺牲的奉献精神，是可歌可敬的英雄。巾帼不让须眉，罗海民的妻子薛凤娟是一个贤惠坚强、有抱负的女性，不顾丈夫的劝阻来到条件艰苦的大雁岛，在惨遭丈夫牺牲的不幸后，没有被生活压垮，而是重拾理想为垦荒的伟大事业贡献自己的力量。

除此之外，作家还刻画了王开富、李破靴子等原住民的形象，他们是大雁岛最早的开发者，对这片土地有着深厚的情感，凭借自己勤劳的双手在孤岛上成家创业。让沃野不再荒凉，是李破靴子的临终遗言，是王开富一辈子的梦想，这也侧面体现了对北大荒的开发建设是个体诉求与国家政治倡导的统一。作家通过对这些人物形象的成功塑造，讴歌了他们艰苦创业的丰功伟绩，赞扬了北大荒人顽强拼搏的精神特质和无私奉献的高洁情操。

作家在人物塑造上加大对个人情感的书写，注重挖掘人物的精神世界和个人生活，反对单纯地表现人物崇高战斗的奉献精神，使得小说塑造的人物不再是高大全的英雄，而是更具生命气息的平凡人。如小说中的萧俊才请求进岛参加大雁岛的开发建设，并不是单纯为了祖国的事业，而是为了追求爱情，想要与沈小宛在一起。作家在读书时对我国古典文学作品《红楼梦》等多有涉猎，有着深厚的国学基础，创作小说时自觉借鉴了我国传统小说的表现手法，将人物放在剧烈的矛盾冲突中表现人物性格，并设置了几组彼此对照的人物形象，使人物个性更加鲜明。如积极进取、努力实现自己人生价值的薛风娟与自私自利、只沉溺于小家庭之中的落后人物柳明霞；无畏困难的女技术员沈小宛与虚伪、个人主义思想浓厚的第二队队长萧俊才；劲头十足、敢想敢干的分场党委书记张兴华与墨守成规的农业专家苏超凡等都存在鲜明的反差。

从情节建构上看，小说虽然人物众多，但作家将所有人物通过线索彼此串联，大故事与小故事之间相对独立，又时而关联，环环相扣。如于兴曾是在北大荒战斗过的抗联战士，被王开富所救，怀着感激与热爱之情在新中国成立后重回大雁岛，希望用自己的力量把原住民的愿望变成美好的现实。同时，作家采用二元对立的结构模式，追求一种平实对称的美学效果。小说主要围绕张兴华与苏超凡对农场建设产生的矛盾展开叙事，二人因性格的不同导致其思想策略的不同。张兴华主张坚决贯彻“五边”方针，选择相信民众的主观能动性；苏超凡则自认是一个农业专家，有丰富的办厂经验，认为应根据科学经验采取保守策略，由此产生了二人在大雁岛建设中的一系列冲突，推动了情节发展。

小说带有鲜明的地方色彩，作家在描摹战士们生产生活场景的同时，极力渲染北大荒独特的自然风光。北国边陲、茫茫原野、神秘莫测的挠力河、凛冽不可侵犯的大烟泡、银光闪烁的鱼鳞松、挂满枝头的晶莹冰凌、沼泽地上的三棱形棱草、独傲风雪迎寒开的金色冰凌花等，共同构成了一幅北大荒的神奇画卷。这些北大荒的风物景观既为小说营造了诗意美，又为人物性格的塑造做了铺垫。小说语言朴实，富有激情，是一首向拓荒者致敬的赞歌。“你们永生在我们的记忆里，我们生活在你们的事业中。”

今天看来，《雁飞塞北》所表现的北大荒建设的美好生活，讴歌老一代垦荒者的革命理想和艰苦奋斗的精神，都成为一种催人奋进的力量，它以独特的魅力，深深地影响着几代人，因而小说具有超越时代的生命力，代表着那一时期北大荒长篇小说的最高成就，在黑龙江文学史上占有极其重要的位置。如今小说所表现的艰苦奋斗、勇于开拓的北大荒精神也已成为中华民族宝贵的精神财富，继续广为流传。

【阅读提示】

我在这部小说里是通过农场建设的斗争生活而展现人物的命运。讴歌的是老红军一代垦荒者的革命理想和奋斗精神，描绘的是年轻一代建设者的欢乐和痛苦。我一直想通过这个作品，歌唱劳动的美德，颂扬艰苦奋斗的创业精神，赞美在共同劳动中建立的共产主义的爱情观和幸福观，从而鼓舞人们去为沸腾的社会主义建设增光发热！毫无疑问，这是每一个社会主义文学工作者责无旁贷的写作主题！

——林予：《忠实于生活——从〈雁飞塞北〉再版想到的》，《小说林》，1983 年第 3 期

长篇小说《雁飞塞北》，是林予创作生涯中的一部力作。它是一曲拓荒者的赞歌，是创业者艰苦斗争历程的壮丽画卷。这部作品以生动

的艺术形象，在相当巨大的规模上反映了五十年代末期十万转业官兵开发北大荒的图景，表现了他们战天斗地的英雄气概，讴歌了他们艰苦创业的丰功伟绩。而作品的不足则明显地存在着图解方针政策和某种政治观念的痕迹。

——杨治经，杨诗粮，彭放等：《北大荒文学艺术》，北方文艺出版社，1988 年版

北大荒文学创作硕果累累，但最具代表性的作品是作家林予的长篇小说《燕（雁）飞塞北》，这是一部最早以长篇小说的形式叙写的一代拓荒者艰苦创业甘于奉献的精神面貌，整部小说采取的仍是现实主义的创作方法，在大雁岛的典型环境中塑造了张兴华、杨海东、苏超凡、沈小宛、王开富、王秀云等一些性格鲜明生动的人物形象。歌颂了一代人艰苦创业的精神，首开北大荒文学长篇小说创作之先河，作品虽然带有很强的主流文学色彩，但并未有同期其他小说创作中出现的雷同化、概念化的人物塑造，而是展示了色彩斑斓的北大荒地域风物人情画卷，尤其是作品主要表现的第二个五年计划中北大荒的创业情景，并未有图解“大跃进”的倾向，而是讴歌了老红军一代垦荒者的革命理想和奋斗精神；描绘的是年轻一代建设者的欢乐和痛苦。也曾有读者认为作品只“表现了生活美好的一面，而对北大荒艰苦生活则表现不足”，尽管如此，作品对一代人都产生了深刻影响，在相当长的时间里，作者都能不断收到来自全国各地的信件，表达了他们阅读作品的种种感想……这也充分表明作品内蕴的健康向上的时代精神的感召力。也正是真情的描绘，才使作品获得一种超越时代的生命力。《燕（雁）飞塞北》无疑在思想上影响了整整一代人，由于作品突出表现了北大荒人艰苦创业的精神，使作品充盈着一种阳刚之美，其纯朴刚健的风格对后来的北大荒文学创作产生了一定的影响。

——何青志：《东北文学六十年》，吉林人民出版社，2009 年版

在疾进的行列里(存目)

杨　昉

杨昉(1923—1978),河南新蔡人,原名杨崇青,别名云峰、方文。1949年5月参军,在部队工作期间,与人合作创作《为了幸福》《粉碎糖衣炮弹的进攻》等剧目。曾担任长篇小说《苦菜花》的责任编辑,参加编著《志愿军英雄传》的工作,创作《永生的炮手》《创造奇迹的人》《没有攻不下的山头》等作品。1958年3月由解放军文艺丛书编辑部转业到牡丹江农垦局八五〇农场,从事《北大荒文艺》的创办与编辑工作。其间,发表了短篇小说《在疾进的行列里》《百车宴》《抗联留下的小棚里》等作品。1962年8月,杨昉调黑龙江省作家协会任专职作家,1970年落户到友谊农场五分场,其间,经常为兵团和各师举办各类创作班、研讨班讲课,对知青作家进行创作辅导。1976年杨昉调黑龙江省文化局创评室,辅导全省群众文学创作工作。

在《在疾进的行列里》中,作者以"大跃进"时期大搞技术革新,提倡发明创造为背景,讲述了在黑龙江某生产队自主进行炕孵实验的故事。小说以一封检讨信为引线,借孵化员小英子之口讲述了前两次炕孵实验的失败经历,引出下文生产队自主研究炕孵实验的故事,并展示了在这辆奋勇向前的列车上出现的对技术创新两种截然不同的态度。一方面,炕孵实验在摸索中前进,指导员和小英子带领大家总结经验,寻找前两次孵化失败的原因。另一方面,生产队长胡正刚是炕孵实验道路上的"拦路虎",他批评小英子不切实际,过于理想主义,旁敲侧击地指出指导员要从干部的立场出发,凡事以名声为重;他冷眼旁观炕孵实验，多次向上级打小报告述说炕孵实验的艰难。然而，在生产队员的共同努力下，第三次炕孵实验终于大获成功，胡队长的如意算盘落空，大家在技术摸索创新的道路上又向前迈出了一步。

作者以全新的视角讲述了一个小村庄自主炕孵实验的故事，讽刺了与国家的政策背道而驰的思想态度，对干部中出现的投机取巧，甚至是滥竽充数的行为，予以无情的鞭挞，并借此表明，国家的发展壮大不仅依赖于技术的创新，更重要的是要具有创新意识，小说由此具有鲜明的时代气息和典型的教育意义。

小说中的人物众多，大体可以分为两类：一是小英子和指导员这种不怕困难、敢为人先、具有拼搏钻研精神的先行者。一是以队长胡正刚为代表的行事中规中矩、遇事畏头畏脑、怕惹麻烦、只愿沿前人的脚步行走的投机取巧者。前一类型中的小英子，是一位孵化员，是社会主义农村新人形象的代表，她忠于职守，把集体的利益放在首位，始终同集体共进退。在孵化工作中，她一直坚守在第一线，兢兢业业，任劳任怨。在第三次孵化实验的关键时刻，小英子凭借舍身忘我的精神，唤起了大家的斗志，天亮之前将孵化室修补完成，小鸡也接连出壳，第三次孵化实验终于成功。小英子坚持钻研的精神，是集体创新发展的泉眼，是国家建设发展的助推器。

指导员廖育才是在社会主义时期接受过先进思想教育的农村干部形象，他善于思考，直面困难，不怕失败，体恤下属。在小说中，正是他对炕孵工作的支持，鼓舞了小英子和其他农场工作人员继续探索和实验。作为一位年轻的农场领导，他自身也有许多不足，但他能在冲动中思考自己的不足，并做到向他人学习，这是他的优点之一，也是集体主义经济下新型干部的优良作风之一。在炕孵实验中他始终和大家站在一起，关心集体，无私无畏。在社会主义这辆疾进的列车上，指导员是有担当、肯付出的领导代表。国家的建设、社会的进步需要的正是这样的干部。

队长胡正刚是保守、投机取巧型领导的代表。他怕出错，不愿冒险，只想做出最稳健的选择，走前人走过的路，遇到困难，先想如何自保。他是小说中最复杂的角色，表面上，他对农业工作尽心尽力，任劳任怨，实际上，他怕因工作上的失败招致领导的指责，于是他不追求农业工作的技术创新，不当疾进道路上的“摸索者”。在三次孵化实验中，胡队长始终是一个局外人，他冷眼旁观孵化工作，扮演的是负面角色，传递的是消极的论调。

在人物形象塑造上，《在疾进的行列里》采用对比的手法，做到了“同而不同处有辨”。在类同的人物形象中，小说通过小英子和指导员的对比，突出了指导员临危不惧、沉着冷静、积极思考的“新人”形象。在不同类型的人物形象中，小说把胡队长作为反面教材，借胡队长的退缩自保、自私自利，反衬了小英子和指导员不怕困难、有担当、肯作为的积极特质。人物形象在对比中互相映衬，人物性格也在孵化实验中逐步展现。与此同时，小说在对比中也表明了在这辆集体主义经济疾进的列车里，需要的是小英子和指导员这样敢想敢做、不怕困难、勇为人先的创业者，而不是胡队长这种夹杂在创新的行列中滥竽充数的“积极分子”。

小说围绕孵化实验工作这一主脉络展开，取材简单，立意深刻，于朴素中见精巧，具有典型的时代气息。小说叙事详略得当，作者采取层层推进的方式，把小说的主旨、人物性格以及有关孵化实验产生的一系列矛盾等，跟随孵化实验的推进逐步展露，主次线相互交叉，情节跌宕起伏。尤其是对胡队长采取似褒实贬的写作手法，把读者推出了正常的心理预设轨道，小说结尾除了给人一种恍然大悟之感，还留有令人深思的余味。

小说多进行直观的展示。作者讲述了“大跃进”时期农村的变化趋势以及人物的思想特征，从日常工作的细节入手，在充分、直观的展示中表现出了同一时期不同人物的特点。如指导员和胡队长有关炕孵实验出现了意见分歧，作者先从时间入手，而后描述胡队长的外形和工作态度，在和指导员的谈话中逐步表露出胡队长对炕孵实验的反对态度。在两人的意见冲突逐渐达到顶峰时，指导员的一句“至于分工问题”“你看以后是不是我多管畜牧？”瞬间解开了缠绕在胡队长心间的大疙瘩,“他的脸上浮出一层意外的喜悦”,两个人有关炕孵实验的意见分歧就这样解决了。胡队长的前后变化让人感到意外和震撼,也正是通过这样直观、细致的展示,把胡队长求自保、怕担责的自私自利与指导员的勇于担责做了对比,批判了胡队长与集体主义共进退背道而驰的做法。

小说根据人物的不同性格,选取不同的表达方式,使得人物语言十分符合其身份。如在小说中属于点睛之笔的副线人物——张大娘,作者在小说中截取两个横断面,塑造了这位热心、多嘴,又有点可爱的农村老大娘形象。她为小英子求情时,一连串的话像蹦豆似的脱口而出,在话语中间“嗯、啊、呀”各种语气助词的添加,让一个淳朴自然的东北老大娘形象活灵活现地跃然纸上,使原本严肃的求证情节增添了几分诙谐的气息。小说的最后,张大娘对指导员的夸赞,在作者的匠心运作下,于无形中强化了对胡队长这一人物的讽刺效果。

口语化的叙述语言和个性化的人物语言,使得《在疾进的行列里》行文流畅生动,内容通俗易懂。朴素明快的口语化的叙述语言,为这篇小说增添了浓郁的黑龙江地域气息,也增强了小说的趣味性。如描写指导员看完小英子检讨信时的表现:“指导员看完检讨书,心里有些上火,一拍桌子……”“他找到了爱叙家常而又常接近周英的张大娘,一谈起来,大娘就像替周英讨情似的唠叨开了……”这种合乎日常用语的叙述语言使得小说内容简洁明了,通俗易懂,生动风趣。在人物语言方面,杨昉通过看起来十分普通、平常的人物语言,表现不同人物的性格特征和心理状态,使读者听其语知其人。如胡队长劝告指导员的语言:“老廖,你还年轻哩,火气太重……”“老廖哇,两次的教训告诉我,过去咱们是把问题看得过于简单了!……”“老廖,你慢着,我有话说……”把一个苦口婆心,事事为他人着想的老干部形象刻画得栩栩如生,同时也为下文展现胡队长但求自保的真实内心埋下伏笔。此外,“坐蜡”“拳死”“瓢”等各种方言俚语的穿插,“铺草”“稔草”“炕”等日常生活物品的呈现,拉近了读者与小说的距离。而各种动词的叠加,如“拍”“蹦”“跳”等也增添了小说叙事语言的节奏感和表现力。

这篇小说在今天读来，其蕴藏的深刻寓意依旧能引发人的深思。杨昉没有被彼时的社会表象所蒙蔽，他不满足于对黑龙江农村日常生活的描摹，而重在以现实主义的立场，称赞了指导员、小英子这种在大力建设社会主义的行列里，敢做敢闯、独立自主、有创新探索精神的人物，也如实地写出了一些农村干部自私落后的情况。故事在正、反对比中逐步推进，小说的思想内容也在直观细致的展现中逐步升华。

【阅读提示】

其中《疾进的行列里》反映农场女孵化员小英子的故事，从平凡劳动中展示农场畜牧业发展的一个侧面和人物美的心灵。他的作品文字朴实无华，故事紧凑，注重人物性格的塑造，具有鲜明的时代气息和浓郁的地域特色。

——赵国春，郭亚楠：《北大荒文艺史略》，哈尔滨工程大学出版社，2019 年版

山区收购站（存目）

骆宾基

骆宾基（1917—1994），别名张璞君，吉林珲春人。1935 年在哈尔滨精华学院学俄语，1936 年去上海，1937 年“八一三”事变后，开始以骆宾基为名在《烽火》《呐喊》等报刊上发表反映抗战的报告文学。1938 年加入中国共产党。1939 年出版反映东北抗日义勇军斗争的长篇小说《边陲线上》。整个 40 年代辗转于桂林、香港、重庆、上海等地从事文学创作，创作了短篇小说《北望园的春天》《乡亲——康天刚》，自传体长篇小说《姜步畏家史》的第一、二部《混沌》《氤氲》（又名《幼年》《少年》），中篇小说《吴非有》《罪证》，神话《蓝色的图们江》，剧本《五月丁香》以及《萧红小传》等。1953 年调入北京电影剧本创作所。1958 年骆宾基再次到黑龙江牡丹江地区深入生活，创作了《山区收购站》《大车轱辘和家具》《白桦树荫下》《暴雨之后》等作品。1962 年调到北京市文联，不久担任作家协会副主席。这一时期的作品有短篇小说《王妈妈》《父女俩》《交易》《年假》等，短篇小说集《老魏俊与芳芳》。1976 年以后，骆宾基在北京文史馆从事古文字学研究，出版了两卷本《金文新考》。

《山区收购站》是骆宾基在黑龙江期间创作的一篇短篇小说，以《在山区收购站》为名发表于《人民文学》1961 年 7、8 月号上，1963 年 10 月由作家出版社出版，后被选入《黑龙江短篇小说选（1949—1979）》。小说围绕 1958 年的秋收时节，东北老黑山小屯收购站发生的两起收购冲突展开，反映了人民群众个人利益与集体利益的冲突与统一的问题。这两起收购冲突,一起是停止收购山葡萄引发的矛盾冲突,这本是农民个人利益与国家经济政策导向的矛盾,但因老收购员王子修僵化固执的拒收态度,村中妇幼把内心的不满转而朝向王子修个人,以致矛盾在小屯内演变为老收购员王子修与村民的冲突;另一起是老收购员王子修与公社副业主任陈老三之间关于收购野山参的冲突。王子修认为陈老三是老跑山的,会因一己私欲报高山参的品级,使国家蒙受损失,他有意压低山参的价格,引发陈老三的不满,两人之间的互相猜忌导致山参交易无法成交,这是购销之间的不信任引发的矛盾冲突。矛盾的化解者是小屯收购站的主任曹英,一个二十三岁的年轻姑娘。针对停止收购山葡萄的问题,她决定采用土法造酒,不仅弥补了停止收购山葡萄给生产带来的损失,还从根本上解决了外面的酒运不进来,山区无酒可喝的问题;对于购销之间的不信任问题,她从对方的立场出发,解决了陈老三农副业经营上的困难,并在山参品级鉴定上给予陈老三绝对的信任,使陈老三完全如实上报野山参的品级,完成了珍贵的野山参交易。小说在新的信任和伙伴关系的构建中落下帷幕。

小说通过对曹英以大局为重,坚持以人为本进行生产活动的描写,表现了过去深受小农经济思想影响的人们在新时代下的思想转变,揭示了个人主义思想与集体主义思想之间的矛盾,反映并肯定了中华人民共和国成立后,农村中出现的一种为生产服务的正确的商业思想。这是在农业合作化时期,农村出现的以集体为重的新思想和新的商业贸易关系。

小说中的王子修代表的是以国家利益为重,但忽略人民需求的淳朴老农民。他是一个性格执拗,却有着广博的山货收购经验,在山货鉴定领域有很高威信的老收购员。他恪尽职守,严格把守着国家的资金。因为他对山货质量的把守和压价,以至于那些想卖高价的猎户、跑山户宁愿跑远路去其他地方的收购站也不愿意把珍贵的皮毛、山参拿到小屯收购站出售。他和村民之间关于收购山葡萄的矛盾,他和陈老三之间关于山参品级的较量,均体现了他以个人主义观点看待人民群众的狭隘思想。在业务上，王子修是一把好手，但思想上却顽固僵化，不知变通，他坚守国家利益的出发点是好的，体现了人民一心为国的利益观，但是忽略了人民群众的生产、生活需求，把国家利益和群众利益对立起来，由此引发了一系列矛盾。

曹英是体现时代精神的社会主义新人代表。她热情、开朗、活力四射，尊重人民群众，同时又善于思考，富有开拓精神。她能从大局出发，从人民的实际需要出发，以商业购销促进生产发展和提升人民生活质量为落脚点来思考和解决问题。她思维开阔，富有创新的精神，关于山葡萄的购销问题，她想到就地办酒厂，用山葡萄酿酒解决购销矛盾，做出了促进山葡萄生产发展和山区工业建设发展的创举。在和陈老三的相处中，她信任陈老三，对陈老三上报的山参等级予以认同，使这一批贵重的山货收购交易得以完成。她乐于分享，教会陈老三订货方法，传授自己所在社的生产生活经验。她尊重王子修并用实际行动使王子修改变了原先的做法。曹英把国家利益和群众利益结合起来，是一个为人民服务的社会主义新干部形象。

《山区收购站》刻画人物主要采用了两种方法：首先，是在矛盾冲突中展现人物性格。如作者在两重矛盾中塑造了老收购员王子修这个人物形象。一是他与公社副主任陈老三关于山参收购的矛盾。在和陈老三的交易过程中因为担心国家资金遭受损失，他故意压低山参的品级，这表现了他以集体利益为重的认真尽职的工作态度，但对陈老三的不信任也表现了他不知变通，用老眼光看人的态度。二是收购山葡萄的矛盾。当县里决定停收农业社的葡萄后，为了国家的财产免受损失，他拒绝收购村民采摘的山葡萄，由此引发了他和采摘山葡萄的妇女、孩子之间的矛盾。

其次，是运用对比、衬托的手法刻画人物的性格。小说主要在王子修和曹英的对比中显示出两人的性格差异。王子修怕国家利益遭受损失，与人交易锱铢必较，而曹英则从人民群众的立场出发，寻找解决方案，使国家、农业社、村民的利益都得到兼顾。在对比中两人不同的思想性格特征更加突出。此外，曹英的活泼开朗和王子修的严肃认真也形成鲜明对比。王子修虽有缺点，但他的出发点始终是以国家为重。通过与王子修顽固保守的思想和束手束脚的行动做对比，更鲜明地衬托出曹英机智灵活、爽朗明快的做事风格，以及她把群众利益和集体利益相结合的开拓进取的新思想，展示了社会主义制度下新一代年轻干部应当有的精神面貌和工作风采。

从语言上看，《山区收购站》无论是叙述语言还是人物语言都平实质朴，于平淡中见活泼，带有典型地域特色。小说中语词的选用与人物形象贴切，语言句式跟随人物心理变化转换自如。如王子修与陈老三在山参收购中的一系列心理活动引起的心理语言的变化，二人由之前的客客气气转换为暗自腹诽。王子修的“简直还是老跑山的作风，净往高里讨价儿，一点国家观念都没有！”和陈老三的“简直是旧式的商人，哪里是国家收购站的财贸工作人员呀？”“一百七！见鬼去吧！”，作者借此把两个人的心理活动形象地展现出来，增加了小说的生动性。文中的各类山货，人们的生活方式、衣着打扮、语词语调都带有鲜明的黑龙江地域特色。这些具有地域特色的语言，除了直接增强小说的生动性、形象性和地域色彩以外，还具有解释黑龙江农村地区自然物产、人民的生活方式等特定地域文化的功能，可称得上是对黑龙江地域文化和时代变迁的历史记录。

【阅读提示】

这篇小说，塑造了山区收购站老收购员王子修和青年女主任曹英的形象，通过这两个人形象的刻画，告诉读者曹英以集体主义观点对待国家利益，能给群众解决问题，是她把国家和群众之间的通道打开了；而王子修以个人主义的观点对待国家利益，却把这条本来相通的道路给堵住了。读者从曹英的形象里，看到在党培养下的社会主义商业人员新的风貌，从而受到感染和教育。

——魏金枝：《别具一格的一个短篇集——读〈山区收购站〉》，《文艺报》，1964 年第 2 期骆宾基还善于选取一个独特的角度，精心构思、剪裁，在有限的时空和幅度内，完成人物形象的塑造和主题思想的表达。同作者的其他作品相比，《山区收购站》所概括的矛盾要复杂得多。这里包含着国家利益和群众利益的矛盾，粮食生产和多种经营的矛盾，生产和运输的矛盾，新旧经营思想、经营作风的矛盾等等。而作者又把小说安置在1958年“大跃进”和“大办钢铁”的背景下，就更增加了矛盾的复杂性和尖锐性。作者采取了以简驭繁的办法，让这些矛盾都围绕山葡萄的丰收和收购这对矛盾展开，用日常谈生意和类乎说闲话的方式来解决，而且把故事压缩在一天之内，上半天交给老收购员王子修（虚写曹英），通过他的生活行事、待人接物而展开矛盾，一直弄到和群众僵持、对立的地步；下半天则交给女主任曹英（让王子修陪衬），也是通过她的日常行事、接人待物，将矛盾一个个顺利解决，而且解决得那么自然、轻松，令人信服。人物性格推动了情节的发展，情节的发展又揭示了人物性格。作者通过曹英和王子修这两个人物表达了一种质朴的思想：社会主义商业工作者必须树立新的经营思想、经营作风，必须精通业务，处处为国家利益和群众利益着想，并千方百计地把二者统一起来。只要这样，许多看来不好解决的矛盾，实际上是不难解决的。

——黄济华：《当代文学审鉴卮言》，华中师范大学出版社，2006年版

医道(存目)

巴　波

巴波(1916—1996),重庆人。原名曾祥祺,号艺波,笔名田丁、陈华等,后以笔名巴波闻名于世。早年于重庆求精中学求学,在印刷厂当过学徒工。1934年起开始发表与抗日救亡相关的文学作品,1945年参加中华全国文学艺术界抗敌救亡协会,1948年因受国民党迫害逃亡香港。1949年回京参加中华全国文学艺术工作者代表大会,并成为中国作家协会的一员。1961年调至黑龙江从事专业文学写作。晚年任黑龙江省作家协会副主席、名誉主席,省政协常委、省民盟常委、顾问等职务。主要作品有《王参议员》《医道》《小城风情》《河灯》等。曾获得黑龙江省作协文学作品一、二等奖,《黑龙江日报》影评一等奖。

短篇小说《医道》发表于1961年第9期《人民文学》,1963年被收入短篇小说集《林姐》,后被选入《黑龙江短篇小说选(1949—1979)》。小说集《林姐》主要描述了20世纪60年代初期,作家来到北国参与如火如荼的社会主义建设活动的经历。它描绘了新奇、壮美、瑰丽的北国自然风情,勾勒了一组淳朴、勤劳、善良的人民群像,歌颂了伟大、光荣、雄伟的社会主义事业。作家经由熟稔的艺术构思,在小说里还原了社会主义新人新事,一首首赞歌的书写,是由社会的客观环境和作家的主观心态共同促成的。作家从旧社会的泥淖里挣扎着爬出来,亲睹亲闻了人民在内忧外患的局势里朝不保夕的惨况。他以一颗纯粹的赤子之心,从生活中汲取创作的养料,任所思所想所感尽情地流淌至纸上,格调明丽清新,文风朴实凝练。

《医道》主要是以第三人称容大夫的叙事视角展开的。小说讲述了容大夫原本是一个只顾在自己领域里尽善尽美而稍显保守的城市知识分子，通过服从党组织的安排到农村的医疗基层单位锻炼，思想得以脱胎换骨的故事。在这期间，她耳闻目睹了一系列基层医务工作人员为人民群众全心全意服务的事件，如护理员小刘治牙疼、助产士小江勇救难产农妇、柳屯门诊部齐心协力新建病房救治麻疹合并肺炎病儿。这些亲身经历深深触动着容大夫的心，使她重新思考自己行医时对病患应尽的义务，考虑的层面由此从个人转至人民群众。最终她成为一个主动承担义务，全身心投入工作的党和人民群众的好医生。

容大夫是作者着力刻画的一个人物，从这个人物身上可以看到巴波本人的影子。通过细致勾勒容大夫的心路历程，以其为镜，折射出当时广大知识分子思想被党和人民群众再造的境况。小说一开篇即交代了容大夫的思想背景，以她到柳屯门诊部的不踏实、空落落的心境为引，探讨原因，推动故事的发展。由此一个鲜活真实、有血有肉的人物得以立体地成形，引起当时知识分子的普遍共鸣。

小说里除了提到容大夫受到小刘、小江这些干劲十足的人物潜移默化的影响外，王大夫也是启蒙容大夫思想的一个关键人物。作者将王大夫塑造为共产党的代言人，他的言行举止表明一个共产党员应有的担当。王大夫是门诊部的主心骨，是重大事件的推动者与决策者，是将病人的生命放于第一位的崇高医者。党赋予他的这种优良作风深刻影响了门诊部的全体医务工作人员，这其中也包括下基层锻炼的容大夫。王大夫遇事沉着冷静、头脑清晰、行动果敢，在麻疹合并肺炎的疫情暴发时，他当机立断做出转院的决定；而在面临病儿数量过多，转院路程遥远的新困难时，他也能及时地调整应对政策，鼓励大家群策群力，共克时艰。但是作者的目的不是塑造一个个人主义式的英雄，而是一个诱发集体智慧的引导者。每当有新的困难发生时，他都会积极组织会议，大胆采纳成员所提的各种建议，也正是在集体的献力中，危机得以化解。

在小说的结构组织上，可见作者的艺术匠心。围绕“医道”这个主题，小说设置了三个情景来描述容大夫的心路历程。聚焦于何为医道，作品结构严谨，首尾呼应，情节通过人物的思想变化层层推进。小说开篇以容大夫不适应集体生活为始，结尾以容大夫主动请缨救助更困难的群众为终，巧妙地将主题融入人物形象的塑造之中，这也是小说的成功之处。具体分析文本可知，三个事件串联起了容大夫的思想变化历程，按阶段可划分为波澜初起、矛盾升级、冲突解决这三个部分。而这一变化，也正是通过对各类人物的描画得以呈现的。小说以容大夫的思想改造为中心，让一众人物渐次出场，既有性格鲜明的个体，也有具有共性的群像。作者着力刻画各色人物的目的便是将容大夫置于被“教育”的地位，使其深刻领会到自身的局限，并明白自身的价值应该在脚踏实地地为人民服务之中得以实现。

作者善于运用白描的手法，寥寥几笔便勾勒出人物的主要性格情态，使作品不流于概念化、公式化的空洞说教。另外，作者还巧设矛盾冲突，使人物的性格在激烈的情节中体现得淋漓尽致。如在面临难产妇的危急情况时，容大夫与小江出现了分歧。小江认为根据产妇的身体状况，她可以凭借自己的接生技术就地接生，以免在转院的途中又生意外。容大夫却误认为她在逞能邀功，认为就地接生是罔顾母子安全的一次冒进行为，力主转院。但在小江与死神争分夺秒抢救母子的性命时，两人的心境自然而然地达成了一致。这便是同为医者对生命所持的仁爱之心。正是这份心意相通使容大夫与小江和解，新生命的顺利诞生也意味着容大夫的新思想已从昔日专注于小我的幽闭空间破窗而出。果不其然，从山区回来之后，容大夫顾不上原本很在意的“洁癖”，第一时间去找了门诊部的负责人，向共产党员王大夫汇报自己此行的思想收获，并在日记中反省自己的业务能力以及医者精神。

同时，作者也借容大夫映射了自己乃至当时广大知识分子的真实的心理感受。小说采用第三人称视角叙事，便是一种借他人经历抒自己心志的叙事策略。细读文本可知，作者的声音贯穿小说内容的始终，小说人物的行为举止、心理活动等都鲜明地传递着作者意图。小说题为“医道”，即是一种以小见大的手法。从浅层看，思考的是如何行医的方法问题。结合时代背景，深入探讨的是当时知识分子的价值立场以及如何融入人民群众的问题。王大夫的人物设置体现了作者创作的深度考量——一种代表时代主流的集体主义观念的弘扬。因此，与其说容大夫的思想升华是被王大夫的个人魅力所折服，不如说她是被王大夫所代表的集体精神所震撼。整个门诊部上下一心，团结一致，舍弃个人利益无私奉献，这也是作者为知识分子所指引的方向。

【阅读提示】

小说集中的《医道》，是巴波这一时期的一篇具有代表性的作品。作品通过一些真实的生活细节，形象地描绘了所谓旧知识分子在下放锻炼过程中，观点立场、思想感情发生的深刻变化，较为成功地塑造了容大夫这个知识分子的艺术形象。容大夫的改造历程，可以说是当时我国广大知识分子共同走过的苦难道路的艺术概括，也是作者自我改造的真实写照。

——彭放：《黑龙江文学通史》第三卷，北方文艺出版社，2002年版

新队长到来之后(存目)

郑加真

郑加真(1929—2021),原名郑嘉真,浙江温州人。1953 年毕业于上海复旦大学中文系。1951 年参加抗美援朝战争,历任中朝人民空军联合司令部及军委空军司令部见习参谋、参谋,1958 年随十万转业官兵开发北大荒,历任宣传干事,黑龙江省国营农场总局宣传部副部长兼《北大荒文艺》主编,黑龙江省农垦总局正处级调研员,编审,黑龙江农垦史办公室主任。在此期间开始发表作品。1983 年加入中国作家协会。还曾担任黑龙江省作家协会副主席,北大荒作家协会名誉主席。1993 年退休,享受国务院特殊津贴。

郑加真 1958 年来到北大荒后再未离开这片土地,为北大荒文学做出了巨大的贡献。他著有长篇小说《江畔朝阳》(日本青年出版社译成日文)和中篇报告文学《战斗在北大荒》(合作),以及中短篇小说集《高高的天线》等。作品多次获奖。长篇报告文学《北大荒移民录》获黑龙江省文艺创作二等奖,长篇报告文学《中国东北角》(三部曲《苏醒》《磨炼》《崛起》)获黑龙江省精品工程奖和最佳图书奖,编史志类作品《黑龙江省志·国营农场志》获全国和省史志类著作一等奖;电视艺术纪录片《大荒情》获黑龙江省电视纪录片一等奖。车红梅在《郑加真北大荒纪实文学的精神立场》一文中评价他是北大荒第一代作家中“涉猎体裁最广、数量最多、被读者长久关注的元老级作家”。虽然郑加真的纪实文学成就最高,但是其小说创作也不能忽视。

短篇小说《新队长到来之后》发表于《北方文学》1962 年第五期,

后被选入《黑龙江短篇小说选(1949—1979)》,并受到《文艺报》副主编唐因先生的高度评价。小说是北大荒垦区文学的代表作,它以开垦北大荒为内容,以新队长于杰到机务队上任为切入点,讲述了机务队女拖拉机手李淑英与男拖拉机手孙勇等机务队员你追我赶开垦荒地、进行春耕的故事。李淑英和孙勇是机务队的一对情侣,二人相处多年,已经到了谈婚论嫁的地步。但李淑英并不想轻易与孙勇结婚,承诺等自己机车作业超过孙勇之时才答应和他结婚。定下这个目标后,她一直努力提高作业量,希望能够超过孙勇,杀一杀他的锐气。在她的努力下,自己的机车作业成绩与孙勇的持平了。但是她又改变了想法,打算自己超过孙勇后,孙勇再超过自己时才和他结婚。李淑英取得的成绩让机务队的人员对她刮目相看。机务队在新队长于杰的正确领导下也发展得越来越好,形成了一派你追我赶的机耕景象。作者通过机务队你追我赶建设北大荒的故事,向读者展现了一幅北大荒机耕的热闹图景,也赞颂了拓荒者不辞辛劳、开垦荒地、建设北大荒的精神。

小说虽篇幅简短,但塑造了多位个性鲜明的人物,其中最具特色的、让人印象深刻的是女拖拉机手李淑英。李淑英三年前从山东支援边疆建设,被分配到机务队,之后她克服重重困难,还当上了包车组长。她不仅长得美丽秀气,而且聪慧能干,为人机智活泼,身上有一股不服输的劲头,能力和韧劲都不输男拖拉机手。不同于温柔贤淑的传统女性,她身上的垦荒热情、倔强性格、敢闯敢干的精神,让读者看到了女拖拉机手的风采。

新队长于杰为人谦逊,平易近人,对待工作认真、务实。他在上任之时就做了充足准备,了解了这个队的整体情况。当李淑英以责备的口吻向他提出问题后,他没有因她的态度而生气,而是马上展开调查,很快解决了问题。他在工作中细心又负责,善于从细微之处发现、解决问题。他根据孙勇潦草的字迹判断孙勇是一个自负的人,且意识到孙勇一直保持的优秀成绩不利于孙勇本人及机务队的长远发展。于是,他鼓励李淑英超过孙勇,以激发孙勇更多的潜力。在他的"策划"下,全队人工作的积极性都调动起来了。同时,于杰在工作中能够做到公平公正,目光长远,有大格局,能够凭借自己的人格魅力与出色的工作能力赢得大家的钦佩。他就像一台先进的机车,把全队的机车都带动起来了。

孙勇是机务队的标兵,在机务队上一直保持着最好的作业纪录。他的工作能力让人称赞,但是他容易自满,甚至有点儿自负。从这一人物可以看得出来,郑加真在创作小说时,注重立体地塑造人物形象,他笔下的人物有优点,也有缺点,不都是高大全的人物。通过孙勇这个人物形象,也表现出作者对当时垦荒工作的一些思考:一些拖拉机手在开荒时艰苦劳作,但也存在缺点,该如何解决这一问题呢?

除了上文提到的几位主要人物,小说中健谈爽直的副队长赵天德、大胆爱笑的红头巾姑娘都给读者留下深刻印象。郑加真曾在农垦总局工作,这部小说一定程度上就取材于作者亲历过的开荒建设生活,小说中的人物也来自他身边的人。

这部小说讲述的故事虽然较简单,但是在构思上独具匠心。作者以"新队长来到机务队"这件事情为线索,通过新队长于杰串联起了李淑英、孙勇、赵天德等人物。更是设置了李淑英与孙勇这两位拖拉机手在作业成绩上赶上彼此才能结婚的安排,通过这一故事情节,作者巧妙地将小说中人物的感情与机务队的作业成绩关联起来,既能够书写人物之间的感情故事,也能够展现机务队上的人开垦北大荒的事迹,读起来趣味横生。同时,通过李淑英与孙勇你追我赶提高作业成绩的故事,也让读者看到了机务队员开垦荒地的热情与努力。

小说在叙述故事时采用了正面描写与侧面描写相结合的手法,如在讲述李淑英与孙勇之间的故事时,既有正面讲述,也有侧面讲述。小说用较多笔墨正面描写了李淑英与孙勇之间的对话,反映你追我赶进行机车作业的情节,也通过赵天德、红头巾姑娘向队长于杰的讲述,侧面展现了李、孙二人以前的事情。正面描写与侧面描写在这部小说中都是不可缺少的。正面描写让故事的讲述直观明了,侧面描写起到补充解释的作用,让李淑英与孙勇之间的故事的来龙去脉更加清晰完整。读者与新队长于杰一样,都是通过红头巾姑娘的讲述才对他们过去发生的事情更加了解。侧面描写也丰富了李淑英与孙勇的形象。此外,作者在肯定新队长于杰这一类正直、实干的领导干部时,也运用了侧面描写手法。如李淑英看到二号地的场景,吃了一惊,内心想到:“这一切都是新队长到来之后,引起的变化。”面对这些变化,李淑英不由得在心里对于杰道了声谢谢。由李淑英对于杰的称赞与感谢,从侧面写出了作者对于杰这类干部的肯定与称赞。正面描写与侧面描写相结合的手法让故事发展张弛有度,更加吸引读者,也让人物形象更加丰满立体。

小说语言平实真挚,没有华丽的辞藻,多采用地方方言,这使小说充满了地域色彩。如在讲述于杰面对李淑英出场时生气的情景是这样写的:“打哪儿传来了一句逗趣的话:‘咱们这位女将也真冲,竟跟新来的队长顶撞起来了!’”其中“逗趣”“真冲”等词是口语化的方言,这样的语言十分贴近机务队人们的形象。于杰对修理机车的拖拉机手热心发问:“这车是老了,你有信心整住它吗?”“整住”一词是东北方言,体现出于杰作为队长朴实、接地气的形象特征。这些口语、方言的运用让小说散发着浓郁的地方风味。

小说除了运用具有特色的地方口语,也运用了一些北大荒开垦时期流传的话语,如“只要思想红,破车出英雄!”这句话是北大荒开垦时期特有的话语,体现了开垦北大荒的氛围,也传达出对垦荒人的称赞之情。

【阅读提示】

“北大荒文学”的形成,是和20世纪五六十年代的宏观形势分不开的。1958年十万转业官兵开发北大荒,在这支庞大队伍中就有一些作家,或原来在部队上从事新闻和文艺宣传工作的骨干,他们为开发北大荒艰苦创业奉献青春力量,也把切身体验融于文学创作,涌现出前面提到的林予、林青、平青、符宗涛、梁南、郑加真、丁继松、窦强、郭力等一批较有成就的作家,从而奠定了“北大荒文学集群”的基础。

——《黑土育得常青树——冯建福答〈黑龙江作家〉记者问》,《文艺报》,2006年10月21日

江畔朝阳（存目）

郑加真

《江畔朝阳》是郑加真的一部长篇小说，也是他的一部重要代表作品。这部小说的创作、出版经历是曲折的，而了解这个过程也是了解这部小说不可绕过的一个话题。郑加真构思这部小说是在 1963 年，当时《雁飞塞北》《大甸风云》这两部作品的出版激励了他，他萌生了要为北大荒写出第三部长篇小说的念头。为了创作好小说，他主动进入多个农场体验生活，积累素材，于 1964 年完成长篇小说《黑龙江畔》。这部小说以反映青年垦荒队生活为主，是《江畔朝阳》的前身。《黑龙江畔》的出版因时代原因而搁浅。1972 年，郑加真又被请回出版社多次改稿。根据出版社的要求，他设置了路线斗争的情节，强化了阶级斗争的氛围。但是，以阶级斗争为主线并非小说的原貌，这样的修改也并非作者本意。《黑龙江畔》经过“伤筋动骨”地修改，成为《江畔朝阳》，于 1972 年由上海人民出版社出版，小说先后 14 次印刷，总印量超过百万册。1976 年日本著名翻译家岛田正雄、伊藤克将《江畔朝阳》译成日文，另起名为《北大荒赞歌》而出版。这部小说受到了高度评价，但是作者本人并不以此为豪，在特殊时期结束之后称其为“废砖一块”，可见对于作者来说，这部作品是充满遗憾的。

这部小说主要讲述了 1963 年夏天，地处黑龙江畔的国营江畔农场朝阳生产队党支部在农场党委的正确领导下，党内右倾机会主义分子及一小撮地主、资产阶级分子围绕麦收展开的一场斗争。经过激烈斗争，朝阳生产队终于夺得了小麦丰产的胜利。这场战斗涉及多个领域，反映了社会主义建设时期阶级斗争的长期性与复杂性。小说也塑造了于岗、陈华、张全保等走进群众、顾全大局、不辞辛劳的英雄干部形象，同时也展现出北大荒特有的自然风貌与风土人情，充满生活气息。

小说在展现阶级斗争的复杂性与曲折性时，塑造了众多人物形象，这些人物来自多个不同阶层，有着不同的生活经历。一类是以农场党委书记于岗、政治指导员陈华、生产队长张全保、司机周明、教师田珍、拖拉机手李淑英、知识青年丁红、学生于慕军等人为代表的坚定地走无产阶级革命路线的人物，他们对党内资产阶级分子、右倾机会主义分子进行了激烈斗争与悉心引导；一类是以农场副场长戴联、农场机务科长王罗文、农场统计范有利、文工队长联发等人为代表的资产阶级分子，他们教唆党内右倾机会主义分子去卖鱼盈利、偷捡麦穗、破坏拖拉机生产，最终他们的阴谋被识破；还有一类是以拖拉机手杜铁和徐丙贵、生产队长张全保的妻子姜二珠、与地主有瓜葛的农民杨进福等为代表的右倾机会主义分子。他们在无产阶级革命道路上并不坚定，走错过路，最终在陈华、张全保等人的引导下，敢于正视自己的错误，揭露资产阶级分子的阴谋，回归到正途上。这些人物之间矛盾交错，充满着斗争：有于岗、陈华等领导与戴联、王罗文、范有利等领导之间的政治、思想斗争；有农场进行文艺演出时的文化斗争；也有张全保与妻子姜二珠、戴联与妻子田珍之间的家庭斗争等。

为了突出这些人物代表的不同阶级以及鲜明个性，作者以精到的外貌描写与语言描写刻画人物。例如，在描写陈华时多次突出他那深邃的目光、刚毅的眉毛，这样的形象突出陈华机智、擅钻研，一身正气的个性；而作为农场副场长的戴联总说着“好嘛，好嘛”的口头禅，让人不明所以，显示出其作为资产阶级分子的狡猾；另一位资产阶级分子范有利白净、虚胖，留着山羊胡子，突出了他贪图享乐、自私自利的个性，令人生厌。女拖拉机手李淑英脸蛋红润，眼睛有神且明亮，总是给人一种充满活力的感觉，显示出与土地亲近的健康的美。而与地主有瓜葛的农民杨进福不敢坦白自己的遭遇，见人躲躲闪闪，展现出未老先衰的样子。作者通过人物的外貌、语言等来刻画人物形象，让人物个性鲜明，栩栩如生。

小说多次展现了垦荒队的人们在农田作业的场景，经常出现金黄的麦浪涌起、红彤彤的机车驰骋在麦田中的景象。小说对麦收过程以及拖拉机作业进行了细致的描写，这些都来源于当时的现实生活，和作者的生活经历有着紧密的联系。小说除了描写北大荒秋收时的自然风貌之外，还着重描写了农场职工们面对秋收的态度与行动，为了麦收，他们在农田干得热火朝天、废寝忘食，表现出北大荒垦荒者对土地的钟情与热爱，表现出英雄人物扎根土地、一心为党的英雄气概。虽然如今北大荒垦荒开发的年代已远去，但是这部作品展现了黑龙江畔曾经热气腾腾的垦荒局面，让读者印象深刻。小说中《朝阳曲》中所唱的“葵花朝着红太阳呵，农业工人心向党，机车破开千顷浪，粮斗涌出万担粮”的场景会生动地浮现在眼前。

尽管《江畔朝阳》经过修改后变成了主要反映国营农场三大革命斗争实践的一部作品，但是作者依然没有放弃对小说语言的精细打磨。酣畅、幽默的语言是这部小说的一大亮点。小说多处采用比喻、讽刺等手法，有的语言具有一语双关的效果。如作者在谈到李淑英对农场中一些思想意识不坚定的人进行启发、教导时，小说中这样写道：“他感到，在这闷热的地头，当有人开始晕头转向时，这姑娘的发言，连同徐丙贵敞开胸怀的一席话，好像一阵凉爽的清风。”“晕头转向”一词并不是指田地里一些人生理上的晕头转向，实则指一些人思想不坚定，不知道该走哪条道路，在无产阶级的道路上迷失了方向。“一阵凉爽的清风”形容李淑英的话适时地让这些“晕头转向”的人感到清醒起来，如醍醐灌顶，以此来表明李淑英的思想坚定，在民众中起到了思想上的带领、指导的作用。讲到戴联在写他那带有阶级斗争的讲稿时，也采用了极为新颖与精妙的比喻，“屋里越来越黑暗，一切笼罩在灰暗之中。只有白纸反映出微光，只听得笔尖在‘窸窣’地响着。那景象、那声，好像半夜出洞的耗子在啃啮着什么东西……”，用“一切笼罩在灰暗之中”来暗示戴联在暗地里策划一场阴谋，是见不得光的。用

“半夜出洞的耗子的唷啮”声这个难听的声音来形容戴联写字发出的声音，以此来表明在当时那种情况下不和谐、刺耳的感觉，同时也暗指戴联如同耗子般，令人生厌、人人喊打。“检查完晒场的陈华，在轰轰雷声、闪闪电光中，心情格外镇静，说道：‘是呀，一场大搏斗就要开始了！’”此处的“轰轰雷声、闪闪电光”是通过自然界的事物来暗示戴联等走资产阶级路线的人对陈华等坚定走无产阶级路线的人发起了挑战，突出了阶级斗争的艰巨性。而“一场大搏斗就要开始了！”一语双关，不仅指人与大暴雨天气做斗争，要赶在暴雨前完成麦收工作，更是指无产阶级与资产阶级之间要进行一场激烈斗争。小说中类似的语言表达比比皆是，需细细揣摩才可领悟作者表达的真实意图。小说酣畅、幽默的语言为小说增彩不少，令人回味无穷。

郑加真的《江畔朝阳》是表现北大荒垦荒历程的重要长篇小说，虽然作者斥之为“废砖一块”，但是这部小说对北大荒垦荒场景的再现，对北大荒精神的赞颂，对北大荒风土人情的描绘仍然值得肯定，在北大荒文学中占有重要的地位。

【阅读提示】

1963年春，牡丹江局和合江局合并成立东北农垦总局。秋天，我被留在总局宣传部，开始酝酿构思我的长篇小说《黑龙江畔》（即长篇小说《江畔朝阳》的初稿）。完稿后，1965年上海人民出版社让我到上海改稿，由于长期的营养不良和过度劳累，一次改稿中我眼前一黑，双腿一软，就晕趴在桌子上了。之后又一天晚饭后，我构思散步到西藏中路时，突然感到了一阵眩晕，眼冒金星，一下子人就瘫坐在路边……等我咬紧牙关，一步步往回走……坚持挣扎着回到住处时已是半夜了。

——郑加真：《黑土地，我用生命为你写传》，http://www. shzq. org/hljpd/smxz. htm.

这部在郑加真文学生涯中发行量最大、读者最多、影响范围最广的小说，却被作家认为“一块废砖”。他的遗憾在于言不能为心声，因为流露心声不仅需要胆识和勇气，还需要机会。在当时的环境下，他没有机会把自己内心的真实感受表达出来。这是郑加真带着血泪、无可奈何的青春之殇。

——车红梅：《郑加真北大荒纪实文学的精神立场》，《文艺评论》，2014 年第 3 期

在刘红艳所著的郑加真评传有重要的一章“终身遗憾的‘畅销书’《江畔朝阳》”，讲述了郑先生这部颇费周折的作品出版的过程。我以为尽管郑先生在自己的简历中没有提到这部作品，但我仍然认为《江畔朝阳》为郑先生的重要作品之一，因为它毕竟是特殊年代出版又有广泛读者的作品；没有《江畔朝阳》就没有后来的“反思三部曲”，也不会有《北大荒流人图》。《江畔朝阳》所提供的经验和教训，对郑先生自己，对所有作家都是宝贵的财富。

——贾宏图：《读与行的风景》，北方文艺出版社，2014 年版

铁疙瘩的梦(存目)

郑加真

《铁疙瘩的梦》是郑加真的一部中篇小说,于1980—1981年在佳木斯创作,原载于1980年第4期,1981年第2、3、4期《北大荒文艺》。小说以开垦北大荒为背景,被收录到《北大荒文学作品选(中)》。小说展现了黑龙江垦荒时期的风貌,中间穿插着战争、人物的悲欢离合,共分为十七个小节,较为全面地书写了黑龙江垦荒早期的故事,也通过讲述拖拉机手老铁一家三代与拓荒有关的故事,表现出早期垦荒者对开荒事业的热爱,对"铁疙瘩"的喜爱,以及锲而不舍、勤劳肯干的精神。

小说主要讲述了拖拉机手老铁与拖拉机"铁疙瘩"结缘,开垦荒地、建设北大荒的故事。小说以老铁的成长以及他与"铁疙瘩"结缘的经历为线索。在老铁还在娘肚子里的时候,爷爷带着一家八口人闯关东,投奔住在东北的大伯家。没想到走到半道老铁出生了,所以一家人就在这个后来命名为"柞树屯"的地方安下家来,生活幸福安稳,但是日本开拓团的到来打破了这份平静,柞树屯衰落了,周围的人丢弃了家园去逃荒,老铁一家人也因此走散。叔叔逃走参加了游击队,爷爷与娘等人向北逃生去投奔他大伯,而他与他爹被日本人押走为开拓团干活。几番波折后,老铁爹俩打算在朝鲜小伙朴吉松和日本夫妇的帮助下逃出开拓团。在等待逃跑期间,老铁做了一个关于铁疙瘩的梦,梦到朴吉松教他开"火犁",一路上他快活地摆弄着这个铁疙瘩,成为一位"火犁手"。当他梦醒的时候,他们收到了抗联的传单,日本随后投降,他们一家人终于团聚。

老铁是小说的主要人物,真名叫来犁,小说在引子里介绍了老铁这个称呼的由来。老铁在解放战争时期就来到了北大荒,是一位令人肃然起敬的老拖拉机手。北大荒人喜欢把机车叫作“铁疙瘩”,“老铁”二字指的就是老铁疙瘩。“老”这个字又是尊称,所以“老铁”这个称呼表明了大家对他的尊敬,也表明了老铁十分擅长开拖拉机。而老铁得到这个称呼更是因为他的性格像铁疙瘩,像铁疙瘩一样倔硬、沉默寡言,也像铁疙瘩一样内心有一团火。在小说中,老铁从小就与“开荒”结下了不解之缘,小时候跟着家人开荒种地,全家“人拉犁”吆喝着“大伙使劲啰……”的景象让他印象深刻。长大后他开着铁疙瘩在农田作业之时,脑海中经常会浮映出那幅景象。对于老铁以及他的家人来说,骑上“铁疙瘩”是一件令人自豪、骄傲的事情。老铁对于“铁疙瘩”的热爱,对于开荒的热情不言而喻,他的名字也反映出他早已将开垦北大荒这项事业视为终生的志业。

小说中的其他人物也让人印象深刻。老铁的爷爷是一位具有家族威望,又有点封建思想的老头,他热爱土地、对开荒充满热情,一定意义上,老铁对土地、对开荒、对铁疙瘩的热爱就是从他这里继承来的。老铁的爹具有责任感,风趣又聪明;老铁的娘胆小、不善言辞,但忠厚贤惠,是一位典型的贤妻良母式的妇女;老铁的叔叔勇敢而充满正义……他们都是对生活充满希望与激情的人物,在他们的身上,读者可以看到北大荒拓荒者热爱土地、不畏艰辛的拓荒精神。

值得一提的是,这部小说不仅塑造了开垦北大荒的中国人形象,也塑造了异国者的形象,且作者对异国者角色的安排独具匠心。通过作者对异国者的描写,我们能够感受到作者对战争的反思。

朝鲜小伙朴吉松是小说中重要的一位异国人物,他不仅对故事的发展起到了推动作用,而且由他与老铁之间的关系可以窥见作者对中朝两国关系、对战争的态度。最初,老铁爹俩并不完全信任朴吉松,后来才渐渐相信朴吉松是他们的朋友。老铁爹俩与朴吉松关系的变化也反映了当时中朝两国关系的发展。朴吉松对老铁一家人给予了很大帮助，帮助他们多次逃出日本“开拓团”，为老铁带去家书，促进了他们一家人的团圆。对于老铁来说，朴吉松是对他的人生有重要影响的一位伙伴。朴吉松让他首次接触到了“火犁”，点燃了他对“铁疙瘩”的热爱之情，带领他走上了开拖拉机的道路。老铁的心里对朴吉松充满了敬佩与感激之情。作者将朴吉松这一人物形象设定为朝鲜人是有特殊含义的，这样的设置和作者本人参加过抗美援朝战争的经历是密不可分的。作者描写朝鲜人朴吉松与老铁一家人深厚的情谊，亦是在赞美两国之间的深厚友谊。

小说中还塑造了一对年轻的日本夫妻。他们在政府的要求下，作为“集团开拓民”从日本移民到中国东北。在作者的笔下，他们的形象与以往读者心中的日本人残忍、可恶的形象不同。他们随和而善良，在老铁爹俩干活累的时候主动让他们休息，在知道他们占了老铁家的屋子后表示愧疚之情。了解到老铁的苦难经历后，表示愿意帮助老铁爹俩和家人团聚。这对年轻的日本夫妇与老铁相处融洽，没有国籍上的对立，反而站在了同一战线上，他们的身上闪烁着人性美好的光芒。对于日本夫妇与老铁友好关系的书写也折射出作者内心希望国家之间能够和平相处的愿望。可惜，这对日本夫妇并没有好结局：男子应召入伍，其妻子在日本战败之后被日本队长毒死，一起死去的还有襁褓中的小孩，以及其他众多的日本移民。通过作者对这对日本夫妻及其他日本移民被毒死之事的书写，我们可以感悟到作者对战争的谴责与反思：普通民众在战争面前是无辜的，他们善良，希冀着和平，却一再遭受着苦难。

郑加真热衷于书写北大荒的拓荒者，擅长讲述拖拉机手与拖拉机之间的故事。小说通过老铁的成长经历，通过“老铁”与“铁疙瘩”，即垦荒者与开发北大荒中十分重要的物件——机车之间的深厚情感而展开，为读者展现了一段开垦北大荒的历史，也从侧面抒发了对北大荒垦荒事业做出贡献的人们的赞颂之情。

作者在书写北大荒开发历史时选取的角度是独特的。讲述普通农民老铁一家人的故事，这使垦荒事件具有真实性与感染力。在展现老铁从做关于"铁疙瘩"的梦到梦想成真的这一故事的同时,也从侧面展现出北大荒的开荒历史过程。如在讲到老铁从小就与开垦北大荒结缘之时,就将其放置在一个大历史背景之中去讲述。"谁都知道,半个世纪前后,那乱世年代里带着浪漫而悲壮色彩的'闯关东',应该说是北大荒历史上开拓者的先声。看来老铁在娘肚子里就参加了这个苦难而艰辛的行列,他跟随着父辈——这些大都是关内各地的穷苦农民因战争、瘟疫……而背井离乡,颠沛流离而落泊到北大荒的。"老铁爷俩被抓进开拓团是小说的主要情节之一,在讲述这一部分内容时作者更是将这段经历与其他的重大历史事件联系起来,在宏观的历史背景下去呈现。"爷俩从劳工营里逃生,沿江走迷了路,正是康德十年间的事。那是四十年代初,也是关东军移民会议通过的"满洲移民百万户移住计划"执行的第七个年头。""开拓计划"是发生在东北地域的一件大事件,作者巧妙地选取庄稼人的角度去展现与评价,反映历史大事件中小人物的命运,"可怜的庄稼人呵!爷儿俩要是得知这世界上罕见的'开拓计划'——移民百万户,占地一千万'町步',以及带来的'新秩序',就会醒悟他俩在北大荒的苦难和全家的悲惨遭遇,仅仅是这'开拓'计划行动所溅起的一朵小小的浪花而已……"小说中的这些人物见证了北大荒这段开垦史,也参与了这段历史,他们是许许多多北大荒开荒者的代表。小说从农民的角度去观照"开拓计划"这一大事件,也借小人物之口对当年的"开拓计划"进行了评价。这样的写作手法增加了小说的纪实性,对广阔的历史背景的描写也带给读者一种宏观的阅读体验,体现出了作者的人文关怀。

郑加真创作了许多部著名的纪实性文学作品,被称为"北大荒文化的活化石",《铁疙瘩的梦》这部中篇小说,文学性与纪实性相结合,具有一定的史料价值,小说在一定程度上体现出了郑加真创作时秉持的史家态度。

【阅读提示】

北大荒垦区这片神奇的土地造就了一个垦区文学创作群体,也孕育出一批独具艺术风彩的优秀文学作品。林予的《雁飞塞北》、钟涛的《大甸风云》、常青的《三色土》等长篇小说，郑加真的《铁疙瘩的梦》、王左弘的《哟哟鹿鸣》等中篇小说，张惟的《第一书记上马记》……这些作品，体现了北大荒垦区作家群在创作初期取得的可喜的艺术成果，真实地反映了拓荒英雄们在极其恶劣的自然条件下，发扬中国人民解放军的优良传统，克服种种难以想象的困难，为建设社会主义现代化农业基地而奋力拼搏的动人情景。

——曲若镁：《一种独特的文学现象——评北大荒垦区初期文学创作》，《求是学刊》，1988 年 3 期

老牛破车传（存目）

林　青

林青（1926—1983），原名林仰山，笔名木戈。黑龙江明水县人。1948年参加中国人民解放军，1958年转业到北大荒，先后任牡丹江农垦局密云水库《战地快报》《北大荒文艺》编辑。1962年8月调任中国作家协会黑龙江分会专业作家，曾当选中国作家协会黑龙江分会第一届理事会理事，1979年加入中国作家协会。林青从小就勤奋好学，喜爱文艺，在中学时期阅读大量文艺作品并开始练习写作。他坚持深入生活，在生活中真诚地与群众广交朋友，辅导群众的创作活动。林青转业到北大荒以后，曾发表过报告文学、短篇小说、散文、回忆录。发表短篇小说《老牛破车传》《亲兄弟》，电影剧本《鄂伦春人》，多幕剧剧本《龙泉岭》，散文集《冰凌花》《大豆摇铃的时节》，报告文学《一代新人》等。这些作品热情讴歌社会主义，富有鲜明的时代特点；富有诗情画意，洋溢着浓郁的生活气息和北大荒人的开拓精神；文笔生动优美，精于描绘，善于抒情，语言凝练，洒落自如，体现出一种开阔、豪爽、壮美的艺术风格。

短篇小说《老牛破车传》发表于1962年第10期《北方文学》，后被选入《黑龙江短篇小说选（1949—1979）》。小说讲述了大清河开荒队的“老牛破车”——牛庆福开荒地的故事。“老牛破车”用来形容人们做事情效率很低，速度很慢。但看完小说，读者就会发现，“老牛破车”一点儿都不慢。牛庆福其实是在踏踏实实地做工作，他不肯钻一点儿空、偷一点儿懒。作者以饱含深情的笔触把一名转业军人在北大荒勤勤恳恳开荒的故事写得动人心弦，真情描绘了开荒者们在中国共产党的领导下进行的无私奉献、战天斗地的伟大壮举，讴歌了以牛庆福为代表的北大荒建设者们不畏艰难、勇往直前的信念，以及不怕吃亏、不争功劳的可贵精神。

小说讲述大清河开荒队的队长张兴华为拿不到锦旗而忧心忡忡，向新来的指导员抱怨牛庆福开的“老三号”作业车拖了队里后腿。两人到北洼地视察的过程中，指导员发现牛庆福也许并非传说中的“老牛破车”，他只是在想尽办法，实实在在地干工作。在这之后，指导员更是发现：牛庆福深夜一个人走了三十里路，用肩膀扛回开荒队需要的钉齿耙。在队里需要去蛤蟆沟北探查新荒时，他扔下家里坐月子需要照顾的老婆给队里带路。因为有牛庆福事先的探路，大家的探查工作进行得很顺利。到了大雾弥漫的天气，别的作业车都不愿意去荒地打垄，只有牛庆福的“老牛破车”在摸黑孤军奋战。他的敬业精神最终打动了总对他挑刺的队长和统计员们。

在人物形象塑造上，作者致力于塑造既能体现时代精神，又能体现中华民族传统美德，同时兼具北大荒人所独有的心理气质和性格特征的人物形象。小说刻画了牛庆福这一人物形象，他身上具有中华民族所特有的勤劳勇敢、吃苦耐劳、坚韧不拔、顽强拼搏的精神。他身上的优良品质主要体现为以下四点。首先，他为人憨厚老实，肯吃亏。牛庆福是一名部队转业的机车司机，开荒队队长把最老最破的机车分给他，把条件最差的洼地分给他开垦。队里都埋怨牛庆福和他的三号车是“老牛破车”，认为这是导致开荒进度慢的主要原因，害队里拿不到锦旗。对此牛庆福不抱怨，在被太阳晒得跟蒸笼一样的驾驶室里，继续任劳任怨地工作，任凭泥水、汗水从脸上流下来。他不计较个人得失，做了好事也不愿意告诉别人或者去邀功。其次，他并非笨拙，而是大智若愚。牛庆福是一个很聪明的人，他心里明镜似的：他明白队长故意把不好的活派给他，明白队长他们为了赶进度争先进不顾开荒质量。对此他不消极怠工，多难干的活派到他头上都咬牙坚持，他即使总干出力不讨好的事情，被误会也不多加辩解。他坚持原则，认为违背原则的事无论如何也不能做,但求做人做事光明磊落。再次,他善于思考和钻研。牛庆福并不只是埋头干活,在工作过程中总能克服困难,创造性地开展工作。在北洼地干活,经过多次的实践,他们的老三号车能一直作业不停工。在队里视察新荒地时,他帮忙带路,并依靠自己事先探查好、标记好的参照物,让队里的工作事半功倍,完成得很快。在大雾天气,其他作业车都以看不清楚为由,不愿意干活,只有老三号车还在继续工作。牛庆福想出办法在看不清的情况下打出笔直的垄:一个人打着手电射出光源引导作业车,另一个人在对面操作车。最后,他事事先人后己,为他人着想。小说中有一个细节:牛庆福在黑暗中打着手电筒一动不动,仿佛一尊雕像,任凭蚊子叮了满脸,只为了开作业车的助手能依据手电筒的光源打出一条笔直的垄。他和助手两个人分工协作,把最苦的工作揽到自己身上,无私奉献。

《老牛破车传》采用第一人称的叙事视角,以大清河开荒队的指导员"我"的视角进行讲述,这增强了小说的真实性,拉近了读者和故事人物的距离。"我"作为开荒队新来的指导员,不只是故事的叙述者,同时也是参与者。"我"的内心感受在对牛庆福的逐步了解的过程中,经历了几次转变。初来乍到之际,"我"对队里的情况是完全陌生的,对牛庆福和老三号作业车的情况仅仅是从队长和统计员的描述中得知。然而,"我"原本是认识牛庆福的,他是"我"的战友,队长他们口中的牛庆福和"我"印象中的完全不一样,但是我不确定牛庆福是不是真的变了,所以我感到吃惊和不解。在一次次接触牛庆福的过程中,"我"的心理在发生着变化,同时"我"也一次次确认了:牛庆福依然是自己记忆中那个憨厚、踏实的人,他并没有变,读者也被"我"带领着,逐渐了解牛庆福的真实情况。到小说结尾,包括原先对牛庆福有成见的开荒队队长、统计员等人,都被牛庆福的人格魅力所折服,改变了对牛庆福的看法,也多少意识到了自身的狭隘和错误。

小说还采用了反讽的手法。"老牛破车"一点儿都不慢,出于作者的有意安排,"老牛破车"本身的语义和牛庆福以及老三号车表现出来的特质并不匹配。牛庆福看似拉低了开荒队的进度,老三号看似是一台老机车，车上好多机件也都是东拼西凑的，然而，他们并不是“老牛破车”，反而完成了别的机车所不能完成的任务，这使小说传达出了更深刻更丰富的意义。

《老牛破车传》语言朴实，简单直白，富有浓郁的生活气息。作者将自己对生活的挚爱以及爱憎分明的态度，全都投注到了小说的字里行间。看似不着过多笔墨，实则选取了符合人物性格的准确、生动、鲜活的语言，把人物的内心活动和情态描绘得极传神，使读者阅读后历久不忘。

【阅读提示】

《老牛破车传》写的是一台陈旧的名为“老三号”的拖拉机，在机车手牛庆福掌握下，克服重重困难，完成开荒作业的故事。作品结构严谨，语言流畅，生活气息浓郁。

——邓灿，孙勇才：《北大荒文学艺术史》，黑龙江人民出版社，1996 年版

雨(存目)

郭　力

郭力(1933—),出生于南京,笔名力戈、戈力。1949 年参军。1958 年转业到北大荒,担任过宣传干事、中学教导主任、代校长,《北大荒文学》编辑、编委,文化中心副主任,总局广播电视局副局长,北大荒文联常务副主席,黑龙江省总局文联委员,中国作家协会会员,副编审。曾在《人民日报》《文学报》《光明日报》《散文》《随笔》等报刊发表作品。著有小说集《雨·图》、散文集《苏草集》、报告文学集《黑土地的情怀》。

短篇小说《雨》发表于 1963 年第 2 期《北方文学》,是郭力短篇小说集《雨·图》中的一篇。小说围绕电话员小曾讲述了黑龙江某农场因干旱而引发的有关雨的故事。故事在人们对雨的期盼以及对一分场旱情的关心中层层递进。烈阳高照之时,农场里的庄稼被晒得蔫巴巴的,偌大的农场,除了电话员小曾留守总机室外,其他人全出去抢水抗旱了。当大雨倾盆而至,农场里的植物们伸开双臂尽情享受风雨的浇灌,农场人欢呼雀跃之时,小说的高潮也随之而来。总机室的电话让小曾应接不暇,兄弟分场旱情的缓解情况成了此刻最要紧的消息。作者用电话里爽朗明快的笑声,挤在小曾身旁急于打探一分场情况的浑身湿漉漉的机关干部们的笑声,宣告了整个农场旱情的缓解。旱灾结束了,在旱灾中感受到的是大家对集体生产的关怀以及农场人之间的深厚的情谊。伴随着瓢泼的大雨,农场人之间互帮互助的革命友谊似乎也更浓烈、更深厚了。

《雨》通过一个日常生活中的抗旱场景，讲述了一个充满集体主义关爱的故事。小说以电话员小曾为载体，通过一系列的小故事展示了各分场之间互帮互助、相互关心的友好合作情谊；也展示了在这样一个充满关怀和温情的生活环境中，普通电话员小曾也像田里的庄稼一样被集体主义精神浇灌，茁壮成长着。小说借“雨”这一寻常的生活意象，刻画了人们纯洁朴实的心灵以及为他人着想的无私品质，赞扬了社会主义制度下农场人无私为公，以集体主义为重的人生价值观。

小曾是《雨》中着墨最多的一个角色，她是农场总机室的接线员，她既是旱情的“展示者”，又是农场间深厚情谊的“传递员”。小说开篇借小曾对农场的干旱和对阳光的炙热的感受，展示了旱情的严重程度，在传送四分场党委书记和一分场张厂长有关旱情的谈话时，她也是两个分场兄弟情谊的“传递员”。大雨即将来临之际，小曾又成了“雨”的预报员，“雨”是通过小曾的闷热感受传达出来的，狂风是在小曾的视域中展现出来的。她不仅是旱情的传递者，亦是旱情的受难者，她的情绪会因天气的炎热而烦躁，因农场的干旱而焦虑。伴随着大雨的降落，她关心一分场的旱情，担忧张场长的情况，在农场人之间互相关怀的深厚情谊中，她成长为一位对同事关心体贴、对工作更加认真负责的人。

如果说小说借小曾表现的是农场人对雨的渴盼和农场人之间的情谊，那一分场则是整个农场淳朴情谊的汇聚地，在一分场张场长身上集中体现了农场人勤劳淳朴的性格。一分厂的旱情是整个农场人都揪心的“大问题”，也正是在这样的人文关怀中培养了像小曾和小张这样的新一代建设者，因为大雨不仅浇灌了庄稼，也滋润了人们的心田。小说对张场长形象的刻画均从侧面展开，虽然笔墨寥寥，但却描摹出了一位为工作尽心尽责、对兄弟农场倾力相助的热心肠的分场负责人形象。作为一个农业大国，我国粮食是国家发展的命脉，正是有张场长这样善良勤劳的建设者，才更加激发了农场人投身集体经济，建设祖国的斗志和勇气，而祖国复兴之路的基石正是由这些脚踏实地、勤恳工作的农场人一点点堆砌起来的。

《雨》没有复杂的故事情节，开篇即介绍故事发生的时间、环境，点明旱情的严重程度，但对农场的具体干旱情形和农场人的实际抗旱过程却鲜有描写，多是借助小曾的语言、动作、心理活动等表现人们因干旱产生的焦虑和对雨的期盼情绪。小说以“雨”作为推动情节发展的线索，不仅形象地表达了农场人对雨的期盼，还深刻明晰地表达了农场人大公无私、尽职尽责、关心集体、关心同事的高尚品质。

小说中的“雨”不仅仅是滋润庄稼的源泉，还具有更深厚的象征意蕴，它是浇灌心灵的甘露，正是有了这样充满温情的“雨”的浇灌，各兄弟分场之间的深厚情谊才得以展现。有了分场间的团结互助、相互关心，农场才能取得大丰收。温情是《雨》的主要氛围，作者用充满温情的笔墨映射出干旱天气背后人们之间的淳朴情谊，这是革命年代战友情的延续，也是团结合作的集体主义精神的彰显。

环境描写是小说的一个出彩点，《雨》开篇直接点明场部的干旱程度，作者采用白描、拟人、比喻的手法将太阳的毒辣和庄稼所承受的炙烤以及农场人对干旱天气的厌烦和对雨的期盼，表露无遗。大雨来临之时，天上乌云与太阳之间的搏斗被作者描写为一场恶战，地上的树木、禾苗在风中摇摆，凌乱姿态是对“空中之战”的摇旗助威。大雨倾盆之际，作者把雨对农场里的土地和农作物的浇灌描写得极具色彩感和画面感。如“黄干干、瘦巴巴”的土地拼命吸吮雨水，禾苗和小树仰头散怀，晃着身子，欢叫着，植物对雨的渴望如此明显，更何况是身为万物之灵的人类呢？小说在作者的构思中凭借着对环境的描写一步步向前推进，继而转向人对大雨的感受，由此引申出更深层次的寓意。

生动活泼的语言描写是《雨》的另一个显著特点。小说语言真实生动，动词的运用增添了小说的活泼色彩，如小说开篇“讨人厌的太阳早早地吊起来烤人”，“吊”“烤”这些词语生动形象地表明了太阳的毒辣和人们对干旱天气的厌烦。在描写大雨即将倾盆而来的时候，作者运用拟人、比喻的修辞手法，乌云被比喻为“战马”“拿枪的战士”，而地上的庄稼则成了为乌云摇旗呐喊的“助威者”。作者表现出了语言的动态美，生动地展现了大雨来临前的自然环境。

一定意义上，整篇小说中的“雨”不仅仅是拯救干旱的甘露、滋润人们心灵的佳酿，更是推动人们奋勇向前的精神源泉。正是有了这样一群关心农场事业，乐于助人的建设者，祖国的发展前景才会越来越广阔。

【阅读提示】

“要用最少的文字，给读者最大的信息量。”这句话富有一定的深意。然而，要用最少的文字给读者最大的信息量，没有一定的驾驭文字的功底是难以做到的，而郭力恰恰做到了这一点。小说《雨》则充分地表现出了这一点。在小说《雨》中，他把一个大国营农场互相关心、互相帮助、团结抗旱的情景，全都浓缩到了农场总机室里，写抗旱并不直接写如何抗旱，而是通过一个电话员的工作，巧妙地表现出来。

这篇小说虽没有复杂的故事情节，但却给读者一个清新的感受。

——谷占江：《润物细无声——浅谈郭力小说集〈雨·图〉》，《文艺评论》，1997 年第 1 期

征途（存目）

郭先红

郭先红（1929—），原名郭善鸿，山东烟台人，当代工人作家。少年时只读了四年多小学，因家贫辍学。中华人民共和国成立后，在沈阳一国营工厂当工人，参加了工人政治文化学习班，经常为省市报刊、电台写通讯报道和诗歌，多次被评为先进生产者、劳动模范。1950年在《东北日报》《劳动日报》上发表《愤怒的火焰》等表现抗美援朝战争的作品。1953年9月加入中国共产党。1958年陆续发表了以工厂生活为题材的短篇小说《龙腾虎跃》《生龙活虎》《棋逢对手》《真金不怕火》《站起来的人们》等。1964年，调入黑龙江省作家协会从事专职创作。1973年由上海人民出版社出版长篇小说《征途》，该小说被译为日、朝等文字，并改编为同名电影。

长篇小说《征途》是以知青英雄金训华为原型创作的，讲述了1969年百万知青上山下乡运动兴起之初，以钟卫华为代表的一批上海知识青年在毛泽东指示“知识青年到农村去”的号召下，踏上了社会主义革命的征途，到黑龙江边疆农村插队落户的故事。小说描写了知青们在边疆农村参加生产建设，进行阶级斗争、路线斗争的过程。诚然，在极“左”思潮的影响下，小说体现了“文革”期间公式化、模式化的文学创作理念，小说中的钟卫华、李德江、关爷爷等英雄人物，被作者塑造得高大完美。但小说关于知青生活、乡村风貌的描写在一定程度上再现了知青生活的景象，同时也反映了一代青年的理想和追求，对于认识知青上山下乡运动具有一定的价值。

《征途》中，钟卫华等人响应毛主席的号召，主动申请到黑龙江的边远农村去插队落户干革命。知青们满怀激情来到黑龙江，受到了党支部书记李德江和全体村民的热烈欢迎。小说描写了几个主要场景：毛主席关于知识青年上山下乡指示的发表；在誓师大会上钟卫华妈妈讲述血泪史；知青雪地徒步行军七十里到松树大队报到；雪地抢粮；打场收豆子；交公粮；组建武装基干民兵排；挖土坑埋电柱；松树岛伐木做电柱；松树岛站岗潜伏；松树岛烧荒播种；北大沟点火烧荒；修建双鹿河大桥。通过叙述一系列事件，展示了知青们通过在农村中参加生产劳动、阶级斗争和路线斗争，思想感情发生变化的过程。在小说最后，钟卫华加入了中国共产党。

钟卫华是作者极力塑造得高大完美的人物形象，是一个根正苗红且颇具领袖风度的先进知青人物。他充满朝气，对党和人民怀有一颗赤诚之心，义无反顾奔赴边疆干革命。他虽然在革命的征途上历经险阻，却依然毫不动摇。钟卫华出生于贫苦的工人家庭，母亲是劳动模范。来到黑龙江以后，他积极配合松树大队的各项工作，无私帮助其他知青。他事事身先士卒，不怕苦，不怕累，也不怕死，心中永远有团热火在燃烧。他通宵看毛主席著作解除内心的困惑；冒着严寒收割豆子，手出血也坚持着；零下四十摄氏度匍匐在雪地里等待捉汉奸；不顾生死冲在最前面救火；洪水到来之际拼命打桩保护大桥……小说也写到钟卫华一直超负荷、超极限地生产劳动。一定程度上，钟卫华是当时万千知青的缩影，他的精神风貌也是特定历史时期时代精神风貌的写照。

在艺术上，小说虽然有“文革”时期主流文学作品公式化、概念化的痕迹，但也有个性化的美学色彩。首先，作者注意以抒情色彩来增强小说的艺术感染力。同时，在创作小说前，作者曾几次到上海和黑龙江黑河地区调查研究，故而小说对北大荒的环境描摹是准确的。在讲述故事时，作者倾注了深情，把自己炙热的情感灌注到了所塑造的人物形象身上，增强了小说的艺术感染力。

其次，小说在塑造人物形象时运用了对比的写作手法。主人公钟卫华、女知青梅英姿、松树大队党支部书记李德江、老贫农关爷爷等正面人物，作家赋予他们的形象特点是无缺点、无私心，高大完美、一心为公。而落后人物则主要突出其缺点，如女知青万莉莉，她跟随大潮来东北插队。在其他知青眼里，她是资产阶级娇小姐，干活拈轻怕重，吃不了苦，所幸最后在知青和贫下中农的帮助下也“成长”了起来。她的妈妈也是落后人物，小说中描写她的身材像柏油桶，长着一张冬瓜脸，她阻止万莉莉下乡插队时仿佛发了疯的母鹅。小说中的反面人物如张山、马熊，不只人长得丑，更是穷凶极恶。作家作为时代中的人，在创作小说时，无法不受到时代因素的影响，但总体来说，由于经过作家从整体到细节处的艺术加工，小说中的人物形象也具有一定的典型性。

另外，小说语言豪迈雄壮，热情洋溢，符合当时的时代环境。作者运用了许多群众喜闻乐见的带有乡土味的俗语俚语，来突显人物与事件的氛围。透过小说中热情洋溢的语言，读者可以感受到知青们如火如荼、战天斗地的热血青春，感受到那种热腾腾、火辣辣的奋进精神。当然，作家也注意使用个性化的语言和动作来刻画人物，突出人物性格特征，力求刻画得准确、生动，如钟卫华的语言都比较干脆利索，符合人物的性格。

【阅读提示】

小说选取了1969年百万知青上山下乡运动刚刚兴起的历史时期，描写了一批上海知识青年奔赴祖国边疆黑龙江插队落户干革命的故事。当时的知青运动还停留在知识青年对“广阔天地大有作为”的憧憬上，沉浸在对改造旧世界、建设新世界的主人翁自豪感中，现实中的各种矛盾还未来得及展开。而且，由于作者本身并非来自于知青，只是作为局外人而被知识青年们美好的理想和决心改造世界的英雄事迹所感动所吸引，满眼看到和了解到的，也只是所谓知识青年的英雄事迹。这一切，决定了《征途》只能以颂歌的形式出现。事实上，《征途》也正是以上海知识青年金训华为抢救国家原木牺牲的事件为原型，运用当时最流行的“典型化”原则，以饱满的激情和高亢的笔墨塑造出了钟卫华这个所谓“理想一代的典型形象”。

——彭放:《黑龙江文学通史》(第3卷),北方文艺出版社,2002年版

郭先红的《征途》是“文革”时期知青题材小说中较有分量的一部,并早于张抗抗的《分界线》列入上海人民出版社的第一批“知识青年上山下乡丛书”,这部小说和《分界线》都是描写上海知识青年奔赴黑龙江边疆插队落户干革命、经历阶级斗争的考验,成长为无产阶级革命接班人的故事。

——赵黎波:《新时期小说的叙事特征及文化阐释》,新华出版社,2015年版

爱的权利(存目)

张抗抗

张抗抗(1950—),女,生于浙江杭州,1969 年上山下乡到北大荒农场,在黑龙江省鹤立河农场插队 8 年。1975 年发表长篇小说《分界线》。1977 年考入黑龙江省艺术学校编剧专业,1979 年调入黑龙江省作家协会,从事文学创作,1980 年加入中国作家协会。担任黑龙江省作家协会副主席,第七、八届中国作家协会副主席,中国文字著作权保护协会副会长,第十届、十一届、十二届全国政协委员。2009 年被聘为国务院参事。发表小说、散文共计 600 余万字。代表作主要有《隐形伴侣》《赤彤丹朱》《情爱画廊》《作女》《张抗抗自选集》等。获得全国优秀短篇小说奖、优秀中篇小说奖、庄重文文学奖、第二届全国鲁迅文学奖、东北文学奖、黑龙江省文艺大奖、黑龙江省德艺双馨奖等多种奖项。多部作品被翻译成英、法、德、日、俄文,在海外出版。

短篇小说《爱的权利》创作于 1978 年冬天的哈尔滨,发表于 1979 年第 3 期《收获》,后被选入《黑龙江短篇小说选(1949—1979)》。粉碎"四人帮"以后,张抗抗站在新的历史高度对知青生活进行反思,同时提出知青们在新生活中面临的共同问题。小说以"文化大革命"结束两年后、改革开放初期为背景,以主人公舒贝的情感变化为主线,讲述了女知青舒贝从对自由的畏惧到勇敢地拥抱自由的故事。舒贝的父母在"文革"期间去世,舒贝因此受到了极大的打击。为了避免重蹈父母的覆辙,舒贝决定到乡下做一名最普通的护士。但是积极向上的上海知青李欣像一缕阳光一样闯进舒贝的生活,在李欣和弟弟的帮助下，舒贝重拾对生活的期望，重获爱的权利。小说表达了必须打破旧思想的禁锢，提倡人的个性解放的主题，同时弟弟舒莫对音乐的执着和李欣对真理的追求也侧面显示出青年的正直品质。

《爱的权利》体现了张抗抗对人性的思考。舒贝在一次次伤害中失去了对未来的希望，她拒绝一切新的东西。当弟弟坚定地选择走音乐的道路时，她害怕弟弟会重蹈父母的覆辙，百般阻挠。在对待爱情上，舒贝也是懦弱的，她明明深爱着李欣，却只能一次次地拒绝。在李欣又一次表白时，她提出让李欣放弃他所热爱的哲学、政治，李欣没有答应，舒贝便骗他说自己已经有了男朋友，借此来逃避。张抗抗的反思来源于她的生活经历，以及所读的外国文学作品。张抗抗生于中华人民共和国成立之初，经历了“上山下乡”运动，亲眼见证了知青在“文革”中的遭遇。同时，她也深受苏俄文学的影响，人文主义的思想启发了她对问题的思考。

在人物形象塑造方面，张抗抗主要刻画了备受创伤、性格软弱的舒贝、一身正义的李欣和一心追求自由的舒莫这三个人物形象，作者采取二元对立的艺术手法凸显人物的性格特征。舒贝与李欣、舒莫在人物性格上看是对立的。经历了父母双亡的舒贝心灰意冷，面对生活消极，缺乏勇气，她禁锢着自己，不敢去爱。而李欣、舒莫则勇于直面社会现实，打破常规。在李欣和舒莫身上，作者赋予了很多新的思想，他们热爱生活，热爱真理，是新一代知识青年的代表，在“爱的权利”上，他们主张自由地去追求。李欣认为舒贝母亲的死是对摧残艺术、侮辱人格的一种抗议，她的死恰恰是因为她爱人生、爱祖国爱得太深。“不让爱，毋宁死。”简单的几句话让舒贝如梦初醒。弟弟舒莫为了音乐可以奉献一切，烧掉了父亲的遗言，更是让舒贝彻底认清了现实。舒莫告诉姐姐每个人都应该有爱的权利，谁也没有权利去决定一个人该不该爱，唯一的出路只有斗争。舒贝最终如梦初醒。

《爱的权利》带有自叙传的色彩，张抗抗是知青，是上山下乡运动的亲历者，在舒莫、李欣的身上可以感受到作家对生活的热爱与希冀。她对未来抱着深深的希冀，所以，她让舒贝的人生态度发生了转变，在李欣、舒莫身上,赋予他们正直勇敢的品质。

小说语言温柔细腻,又豪情奔放,这和张抗抗本人的生活经历也是紧密相关的,她在自序中写道:“杭州是我的原生血肉,黑龙江是我的骨骼,北京是我的大脑和心脏。”张抗抗切换着两种语言风格,增添了小说的艺术性。

小说还具有浓郁的地域特色,小说开头写到舒贝从乡下回来的情景,写到了松花江边的斯大林公园、巴洛克等多种风格的建筑,还有大街上一直播放的外国歌曲,这强化了小说的艺术感染力。

【阅读提示】

《爱的权利》是作者献给新时代的第一首颂歌。我之所以把它称为颂歌,而不像有的评论者那样,说它“描写的是一个……家庭悲剧”,是因为从小说的总体构思看,它侧重描写的是今天,而不是昨天,是儿女一代今天的生活状况和精神面貌,而不是父母一辈昨天的悲惨遭遇和惨痛遗训。作为整篇小说的感情基调,通篇洋溢着的是新时代、新生活对于旧时代、旧生活的不可抗御的胜利的欢欣。作品的三个主人公是三个青年:下乡女青年舒贝、她的弟弟舒莫和上海知青李欣。舒贝、舒莫的父母原是一对热爱人生、热爱事业、热爱祖国的音乐家,在“文革”期间去世。母亲是“不让爱、毋宁死”,用生命谱写了反抗的悲歌,而父亲临终却为儿女留下了再也“不要爱”的消极遗言。小说围绕着姐弟俩对父亲遗言的不同态度以及由此所产生的对人生、事业、爱情、理想、现实和未来的不同看法,展开矛盾冲突,组织故事情节,提出并回答了人的价值、尊严应不应该受到承认和尊重,人应该不应该享有“爱的权利”的问题。这就使作品跳出了一般知青题材的范围,把老知青放在历史新时期的时代氛围中来表现,从而概括出更有时代新意,也更为深刻的思想主题。

——金汉:《张抗抗论》,《浙江师范学院学报》,1983 年第 4 期

是的,抗抗本人可能是属于那种有创见的开放型的作家,她的灵

魂常常躁动不安，她的思索总是敏锐地追赶着生活前进的节奏，以追求人生要义和对自我价值的思考者形象，取代了迷惘彷徨摩挲着伤痕而叹息的青年的位置。《爱的权利》中的舒贝，曾消极地接受了父亲的遗训，把爱情"挂上铁锚"沉入江底。可是，她终究无法抵御新生活的召唤，违背父亲遗嘱的初衷，去爱了一个她不应该爱的知识分子，恢复了作为一个人应有的权利。在塑造舒贝这个形象时，作家说：她倾注了"心中全部被新时代唤醒的爱"并以震颤的心灵的呼声喊出了："人们，我爱你们……"可知，"爱"这个圣洁的字眼，曾经像"瘟疫"一样，受到无情地亵渎，人们几乎忘记了自己还有热爱生活、憧憬未来的权利。舒贝抛却昔日创伤的余痛，勇敢地同"无爱"的暴虐年代告别，走向新生。热爱新的生活，追求美好的人生，向往两心相契的爱情，成为抗抗作品的主调。从此，爱的暖流一直奔涌在她的作品之中，闪耀着青春的理想之光。

——彭放：《张抗抗和她的"多边形"人物》，《当代作家评论》，1985年第3期

《爱的权利》，也是一部很深刻的作品，小说既冷峻而又热烈地审视外部世界人物的性格、心灵、人生理想，同时将目光更多地内视，反思自我，拷问自我的灵魂。

——汪兆骞：《我们的80年代：中国的文学与文人》，现代出版社，2019年版

隐形伴侣(存目)

张抗抗

《隐形伴侣》是张抗抗的长篇小说,发表于1986年第4、5期《收获》,1986年由作家出版社出版,后收入时代文艺出版社的“中国小说50强”丛书,并被作家出版社列入“重温经典”丛书。小说以知识青年上山下乡为背景,讲述了两个青年男女在北大荒恋爱、结婚又离婚的故事,揭示了虚假、谎言是主人公成长路上的隐形伴侣。张抗抗在文中运用了大量的心理分析、意识流、象征隐喻等手法,深入探析了人物的内心世界。

小说男女主人公分别是来自杭州的知青——肖潇和陈旭。小说的开头就上演了一场“逃亡”,他们无法忍受北大荒艰苦的生活环境,准备从北大荒逃回杭州,陈旭为了不被人发现,谎称是去新华书店买书,在坐火车时也想尽办法逃票,这让肖潇感到不舒服,因为在她的内心深处极其反感说谎话的行为。逃回到杭州的二人想尽办法托关系开证明,只为了可以留在杭州,无奈最后还是被发现,又一次回到了黑龙江。不久两人决定结婚,但是办理登记的“小女工”故意刁难,无奈之下,两人决定“生米煮成熟饭”。肖潇怀孕了,两人也如愿领证了。陈旭又因为一次次的打击对未来不抱有希望,他开始酗酒、撒谎、消极怠工。之后农场里来了一个新的书记,对陈旭赞赏有加。陈旭认为,他终于找到了伯乐,但是当书记听了陈旭的各种传闻之后,对陈旭的态度急转直下,陈旭从此一蹶不振,酗酒的行径更加恶劣,又到处借钱骗钱。而肖潇的转变是从被安排进政治文化室开始的。肖潇痛恨人们撒谎，她决定和已经堕落的陈旭离婚，两人离婚的过程也很艰难，经历了漫长的分居生活。孩子分给陈旭后，二人离婚了。肖潇来到七场写新闻稿，慢慢地，她也学会了撒谎，她写的《一条河堤，两条路线》受到了陈旭的冷嘲热讽，在不知不觉中，肖潇也变成了一个伪善的人。

小说塑造了众多丰满的人物形象，他们不是单纯的“善良”，或是单纯的“邪恶”，每个人物都具有双面性。一开始，肖潇是一个有文学天赋、追求真善美、喜欢童话的女孩，在她的幻想世界中出现过丑小鸭、海的女儿、小蝌蚪等童话故事中的角色。童话的世界有多美好，现实的世界就有多么残酷。经历了一段婚姻的肖潇在现实的熏染下变得虚伪。她自己为了得到个人的利益，成了时代的传声筒，也会写出“七分厂百日大变样”“一条河堤，两条路线”这些虚假的报道。如果说肖潇是在成长的道路上逐渐迷失了自己，那么陈旭便是因为失去了生活的希望，而走上了与社会对抗的道路。最初来到北大荒的陈旭也满怀理想抱负，渴望在这片土地上做出一番事业。可是一次次的打击，让这个满怀期望的男人逐渐堕落，走到了酗酒、撒谎、诈骗、偷窃的地步。但是，在某种意义上，在那个时代里，陈旭却仿佛是最清醒的反叛者。在某种程度上，陈旭比任何人都看清了那个时代，他用欺骗的方式回报他所受到的欺骗，他一直想改变现实，但最终无能为力。

小说体现出作者对人性的审视，揭示了悲剧的根源是人性之恶，每个人都有两面性，往往自己最讨厌的那一面才是最真实的自己。某种意义上，肖潇是文中最具悲剧色彩的一个人物，她从天真单纯逐步走向虚伪，充分体现了人性的复杂。她最讨厌的人是郭春莓，但她却在不知不觉中变成了那种人。虽然，有可能肖潇得到了她想要的，但是她却失去了善良的本性，心中的“谎花”如影随形。在一定意义上，这部小说也是张抗抗对自我精神世界的一种展示，是对人性的深入探究，小说真实展示了当时的知青生活，以及当时的社会对知青精神上的影响。张抗抗后来谈到《隐形伴侣》时说：“与其说是在讲述‘文革’时期知青的十年生活，不如说是在反思‘人’如何在一个巨大的环境、社会体制之中如何不由自主地走向虚伪和谎言。”

小说多次运用象征手法。多次出现丑小鸭、美人鱼、渔夫和金鱼等意象,这源自张抗抗童年时接触的童话故事。张抗抗的母亲是一位教师,也是一位儿童文学家,这让张抗抗从小就接触到大量的儿童读物,为其文学创作奠定了基础。她将童话元素融入小说的故事情节之中,丰富了小说的意蕴,也增强了小说的艺术感染力。“谎花”这一意象在文中也多次出现。“谎花”,顾名思义是会说谎话的花,暗示着女主人公肖潇的心理活动。当在现实中,说实话会变成一个异类,说谎话反而是通行证时,“谎花”这个时代的产物便应运而生了。谎话的开关一旦打开,便会变成一种习惯。在那个混乱的年代,“谎花”好像开在每个人的心里。阅读作品后,我们会感受到童话中的美好品质深深地影响着作家,让她在文学创作中始终追求乐观、真诚的态度。

小说还采用了现实与梦境交替的手法。张抗抗放弃了传统的叙事方法,大量运用梦境、意识流、心理分析等艺术技巧,将人物在现实生活中遭到的压抑在梦中尽情地宣泄出来。张抗抗认为:“人的潜意识不能够离开人的社会性独立存在,而必须从坚实的生活土壤中生长出来。”小说中的肖潇来到北大荒经历了许多挫折,这种伤痛无法在现实生活中得到纾解,于是借助梦境来抚平伤痕。在梦里,肖潇可以打破现实的界限,重新演绎故事,以此达成自己的愿望。现实与梦境交替的手法更好地表现了人物复杂的内心世界。

【阅读提示】

张抗抗的《隐形伴侣》是一部具有心态小说特征的长篇小说。作品通过描写男女主人公婚恋离异的故事,揭示了现实生活中人们的性格本质上都存在着两个“自我”形象,呈现为人格二重分裂状态。整部小说在艺术上作了大胆的尝试,运用意识流结构、内心独白、自由联想、幻觉梦境、象征隐喻等手法,较深透地开掘人物的内心世界,表现复杂的主题意蕴。

——王德宽等:《中国文学答问总汇》,北京十月文艺出版社,1994年版

《隐形伴侣》写一个纯粹的我与虚伪的我之间如影相随的真实。男主人公陈旭以恶抗恶，恶中有真，既有可憎可恶的一面，也有可以理解令人同情甚至可敬可佩的一面。女主人公肖潇坚信即使人生之海脏了，她也要洁身自好，既有纯真向上的一面，也有无所作为甚至是无意间助长虚伪的风气，欲洁难洁，自入污淖中的一面。作品中没有塑造纯正的“反面人物”与“正面人物”，除了陈旭、肖潇外，无论是郭爱军、邹思竹，还是小萝卜头，作品中的每个人物灵魂深处都经历着意识与潜意识、自我与本我的激烈艰苦的搏斗，人物身上的善、恶、美、丑、真、伪等诸多元素此消彼长，进而决定了他们不断变化着的心理和行为特征。张抗抗探究的这种困境是超越时代和历史情境的人的困惑，只要是人，他就有自私和虚伪的一面，也就是人的“隐形伴侣”无处不在，这就是人类一切永久的真实。只有正视这一事实，反思和审视人的本质，才能不断超越它。这就是《隐形伴侣》所昭示的哲理意义。

——车红梅:《北大荒知青文学研究》，吉林大学博士学位论文，2010年

1988年，我在浙江大学德语中心进修德语。年底的时候到图书馆查资料，在中文外借部看到抗抗的长篇小说《隐形伴侣》。看着这书名，我还以为是一部纯爱情小说。翻了几页，感觉是写杭州与“北佬”的。开篇几节有“打架”的场面，到了第78页，打倒某某的词语，某某就被空白框框代替了。这之前，在当代作家的小说中，我还没看见有这样的“框”代替“某某”的；所以，后来贾平凹著的《废都》里面有那么多空白框框，便不觉得稀奇了。

…………

这部长篇小说，虽然仍旧写“文化大革命”和北大荒知青，但写得沉稳有内涵。主人公陈旭与萧(肖)潇是生存困境中的人物，个体生命与外在矛盾都具有典型性。陈旭慢慢“清醒”的过程，也就是慢慢“堕落”的过程。这个悲剧，如果说是陈旭个人的，不如说是整个“说谎与

欺骗”的时代的。而萧(肖)潇则是纯洁的象征,她有理想,她要洁身自好,但她并非生活在真空中;社会的毒素,同样要无情地吞噬着她。

说到这里,再回到作者本人写这部小说的意图上,便不难看出作者所追求对人生的哲学反思,对人性的深入思考,对社会的纵向把握都极具用心。

——顾艳,解芳:《早安,写作》,江苏凤凰文艺出版社,2018 年版

残忍(存目)

张抗抗

中篇小说《残忍》创作于1994年10月的北京,发表于1995年第6期《小说月报》。小说是张抗抗根据其他知青讲述的故事写成的,作品以北大荒知青的经历为题材,通过对人性的深入探究,展示了历史扭曲之下的人性之恶。

张抗抗直面人生,对人性的丑陋和邪恶做了深度的挖掘。小说讲述了十三连的连长傅永杰去团部开会,几个星期毫无音讯,莫名其妙地失踪了,团里派人成立了专门的工作组,查这件案子,通过对公路上的车辆进行调查,发现傅永杰并没离开过十三连。之后,与傅永杰有过矛盾的杨泱被带走,接受隔离审查,但是杨泱并不承认是她导致了傅永杰失踪。工作组在没有头绪的情况下,决定认定傅永杰因公殉职,没想到这时牛锛主动站出来承认傅永杰死于他手。原来,牛锛与马嵘在草甸子处挖了一眼井,逼着他写了认罪书,两人把傅永杰推下井里,私自给傅永杰处以了死刑。两人本打算假装什么事都没发生过,可组织竟要把傅永杰算作光荣牺牲,这是牛锛所不能接受的。于是,他选择了一个人认罪,保全了马嵘,之后牛锛被处以死刑,傅永杰也没有成为烈士。

小说通过描述人的种种恶行,体现了张抗抗对人性的深入思考。小说中有凶恶残暴的连长傅永杰和以暴制暴的牛锛与马嵘。连长傅永杰是知青的管理者,他迷恋权力,如同封建社会的大家长一样,他在自己管辖的土地上说一不二,毫无顾忌。在被推下井里时,牛锛细数了他的罪行，对于这些罪行，傅永杰都供认不讳。傅永杰是“残忍”的代表。同时，小说也体现出彼时社会的状况。

牛锛自认是时代的英雄，事实上，却是另一种“残忍”的代表。他采取了有力的报复行动，但是明显缺少法制观念。他“私设公堂”，将傅永杰引到陷阱里，细数了他的罪状。复仇的火焰压倒了理性，他冲动地将傅永杰活埋，而毫无负罪感。如果不是因为傅永杰即将以因公殉职者的身份死去，牛锛也不会自首。虽然之后十三连全体成员自发为牛锛鸣冤，但也改变不了牛锛被枪决的结果。

马嵘一直都以牛锛的小跟班的身份出现。虽然牛锛把所有的过错都揽到了自己的身上，但是马嵘丝毫不感激牛锛，他认为自首是一种荣耀，牛锛是需要有个能回顾他英雄事迹的观众的。一定意义上，马嵘的残忍表现为心中无形的欲望：他并不觉得当初杀人是残忍的，只认为牛锛的行为实在愚蠢，他对过去丝毫没有反省与自责，正义完全被对金钱的欲望掩盖了。这种畸形的心理让他丧失了理性，从某种意义上来说，他比施暴者更加残忍。

小说多次提到了动物，与动物有关的隐喻也随处可见，比如傅永杰因为想弄一张狼皮褥子，自私地下了狼夹子，抓住了一只小狼，后来每到半夜，都会有成群的狼在连部的四周嚎叫。所以，知青们想傅永杰的失踪一定是因为受到了狼群的报复。其实，傅永杰的身上也潜藏着狼性，如睚眦必报、自私、残忍等，而傅永杰身上的狼性就是人性恶的表现。

张抗抗善于设置人物关系，小说通过展示人物之间的冲突，体现了人物的性格特征。这种冲突主要表现在傅永杰与牛锛、牛锛与马嵘之间。傅永杰与牛锛之间体现的是一种压迫与被压迫的关系，牛锛不满压迫，必然产生强烈的矛盾冲突。而牛锛与马嵘之间的冲突是马嵘假想在二十年后，若牛锛没有被处决，即使两人是兄弟，面对金钱的利益时也会分道扬镳。

小说以马嵘的视角回望发生在十三连的知青故事，由于这是马嵘对二十年前事件的回忆，所以在故事的真实性方面有极大的不确定性。但正是这种不确定性，让小说更具艺术感染力。作者还使用了插叙的手法。在讲到马嵘和牛锛的关系时，穿插了马嵘对与牛锛友谊的回忆。正是对两人经历的介绍，读者才对事件的背景和人物之间的关系有了深入了解，同时更好地展现了人物性格。小说以回旋的形式穿梭于历史与现实之间，马嵘在回忆中揭示了知青生活的困境，又展现了当下他对现实生活选择了逃避，这与他的回忆形成了强烈的反差。

【阅读提示】

《残忍》可以说是一部出乎我意料的作品。

因为我在写作之初，并没有想到自己会这么“残忍”。

写到结尾处，连我本人也已不寒而栗。我之战栗在于自己原本对于“残忍”那些朦胧的感觉，最后在小说中脱离了人的行为，而变成了一种不受律法审判和道德约束、无形无状无罪恶无廉耻感觉的欲念。

虽然那只是一个从知青中听来的故事，但据说绝对真实。很多年里我始终在琢磨着这件事情，内心持续的震惊与恐惧，使我无从落笔。

后来它慢慢沉淀、渐渐舒缓。像一条地下的暗河，耐心地躲藏着隐伏着，渗过坚硬的岩石，沿着地壳中的空洞和缝隙，固执地开凿着自己的通道，当它再次到达我的笔端时，水声轰鸣，来势凶猛，山岩被冲开了巨大的缺口，地层深处豁然开朗，阳光和水流疯狂地拥抱，跃向悬崖下的深潭。

——张抗抗：《真爱小说卷 A 卷 · 行为与欲念》，时代文艺出版社，1995 年版

张抗抗的《残忍》甚至冷峻地追问知青牺牲的虚无意义。在多向度的回顾与反思中，知青作家为我们提供了这样的启示：以知青文学证明当代人没有忘记“文革”，忘记历史，对“文革”的控诉与对知青自身的过失、缺憾的反省是交织在一起的。这是与“青春无悔”的主题明显对立的具有虚无主义色彩的主题：“青春有悔”。这一主题是知青文学主题的深化。它与巴金在反思“文革”时发出的“我忏悔”的呼声相

呼应，显示出当代作家的痛苦与真诚。

——王庆生：《中国当代文学史》，高等教育出版社，2003 年版

张抗抗的北大荒知青小说由《白罂粟》发端，经《隐形伴侣》到《残忍》达到创作的高峰，可以说她前期的代表作是《隐形伴侣》，后期是《残忍》。对知青历史的反省成为她的一贯风格。她观照着社会意识影响下人的变化，更渴望人的生存权、人的尊严、人的价值能够得到尊重。张抗抗让善恶并存，并且几乎不给恶向善转变的可能性，作品也由人性批判层面进入到社会批判层面。张抗抗不回避荒谬的历史，正视知青人性的残忍，强调知青不应该把责任都推向历史。为达到开掘人性的深度，张抗抗在小说中常常执着于揭示北大荒知青的某一方面特征——人性阴暗、道德沦落、行为卑鄙，甚至让它有着最极端的表现。梁晓声在谈及张抗抗时说："她写'知青'，首先是写人性，写心理过程。"张抗抗对人性恶的揭示并不意味着她作品的审美价值单纯，从某种意义上来说，还能起到强调、突出审美效果的作用。作家凭着知青生活中对人的观察和审视，经过纯净、沉淀后逐渐升华，展现他们在文化真空中不断上演的人生悲剧。她在反思历史的同时，揭示出人性的冷漠与隔绝，人性残忍的恶德，深刻地表现丑恶人性的本质与现实批判意义。

——车红梅：《北大荒文学地图》，中国戏剧出版社，2018 年版

杜晚香(存目)

丁　玲

丁玲(1904—1986),女,原名蒋伟,字冰之,湖南临澧人。1930年参加左联并任党团书记、北斗杂志社主编。1936年到陕北,曾任中央警卫团政治部副主任、中华全国文艺界抗敌协会延安分会主任、《解放日报》文艺副刊主编等职。1949年后,历任中宣部文艺处处长,中国文联副主席,中国作协党组书记、副主席,中央文学研究所主任,《文艺报》《人民文学》《中国》副主编、主编。1958年因政治原因被开除党籍、取消原级原薪、撤销原工作,查禁所有作品,并下放北大荒,先后在汤原农场、宝泉岭农场参加劳动。1970年,被"四人帮"关进了北京近郊的秦城监狱。直至1979年,党的十一届三中全会之后,经党中央批准,二十余年的冤案才得到平反昭雪,丁玲恢复了党籍,重新回到了党的怀抱。丁玲的代表作有《莎菲女士的日记》《太阳照在桑干河上》等,出版中短篇小说集《在黑暗中》《我在霞村的时候》等,散文集《陕北风光》《访美散记》,综合作品集《丁玲文集》等。长篇小说《太阳照在桑干河上》获1951年斯大林文学奖二等奖。

《杜晚香》写于1965年宝泉岭农场,作品在"文革"中丢失,1977年重写于山西长治嶂头村,发表于《人民文学》1979年第7期,收入1980年8月四川人民出版社出版的《丁玲近作》中。

《杜晚香》描写了一位和新中国共同成长的女性杜晚香的故事。杜晚香没有温馨的童年,嫁人后每天和其他劳动妇女一样辛苦劳作。接触中国共产党后,她仿佛重获新生,对未来又涌起了希望。之后,她追随丈夫，离开生活了二十多年的故乡，来到了北大荒农场，在这里杜晚香感受到了家一样的温暖，也实现了自己的人生价值，她在平凡的岗位上做出了不凡的成绩，被选为队、农场、全垦区的标兵。丁玲怀着对北大荒深厚的感情以及对党和人民的热爱，写出了杜晚香的故事。小说中的杜晚香和丁玲一样，即使身处逆境仍然饱含对生活的热爱与希望，表现了乐观积极的人生态度。

杜晚香这一人物是有迹可循的，原型是垦区的模范标兵邓婉蓉，丁玲将其视为模范和榜样，在生活中时刻向她学习，在邓婉蓉的身上，丁玲看到了女性的个体意识与自我成长，因此，丁玲创作了《杜晚香》，塑造了一位和时代共同成长，努力上进、积极学习新事物的女性。小说中，杜晚香虽然从小受到不公正的对待，但她并没有自暴自弃，反而主动向组织靠拢，争取劳动机会，以主人翁的姿态参与北大荒的建设。杜晚香在农场中从各种小事做起，打扫公共场所，帮助看孩子，缝补衣物，甚至为了公家的财务不惜与人争吵。无论遇到什么困难，她都乐观积极地面对，丈夫李桂将她视为只能做家务的家庭妇女，非并肩作战的同志。看到杜晚香积极上进，不但不支持，还泼冷水；大城市的知识青年轻视她没文化、啰唆，她始终兴致勃勃地照顾她们，打心眼里爱着她们。杜晚香自身也在锻炼中得到了极大地提高，逐步成长为一个社会主义新人，面对夸赞不骄不躁。通过奋斗，她找到了自己的社会价值，从一个“旧”女性蜕变成一个“新”女性，丁玲用深情的话语向我们讲述了杜晚香的成长历程，也为我们塑造了一个极其平凡，但又散发着光彩的新女性。可以说，如果不是对党、对北大荒的热爱，对为北大荒奉献终身的楷模的敬仰，丁玲是写不出这样的“杜晚香”的。

在艺术上，小说多次运用象征手法，多次在讲述杜晚香故事时提到“风雨中的红杏”。在小说中，红杏一共出现过两次，一次是在小说开头，“晚香就是这样，像一枝红杏，不管风残雨暴，黄沙遍野，她总是在那乱石墙后，争先恐后地怒放出来，以她的鲜艳，唤醒这荒凉的山沟，给受苦人以安慰，而且鼓舞他们去作向往光明的遐想。”一次是在小说最后一节，“杜晚香就是从无限的干旱的高塬上挤出来，冒出来的一株小草，是在风沙里傲然生长出来的一株红杏。”这种象征手法的运用，侧面写出了杜晚香的性格与生活环境，从中也可以看出在社会飞速发展的过程中，有无数像杜晚香一样的女性开始寻求自我解放，为社会主义建设奉献自己的力量。

小说结构清晰分明，共分为十个章节，每个章节对应了杜晚香的人生经历和成长过程。涵盖了杜晚香从出生、嫁人到北大荒寻找自己的人生价值的经历。小说虽然没有大起大落的情节，但是却让读者感受到不平凡的力量。在表现方法上，丁玲采用单线直叙的手法，简单平实地向我们介绍杜晚香的故事。从中我们不仅能体会到杜晚香的踏实质朴、任劳任怨，也感受到了北大荒之所以有今天的成就，正是因为有无数个杜晚香一样的人物在默默的付出。

小说的语言充满诗意美。对杜晚香从小生活的环境进行了这样的描绘：“可是草却不声不响地从这个缝隙，那个缝隙钻了出来，一小片一小片的染绿了大地。树芽也慢慢伸长，灰色的、土色的山沟沟里，不断地传出汩汩的流水声音，一条细细的溪水寂寞地低低吟诵。”这种景象就像一幅静态的油画。对北大荒的描写在诗意中又带有北方的特征：“花片越来越大，一朵朵一簇簇的，却又是轻盈盈地横飞过来，无声的落在衣衫上，落在头巾帽子上，沾在眼睫上，眉毛上；消了，又聚上来，擦干了，又沾上来。空中已经望不见什么了，只有重重叠叠，一层又一层地扯碎了的棉花团，整个世界都被裹进桃花，梨花，或者绣球花里了。”这段文字描绘了北方特有的雪景，既指出了北方的雪说来就来，又钩织出了一幅美丽又富有诗意的雪景图。小说中关于景色的描写呈现出诗意的美感，也具有一种动态美。

【阅读提示】

我写了杜晚香对北大荒的无限深情，也同时抒发了我对北大荒、对党的事业的热爱。我是戴着大右派的帽子到那儿去的，那里的人们自然对我会另眼相看。我不管这些，我一到垦区的第一站——密山的时候，便被一种新的凛冽而热烘、紧张而从容、陌生而热情的气氛所吸引，穿军装的，穿制服的，人们互相来往、交谈、办事，只有一个内容，就是垦荒！垦荒！我记得王震同志跟我谈的一句话："部队的同志，在战争时期，立下了汗马功劳。现在要转业了，我希望他们都有欢乐的晚年，到这里来开发边疆，建设社会主义，过共产主义的生活。"我便满怀信心，满腔热情地投入这个豪迈的事业，在这里开辟，在这里创造。不止是我，很多人都是这样。我的老场长，就是介绍我认识杜晚香的，"文化大革命"中受我牵连的那位场长，最近因公来京，我们见面，回顾往事时，他依然豪情满怀地笑着说："我只要一看到土地，心里就什么问题也没有了。"(一九)五八年和我并肩战斗过的老兵们来信告诉我："很多人走了，更多的人留在这里。我们是父子兵，正在创建新的农场，新成立了二十多个连队，最后一个连队是在一片幽静的桦树林里，我们含笑选定留给自己的一席之地，把血汗洒在这里，把尸骨葬在这里，永远守望在这里！"我写杜晚香对北大荒的感情，实际上也是我自己的感情，也是北大荒人共有的感情。尽管我写得不够，但如果我自己没有这样的感情，我是写不出杜晚香的。

——丁玲：《丁玲文集》，湖南人民出版社，1984年版

在这篇小说里，更大程度上丁玲是在写她自己。"虽然丁玲写的是杜晚香，一个女标兵的故事，在我看来，她是在写她自己，写她自己到北大荒的经历，表达她对北大荒的一种很深的感情。"那么，丁玲就是在通过塑造杜晚香来完成自我的认同的。而北大荒的经历是怎样让她在晚年又一次焕发出女模范的行为和对自我的认同呢？首先是北大荒民间环境对政治环境的短暂远离，让丁玲的心灵得以最朴素地存活，北大荒人们民性的善良对丁玲起到了最大的保护。而且北大荒的自然环境的纯净也像雪原一样净化了丁玲的心灵，虽然这些都是短暂的，但是，对于丁玲人性真我的复苏是至为重要的，否则，丁玲不会急于在刚刚"解禁"时，就生发出一部《杜晚香》的。此外还有北大荒的热火朝天的建设环境让"老骥伏枥"的丁玲又一次"志在千里"。丁玲这时期积极地参加养鸡队伍，并且承担起扫盲教员的职务，她其实

就是“杜晚香”，默默承担又无私奉献，不计个人得失和恩怨，对社会主义建设一腔热望，这是生命对于奉献的热望。它们驱逐了莎菲时期的个人狭小的情感独怜和阿毛理想破灭的自毁的取向，这些初期人生的褊狭的价值观念在北大荒的土地上升华了，丁玲这时期的生命是充盈的，是沉甸甸的，像阳光洒满了黑土地一般，她体验着和散发着人生晚期的生命之香。

——王文津：《从〈杜晚香〉看“十七年”时期的丁玲》，全国第十一次（国际）丁玲学术研讨会，2009 年

是的，在我们面前矗立的杜晚香已经不是从前山沟沟里的小女子了。虽然她还是那么平凡、普通，但新时代的生活洗礼，已使她成为具有崭新品质的社会主义新人。她的形象是那么美丽、健壮，有如坚强、刚韧地开放在山谷和原野上的不凋的花朵，英姿挺拔，迎着风霜，迎着朝阳，绽开自己的笑脸和水晶般透亮的心灵。她也是勇敢的、豪迈的，仿佛不知畏惧的海燕，展翼翱翔，穿过波山浪谷，穿过乌云闪电，给人们带来新时代的信息。在她的身上，我们看到无产阶级先进战士的崇高风貌，看到整个民族的勤劳、朴实、智慧的品格，看到新的社会主义劳动者宝石般夺目的光彩。

这样的人物，这样的妇女，在旧中国是不可想象的。确实，如果把她与病态的莎菲女士相比，人们简直都不能相信，这样迥然相异的两个女性的形象竟然出自一位作家的手笔。然而事实正是这两个形象的创造者并非属于不同的作家。所以，也就特别值得我们深思。

——张炯：《张炯文存 第 8 卷 文学评论 2》，湖南大学出版社，2011 年版

男婚女嫁（存目）

刘亚舟

刘亚舟（1943—1999），黑龙江林口人。1961 年参加工作，后历任黑龙江省林口县建堂中学教员，建堂公社团委书记、团县委宣传部部长，黑龙江《青年报》文艺副刊编辑，中共牡丹江地委宣传部通讯干事，《黑龙江日报》记者，黑龙江省作家协会党组成员，专业作家。黑龙江省文联第二、三、四届委员及第二届副主席，黑龙江省青年联合会第五届副主席。1962 年开始发表作品，1979 年加入中国作家协会，1987 年毕业于武汉大学中文系作家班。20 世纪 60 年代初，刘亚舟以“庄夫”为笔名在《牡丹江日报》的《红牡丹副刊》发表了三十多篇小说、散文、报告文学及诗歌作品。结集出版的散文集有《完达山之歌》《新穗歌》《山霞集》；儿童文学集《云霞与云生》；短篇小说集《闯关东的汉子》（合作）。长篇小说《男婚女嫁》在 1980 年 2 月由人民文学出版社出版，这部作品使刘亚舟跻身于当代小说作家的行列。日本东京出版的《中国语》杂志曾连载了这部长篇小说。

《男婚女嫁》是一部反映 20 世纪 70 年代中期黑龙江农村生活的长篇小说，具有很强的时代感。“男婚女嫁”顾名思义就是写男女的婚恋生活，小说以山湾屯几对男女的婚恋生活为题材，却不仅仅拘泥于写儿女情长，而是通过描写他们的婚恋故事，展开一幅幅生动的社会图画，透视出这一特殊历史时期中人物命运的沉浮。小说讲述了一个发生在三天三夜里的故事：山湾屯最南头的街上住着三家人，分别是中间的苗家、东院程家和西院潘家。1976 年春，苗家准备三日后给女儿苗文珍和女婿林亮举办婚礼，而两个年轻人的婚礼增添了邻居潘、程两家的烦恼。潘家二老想给女儿找一个富裕的婆家，但女儿潘翠枝和大队团委书记高军早就偷偷相爱了。程家儿子程玉柱三十多还没娶到媳妇，程家欲用五千块钱向潘家买下潘翠枝给儿子做妻子。就在苗家婚礼前三天，苗海和林亮这对翁婿之间产生了不可调和的矛盾：林亮作为山湾生产大队的党支书，他想接受“上头”的死命令，放弃抢修渡槽，组织全屯学唱样板戏。苗海是大队的顾问，这个老共产党员坚决反对林亮的决定。林亮的未婚妻苗文珍和大队其他党员干部（高军、王巧生、李德柱等）同样不赞同林亮的做法，一致认为抓生产才是硬道理。所有人都劝说林亮不要一意孤行，苗海老汉甚至步行几十里路去县城找上级领导来阻止林亮，但林亮却在众人的反对声中一步步走向了人民群众的对立面，盲目地为极“左”思潮的传播推波助澜。最后，林亮和苗文珍这对青梅竹马的恋人也不免决裂，而一直以来都志同道合的高军和潘翠枝却克服家庭的阻碍成功结合。

小说从大是大非的角度，表现了政治斗争如何影响着青年男女的婚恋抉择，也表现出在极端险恶的政治环境中，一群善良的人与邪恶势力做出的勇敢抗争，反映出人们的不断觉醒和抗争精神，赞扬了人们对光明的向往、对进行社会主义生产和建设的热情，同时也无情揭露了“四人帮”的极“左”思潮对人们的心灵以及对中国社会所造成的严重伤害。同时，小说还传达出了正确的婚恋观：在大是大非面前，爱情成为一个严肃的主题。小说中苗文珍和林亮原本情投意合，但苗文珍疾恶如仇，林亮虚伪自私，两人注定走不到一起，人生观、价值观的巨大差异注定了他们爱情之花的枯萎。

苗海和林亮是作者在小说中着力塑造的人物，他们是两个观点与行为完全对立的农村共产党员。首先，苗海是经历过土地改革运动的地地道道的农民，他朴实善良，性格耿直而倔强。他从最初对共产党的观望、纠结到申请入党的坚决，在内心逐步建立了对共产党、对社会主义道路的坚定信心。入党后，苗海一直以一个共产党员的标准要求自己，时刻牢记自己作为党员“不是寻常人”的使命。在多年的生活经验中,他虽然见识不多、文化不高,但建立了自己内心最朴素的标准:能让老百姓过上好日子的政策才是好政策,应该坚决维护;不让老百姓过上好日子的政策,就要反对到底。不管多难,都要毫不动摇、毫不松懈地坚持走社会主义道路,直奔共产主义。所以,在未来女婿林亮想放弃生产任务去执行学唱样板戏的死命令时,他坚决反对,还跑到大队文娱室去阻止样板戏的练唱。看到林亮不听劝告,他忧心忡忡,连夜一个人走了好几十里路到县城找上级领导,试图通过他们阻止林亮,在路上还因为饥饿和劳累休克了。其次,苗海勇敢无畏、嫉恶如仇。他敢于在县委大院撕掉诋毁县委书记张雷的大字报,又写了一张支持张雷的大字报,写上了自己的名字。下达唱样板戏命令的领导白文礼到山湾屯视察工作时,苗海也打算一个人去和白文礼战斗。诚然,苗海这个形象并不是十全十美的。他过于倔强,在对待二儿子和二儿媳,以及儿媳父母的态度上,他几乎不近人情,不愿意肯定亲家的进步,打心里看不上亲家富农的身份。尽管在时代因素的影响下,苗海这个形象不免带有概念化的倾向而有些失真,作者把他塑造得偏于理想化。但苗海作为普普通通的农村共产党员,他这些勇敢的行为,在当时残酷的斗争环境中,实属难能可贵。

和苗海恰恰相反,林亮作为党支书,却是一个彻底的利己主义者。林亮出身贫苦,从小父母双亡,被苗海夫妇养大。他的政治道路走得顺风顺水,凭借着聪明能干、能说会道的本事,十六岁就当上了团支书,二十岁入党,之后年纪轻轻就成为山湾大队的党支书。他还和苗文珍一起长大,眼看就要结为夫妻。这个农民出身的年轻干部,在多次外出中,逐渐变得见风使舵,认为随风倒才是识时务。他也变得骄矜自持,个人英雄主义不断膨胀,听不进旁人的意见。在接到上头死命令时,他心里也有过挣扎和矛盾,但最终还是顾虑个人的前途命运,不敢和上头抗争。在心中的天平逐渐偏向自己的过程中,他慢慢跟理智和正义背道而驰,最终失去民心,也失去了未婚妻。

《男婚女嫁》在艺术构思上别出心裁。作家用长篇小说的篇幅来书写短时间内发生的事件,多层面地强调时间和空间在故事中的作用，形成了独特的叙事节奏。作家以苗海和林亮这两个中心人物的矛盾冲突作为情节发展的主要线索，纵横交错地写出他们所碰到的各种问题以及他们对待这些问题的不同态度和不同思想倾向，同时围绕这两个人以及他们所碰到的诸多问题，交织了众多的人物和情节，形成了蛛网似的结构。作家把众多的人物和事件组织得完整严密，叙述得有条不紊，做到了前后呼应，环环相扣，层层推进。作家未局限于讲述三天三夜发生的事，而是通过人物的回忆、插叙、补叙、倒叙等叙述手法，交代清楚了小说中主要人物的成长背景和社会关系，甚至梳理出了故事发生之时过去三十年中国的社会发展脉络，在时间与空间的穿梭变换中，使一个本身看似简短的故事变得具有历史纵深感。

作家注重对乡俗民情的描写。小说展开了一幅幅生动的乡村人民生活风情画，作家在推进故事情节的同时，注意撷取生活场景，精心描绘乡民们的日常生活，增强了小说的乡土味和趣味性。在小说中，作家通过对日常生活的细致描摹，展现出山湾屯人们自得其乐的简单生活，具有浓郁的生活气息。例如作家把侯腊梅夫妻俩的日常生活写得极具趣味性，他们在嬉笑打骂中过日子，有自己的相处之道，使得平淡忙碌的生活充满了浪漫的温情。

《男婚女嫁》的语言朴实，清新流畅。在章节的标题设计中，作家并不追求对仗工整，而是用最简单直白的语言概括出章节的主要内容，譬如，“别扭的开头”“过话”“撂话”“随风倒”等，这些语言不仅精准提炼出章节主题，而且朴素亲切，仿佛在聊家常。相较于标题的简单直白，小说在人物语言和叙述语言的运用上颇具特色，体现出鲜明的褒贬感情。作家又充分运用比喻、排比等修辞手法去追求语言的生动性和趣味性。此外，小说的人物对话极具个性化的特点，能充分体现出人物的性格特征。例如苗文珍的毫无心机、大大咧咧以及侯腊梅的大胆泼辣，都通过人物之间的对话展现得淋漓尽致。

【阅读提示】

读了青年作家刘亚舟同志的长篇小说《男婚女嫁》《幸运儿》和他

的几个短篇以后，我确实在享受着一个快乐乡村的春天。那乡野的晨露。那泥土的温馨芬芳，那令人神往的纯真的爱情，虽然比不上“爱西亚姆”的仙境，却也有它独有的迷人之处；特别是那朴实、清秀的笔触和倾注在字里行间的真情实感，构成了一幅幅浓郁的北国山村秀美的艺术画面，从而给人一种面向生活、热爱生活，勇于创造更为美好的未来的积极力量。

——王敬文：《刘亚舟创作谈》，《学习与探索》，1986年第1期

在我接触的作家中，刘亚舟的作品似东北味更浓些，当然，他本人就是从庄稼院出来的知识分子，但乐于吸收“新营养”，并不“老死田园”，因而其长篇《男婚女嫁》《幸运儿》《冻土》等不仅乡土味儿浓，还不时地闪现现代色彩，这是新一代东北作家的特点和希望。

——彭放：《刘亚舟的创作道路和文学风格》，《齐齐哈尔师范学院学报（哲学社会科学版）》，1987年第3期

笨人王老大(存目)

王 毅 锦 云

王毅(1940—1987),北京人。1963 年毕业于北京大学中文系,被分配到黑龙江省文化局剧目工作室工作,1983 年加入中国作家协会。曾任黑龙江省龙江剧院院长、黑龙江省文联副主席。著有《上任》《汉宫恨》《皇亲国戚》等戏曲剧本,以及一些诗歌和小说。龙江剧《皇亲国戚》获 1981 年全国优秀剧本奖。他与锦云合写的短篇小说《笨人王老大》获 1980 年全国优秀短篇小说奖。

锦云(1938—),原名刘锦云,河北雄县人。1963 年毕业于北京大学中文系。之后分配到北京市远郊工作,教过中学,当过公社、县干部,后在市委宣传部工作。1983 年加入中国作家协会。1963 年开始发表作品,著有中短篇小说《笨人王老大》(与王毅合作),剧本《狗儿爷涅槃》《阮玲玉》《风月无边》等。

《笨人王老大》原载于 1980 年第 7 期《北京文艺》,获得了 1980 年全国优秀短篇小说奖。小说以 1958 年“大跃进”前后的贫穷农村为背景,描写了以小王庄“笨人”王老大为代表的一群农民的日常生活。小说大胆突破了现实题材的禁区,提出了引人关注的社会问题,创造出了“伤痕式”的悲剧人物王老大,揭露了极“左”路线对农村和农民造成的后果,具有清醒的批判意识和反思意识。小说可以说既是一篇歌颂我国普通劳动人民善良美德的动人诗篇,又是一篇声讨极“左”路线的战斗檄文。它深刻反映了极“左”思潮盛行下农民的悲惨遭遇,并且揭露了其给中华民族带来的深重灾难。

《笨人王老大》主要讲述了生活在最底层的农民王老大的悲惨生活。王老大是小王庄出了名的“笨人”，他不顾众人阻拦，非要娶带着三个“拖油瓶”的大翠。小王庄看笑话的一些人都以为之后王老大的日子会更难过，哪知道王老大踏实肯干，大翠勤俭持家，“凑合”到一起的一家人反而过得其乐融融。但到了“文化大革命”，农民的日子越发难过。王老大家里布票越积越多，孩子们寒冬腊月却衣不蔽体。王老大不忍心孩子们受冻，不顾“禁令”上山砍柴，指望能把砍来的柴火换成现钱给孩子们添几件过冬棉衣，却不料大雪过后山路难行，不小心失足摔下悬崖死了。王老大死后，上面把他当作走资本主义道路的典型大肆批判。生产队长李光绪不忍心王老大死后还要受到侮辱，把责任揽到了自己身上，结果也受到了批判。若干年后，王老大收养的儿子和妻子大翠带来的女儿结为了夫妻。时移世易，小王庄的人终于明白了王老大的好，就连当初批判过他的干部也流下了眼泪。

《笨人王老大》刻画得最见功力的人物是王老大。王老大虽然是一个极其普通的农民，却有着一颗比金子还要宝贵的心。他善良、纯朴，艰难而又坚强地生活着，对未来生活始终抱有信心。小王庄的人都说王老大是笨人，其实他一点儿都不笨，而是太善良、太淳朴。他的善良淳朴突出表现在他给生产队干活任劳任怨，脏活累活都不往后缩，从不愿意占公家一点儿便宜。看到不平事爱打抱不平，他没收养儿子小水之前就总照顾他。但这样的一个大好人在小王庄却是一个被边缘化的人物，人们习惯于忽视他的存在，仿佛有他不多，没他不少。活不少干，可历来评先进、选模范都没有他，他是人们单调生活的调味品，人们只有逗乐子时能想到他。王老大不在意、不抱怨，一直乐观地生活着。但生活并没有善待这个好人，他长期受到农村工作中极“左”路线的戕害，形势让王老大这个笨人的心底也郁结出了怨气，“铤而走险”上山砍柴，不幸遭遇意外身亡。王老大是20世纪五六十年代中国千千万万底层农民的代表，小说通过这个人物真实再现了特定年代中国底层农民的艰难生活。

此外，小说还刻画了王老大妻子大翠和生产队长李光绪这样的正面农民形象。大翠温柔善良，勤俭持家，是个朴实内敛的农村妇女。她和王老大一样只想简简单单过好日子，只希望一家人能相互扶持艰难度日，从不奢求什么。怀着感激之情嫁给王老大以后，她对王老大倾注了女性的柔情，认真操持家务，把王老大和几个孩子照顾得很好。大翠原以为日子就能这样简简单单过下去，可意外夺走了丈夫的生命。在丈夫去世后，她还被要求去列举王老大的罪状。但她怎么能违心地去批判一个好人呢？这个不善言辞的女人绝望了，她把家里这些年所有不同版本的布票都撕碎撒向了天空。这是多么讽刺的一幕，家里有很多布票，孩子们却衣不蔽体。同样，生产队长李光绪也是一个熠熠闪光的正面人物形象。他是王老大的发小，天生一副热心肠，为人仗义。他给王老大介绍对象并且接济他，在王老大意外死亡后，他不愿违背良心，不顾自身安危，也要去维护王老大。另外，小说还刻画了小王庄具有“看客”心理的人物群像，他们麻木、待人冷漠，习惯于欺负老实人，热衷于讨论别人的家长里短。

从艺术上来看，《笨人王老大》构思精巧、独具匠心。首先，小说在艺术结构上采用了倒叙的写法，小说开篇即是“王老大的儿子小水和王老大的闺女小珍，定亲了”，他们的结合还得到了乡邻的真心祝福。这就造成了一个悬念：为何一对儿女结婚了还得到了大家的祝福，因为这样的结合从常理来说应该是不被世俗认可的。之后小说以王老大的命运沉浮作为情节发展的主线，穿插交织了小王庄其他人的日常生活。作品结构紧密、情节波澜起伏、跌宕有秩，显示出了作者精于构思的能力。小说对人物内心世界的刻画尤见功力，例如把王老大死前决定上山砍柴的痛苦、无奈和纠结，以及大翠在撕毁布票时的绝望都描写得细致精到。作家把自己的见解尽可能地隐蔽起来，让读者自己去领会，然而小说对人物内心世界的探索，使主题思想仍能自然地流露出来，读者被小说中的人物性格和故事情节的巨大力量所征服，深刻感受到了社会现实是怎样把王老大这样一个善良的人逼到了绝境，怎样把美的东西一点点摧毁。

其次，小说在描写社会人生时采用了底层视角。小说叙述的故事发生在“大跃进”期间，作家在描写这段特殊的历史时，不是着眼于描写波澜壮阔的历史场景，而是用底层视角去透视王老大一家人的日常生活，通过描写以王老大为代表的底层人物的命运沉浮去展现这段历史的脉络。如此一来，这一历史事件更具有真实性与感染力，深刻揭示出被极“左”思潮伤害最深的是底层民众。作家在展现王老大从一个老实木讷的农民到敢于突破“禁令”上山砍柴的转变过程时，也充分展现出一段中国底层农民的心酸史。当作家将底层农民悲欢离合的命运与历史事件联系起来时，也让小说的历史背景更加开阔，给读者带来一种更加宏观的阅读体验。

最后，作者不仅在艺术结构和叙述角度方面独具匠心，在小说语言上也颇下功夫。小说的语言虽然朴实、平淡却韵味无穷。纵观全篇，没有华丽的辞藻，却于平凡中见深刻。无论是小说中的环境还是人物形象，抑或是人物语言，作家都尽可能地使用最简练的字词语句。另外，小说多用叙述式的语言，作家在叙述故事时娓娓道来，在叙述中穿插适当议论和抒情，使得语言流畅自然，读者能很好地接受小说所传递出来的情感倾向，获得阅读鉴赏的美感。

【阅读提示】

语言，一般是表情达意的工具。然而在实际生活中，语言的多少与情意的深浅却并非都成正比。甚至于有“情到极深，每说不出”的境况。小说《笨人王老大》中的王老大，其待人善良憨厚之心，何其金贵。但让他讲大道理，却“每说不出”，憋急了也不过蹦出：“新社会啦，咱们都得什么点！”这样半句话。类似这种“每说不出”的情况，其他优秀文学作品中也时有所见。单就语言来看，并不在其“所能说者多”，而恰在其“所能说者少”。唯其少，才令读者产生兴趣，愿意更深一层揣摩人物在每说不出的境况中的独特心理。于此正见出作者在语言表现上能以少概多，以缺代全的艺术功力。

——陈习玲：《说不出 · 说不休 · 不说出》，《山花》，1984 年第 5 期

尚绯大姐(存目)

陈瑞晴

陈瑞晴(1932—),女,出生于北京郊区怀柔县(今怀柔区)杨宋各庄。1939 年冬随养父母迁往黑龙江省齐齐哈尔市,1947 年 6 月参加齐齐哈尔市文工团。1948 年随团调东北青年文工团及东北电影制片厂。1951 年由上海电影制片厂保送至北京电影学院前身(电影学校编剧班)学习。毕业后,先后在上海美术电影制片厂、北京电影剧本创作所、北影编辑部任编剧、编辑。1954 年开始发表作品,1958 年赴北大荒劳动三年。1978 年 11 月重新发表作品。1985 年加入中国作家协会,系黑龙江作家协会会员。《北大荒的呼唤》由新华出版社 1983 年出版,其中《猜猜》翻译至美国,《党会了解我的》获《小说林》优秀作品奖。《伐木人》《哑巴》编选入《新时期女作家百人作品选》及《北大荒文学作品选》。此外发表小说、散文、影人传记、电影剧本、编辑手记等百余篇。

《尚绯大姐》是陈瑞晴回忆北大荒生活的一篇短篇小说,写于 1980 年 4 月 19 日朱辛庄,发表于 1980 年第 10 期《哈尔滨文艺》,1983 年被编入作品集《北大荒的呼唤》。该小说记录了作者来到北大荒的真实经历。小说以尚绯大姐为核心人物,延伸出“十四金钗”,再现了她们初到北大荒时所见的荒凉之感,但是,她们坚定拥护中国共产党的领导,发挥女性自身优势,克服重重困难,为建设北大荒贡献了自己的力量。小说着重歌颂了她们不畏艰难、勇敢乐观的精神。

小说围绕尚绯大姐讲述了特殊时期几个重要的生活片段,赞美了尚绯大姐勇敢、坚毅、善良、团结、乐观的高贵品质。尚绯大姐是一个对党有坚定信念的人。虽然她由于特殊原因赴北大荒劳动,但是她时刻坚信自己跟着党走就是“中华民族优秀儿女”。尚绯心系中国共产党,在生活中教育周围的同志,即使现在不在党的队伍里,跟着党走,总会成为一名党员。

尚绯大姐不畏艰苦,具有领导力。到北大荒劳动的有十四位女同志,初到北大荒时,大家面对恶劣的生活环境不知所措,“几十平方米大小,没有门窗,没有遮挡,四面透风的破屋子,房屋上结满一排长短不齐的冰溜子……”只有尚绯大姐大臂一挥说:“来呀,女同胞们,这就是咱们的家啦!”她带头进破屋子,领着大家打扫卫生。在“大跃进”时期,“我”和尚绯大姐在借石磨的路上遇上暴风雨,过沼泽十分危险,尚绯大姐带领其他同志过沼泽,自己却由于关节炎深陷其中,在紧急时刻,她连翻带滚地滚了出来,忍住痛苦,一瘸一拐地吃力地走着,还领头唱八路军进行曲鼓舞士气。在饥荒年代,尚绯看见猫叼着鱼便机敏地关上门,一边指挥大家拿麻袋,拿屉帽,一边抄起烧火棍追猫,最后黑猫束手就擒,烤鱼成了大家的晚餐,但是一个人只能吃一口,尚绯是最后一个吃的,并激动地说:“同志们不要忘记,不要忘记这件事啊!我尚绯有一天如果骄傲了,变坏了,你们中间任何一个人都可以站出来,揭我的老底:某年某月某日,你尚绯吃过一口从猫嘴里抠出来的鱼。”

尚绯大姐是一个善良、温情的大姐。当“我”面对恶劣的生活环境哭起来的时候,尚绯大姐用她的狗皮帽子扣在“我”头上,说道:“傻丫头,别哭!脸会皴的!皴了小脸,可就不漂亮了,这地方的风像小刀似的。”尚绯用一只臂膀把“我”搂在背风处,帮“我”擦干泪水,目光中透着慈祥和善良,给“我”带来亲人般的温暖。“十四金钗”中的婉妮是华侨,汉语讲得不好,生活习惯与其他人也不同,常常出洋相。下地干活的时候总系一个漂亮、镶着花边的白围裙,带着一双白色丝织手套,大家嘲笑她说:“您是到厨房煮牛奶吗?”由于经常穿高跟鞋,她走路一跳一跳的,弄得全身是泥,大家给她起外号叫“崴泥”。她到北大荒不适应，只吃家里邮寄来的糖果、罐头、点心，大家认为她是真正的资产阶级，对她不友好，婉妮请大家吃罐头，但是没有人接受她的好意，她感到很孤独。只有尚绯大姐吃了，并说："她们不吃是害臊，我替她们吃。"随后尚绯又背着婉妮，教育大家要发扬党员的精神，团结同志。尚绯在"十四金钗"中扮演着大姐的角色，善于调节同志之间的关系。

尚绯大姐还是一个乐观、坚强的人。在抗日战争和解放战争中，尚绯因背着一架油印机，在敌人追击的情况下，蹚着没膝深的水过河，凉的刺骨的水使她患上了关节炎。后来又得了浮肿的病，但是她面对病痛依然很乐观，精神振作，没有一点儿哀愁的样子，躺在担架上还和"我"说笑："小真啊，不认识我了吧？半年不见，我可发了。""你不要以为我残废了，我拄着棍儿，自己能走，都是同志们太热心了，非要抬着我，真出洋相……"幽默的语言掩饰了病痛，她坚强的品质是从骨子里透出来的。

小说在艺术上的成就主要表现在以下几个方面：小说中的环境描写优美细腻。无论是初到北大荒看到的荒凉的环境，还是过沼泽时静谧的草原，都给读者留下深刻的印象。"房檐上结满一排长短不齐的冰溜子，在中午的阳光照射下，滴滴答答地滴着开化的水滴。这是北国报春的信息，可是我们这群南来的雏雁，仍然感到一阵寒意。那滴滴水点儿，好似落在心上的泪珠，令人感到分外凄楚。"这是一段初春的环境描写，真实又细腻，阵阵寒意渲染了"十四金钗"刚到北大荒的茫然与不知所措，"冰溜子"具有明显的东北地域特征。"寂静的草原，像绿色的毡毯，铺向天边。几面飘舞的红旗点缀在迷蒙的远方。头顶寥廓的空间，云朵随风密集，从云缝中射出的阳光，像舞台上的聚光灯，将墨绿色的草原，照出几块黄绿色的斑点。那来自天宫的'照明灯'，随风移动，时而出现，时而隐没……景色奇丽而壮观。"草原和阳光交相辉映，产生"聚光灯"的效果，作者巧妙地运用比喻的修辞手法，将草原和天空的辽阔之美表现得淋漓尽致。

作者善于截取最能反映生活特征的横断面，进行典型的艺术概括和加工，并没有全面展示尚绯大姐在北大荒生活的历史全貌，只是选取具有代表性的生活片段，将尚绯大姐的人物形象刻画得惟妙惟肖。

值得一提的还有惟妙惟肖的人物刻画。除了对主人公尚绯大姐细致的人物描写外，作者还运用肖像描写、动作描写、神态描写、心理描写等手法对婉妮、猜猜等人进行精心刻画，每一个人物都真实生动。如大家自我介绍时，“排到最后，年纪最小的叫猜猜，拍着两只白嫩的小手，天真调皮地哈哈笑起来：我是第十四号大姐”，简单几笔就把最年轻的猜猜活泼可爱的一面展现了出来。如描写华侨婉妮说中国话蹩脚的样子：“把母鸡叫公鸡的爱人，把玉米面窝头叫北京牌的硬蛋糕……”这样英文式的中文表达和奇怪的行为举止让婉妮在人群中显得格格不入。这是海外华人在北大荒的真实写照，也为下文描写婉妮与其他人的矛盾埋下伏笔。

此外，纪实性的叙述也是该小说的一大特色。小说真实地反映了作者在北大荒的经历，由真人真事改编而成，纪实性很强，这能够增加读者的信任感，使读者更容易理解遥远的年代发生的故事。如描写七五四农场的环境、四壁透风的破屋子、露天锯木料的大草棚子等景物可见当年的生活条件极为艰苦。

【阅读提示】

她（陈瑞晴）说：“北大荒是我走向人生的第一所课堂。……在那里，我看到了人的价值，人的精神美。真诚、纯洁、善良，连同才华、智慧和勇敢……一切人身上的美好素质，在那种特殊的环境下，显得多么光彩夺目啊！我周围的那些人中，有的是可以成为英雄的，但他们还不是，或者还未来得及成就。为此，我感到极大的惋惜！”北大荒生活在陈瑞晴脑海里变成了挥之不去的记忆。她的中短篇小说集《北大荒的呼唤》以第一人称的尚小真为中心人物贯穿全集，每篇着重刻画一个人物，描写一个人物的命运，合在一起便构成了一组形象鲜明而各具光彩的右派群像：尚绯大姐、猜猜、哑巴、聋子雅贤、章义、大德、夏彩虹……这组群像中刻画得最生动传神的是那群女性右派——“十四金钗”，虽同为右派，“十四金钗”年龄相差悬殊，身份、经历各不相同，性格各异。她们中不但有编辑、画家、老干部，还有会计、托儿所所长……作家细腻描写政治坎坷中的“十四金钗”，对人性进行独到而深邃的审视。

——车红梅：《北大荒文学地图》，中国戏剧出版社，2018 年版

三色水(存目)

常　青

常青(1927—2000),河南省栾川县人。黑龙江省作家协会会员。1948 年参加中国人民解放军,曾任战士、文书、参谋、文化教员。1958 年,他加入十万转业官兵的行列,转战北大荒。曾任农场语文教员,农垦师范专科学校中文系主任、副校长等职。他编写的《叩开想象之门》《论分格写作法》《老年速成写作》等教材深受广大读者欢迎,1987 年以后常青又出版了《速成分格写作法》和《分格作文法》。常青还被编入《中国当代写作理论家》和《黑龙江当代名人词典》。

长篇小说《三色水》是常青在极端艰苦的环境中创作而成的。“文革”开始后,常青克服了种种困难,在艰苦的环境中完成了创作。1980 年 10 月,天津百花文艺出版社出版了这部小说。小说名为“三色水”,顾名思义就是黑龙江三种颜色的水。黑龙江这条蜿蜒如游龙的大江,它的江水在冬季冰封千里时是白色,春暖花开时是黑色,千百年来不停地变换着这两种颜色。1900 年,沙皇俄国入侵黑龙江江东六十四屯时,黑龙江有了第三种颜色,江水变成了红色,这是江东万千老百姓的鲜血染红的。小说通过描写黑龙江江东六十四屯军民为反抗沙皇俄国的入侵,同残暴的侵略者展开不屈不挠的斗争,控诉了沙皇俄国对东北人民犯下的罪行,并以饱含热情的笔调讴歌了东北人民宁死不屈的反抗精神。

《三色水》根植于真实历史事件,讲述了一段饱含血泪的历史。黑龙江江东六十四屯中的临江屯依山傍水,景色宜人,村民们过着日出而作、日落而息的宁静生活。屯中猎户望占奎为自己儿子望华雄举办婚礼，女方是德高望重的江一龙之女江林英。望占奎和江一龙两位老人亲如手足，望华雄也是少年英雄，江林英更是美貌贤惠，两个年轻人的婚姻可以说是天作之合。但没有想到，在结婚当日，临江屯的村民们热热闹闹地为两位新人庆贺，婚礼还没结束，俄国人的铁蹄就踏上了这片宁静的土地。侵略者打砸抢烧、无恶不作，烧毁了村民们世世代代居住的草屋，还端着刺刀把村民逼入了黑龙江中，使这条昔日的母亲河变成了埋葬乡民的坟墓。江一龙等百余名熟悉水性的村民死里逃生，藏入了白桦川的深山老林，江一龙领导大家组成了江东义和团。尽管风餐露宿，但是他们凭着顽强的毅力，与侵略者展开斗争，取得了一次次胜利。沙俄军队侵占六十四屯之后，在和江东义和团大大小小的斗争中损兵折将千余人。为了消灭江东义和团，沙俄想出条毒计：用临江屯的孩子来引义和团现身。沙俄的奸计得逞了，他们擒获了义和团首领江一龙，除机智的山狸子和几个孩子逃出外，其余团民全部战死。

在人物形象塑造上，小说中的正面人物在家国危难的关键时刻，都有着对俄国侵略者的刻骨仇恨和为了民族大义甘愿赴汤蹈火的献身精神。江一龙是作者着力塑造的人物形象。作者在他身上倾注了深情，赋予他完美的形象和人格魅力。他瘦削的脸，明亮的大眼，火红色的胡子翘起如同上弦月。他一生的经历极富传奇性：十六岁时，独自爬到俄国人的船上烧掉俄国的国旗，从此声名远播；中年丧妻之后，一个人又当爹又当妈养大了一双儿女，在江东深受敬重；进入老年，他愈发老当益壮，一马当先杀敌无数。最后与俄国侵略者奋战时不幸被俘，他砍断一只手臂挣脱铁链，拖着身边的俄军头目从十几丈高的悬崖上一起跳入江中。江一龙勇敢、睿智，做事顾全大局，沉着冷静，具有强烈的反抗精神，他把百十个村民集结起来，组成了一股可以和沙俄军队相抗衡的力量。在江东义和团和沙俄军队进行斗争的过程中，江一龙起到了重要的作用。可以说江一龙身上带有理想光环，这一形象不仅寄托了作者不愿屈服于现实的理想，还发出了特定历史时期中国人民争取自由的最强音。

小说还塑造了望占魁、望华雄、江林英、山狸子等一批可敬可爱的江东人。望占魁老人为了保护家园,被大火活活烧死,临死前浑身带火跳到侵略者的马上和他们同归于尽。望华雄和江林英这对年轻夫妻英勇无畏,他们放弃个人的得失,和侵略者展开斗争,最后双双殉难。还有山狸子的聪慧、机智,都给人留下深刻的印象。此外,小说也刻画出了甘卡克、桑托夫斯基等沙俄军官凶残贪婪的性格和嘴脸。

小说叙事节奏张弛有度。第一章开篇明义,解释了小说题目的寓意,交代“三色水”的含义,为小说奠定了哀婉悲壮的格调。小说开始是缓慢的节奏,作家娓娓道来,从临江屯的自然景色、历史沿革讲到江、望两家结亲,穿插交代两家老人年轻时的交情。随着俄罗斯侵略者到来,小说的叙事节奏也从舒缓变为紧张,并出现了小说的第一个高潮:俄国侵略者用枪和刺刀驱赶数以万计的老百姓到黑龙江中。之后,小说的叙事节奏有时紧张,有时舒缓,讲述战争场面时节奏很快,在描写义和团在白桦川的生活时,节奏缓慢。小说结尾,江东义和团团员几乎全部战死,又形成一个高潮。之后小说再次切换为舒缓的节奏,作家用饱蘸深情的笔墨寄予了希望:山狸子和藏在天窑洞的孩子们活着,江东人民英勇不屈的事迹不会被历史忘记。小说叙事节奏张弛有度,使整个故事跌宕起伏。

《三色水》在艺术上追求抒情性。虽然在叙事过程中,小说处处表现了斗争的艰难曲折和流血牺牲,但作者写出了抗俄军民坚韧不拔的性格特点和勇敢无畏的拼搏精神,这使小说始终洋溢着昂扬激越的调子。同时,作者旨在以浓烈的情绪去感动读者,强烈的主观抒情以排山倒海之势压倒了客观叙事,形成了一种重气势、重抒情的艺术风格。在对正面人物的描写和抗敌事件的叙述中,作者以酣畅的笔调赞美了江东军民的勇敢和坚强。在描写沙皇俄国侵略者时,作者投之以愤慨和厌恶,把侵略者的残暴和凶狠展现得淋漓尽致。

小说的语言文采斐然。作家在描写江东六十四屯的自然环境和人物时,运用比喻、拟人、排比和夸张的修辞手法,使人物形象和景物生动、立体。另外，小说长短句兼用，以短句为主，甚至是一句话、两个字就成一段，这为读者展开联想提供了空间。此外，小说充满了浓郁的乡土气息和鲜明的地域特色。作者描绘的临江屯自然风光安宁和美丽，白山黑水间的白桦川和奔腾的黑龙江无一不充满着浓郁的乡土气息。

【阅读提示】

由于地处中苏边境，常听到老住户中讲述有关沙俄残杀我边境同胞、中国人民智斗沙俄匪帮的传说、故事。对此，我心情极不平静。尽管青蛙在被褥上跳，人被埋在大雪压塌的帐篷里，笔尖的墨水常结成冰球，我还是决定实现老一代同志对我的嘱托。在不能伏案成文的条件下，我就学习历史、查证资料，为进行创作做准备……后来，我被分配到果园打更，夜晚守夜，白天休息。于是，我用一块小木板，接宽了窗台当桌子，再把一块小板，用一个钉子钉在一根埋在土里的木棍上，当作凳子。在那高山脚下，迎着山梁风吼，望着室外飞雪，听着近山狼嗥，开始了这本书的写作工作。

——常青：《三色水·后记》，百花文艺出版社，1980 年版

作者以饱满酣畅的笔调，描绘了我国边疆人民史诗般的英雄事迹，情节生动感人，具有传奇色彩，如主人公江一龙，当俄兵战舰入侵黑龙江，兵舰驶至雅克萨废墟，向在“雅克萨战役”中被清兵击毙的沙俄官兵悼念致敬时，江一龙悄悄潜入江底，摸到俄军旗舰上，爬上旗杆，将俄国国旗当空点燃焚毁。在小说结尾，作者安排了一个可歌可泣的情节：江一龙长大后，在一次与俄国侵略军奋战时不幸被俘，在押送途中，江一龙扑向身边的甘卡克上校，抱着他从十几丈高的悬崖上一起越入江中。

——赵国春，郭亚楠：《北大荒文艺史略》，哈尔滨工程大学出版社，2019 年版

八百米深处(存目)

孙少山

孙少山(1947—),山东省胶南县(今胶南市)人。黑龙江省作家协会专业作家,文学创作一级。1968 年,二十一岁的孙少山同其他山东人一样,为了生活,踏上了“闯关东”的道路,孙少山来到了黑龙江省东宁县,在这里他开始以挖煤为生。1981 年,孙少山开始发表作品,1982 年发表《八百米深处》,一举成名。1984 年考入鲁迅文学院,同年加入中国作家协会。1988 年毕业于北京大学中文系作家班。著有短篇小说集《八百米深处》,中篇小说《盲流》《黑色的沉默》《大鱼》《要塞》,短篇小说《陡坡》《我们的老六》《出关》《皮子》等。

《八百米深处》是孙少山创作的第二篇小说,发表于 1982 年第 2 期《北方文学》,小说获得了全国优秀短篇小说奖、全国煤矿小说奖、东北三省文学奖。小说讲述地震之后,五位矿工被困在距地面八百米深的煤层中,他们随时面临死亡的危险,但是他们没有听天由命,颓丧气馁,而是以积极的态度进行自救与他救。虽说他们之间曾有过很多矛盾与冲突,但是在面对危难时,他们内心的善良还是战胜了一切,他们摒弃前嫌,互帮互助,以强烈的求生意识,一起寻找出路。这种宽容大度,面对命运誓不低头的人生态度,让他们有机会改变自己的处境,争取活的机会。

孙少山不仅注重探求生命意识、人与自然的冲突、人性的复杂,他也主张小说创作要还原真实生活。统观孙少山的作品,不难发现,他多描写农村和矿工,这和他的人生经历是紧密相关的。他曾生活在底层，熟悉这种环境，也更真切地感受到人性的复杂和积极抗争的必要性。《八百米深处》的开篇这样写道："没有人会知道他们的行踪，他们是临时到这里来放顶的。即使地面有人准确地知道他们的地点又能怎样？正常掘法，掘到这里得半年时间。"这样的条件暗示着只有自救才能获得生的希望，一切的欲望与理想，都只有在不断地挑战、不断地自救中才能得到，其实，这也是作者的人生态度，即面对命运要不断地争取。

小说中的五位人物，性格迥异。老工长张昆，五十五岁，四十年的地下生涯使他看人总是一副凶相，但是面对困难时，他却是大家的守护神；冷西军是这些人当中最强壮的人，他疾恶如仇，看不得有人欺负弱小；小王，二十岁，是四个月前考大学落榜的中学生，整天没精打采的；"呱嗒板子"，中年人，一张嘴每天"呱嗒"不停，但是在干活上却是"草包"一个；李贵，是平时让其他四人恨透了的人物，他攻于算计又睚眦必报，在工地上欺软怕硬，和每个人的关系都不好，他挂在嘴边的话是："这年头，狼多肉少""如今社会，谁还顾谁呀""煤洞子里，拳头大的是哥哥"……甚至在危险刚发生时他还偷走了所有的粮食，大家都对他恨之入骨，没有一个人愿意营救他。但是，老工长张昆说了一句非常朴实的话："干咱们这一行的，到啥时候也是有死在一起的，没有见死不救的！"他耐心说服大家一起营救李贵，李贵也被大家的行为深深地感动了，主动拿出了偷走大家的干粮，大家不禁感慨："救的还是个'人'，力气没白出！"在一张张激动、亲热、欣喜的面孔前，李贵也流出了眼泪，双手捂脸蹲了下去，陷入深深的自责。小说在这里写道："静默之间，像有一道强烈的阳光照射到了这千尺地下，扫荡了阴冷黑暗，一股暖流注入人们胸间，一切仇恨、隔膜，全冰化雪消了。他们觉得心胸无限舒展开来，感受到了地面上少有的人与人之间的亲密。"正是这样一种摒弃前嫌、团结一心的精神，才使众人能够成功逃脱，由此小说也显示出在危险面前，人性善终于战胜了人性恶。

孙少山注重人物关系的设置与矛盾冲突的营造。小说共有十一个小节，其中有四个小节专门描写各个人物和李贵之间的冲突，他们每个人都或多或少与李贵发生过争执。比如小王初来乍到，对矿上的工作不熟悉，李贵趁机压榨他，让小王有苦难言；相对于李贵和小王之间的矛盾，发生在李贵和冷西军之间的冲突则是另一种形态。冷西军是矿上最强壮的青年人，在体力上李贵明显讨不到什么甜头，所以即使发生了冲突，李贵也是面带笑容，选择息事宁人。不同人物之间的碰撞，能凸显人物的特色。同时，五人被困在井下时，小说中对凿透煤壁、煤层的坍塌、通风口的瓦斯气体这些描写十分细致入微。对危险紧张状况的描写与人物采取自救应变的措施，使小说扣人心弦，引人入胜。

孙少山亲身体会过矿上工作的辛苦与危险，亲眼见过矿难的无情，所以他懂得生命的珍贵，小说也展现出了他对底层人们的悲悯与关怀，对矿工积极人生态度的礼赞，以及对人性善的肯定与企盼。

【阅读提示】

孙少山的短篇小说集《八百米深处》，可说是一部关于“闯关东”的故事集。在这本书里，你尽可以看到那些为了生计被迫离乡背井的“盲流”们，是怎样“闯”入远在边塞的关东大地，又是怎样挣扎着在这“山高皇帝远”的地方存活下来、建立家园。要知道，单单是“闯关东”这三个大字，就已经涵纳了我国近代史上一部关于向东北大迁徙的“流人史”。这里面有多少生生死死喜怒哀乐的故事呵！动荡的生活，漂泊的灵魂，艰难的创业和开拓，那些卑微而平凡的草民们，就在这种最具象、最真实、最本质的生活重厄下战栗和叹息，并且或愤怒或欢欣地演绎完他们的一生。作为也曾经这样生活过的闯关东者当他提起笔来投入创作的时候，便以一种“过来人”的眼光，深情地眷顾那些苦难的岁月，最终他把他的眷顾变成了一篇篇小说。

——戴洪龄：《形式的强化——孙少山近作有感》，《文艺评论》，1994 年第 1 期

矿山地层深处那时刻充满危险的阴森森的巷道，以及在其中为生

活去与死神嬉戏的“煤黑子”们的生生死死，喜怒哀乐，已经成为孙少山文学创作生命中不可分割的一部分。他就是从这地层深处走出来，走上了文坛，走入了城市。地层深处的那些刻骨铭心的生与死的体验，促使他用他的笔把自己的身心感受化为一幅幅鲜为人知又撼人心魄的人生图画。

孙少山80年代初的成名作《八百米深处》早已为读者所熟悉。一场突如其来的大地震把正在井下挖煤的五名矿工埋封在了八百米深的巷道中，在这个几乎不可能逃生的绝境中，被压埋的五个人经过种种艰辛的努力、抗争，竟然奇迹般地爬出了矿井，谱写了一曲荡气回肠的生命搏击赞歌。

——孙时彬：《生命激情的亢奋与遁却——〈八百米深处〉与〈黑色的诱惑〉比较分析》，《文艺评论》，2003年第1期

孙少山的成名作《八百米深处》以发自地层深处的声音震动文坛，获得了1982年全国优秀短篇小说奖，1984年入选美国纽约的《国际优秀小说选》。孙少山1990年出版了小说集《八百米深处》。他将融入血泪的独特感受外化为文字。他喜欢淡化时代背景，设置一个与世隔绝的情境。那个小矿村成为他永恒的家园。“我上学时本来是一个好学生，从来都听老师的话，但是1959年那场饥饿改变了我的命运，我去偷过菠菜吃，于是成了一个坏学生，从此对老师产生了敌对心理，长大后发展成了对领导有敌对心理。这种心理使我远离了权力，成了一个永远不可能当官的人。”写人的生存状态，关注生命本体，展示人的灵魂。尤其是写处于生死抉择的关键时刻人性的本真。作家对死亡的探求，露出冷峻的硬汉风骨，他笔下虽然是小人物，但是都豁达耿直、勤劳朴实，具有英雄气概，带有男子汉的担当意识。

——车红梅：《北大荒文学地图》，中国戏剧出版社，2018年版

这是一片神奇的土地(存目)

梁晓声

梁晓声(1949—),原名梁绍生,出生于哈尔滨。自幼爱好文学,上小学时曾在《红领巾》上发表作文,1968 年在上山下乡运动中到黑龙江生产建设兵团当农业工人,开始文学创作。1974 年他因作品《向导》显露出卓越的创作才华,入复旦大学中文系读书,毕业后在北京电影制片厂任编辑、编剧,后任教于北京语言大学人文学院汉语言文学专业。他所创作的小说多以北大荒为背景,真实地记录了一代知青的成长与追求。中短篇小说《今夜有暴风雪》《这是一片神奇的土地》《白桦林作证》,长篇小说《雪城》《返城年代》《知青》《人世间》等都产生了广泛的影响,多部作品还被改编成影视剧,受到观众的热烈欢迎。

《这是一片神奇的土地》是梁晓声创作的一篇短篇小说,原载于 1982 年第 8 期《北方文学》,同年该小说获全国优秀短篇小说奖,1985 年与其他作品合集为《这是一片神奇的土地》由百花文艺出版社出版。小说记叙了“文革”时期,北大荒生产建设兵团知识青年“我”、李晓燕、王志刚、梁珊珊等人征服“满盖荒原”、战胜“鬼沼”的故事,歌颂了一代垦荒人纯洁壮美的心灵、顽强坚毅的品格。

小说讲述了一个感人的拓荒故事,生产建设兵团知识青年、副指导员李晓燕是个刚强的上海姑娘,在连年歉收的情况下,她立下军令状,率领先遣小队向未开垦的“满盖荒原”进军。“满盖荒原”是北大荒一片死寂的沼泽地带,被称为恐怖的“鬼沼”,之前去探险的人,都是有去无回。李晓燕、“我”、王志刚、梁珊珊等十几个开垦者与狼群搏斗，与出血热斗争，与饥饿对抗……终于战胜了“鬼沼”。不幸的是梁珊珊为了追赶一只狍子掉进了“鬼沼”，再也没上来。李晓燕连续发高烧，昏迷不醒，在回连队的路上去世了。“我”返回“鬼沼”时，发现王志刚留下的通过鬼沼的路径，可是王志刚却在与狼群搏斗中牺牲了。当神秘的“满盖荒原”被征服时，青年们立下了一块墓碑，碑上刻着这样一行字：垦荒者李晓燕和她的战友王志刚、梁珊珊长眠于此。

小说展现了一代青年创造历史的精神和力量。兵团知青甘愿扎根北大荒，屯垦戍边，决心用自己的双手改造自然，发誓要建功立业，创造美好未来。知青们具有迎难而上的英雄主义精神。他们明知“鬼沼”的凶险和恐怖，却不惜以生命为代价，立下军令状，具有感天动地的英雄品格，因此小说昂扬着一种乐观向上的英雄主义基调。小说也表达了对青春岁月无怨无悔的怀念之情。梁晓声的知青小说重在渲染青春理想，而不是苦难生活，他笔下的青年具有乐观、奉献、勇于追梦的信念。小说中知青征服“满盖荒原”，正是对青春理想的追寻。同时，小说还歌颂了至真至善的美好情感。如美好的爱情、可贵的友情，还有令人眷恋的亲情，多种情感在小说中交织，使小说真实而温暖，读起来令人动容。

小说塑造了“文革”时期在北大荒艰苦环境中生活的知青们，他们凭借意志和智慧，最终战胜了“满盖荒原”。其中，李晓燕是一位美丽的上海姑娘。为了顺应当时的政治环境，她到北大荒后便发誓“三年不探亲”，倡议女青年“不照镜子”“不抹香脂”“不穿花衣裳”，她干男青年的活，为了让自己黑一点，她暴晒自己的皮肤。但是爱好艺术的她会在无人的河边跳“墨西哥舞”，在河水倒影中欣赏自己的美貌，唱所谓的“禁歌”，当被“我”发现时，李晓燕尽力掩饰自己的窘态。虽然李晓燕有一些“违心”的举动，但是这并没有泯灭她纯真、善良的天性，她性格坚毅、勇敢顽强，又不失同情心。当“我”私自回家看望病危的母亲，回来被领导批评时，李晓燕替“我”说情，甚至不惜与连长大吵，体现出她善良正义的一面；对待垦荒事业她有责任心，义无反顾地立下军令状，为了实现自己的誓言，她不惜牺牲自己的生命。

王志刚，是一位硬汉的形象，他拥有伟岸的体魄、钢铁般的意志和勇敢的性格。他为人正直，敢于主持公道，在知青中具有一定的影响力；他心底坦荡，大胆承认自己对李晓燕的爱慕，并且爱得宽容大度。在生死攸关的时候，他坦然让“我”，即他的“情敌”，护送李晓燕，并把唯一的一支枪留给了“我”。王志刚把生的希望留给了他人，自己留在“鬼沼”，艰难地探出了一条涉过“鬼沼”的路，自己却在与狼群搏斗中壮烈牺牲。

梁珊珊，温柔善良，因未婚做了人工流产，成为舆论谴责的对象。她渴求哥哥的理解与关怀，却遭到哥哥的毒打，但这并没改变她对爱情的忠贞，以及对哥哥的爱。在人性扭曲、灵与肉不能完整的年代，她能够顶住巨大的压力，勇敢地追求自己的爱情，体现出对正常人性的呼唤。主动留在“鬼沼”后，面对食物难以为继的状况，梁珊珊想方设法为战友掂掇食物，为了追赶狍子，她陷进“鬼沼”，再也没有上来。

“我”是一个聪明敏锐、善于思考、有正义感的“雪莱型”的小伙子。“我”在得知妹妹做人流后，不但没有怜惜妹妹，还狠狠地教训了她，认为妹妹影响了自己的名声，但是在内心中“我”也是深深爱着妹妹的，在妹妹陷入沼泽死去后，难以接受这一事实。“我”在与李晓燕的接触中，逐渐爱上了这个姑娘。李晓燕、王志刚等人的牺牲，让“我”悲痛万分，也激发了“我”向艰难困苦斗争的勇气，完成了他们未完成的心愿，和战友们彻底征服了“鬼沼”。

小说中的大部分人物都以死亡告终，李晓燕为开垦“满盖荒原”，立下军令状，为实现自己的目标不惜牺牲自己的生命；王志刚独自一人在“鬼沼”中探出了一条生路，在与狼群搏斗中牺牲；妹妹梁珊珊则在追赶狍子时陷入“鬼沼”……他们的死亡不仅给小说带来悲伤的色彩，也形成了一种悲壮崇高的美学风格。

小说注重自然环境的刻画，特别是对“鬼沼”的描写，令人印象深刻。“那是一片死寂的无边的大泽，积年累月覆盖着枯枝、败叶、有毒的藻类。暗褐色的凝滞的水面，呈现着虚伪的平静。水面下淤泥的深渊，沤烂了熊的骨骸、猎人的枪、垦荒队的拖拉机……它在百里之内散发着死亡的气息。”作者用恶劣的自然环境，烘托出知青们进军荒原的凶险与艰难，知青们用原始的刀耕火种的方式向茫茫荒原进军，显现出了一种顽强抗争的精神。

小说情节的发展和人物性格的发展紧密相依、交相辉映，作者在尖锐激烈的矛盾冲突中刻画人物性格，凸显人物的革命英雄主义精神。小说的情节具有传奇色彩，“鬼沼”本身就带有一定的神秘性，拓荒者们与恶劣的自然搏斗，挑战生命的极限，终于打破“鬼沼”不可战胜的魔咒，悬念迭生，引人入胜。在故事的推进过程中，人物性格也逐渐丰满。虽然在开垦荒原的过程中知青们遇到了重重障碍，甚至流血牺牲，但是他们顽强坚毅的品格闪烁着英雄主义的光辉，他们战天斗地的英雄形象也给读者留下了深刻的印象，永远值得后人铭记。

【阅读提示】

该文的最佳之处，一是囊括生活的能力，二是表现生活的独特和艺术的巧妙。但最突出的特点还是以情动人。统观全篇在作者的笔下，既有年轻人对国家和人民的赤子之心和责任感，也有战友、同志间的战斗情谊，真正信任和深切同情，既有儿女和母亲、亲人之间的相互眷恋和痛爱，也有兄妹手足之间的相互依托和庇护，既有恋人之间的纯洁、甜蜜的以身相许，也有情敌之间可怜的嫉妒、烦恼和善良的隐忍、宽容，还有征服自然后的喜悦、因天性被扭曲的痛苦，这些情感凝聚于作者的笔端，既是维系作品的要素，也是联结作者与读者的桥梁。

——蔡毅：《以情动人》，《作品与争鸣》，1983 年第 6 期

《土地》撷取了六十年代末知识青年在“北大荒”艰难曲折的开发生活片断，在人与人、人与自然的诸种矛盾关系中，塑造了不同的知识青年形象，真实地再现了他们的理想、情操、品格、信念、意志、勇气等精神世界，解释了新中国第一代人在那艰苦卓绝的生产实践斗争中表现出来的本质特征。

——杨纯光：《试论〈这是一片神奇的土地〉的真实性》，《学习与探索》，1984 年第 2 期

作品通过黑龙江生产建设兵团某连的知青们开垦沉睡已久，条件恶劣而又平坦肥沃的满盖荒原的奋斗过程，深情地讴歌了他们艰苦创业、忘我拼搏的英雄主义精神。作品揭示了那个年代对人的压抑与摧残，但重点却放在表现知识青年身处逆境又奋进不止的顽强态度上，放在表现他们罩在极“左”外衣下的崇高人格和那个时代的青年特有的理想主义和浪漫气质上，从而使作品显出一种刚强的力度和神奇动人的瑰丽色彩。

——雷敢，齐振平：《中国当代文学》，陕西师范大学出版社，1990年版

今夜有暴风雪（存目）

梁晓声

梁晓声的中篇小说《今夜有暴风雪》发表于1983年第1期《青春》文学丛刊，1984年荣获全国优秀中篇小说奖、由《青春》主办的第四届“青春文学奖”。这部被誉为“知青小说”里程碑式的佳作，于2018年入选《小说选刊》“改革开放40年最有影响力的40部小说”。

《今夜有暴风雪》的故事发生在1979年北大荒四十余万知识青年返城时期。小说一开头真实生动地描写大返城时疯狂混乱的局面，给读者以强烈的视觉冲击和心灵触动。返城的飓风虽没有真正席卷处于东北最边陲的黑龙江省生产建设兵团某师三团，但兵团总部下发紧急文件要求农场领导三天内尽快办理知青返城手续。一系列的问题摆在面前，矛盾冲突一触即发。对于全团领导，是封锁消息还是办理返城；对于知识青年们，是继续开垦北大荒还是重回故乡，都亟待解决。

小说聚焦在这些面临返城做出不同选择的知识青年身上，表现“青春无悔”，宣扬为理想献身的崇高精神，引发了“任何政治的真挚，它一定要同时覆罩着善”的思考。作者并没有回避艰苦岁月中知识青年身心所遭受的摧残与迫害，也从个体经验出发，挖掘个体在时代中的价值，赞颂“他们就怕平凡的生活，艰苦他们已经习惯了”的英雄主义心态，并且讴歌了坚毅无畏、热诚勇敢等崇高的情操。荒谬的时代不能抹除为北大荒奉献青春的贡献，已逝的青春岁月应该得到历史的追认。正如作者所言，“青春没有白费，牺牲也是好的”。人性光辉掩盖了历史时代残留的伤痕，知青内心的至情至性之美并不能被极“左”思潮吞噬淹没。集体主义、人道主义成为作者审视人物内在价值的标准尺度。

小说塑造了留守在北大荒兵团的知识青年群像，集中体现了知青的积极开拓、勇于牺牲的精神。曹铁强是作者浓墨重彩、着力刻画的一个典型形象。曹铁强的父母都是北大荒第二代创业者，受其影响，曹铁强对北大荒开拓事业始终怀揣着崇敬之情。他毅然决然选择下乡开拓北大荒，又心甘情愿留下，奉献自我。曹铁强真诚善良，在刘迈克成为“烫手山芋”之际，唯有他表示接纳欢迎；他见义勇为，当小瓦匠遭人欺负时，他不假思索地挺身而出。曹铁强的人物形象血肉饱满、立体生动，有着清晰的成长轨迹。他也曾鲁莽过，为逞一时之勇差点煽动一场聚众闹事；他也动摇过，出于对郑亚茹为其争取返城机会的感激，接受了郑亚茹的爱情，迫使自己爱上她。曹铁强并不是一开始就完美无缺的。从鲁莽动摇到走向成熟坚定，由此更展现出他的形象的真实可信。相较于曹铁强，思想立场转变得更明显的当属刘迈克。刘迈克担任警卫排排长时争凶斗狠，莽撞粗暴，甚至引起公愤，之后经过一些事情的教育，他能够在面对火药爆炸的危险时刻英勇救人，小说最后，刘迈克为保护集体财产与小偷英勇作战而壮烈牺牲。可以说，刘迈克在北大荒的暴风雪里千锤百炼，已经变得成熟坚毅，成长为令人钦佩的知识青年，

在众多知青形象中，裴晓芸也给读者留下深刻的印象。她忠于祖国、忠于岗位，宁愿放弃继承国外遗产的机会，也不愿离开祖国，不愿离开北大荒，她为坚守哨兵的神圣岗位冻死在寒冷的冬夜里。此外，团部卫生院匡富春来自医生世家，具有无私奉献的精神，他说：“我只是想成为北大荒所需要的一名出色的医生。”为践守心中信念，他义无反顾地拒绝了郑亚茹一起返城的要求。小瓦匠单文书，忠厚懦弱，封建官僚家庭出身，是知青中常受揶揄的弱者，常想通过成为英雄来获得别人的尊重，实现人生价值。

值得注意的是，在这些怀揣崇高理想主义精神的知识青年之外，

还存在着个人利己主义者，比如郑亚茹，她自私钻营，将在政治上崭露头角当作人生的要义。她具有政治投机心理，为曹铁强能返城，利用政治资本占用他人上大学的名额；她见风使舵，为离开北大荒提前泄露会议内容；她工于心计，虚伪卑劣，为打击报复裴晓芸，刻意不指定其他人与裴晓芸换班；连与匡富春的爱情也带有强烈的功利性。郑亚茹在爱情上，从曹铁强转到匡富春，她从来没有真正了解二人需要的是什么，人生观、价值观、世界观的不合注定她与爱情失之交臂。在纠结回城还是留在北大荒时，郑亚茹也对当下形势进行了认真分析，留在北大荒有成为兵团总部领导的可能，返回城市则需要重新开始。这两种可能也涵盖了知识青年的不同选择与命运走向。

作者采用意识流的手法交代情节、回忆过往、引出下文，从而丰富文章肌理。比如裴晓芸站岗时望到团部会议室便联想到“他”，猜测是怎样的会议，设置悬念，引起读者兴趣，为下文做铺垫。“他”是谁呢？直到后文才揭开“他”的真实身份，即曹铁强。裴晓芸接二连三想到他们的种种过往，这些联想回忆具有主观随意性和跳跃性，呈散点式，散点之间又留下许多无形的线段，串联起来，构成一条完整的感情线。除此之外，刘迈克身负重伤前进时，思想和感觉持续流动。他想到在家等待他的妻子，想到未出生的孩子，畅想留在北大荒的未来，回忆与妻子秀梅的温情过往，读来令人动容，这升华了刘迈克的思想境界，让北大荒的化身——秀梅的美好形象跃然纸上。这种以人物意识活动为结构中心的手法打破了传统小说的时空秩序，“现实时间”和“心理时间”交错进行，大跨度地包含了过去、现在和未来。

小说格调深沉，风格粗犷，尤其是巧于描绘自然环境，使其既带有北大荒独有的苍茫特色，又营造了故事氛围，使自然景物的特征与情节发展的走向浑然一体。暴风雪前，是凛峻的沉寂，积雪皑皑的驼峰山顶反射着冷冽的光，大地屏息敛气，夜空澄净异常，“令人感到潜伏着某种不祥，仿佛大自然正暗暗汇集威慑无比的破坏力量”。山雨欲来风满楼，这荒原的沉寂为后面的个人不幸、集体骚乱的产生造势。暴风雪袭击时的场面惊心动魄，暴风雪早早便从远处呼啸而来。月光惨淡,大地变得乖驯怯弱,渲染悲壮气氛。与此同时,知青们在暴风雪前寒冷难耐;暴风雪席卷时个人与自然、与集体、与他人的关系形成对峙状态,事态愈演愈烈,直到矛盾难以调和,最后酿成惨剧。作者将苦寒之地的荒寂写得富有冲击性,同时也将小说人物的情绪推向紧张的阶段。

【阅读提示】

小说《今夜有暴风雪》充分地显示了梁晓声的思想深度,他既没有对退潮般的大返城额手称庆,也没有对下乡插场表示诅咒憎恨,而以一种清醒辩证的历史态度,准确地把握了动荡时代和社会因素在知青们身上的必然反映。一方面从整体上肯定了知青返城的合理性,表现出对一代知识青年深切的理解与同情;另一方面又热情地赞颂了献身北大荒的进取精神,反映出他对生活的强烈责任感、义务感。小说的基调悲壮苍凉,犹如暴风雪中的北大荒,但并不让人感到悲伤,而只让人感到壮烈。

——张海保:《中国戏剧小说100部》,南京出版社,1990年版

知青题材的小说,在新时期文学创作中占有重要地位。与其他同类题材的作品相比,梁晓声的《今夜有暴风雪》有自己的独到之处。它没有过分渲染现实的残酷,更没有一味诅咒历史的罪恶,而是以清醒、严肃的态度反思知识青年上山下乡这段历史,并从本质上给予客观评价。在这股不可抗拒的历史洪流中,千百万热血青年怀着建设祖国的雄心壮志,从内地奔赴边疆,在北大荒这块荒凉而富饶的土地上抛洒了近十年的青春。然而,现实生活又一次捉弄了他们,让他们带着肉体和精神的双重苦痛重返城市……在《今夜有暴风雪》中,梁晓声用饱含血泪的笔触描述了这场惊心动魄的历史悲剧,不断发掘着知青身上的正义感、责任心、对理想的追求、对祖国的热爱等元素,着重歌颂了一代垦荒者的吃苦精神和牺牲精神,作品以崇高豪迈的旋律揭示了生活的底蕴。"为一代知青树立起英勇悲壮的纪念碑",正是在这一点

上，它具有高出于同类题材作品的审美价值和认识价值。

——王嘉良等：《20世纪中国文学名作典藏》，浙江文艺出版社，2003年版

《今夜有暴风雪》在知青文学的发展史上，既是掀起知青文学潮峰的飓风，也导致了知青文学阶段性沉寂，将一些知青作家置于难堪之境，使其产生了突破流行套路的困惑、另寻出路的迷惘和企求超越的苦闷。在此之前，知青文学基本上是一帆风顺、热热闹闹、轻车熟路的，现在一切似乎都写尽了，说完了，无戏可做了，该画个句号了，因之感到前路茫茫。从文学的长远发展而言，这并非坏事，而是必要的，可喜的现象。

——郭小东：《中国知青文学史稿》，北京十月文艺出版社，2012年版

人世间(存目)

梁晓声

梁晓声的长篇小说《人世间》于2017年12月出版,分为上、中、下三卷,2019年,小说荣获第二届吴承恩长篇小说奖,同年,斩获第十届茅盾文学奖,被誉为是“一部和时代相匹配的书”。

小说以东北地区省会城市A城为背景,以第一代建筑工人周志刚的三位子女的生活轨迹为主线,通过人物的命运直观地展现了半个世纪以来的中国百姓生活史和社会发展史。作者在描述光字片中的儿女们“拯救”与“被拯救”关系时,读者可以从中看到作家对底层人民的关怀。

这部小说深刻体现了梁晓声所提倡的“好人文化”内涵。这种追寻美好人性的观念,是周家人幸福生活的因由,也是构建良好社会的道德基础。“好人文化”是“坎坷人世间,人性所能达到的高度”,是“在生活泥泞中开的莲花”。周家是好人之家,周家人向我们演绎了一个个具有“好人文化”内涵的壮美故事,向我们呈现了“好人文化”的力量。做好人是周家世代相传的优良家风。在那样一个多事之秋,共乐区的儿女们并没有推卸责任以寻求自保,没有互相攻讦以获取有利地位,也没有摒弃良知以达到苟且偷安之目的。在“好人文化”信念的支配下,他们在面对具体挫折与艰险遭遇时,坚守道义。作者用好人的善消弭时代的恶,用“利他主义”抵抗功利主义思想对好人的侵蚀。

作者将人物塑造得有血有肉、有情有义,有的轻描淡写,着墨不多,有的浓墨重彩,着力刻画,然而皆体现了人物各自鲜明的性情。小说对周父——周志刚这位工人形象着墨较少，但其明朗刚正的形象却十分鲜明。在他身上可以看到以仁义礼智信为核心的“君子文化”。同时，小说在展示周志刚个体生命历程的同时，也向读者提供了理解工人政治经济地位的钥匙。小说还着重塑造了周家三个子女的形象。他们身上都有着父亲善良正直、洁身自爱的美好品质。他们所选的人生道路分别代表了三种不同的命运形态。周秉义，品学兼优，是长辈心目中的好儿子；克己奉公，是党组织信任的好干部。他一生秉持“以混着当官为耻，以瞎当官为戒”的原则，其身上体现出深沉的家国情怀。作者塑造这个人物，体现了作者对主流话语所要求的理想官民关系的追求。周蓉则是“知识女性”的代言人，她向往自由，不甘平庸，力求活出自我；她勇敢追求爱情，为贯彻“爱情至上”的人生信念，一意孤行嫁给“现行反革命”诗人冯化成，心甘情愿地与其生活在山区的山洞里；她热爱读书，自小便在书的王国中如饥似渴地汲取营养，在思想贫瘠的年代仍拥有个人见解。她既以书介绍、传播中国古代哲学思想，也以书描绘外国风情风光。周蓉是作家塑造的一个理想人物，集女性的美好于一身，向读者传递了求真向上的精神力量。

相比周家其他子女，周秉昆的一生更加跌宕起伏，充满世俗烟火气，也更能代表底层百姓群体。他是民间道德的典范，正如小说中所言：“事关做人，他尤其一根筋，常钻牛角尖。”这样的“一根筋”性格，使周秉昆因与别人发生肢体冲突而遭遇牢狱之灾，断送了大好前程。周秉昆除了有执拗和冲动的一面，更多表现出为人的坚韧纯良、正直善良。他忠于爱情、亲情、友情，秉持道义与良心，具有人间的世俗情怀。对于爱情，周秉昆无怨无悔地苦恋小寡妇郑娟，当她一家陷入生存困境时，他毫不犹豫地偷卖家中玉镯暗中帮助，后又顶住外界的压力义无反顾地与其在一起，并将养子楠楠视为己出；对于亲情，他尽心尽力地对待家人，他不愿连累哥哥的清廉名声，于是凭借自己的能力在社会中摸爬滚打，从不踏足哥哥的住所，与哥哥保持合适的距离，以防落下话柄；受哥哥和姐姐的影响，周秉昆养成了反思自己言行的习惯，由此使他区别于其他青年，使他在“六君子”中充当主心骨、黏合剂的角色；对于友情，他真诚热心地帮助友人，当他们遇到婚姻、家庭、工作、生活等棘手的问题时，周秉昆积极出谋划策，调解问题。周秉昆是小说中的灵魂人物，身上体现出底层百姓顽强的生存韧性。

《人世间》结构严谨宏大，叙述触角延展到社会的各个层面。作者以小说参与历史发展，立体地透视中国社会的阶级结构和心理结构。小说书写的是时代本身，它是“真正意义上的年代写作”。在纵向上，《人世间》的时间跨度为改革开放的前后五十年；在横向上，小说的空间跨越我国南北、城乡等，展现了我国广阔社会的历史变迁。小说以周家三兄妹的人生轨迹为中心形成辐射性伞状艺术结构，出生于同一工人家庭的周家三儿女分属于不同阶层。周秉义官至副市长，属于庙堂阶层；曾任大学副教授的周蓉属于知识分子群体；一直挣扎、生活在底层的周秉昆归于“草根”阶层。虽然阶层之间存在差异与隔膜，但是对于祖国的共同关心仍可以将他们紧密相连。不同社会阶层交叉并置，多条线索齐头并进，又经纬交汇形成“网状结构”，人世间的宽广壮阔情形由此呈现在读者面前。

《人世间》所描述的每一幅画面、每一处场所都相互联系。小说开篇便将视线聚焦到省会城市 A 城的共乐区，详细交代其历史背景，细致刻画其社会环境。这些具体可感知的地方不仅在小说中承担着叙事功能，是人物生活、工作的背景，还是充满个性的存在。以光字片的周家房屋为例。这房屋是周家兄妹与其朋友们交流精神、聚会言谈的场所，是周秉义立志改革的目标，见证了周秉昆个人命运的转折。小说对周秉昆劳动的酱油厂和乔春燕工作的公共浴池也进行了详尽细致的描写。酱油厂工作任务繁重，严重威胁着工人们身体的健康；公共浴池早已出现破败之象，乔春燕身处其中，因女性的身份处于弱势地位，常常受到来自男性顾客的欺负。落后的生产条件反映出东北地区在工业化起步阶段时期，工人群体艰难的工作条件和生存状况。

小说还巧妙运用以小见大的写作手法，从容不迫地将大时代背景下的小地方故事娓娓道来。小小的“穷人窝”成了大中国的一个窗口，是中国社会建设的一个缩影，社会底层人物在此聚集，人生百态在此显现，百姓命运与社会命运联系紧密，由此深刻反映了社会改革发展对人民的影响，揭示了社会问题。

【阅读提示】

就是说什么是“人”？我们与生俱来地带有人格上和人性上的不完美性，有一些我们叫作缺陷的，它一直伴随着我们到死，它是必须予以原谅的，发生在任何人身上，都应该以较为宽大的心怀去看待，否则我们就无法爱我们的父母，也无法尊重老师，甚至连朋友之间也无法交往。具体来说，在《人世间》中，周秉昆从郑娟家里离开，路上碰到了自己的伙伴们，伙伴们以为他调工作了，就问你家是不是认识地位很高的人物了，周秉昆就说事情不是那样的，其中有两句话，说完伙伴们顿时心里释然了，并且感到一种快意。如果周秉昆调到了更好的单位，有了更好的工作，朋友们可能会嫉妒；听到周秉昆说自己调往的单位并不好，朋友们心理平衡了。这些可以说是他们人性中的缺点，但是这些人依然是他的朋友。

——梁晓声：《我是一个理想主义者——关于创作中若干问题答读者问》，《中国文化研究》，2019 年第 4 期

梁晓声强调个体的对抗精神，但他的个体也总是需要亲情、友情、爱情等人伦情感来支撑的，比如他笔下父亲的威严与担当、母亲的慈爱与包容，以及邻里间的亲和、朋友间的友谊都是他常常抒写的对象。梁晓声一直警觉于社会出现的“他人即地狱”心态，虽然他批判的是这句话的表面意，反对以人性之恶为前提想象他人，但从他对人伦情感的信任乃至依赖来说，他也确实反对“他人即地狱”的深层意，即人与人全面切割开来，使自我变成绝对的孤独个体的状态。这种人伦情感，与集体化的体制密不可分。它们看起来只是传统乡土中国式的熟人社会关系，但这种乡土熟人社会的关系能够在城市中出现，有赖于单位体制在城市中建立起了一个个单元，让生产并生活在一起的人们形成了共同体情感。

——朴婕：《论梁晓声的小说创作》，《小说评论》，2019 年第 5 期

达紫香悄悄地开了(存目)

陆星儿

陆星儿(1949—2004),女,1968 年从上海来到北大荒上山下乡,1978 年考入中央戏剧学院戏文系。毕业后任中国儿童艺术剧院编剧。1974 年开始发表作品,1983 年加入中国作家协会。著有近 20 部中篇小说和多篇短篇小说,已出版《美的结构》《啊,青鸟》《纯洁、活泼、美丽的》《达紫香悄悄地开了》《一个女人的一台戏》等 7 部中短篇小说集,以及《留给世纪的吻》《灰楼里的童话》《精神病医生》3 部长篇小说。

《达紫香悄悄地开了》发表于 1983 年第 4 期《收获》。以青年女作家潇潇再次回到北大荒的所思所感为线索,通过现实与回忆的交叉描写,深入人物的情感世界,展现了属于知青的独特的烦恼。作者使用插叙的手法,讲述了那些年作为知青的潇潇在北大荒生活的点滴岁月,有潇潇与李俊堂的相知、相爱的幸福生活,有他们为北大荒的发展一起贡献自己力量的情节,还有在知青返城大潮中,潇潇和李俊堂在走与留的艰难选择中迷茫痛苦的经历等。这所有的一切,因为潇潇的离开而改变。追梦路上的潇潇,把她对于那块土地、对于生活在那个土地上的人的"所有的怀念,所有的感触,所有的内疚,所有的思索,都凝聚在笔尖",写了许多作品,但是成名并不能使她快乐,她依旧思念着远在他乡的人。生活没有对错,却值得人停下脚步深思。

《达紫香悄悄地开了》是一部充盈着北大荒气氛的小说。小说中的主人公潇潇说:"把生活感动你的,写出来去感动别人好好生活。"虽然作家并没有用过多的笔墨去描写北大荒的风土人情,更多的是以潇潇和李俊堂的感情为线索，字里行间，都渗透着作者的心血。作品灌注了作者对生活的认识，对人生的思考，当然也有对于命运的困惑迷茫。正因如此，《达紫香悄悄地开了》才更加值得阅读，也才更加珍贵。

在小说中，作者为我们刻画了一些在北大荒这个特殊的环境中成长起来的典型人物。作为知青来到北大荒的潇潇，有着青年的一腔热血，想着为了国家奉献自己的力量，但是在那个动荡的年代，北大荒用现实向潇潇证明："生活是艰苦的，岁月是严峻的，斗争是残酷的。"他们满怀热情地为之努力，却不得不向现实低头：水库长时间无法修完，教学设施依然简陋，再加上受到大批知识青年回城热潮的影响，潇潇在艰难的抉择后，决定回到北京追求自己的梦想。但是即使多年后的她成名了，心中依旧牵挂着那片土地，牵挂着那里的爱人和孩子，作者并没有去谴责潇潇的决绝，当生活与理想冲突时，必然会做出取舍。作者深入潇潇的内心去窥视，让我们看到了那个对北大荒充满愧疚、充满怀念的人，也看到了那个虽功成名就却仍受到命运摆布的潇潇。

李俊堂把自己的生命都献给了北大荒，为了建设北大荒呕心沥血、默默奉献。他是真正的"北大荒人"，他有理想、有担当、敢于实践、甘于奉献、脚踏实地，他明白兴修水利的重要性，所以用十几年的时间去完成目标；他清楚教育和文化对于发展的重要性，所以一直热心修建学校……无论是赶马车的老头，还是崇拜潇潇的小姑娘，都可以看出人们对于李俊堂的喜爱和赞扬，"他心里有着一种很深很深的蕴藏量，像踏在脚下的这片黑油油的土地"，作者把李俊堂和北大荒这片蕴含着无限资源的土地联系在一起，一是赞美李俊堂，二是为了歌颂那些和李俊堂一样为了新中国的建设贡献自己力量的青年英雄们。当然还有一心扑在北大荒的教育事业上的芳芳，还有聪明可爱的小铁汉，还有曲意逢迎的凌志等人物，他们共同构成了北大荒丰富的人物画廊。

面对知青返城的现象，局外人多轻易地去批评知青返城的冷漠与决绝，但很少有人真正站在知青的立场上去考虑，为何这些充满激情和理想的青年，会放下一切，大批地回城，也难以真正体会他们的难过、痛苦、迷茫。在小说中,达紫香悄悄地开了,人们也在悄悄地成长,李俊堂劝解潇潇,过去的已然过去,生活终究要往前看。重要的是在过去的经验中,反思历史,探索人生。

作家把故事背景放到了北大荒,这使小说具有浓郁的地域文化特色。不论是小说中的景物描写,还是题目中出现并贯穿全文的达紫香,都包含着浓浓的北大荒特色,也增强了作品的象征意味。达紫香是北大荒的一种特色花,是早春时节开得最早的花,也是在朝阳山坡上开得最顽强的花。它给北大荒的早春时节增添了一抹亮色。"达紫香悄悄地开了",它就像那些为了北大荒事业默默奉献的人,默默耕耘在这片美丽神奇的土地上。小说中多次提到达紫香开花,结尾潇潇在等待李俊堂时,"看了看那几束鲜艳的达紫香",李俊堂遇到了困难,但是通过达紫香的成功开花,隐喻北大荒建设事业虽然艰难曲折,但是终将会成功。

小说语言富有哲理性。李俊堂年纪虽轻,却对生活有着透彻的认识,有着独特深刻的见解。看着潇潇对于过去的事难以忘怀时,李俊堂对潇潇说:"不要老是回头了,留在你记忆中的过去,是经过筛选保留下的一些美好的事情。平常的、不愉快的,甚至是痛苦的往事,你都淡忘了。新的生活,必然有新的矛盾,但它毕竟是新的,它能给你许多新的内容。"李俊堂是爱着潇潇的,但是他更加清楚潇潇留下来并不会开心,因为他知道,潇潇留下来便会失去现在的一切,就像他说的:"如果什么都得到,生活就只能是一串乏味的成功。失去一些,难免痛苦,但这种痛苦,能使你体验到意想不到的东西。"作者借李俊堂的话告诫读者,生活要向前看,过去的都已经过去了,放下过去,才能更好地迎接未来。

【阅读提示】

在陆星儿的作品中,《达紫香悄悄地开了》是北大荒气氛最浓的一部。尽管作者没用多少笔墨去描述北大荒的景色,但北大荒的粗犷与雄浑,渗透在字里行间。这一切又是透过潇潇久别重逢那种特殊心情的折光表现出来的，就更显得亲切。作者对那块土地是熟悉的，她写出了真实。

观察入微，描写细腻，侧重于人物内心世界的探索，是这部作品的重要特点。在艺术手法上，作者把眼前的景物与往事的回忆穿插着写，巧妙地运用了电影镜头的组接技巧。作品写得含蓄蕴藉却并不晦涩。有可读性，却不是一览无余；有耐读性，能留下回味的余地。这都是这部作品的长处。

——滕云：《新时期小说百篇评析》，南开大学出版社，1985 年版

陆星儿的中篇《达紫香悄悄地开了》也是一篇有思想深度、有新鲜感受的成功之作。它的出现，是方兴未艾的知青题材小说逐步深化、趋于成熟的又一标志。

…………

真实的记录“北大荒”的这段历史，展示一下继续在那儿生活和斗争的人们的精神风貌，反映他们今天生活中的欢乐和苦恼，也许是陆星儿的创作动机。可喜的是，作者的创作初衷较好地实现了。

小说是以主人公潇潇重返“北大荒”的所见所思所感为线索，来展示“北大荒”的现实世界的。但作者没有一般化地铺叙故事，而是将艺术笔触伸到人物的感情世界，向人们，向社会揭示了“北大荒人”圣洁、纯真、美好的灵魂。

——王家伦：《当代作家创作巡礼》，中国矿业大学出版社，1989 年版

还有陆星儿的中篇小说《达紫香悄悄地开了》，描写主人公潇潇在离开黑龙江生产建设兵团回北京四年后，故地重游，与丈夫和儿子相会的故事。作家认为，面对潇潇和千百万知青不可避免的人生悲剧，“绝对不应该只是哀叹与感慨”，无情的岁月并非仅仅吞没了王强、吴欢欢等知青的生命，也锻造出像潇潇的前夫李俊堂和小芳那样默默无闻地为边疆建设奉献自己、值得敬重的劳动者。作品风格一如那些人

物质朴无华，情真意切，既有对离去者的谅解，更加表现了对北大荒知青人生的赞美与眷恋。

——张炯：《中华文学通史·第九卷·小说戏剧》，华艺出版社，1997年版

北大荒奇遇(存目)

肖复兴

肖复兴(1947—),河北沧县人。中国著名作家,报告文学家、小说家、散文家。1968 年高中毕业到北大荒下乡,1978 年考入中央戏剧学院文学系,大学毕业后历任中央戏剧学院教师、《小说选刊》副主编、《人民文学》副主编。已出版报告文学集、小说集、散文集百余部。肖复兴是我国 20 世纪 80 年代以来创作较为活跃,收获颇为丰厚的作家之一。他善于在平凡小事的描述中揭示普通人善良、丰富、美好的内心世界。著有中短篇小说集《她和她们》《北大荒奇遇》,中篇小说集《远方的爱》《四月的归来》,短篇小说集《飘散的情思》,长篇小说《棋手和他的女友》《我们曾经相爱》《青春梦幻曲》《早恋》,报告文学集《国际大师和他的妻子》《海河边的小屋》《生当作人杰》《仅仅因为漂亮》《火的战车》《啊,老三届》,传记文学《天下第一剑》,散文集《音乐笔记》《我们的老院》《北大荒断简》等。其中《海河边的小屋》和《生当作人杰》,均获全国优秀报告文学奖。

《北大荒奇遇》选自中短篇小说集《北大荒奇遇》,小说于 1983 年 9 月创作于北京。作品叙事生动、抒情感人、写景出色,通过蓉蓉和常玮、严力和徐静、范国强和穗穗以及蓉蓉父母的爱情故事,真实地记述了知青的苦涩青春和一波三折的命运。虽然小说只写了几个人物的故事,却通过他们透视了整整两代知青的命运。来自城市的知青揣着最初的梦想来到祖国的东北角,他们是怀着勇往直前的决心和信念以及战天斗地的精神来建设北大荒的,一部分人坚守本心,不断锤炼自身，一部分人却在梦想失落后忘却了初心。无论如何，失落也好，后悔也罢，逝去的知青生涯都在每个活着的人心里留下了永不磨灭的印记。小说还赞美了北大荒人对世世代代生活的土地的热爱和他们美好的人性，同时也抒发了作家对于知青生涯的深切眷恋之情。

《北大荒奇遇》主要讲述了常玮、严力、徐静、范国强几个北京知青来到北大荒插队的故事。常玮和农场主任吕春江的女儿蓉蓉相爱，严力和徐静相爱。蓉蓉和徐静从所在育林小分队离开农场到七星林植树，常玮和严力为了见到恋人，自告奋勇给育林小分队送每月补给的新鲜食材。在第一次运送补给的过程中，因为他们比预定的时间晚到而错过了在林边等待接补给的人。常玮仗着胆大一个人摸黑走入七星林寻找小分队，深夜迷路被一独居林中的神秘老人所救。老人对常玮和育林小分队的事情了如指掌，并且农场的人对老人的来历都讳莫如深，令常玮很是困惑。第二次送补给入七星林，常玮特意去感谢了神秘老人的搭救，却意外在老人的木屋见到了自己的恋人蓉蓉，老人还赠送他俩一柄小刀作为纪念。常玮觉察到蓉蓉和神秘老人之间有某种联系，追问蓉蓉也没有得到答案。常玮第三次申请送补给时，遭到了农村主任吕春江的拒绝。在吕春江亲自送去补给之后，还带回了蓉蓉。之后农场传出流言说蓉蓉和七星林神秘老人有不正当关系，常玮也误会了，导致和蓉蓉分手。后来却得知神秘老人沙景昌是蓉蓉亲生父亲，也知道了蓉蓉父母的爱情故事。常玮在后悔之中离开了农场，蓉蓉也到七星林和亲生父亲一起守林。四年之后，知青陆续申请返城，他们想在走之前砍伐木料带回城。一伙知青不小心点燃了林子，老人为救火而牺牲，留下蓉蓉一人继续守林。常玮返回北京后，始终忘不了北大荒的人和物，总盼望能有“奇遇”。

在《北大荒奇遇》中，神秘老人沙景昌这个人物形象让读者印象深刻，充满了悲剧性。他善良、朴实，对北大荒的土地和山林有着深深的眷恋。沙景昌年少时就和父亲住在七星林一起守林，父亲为保护七星林而死。他和农场的女知青相爱，还有了孩子，在当时的环境中被认为是丧德败行，女知青生下孩子后去世了。沙景昌打断吕春江一条腿后进了监狱，出狱后独自一个人生活在七星林。女儿蓉蓉被吕春江收养，他只能在远处看着女儿，关注她的成长。蓉蓉爱上了北京来的知青，仿佛在重复着父母的故事。沙景昌老人也在一次救山林大火中牺牲，他去世后得到了众人的尊敬，就连直接导致沙景昌夫妻俩悲剧的农场主任吕春江也忏悔了。

让读者印象深刻的另一个人物形象是常玮，他性格开朗却也敏感多思。他爱上蓉蓉，敢于争取机会去见她。常玮被神秘老人搭救，懂得感恩。他的敏感多思，导致了对蓉蓉的不信任而分手。在七星林着火之后，他也想不顾危险去救火。看到蓉蓉孤单一个人，他自责内疚，想要放弃回北京的机会留在北大荒陪伴蓉蓉，可惜遭到了拒绝，只能离开北大荒，抱憾终身。小说中的女主人公蓉蓉是一个典型的东北女孩，她敢爱敢恨，个性坚韧，她和父亲一样对北大荒这片土地充满了爱。她对待感情不将就，当知道常玮对她的不信任时，她不愿意再和他在一起，不想要不完美的感情。她也是个勇敢的女孩，能够继承爷爷和父亲的遗志，不怕孤单寂寞继续守护着七星林。

就艺术特色而言，首先，《北大荒奇遇》这篇小说构思精巧，情节引人入胜，可见作家的精心布局。小说多处设置伏笔，并以层层深入的手法吸引读者去一探究竟。例如七星林神秘老人的身份、他和蓉蓉之间的关系，都在小说的情节发展中一步步清晰化。小说还运用了对比的手法，鲜明映衬出北大荒人对土地和树木的热爱。从城市来的知青，最初都是满怀激情和希望来建设北大荒，他们参加育林小分队植树，希望在七星林种满树木，却在离开北大荒之前违背初衷砍伐树木，只为了带回北京打家具。知青们的前后行为形成了鲜明对比，和沙景昌父亲、沙景昌以及蓉蓉他们誓死保护七星林的决心也形成了鲜明对比。这也说明了土生土长的北大荒人对这片土地怀有深情，而来支援建设的知青们于北大荒而言只是过客。另外，小说中还有常玮和严力性格的前后对比。常玮开朗、胆大、力气大，一个人划船运送补给物资，一个人摸黑进入七星林。相反严力胆子小，不能帮助划船，也搬不动重物。可在关键时刻和大是大非面前，严力不再胆小，他能和常玮一起阻止砍伐树木的知青，敢于去救火，还出人意料地留在了北大荒，充分体现出他的正直和勇敢。小说在结尾点题并升华主题，点明“北大荒奇遇”究竟是什么：返城之后的常玮盼望着能在北京再见到自己昔日的恋人，让自己有机会去弥补当初的错误，然而这个奇遇于常玮而言却是奢求，失去的东西已然无法追回，无论是青春，抑或是感情。

其次，作家将北大荒的自然、风俗当作重要的书写对象加以描摹，不仅有诗情画意，而且粗犷厚重，反映了北大荒知青的生活状况，具有超时空的典型意义。如在小说中作者描写了严冬季节知青们冒着严寒凿冰捉鱼的情景，在蓉蓉的热心解说下，知青们目睹了北大荒的特产老头鱼是怎样从冰坨里奇迹般地复活，还有知青们可以顺着冰封起来的七星河用马拉爬犁来运送物资的场景。诸如此类的自然、风俗描写，让读者充分感受到北大荒的神奇瑰丽。另外，小说的语言质朴自然、流畅生动。小说开篇，作家用精美优雅的语句去描写七星河：“弯弯曲曲的河水像一条绿色的绸带，轻曼地飘曳在一片坦荡无垠的沃野上。”让读者感受到了北大荒的美丽风光。同时，小说还运用了地道的东北方言——“挨几次撅”“叫号”“瞅瞅”“包圆”“瞎搅乎个啥”“够呛”“划拉光了”。这些方言具有浓郁的东北地域特色，读来别有一番韵味。

总而言之，《北大荒奇遇》运用了叙事、抒情相结合的手法，将感性和理性相融合，以抒情为基调，以叙事为载体，二者巧妙结合，体现出作家深厚的艺术功底。虽然作家是通过几个北京知青和北大荒当地人之间的情感交集展开叙述，但是小说中绝没有空泛的抒情，也没有苍白的叙述，而是以一个个鲜活的人物形象和感人至深的事件支撑起了小说的骨架，使得整篇小说读来扣人心弦，感人至深，展现出作家肖复兴独特的艺术构思和深厚的文学功底。

【阅读提示】

北大荒知青小说中具有地方色彩的田园景色描写得声色共融，表现了民情、风俗。北大荒的许多风物有它不为外人所体验的情致。

肖复兴的《北大荒奇遇》写了“北大荒的特产——老头鱼，冬天像是冻死在冰里，只要开春冰一化，它又能活过来。知青们将冻死的鱼放到盆里，等冰坨渐渐化开，老头鱼就真的在盆里游了”。此外，还有赫哲族老头做的一道生杀鱼的名菜等。北大荒就像一幅幅丰富多彩的风情画卷，展现在知青作品中。在风俗中寄予深情，古朴而有情趣。将北大荒的自然、风俗当作重要的对象加以描写，不仅有诗情画意，而且粗犷厚重，凸显了北大荒知青的生活基础，具有超越时空的典型意义。

——车红梅：《北大荒文学地图》，中国戏剧出版社，2018 年版

虎影人踪（存目）

关沫南

关沫南（1919—2003），满族，吉林永吉县人。原名关东彦，又名关雁，笔名沫南、泊丐、路以、东彦、孟来、袁靖、白格等，后以关沫南闻名于世。幼年随家迁居黑龙江呼兰，八岁时全家居住在哈尔滨。1936年毕业于哈尔滨第一高级中学。1937年参加哈尔滨文学小组的学习和活动，开始从事左翼文艺工作。1944年后曾任《青年文化》《新群》《先锋》《热风》《北方文学》《东北日报》《牡丹江日报》编辑。1949年后曾任黑龙江省文联副主席、中国作协黑龙江分会副主席、黑龙江省作家协会名誉主席等。出版小说集《永不能忘记的友谊》《在镜泊湖边》《岸上硝烟》《雾暗霞明》《蹉跎》《流逝的恋情》，散文集《春绿北疆》《春花秋月集》，电影文学剧本《冰雪金达莱》，评论集《写作初谈》《在创作道路上探索》等。

《虎影人踪》创作于1984年4月，于1992年收入关沫南小说集《流逝的恋情》中。自1934年以来，关沫南创作了大量反映东北沦陷区人民在日寇侵袭下不幸遭遇的作品，其中以反映东北抗联斗争生活的作品最有影响，这些作品具有浓郁的乡土气息，与北大荒质朴、深沉、粗犷的风格相一致。

《虎影人踪》是一部关于抗联题材的作品，小说主要讲述了发生在抗联战士朱盛与俄罗斯人别果夫父女之间的故事。小说首先交代了抗联三军宣传科长朱盛和老交通员李海去哈尔滨省委汇报近况并领取新的指示，不料在途中遭遇敌人袭击，李海胸部中弹，朱盛背着身负重伤的李海躲进暴风雪弥漫的横道河子密林深处。在雪崩时,李海被雪海掩埋而牺牲,朱盛体力不支昏死过去,幸好被具有人道主义精神的俄罗斯猎人别果夫所救。朱盛醒来后发现,救他的人正是旧日相识的别果夫。原来,别果夫正为了写小说《虎》,在横道河子密林中跟踪一群老虎,观察它们的习性,所以偶然发现了危险中的朱盛。小说又插入叙述了朱盛和别果夫女儿莲娜相识相恋的过往。朱盛和莲娜相识于她家的马林果园,后成为同校同学,因有着共同的兴趣爱好,他们很快成为好朋友,在交往的过程中互生好感,心意相通,坠入了爱河。但是,朱盛思想进步,而莲娜父亲作为俄国贵族,反对共产主义,所以坚决反对二人交往,两人不得不终止关系。朱盛此后响应哈尔滨地下市委的号召,投身到珠河游击区。此刻,朱盛得到他们父女俩的照顾,别果夫也改变了态度,赞赏了朱盛的斗争精神。在身体恢复后朱盛为了革命事业,经过痛苦的挣扎,再次放弃了依然倾心于他的莲娜。两年后,朱盛放不下这段感情,来到了莲娜家,却得知别果夫因为其长篇小说《虎》隐晦地歌颂山林里的抗日力量而被驱逐出东北,父女俩不得不前往澳大利亚。

在小说中,朱盛这一知识分子革命者是作者着力刻画的人物。朱盛是一位革命英雄,有着无比坚定的政治立场,随时准备为革命牺牲一切。为了完成革命任务,他忍饥挨饿、顶风冒雪在松林里艰难前行,走不动就在雪地里爬。在荒无人烟的丛林里,在体力透支的情况下,听到野兽的嘶吼,他虽担心自己落入虎口,丧命于此,但他深知自己是一个共产党人,他告诉自己生命是要献给共产主义理想的,为党和国家而死是有价值的。朱盛的身上充满了不怕牺牲、勇于担当的革命精神。与此同时,小说也将英雄人物当作普通人来写,展现了英雄的别样面貌。朱盛由于爱情的失意,投入革命的浪潮之中,再次见到莲娜,朱盛的内心是无比激动的。面对莲娜的示爱,他深深地感动着,冷静思考过后,他犹豫了:“中国人民在受苦,我不能不和祖国的命运连在一起……”“我非常感激你这种纯真的感情,在人的一生里这该多么值得珍贵。但我怕牺牲你的幸福和青春,我不敢保证将来一定会活着回来见你……”他担心自己无法给莲娜未来,所以忍痛割舍这段感情。分别后的他依然牵挂着莲娜,最终,朱盛还是无法战胜自己的感情。小说展现了朱盛深陷感情漩涡、爱而不得的状况。对英雄儿女情长的描写,让我们看到了英雄在战斗硝烟外的面貌,使朱盛这一人物形象更加真实动人。

别果夫是沙皇俄国贵族,逃亡到中国,是一个忠实的托尔斯泰主义者,因为朱盛违背了他的思想,他对朱盛恼羞成怒,甚至斩断女儿和朱盛之间的联系。但别果夫会在不清楚朱盛是敌是友的情况下,无私地帮助他,这显示出他身上的人性美。同时,他还被朱盛的革命精神而感动,深受震撼,他精心创作的长篇小说《虎》,也被日本宪兵队说是隐晦地歌颂山林里的抗日力量,在小说的最后,别果夫终于认可了朱盛等人的革命思想,显示出他的思想转变。

在小说中,俄国父女因战争所迫,多次辗转他国,始终没有安身立命之地,连爱情都无法得到,在这种经历中,俄国贵族也逐渐改变了对政治、革命的态度,而促使别果夫转变的原因是他看到了朱盛这样的革命者。抗联战士朱盛革命态度十分坚定,他始终心怀祖国与人民,为了革命事业,可以牺牲一切。小说还插入讲述了异国人民的爱情与友谊,这使小说在展现我国和俄国人民的命运,我国革命者的高尚品质与牺牲精神的同时,也具有强烈的可读性,同时,显示出作者广阔的创作视野。关沫南将自己深刻的生命体验融入文学创作当中,流露出对战争的憎恶和对和平的期待,表现出强烈的社会责任感和崇高的悲悯情怀。

《虎影人踪》相较于作者早期创作的抗联小说而言,艺术手法更趋于成熟。作者善于运用白描的手法刻画人物、描绘场景。例如对老交通员李海的外貌描写:“两鬓斑白的李海,是个瘦瘦的老人,蓬在脸上的头发胡子,遮住了他那尖尖的黄脸。”三言两语,一个面黄肌瘦的老人就展现在人们眼前。对莲娜的描写:“莲娜身穿一身驼色棉大衣,围着一条灰围巾”“清秀的脸蛋给风吹红了,在长睫毛下闪动着蓝眼睛”,一个年轻秀丽的女子浮现在人们脑海。小说还注重对英雄的生活状况和内在精神世界的挖掘，在人物、情节发展的关键时刻，插入一些心理描写，揭示人物复杂的心理活动。如朱盛在别果夫父女的照料下渐渐恢复了体力，为了完成组织交代的任务，他不得不再次离开莲娜，抛下这段弥足珍贵的感情，他想，“看来人是得不断地战胜自己的感情的”，从中可以看出朱盛对莲娜的不舍和留恋，也可以看出朱盛对爱情的渴望，这使得朱盛这一人物形象更加真实、立体。

真实是革命历史题材小说的生命。关沫南的抗联主题小说最可贵之处就是一个“真”字，他遵循革命现实主义的创作原则，将特定历史时期的真实风貌展现在读者面前。为了做到这一点，作家在描写景物时，特别注意突出地方特点和时代气氛。在《虎影人踪》中，作家通过对自然景物的描写营造出特定的艺术氛围，突出了东北地区浓郁的地方风情。暴风雪刮成烟炮的横道河子密林，“像海涛般吼叫的松叶林”“像沙粒一样的飞雪”“风旋起来的硬雪堆”，黑黝黝的松林，发着深蓝色的光的雪地，松林里的猛虎哀号，等等，作者选取了这些独具东北特色的景物，衬托出抗联战士艰苦的斗争环境，也营造出一种空旷苍茫的艺术世界，显示出北大荒粗犷、豪放的自然风貌。

【阅读提示】

这个短篇从内含到表层，都具有北大荒文学风格的特点，表现出东北乡土文学的诱人的魅力。试看朱盛被淹没在雪海中的一段：

……他不顾一切地滚在雪坡上，一处又一处地继续扒那深雪。风狂夜暗，大雪地还是没有李海的影踪。他又一次昏过去时，身子从雪坡上滚下来了。

青松枝上的积雪，被风摇落在他的脸上。他在冰凉的雪花里，睁眼望见松尖上的天空。阴云浮动着，不时露出淡淡的月光。

《虎影人踪》把抗联战士置于北满冬天那富有瑰丽多彩的大雪林中加以描绘、刻画，不仅展露了人物的鲜明个性，也揭示了造成人物鲜明个性的自然环境。

——杨治经，杨诗粮，彭放等：《北大荒文学艺术》，北方文艺出版社，1988 年版

《虎影人踪》中抗联三军科长朱盛，密林负伤被搭救，回想起少年时与老作家的女儿的邂逅，把马雅可夫斯基的诗念给她听，逐渐与异国女友萌生了爱情。在这些抗联小说中，描写的崇高的爱情和挫折的爱情，都好似寒冬的原野上长出的几许新绿。莎士比亚说的“爱情是亘古长明的灯塔”，虽是感性之言，但爱情在滚滚红尘中，确有一股昭示千秋的魅力。这无疑使作家的抗联小说生辉。

——刘树声：《关沫南小说集〈流逝的恋情〉评识》，《文艺评论》，1993 年第 3 期

野狼出没的山谷(存目)

王凤麟

王凤麟(1955—),出生于哈尔滨,1971 年随父亲由吉林省洮安县(今洮南市)来到北大荒。曾担任黑龙江生产建设兵团师党委秘书、《北大荒文学》杂志小说编辑组组长、黑龙江省农垦广播电视局局长、黑龙江省电影电视剧制作中心主任、中国电影制片人协会秘书长。1974 年开始进行文学创作,至今为止,发表各类文学作品 500 余万字,主要作品有小说集《雪葬》《古道》,随笔《我的文档:活着累着苦着痛着》等。其中多部作品被《新华文摘》《小说选刊》《小说月报》等转载,小说集《雪葬》被收入全国“文学新星”丛书,获首届丁玲文学奖,散文《走近马克思》获全国报刊(副刊)第三届优秀作品评选一等奖。

《野狼出没的山谷》是王凤麟的代表作,发表于 1984 年第 9 期《人民文学》。小说一经发表很快就产生了巨大的反响,荣获了全国第七届优秀短篇小说奖、《人民文学》1984 年读者“最喜爱的作品”推荐奖、黑龙江省首届天鹅文艺创作大奖一等奖等多个奖项,后又被译成德、意、俄、英、日等文介绍到国外。

这篇小说主要讲述了老猎人与猎犬贝蒂的感人故事,是一篇关于爱与恨、善与恶、误解与宽容的小说。贝蒂原本是跟随老猎人多年的伙伴,但在一次捕杀黑熊的行动中,由于贝蒂瞬间的迟疑,老猎人陷入危险境地,感到背叛的老猎人一怒之下遗弃了贝蒂,贝蒂从此流浪于山野雪谷之中。一次逃亡时贝蒂意外闯入野狼谷,不得已开始与狼群共同生活,并与狼群之首达力生下了六只小狼崽,但身在狼群的贝蒂却始终渴望着再次回到老猎人身边。不久，喜新厌旧的达力带回来一只年轻的母狼，打算强占住处并与贝蒂展开了生死决斗，无人看守的六只狼崽被年轻猎手安嘎抓回了村庄，达力带着狼群追赶并与人展开了激烈的恶战，最后当达力准备袭击老猎人，营救被掳走的狼崽时，贝蒂突然出现，为保护老猎人而牺牲。多年后，村子里的人多数弃猎务农，野狼谷消失不见，只留下被关在公园里的六只狼。

王凤麟通过书写人、狼、狗恩怨纠葛的故事，将万物有灵的生态观念灌注于作品之中。贝蒂一次次在危难关头及时营救老猎人，使人们体会到人与动物之间的温情，人与兽都有好恶之分。数年后恐怖的野狼谷消失，取而代之的是一个现代化国营农场和公园，仅存的六只狼被关进钢筋铁笼里，现代文明将人类从弱肉强食的丛林法则中解救出来，但代价是凶猛残忍的野狼被禁锢以及动物生存家园的消失。作家在揭示万物有灵的同时，进一步批判与反思了现代文明，引发了社会对人类文明与自然关系的思索，但小说的主题内涵不仅仅局限于此，作家更是从深层次上揭示了人与其他生命个体的相处法则。

王凤麟回忆自己写这篇小说的初衷时说道："但是我想，人类应该不断认识自己，使我们的生活多一些温情、忍让和宽容，少一点仇恨、误解和妒忌。"小说中老猎人对狼和贝蒂的种种误解，导致了难以挽回的悲剧，直到小说的最后老猎人才悟出了一个道理，要想成为一名出色的猎人，最重要的就是要具备宽宏的气度，但如果老猎人能早点明白这个道理，或许悲剧就不会发生。所以《野狼出没的山谷》不仅是一篇简单描述人与忠犬深情厚谊的小说，更是一篇深刻表达人与动物、人与人关系的寓言式小说。作家通过小说启示读者，给予其正确的人生指导，表现了对现实生活中理解、善良与宽容的呼唤。

小说具有极强的象征意义与哲理韵味，作家通过将动物人格化，取得了别开生面的艺术效果。在小说中动物不再是配角，而是作为独立的个体出现。它们有了自己的名字——"贝蒂""达力"，与人类平等。它们有自己的感情，如贝蒂在达力的友好示意下，认为"坚信和肯定自己的价值无论对于人还是兽都同等重要"。达力在遭遇夺子之恨后，不顾一切地带着狼群集体进村寻仇救子等，都表现了动物所具有的人格化特征。

在形象塑造方面，王凤麟创造性地塑造了贝蒂这一正面的动物形象，赋予其诸多美好的人性品质。贝蒂“似狗似狼”又“非狼非狗”，身上兼具狗的品性与狼的力量，是善良忠诚的象征。贝蒂原本是一条勇猛而温驯的猎狗，跟随并保护主人周旋于荒野密林之间捕捉动物。当老猎人与安嘎误入野狼谷被狼群包围时，贝蒂勇闯包围圈，促使老猎人与安嘎获救；当老猎人病倒在渺无人烟的荒野里，贝蒂每天不离不弃地守护着老猎人，这种种事件都表明了贝蒂的善良与忠诚。在小说中贝蒂与猎人分道扬镳后，又有着以“狼”的身份与狼一同生活的奇幻经历。但贝蒂的本性终究是狗，永远不会成为一只狼，也永远都无法认同狼群弱肉强食、你死我活的生存观念，即使在生下小狼崽后，它也始终想要回到老猎人身边。荒野的狼性生活并未吞噬贝蒂的本性，它依然保持初心，善良、忠诚且坚韧地活着，最后不惜以生命的代价保护老猎人。

另一主人公老猎人是一位慷慨大方、技艺高超的出色猎手。作家在塑造其形象时注重把握性格多元化的特征，增强了形象的复杂感与立体感。老猎人年少时曾被一只饥饿的狼咬掉右手的食指，母亲也因救他受了重伤，伤母断指之仇致使其走向了猎人的道路。一方面，这种特殊的经历和身份，决定了猎人残酷无情的性格。另一方面，老猎人又是心地善良的，面对动物也隐藏着一颗怜悯之心。当老猎人在听到狐狸被安嘎以残忍的手法做成帽子时发出的惨厉哀号时，他始终未能接受新帽子，即使旧帽子已经被磨光了皮板。后来贝蒂的忠诚也使老猎人的铁石心肠慢慢变得柔软，渐渐与狼和解，学会了宽容。

在叙事方面，作家采用复线交叉式结构，设置两条相互关联的线索分别展开叙事。在小说中，贝蒂被抛弃后进入野狼谷的生活与猎人失去贝蒂后打猎的各种遭遇是故事的两条线索。这两条具有共时性的线索交织进行叙事，其中穿插二者的回忆，通过因果对立逻辑使之结合在一起，表现出同一事件的两个面。如作家在描写贝蒂阴差阳错进入野狼谷、贝蒂为何背叛老猎人等情节时采用老猎人与贝蒂的双视角展开叙述,为读者呈现出事件背后的真相。

从整体风格来看,小说具有浓厚的奇幻色彩。一方面,狼与猎人的生活本身就带有浓厚的奇幻性,小说以瓦其卡村和野狼谷为背景来表现它们的生活,为读者构建了一个神秘的现实世界,易激起读者的好奇心。野狼谷是一个由白骨铺就的死亡之地,隐藏在茫茫的原野之中,散发着腐烂的气息,任何生物一旦误入便会永远消失,小说中的故事则多发生于此。作家通过对雪国山林、野狼谷野蛮气息的渲染,形成了以“残忍”“荒寒”为基调的奇幻氛围,增强了小说的艺术感染力。另一方面,作家善于制造悬念,一波三折的情节使得小说时张时弛,层层推进,充满了许多未知的可能,故事的转折跌宕加上作家对人物生存环境的渲染,使得曲折的故事与独特的氛围融为一体,奇幻色彩浓厚。

【阅读提示】

《野狼出没的山谷》是一篇写情感的小说。借人、狗、狼的生活情状写忠诚,写友谊,写恩与怨,写善与恶、爱与憎、人性与兽性……而作者着墨最多的是忠诚的友谊,由于地位不平等而不平等的友谊,带着某种奴役与被奴役色彩的忠诚和友谊。猎人的刚愎粗暴,贝蒂的有冤难诉,使全篇弥漫着缠绵忧伤、欲言又止的怨艾之情,比大悲大痛、大喜大怒更令人牵肠揪心,扼腕嗟叹。这发生于人兽之间的故事,从正面描述了人间弥足珍贵的感情:忠诚。又从反面揭示了人间弥足珍贵的美德:宽容。驰骋猎场一生的老猎人于垂暮之年,觉悟到的人生真谛:“最最重要的是,要想打败一切天敌,使自己成为大自然的主宰,还要具备猎人那种宽宏的气度。”

——李佳:《一篇成功的寓言式小说——评〈野狼出没的山谷〉》,《文艺评论》,1985 年第 3 期

那么,这篇作品究竟写了什么,它要告诉读者的是什么呢?要回

答这一问题似乎“主题”一词也不十分准确，因为我写这篇作品时几乎没有过多地考虑什么“主题”的问题。我的创作初衷或意图只是想通过自己所能调动和想象出来的生活，再现出一幅融汇着善恶美丑、喜怒哀乐、恩爱仇怨和尊卑荣辱等感性色彩的生活画面，并通过这幅画面表达并给予读者选择正确的人生哲理和准则时以某些启示。

——王凤麟:《古道》，北方文艺出版社，2000 年版

小说通过跌宕起伏的情节，把人、狗、狼与现实的人间生活相互交织，写了善与恶、美与丑、恩与怨的错综复杂关系，揭示了当时最具时代意义的社会主题——人间迫切需要忠诚与宽容的回归。这篇小说除主题思想具有强烈现实意义外，在艺术表现上也有鲜明特色。首先，作者善于渲染气氛、制造悬念，使读者获得一种特殊的审美感受。与此同时，作者还善于以强烈的音响、浓郁的色彩、大开大阖的渲染场面制造悬念，使这曲森林交响乐不断出现加强气氛的打击乐声，产生了触目惊心的艺术效果。其次，作者渲染的古穆、素清而带有严峻阴森的气氛蕴涵着浓浓的情爱和暖意，使读者阅后心潮起伏，难以平静。在艺术结合上，小说情节铺陈疏密有致，章法清晰，时而张时而弛，时而动时而静，抑扬顿挫，跌宕起伏，从而大大增强了作品的艺术感染力，表现出作者不凡的艺术功力。

——赵国春，郭亚楠:《北大荒文艺史略》，哈尔滨工程大学出版社，2019 年版

独船（存目）

常新港

常新港（1957—），出生于天津新港，1958 年随父亲来到北大荒，1976 年在农场参加工作，当过车工、农场机关通讯干事，后调入《北大荒文学》《北方文学》编辑部任编辑。中国作家协会第九届全国委员会委员，黑龙江省作家协会专业作家。1983 年开始儿童文学创作。著有短篇小说集《独船》《青春的十八场雨》《咬人的夏天》等，中篇小说集《我的经历和你的故事》等，长篇小说《青春的荒草地》《青春的激情》《少年黑卡》等。《青春的荒草地》荣获中国作家协会第二届全国优秀儿童文学奖；选集《与荒原共舞的男孩儿》荣获冰心儿童图书奖；长篇小说《男孩无羁女孩不哭》荣获全国第六届“宋庆龄儿童文学奖”。常新港多次获得全国儿童文学最高奖，儿童文学界称常新港为“隐藏的天王”。

常新港默默耕耘，坚持深度写作，追求极高的文学性。他以儿童立场观照北大荒少年的心路历程，书写童年疼痛，破译成长密码，探索心灵奥秘，挖掘生存困境下的善良天性。短篇小说《独船》发表于 1984 年第 11 期《少年文艺》，荣获中国作家协会第一届全国优秀儿童文学奖，并获黑龙江省政府奖。《独船》秉持着特有的“常式”悲壮遒劲的风格，以北方寒冷寂寞的环境为背景，以阴郁沉重的氛围为小说底色，笔触间饱含北大荒特有的苍凉。同时，常新港刻骨铭心的童年经验在其小说创作中起到重要的作用，使其小说的情节真切感人，带有淡淡忧伤和苦涩。作者将少年的苦难生存状态呈现给读者，在展现成长记忆外，也向读者传递着正能量。

小说讲述了一个关于死亡的故事。因暴雨侵袭，河水暴涨，没有船的村民只能眼睁睁地看着一位在河边浣衣的妇女被洪水无情地夺去了生命，此后，她的丈夫张木头守着独屋、独船、独子过活，这也使儿子石牙子与身边小伙伴产生了深深的隔阂。命运再次轮回，石牙子为获得集体归属感而溺死。作者在书写死亡时突出的是对生的关注，对生命的珍视。在小说中，作者探索深藏在人心中的秘密，展现了人性中阴暗丑陋的一面，也孜孜不倦地追求生命的理想。

小说生动地刻画了船的主人张木头与张石牙这对父子形象。父亲张木头固执己见、偏激执拗，认为妻子的死亡是岸上的人不愿下水救助所导致的，从此愤世嫉俗，隔绝外界一切联系，只守着自己的独屋、独船、独子。他麻木冷漠，不由分说将船上的王猛掀下水，对其生死视而不见；他自私霸道，拒绝儿子的用船请求，并宣誓主权："这船是我的！不是你的！"听说船上出人命的消息，第一反应竟是要把尸体从船上掀下去，"我的船上不能摆死人"。后期他的思想性格发生了质的转变，把居住的小木屋从河边迁回村里，并见人就说这是"我家石牙子的船"，众人的态度也随之发生了变化。

儿子张石牙内心孤独、渴望友谊，可偏偏事与愿违。因父亲缺少人情味，他和同学王猛结下梁子，在学校集体生活中被孤立。无人叫他早起出操，没人拾起他掉在地上的衣服，即使足球场上缺少队员，周围人也不给他上场的机会。更无奈的是，石牙的白褂会"碰巧"染上蓝墨水，洗脸的毛巾会被用来轮流擦脚。在备受侮辱的情况下，张石牙仍然怀有一颗善良友好、宽厚包容的心。当他得知王猛妈妈生病想吃鱼却又到处买不到时，毫不犹豫地答应帮忙，被父亲发现，也选择掩护他人独自接受处罚。当王猛和几年前的母亲面临着同样的处境，即要被急流卷走时，他选择义无反顾地救人。在与同伴的相处中，他从对友情的情感需求上升到渴望受人尊重的层面。当他跳入水中牺牲自我挽救别人时，已尽到自己最大的能力去实现自我价值，从而达到了崇高的境界。

小说通过展示人物的命运、描写自然环境来突出浓郁的悲壮色彩。小说以溺死开始，又以同样的死亡结束，采用电影蒙太奇手法，将两组场面组接起来。无论是几年前还是几年后，持续的暴雨都那么无情。暴涨的河水张开大口无情地吞噬掉无辜的生命，人在自然面前如此脆弱渺小。岸上的人眼睁睁看着张石牙母亲卷入水中，不敢贸然相救，打捞起尸体时，只见“苍白的手还抓着儿子那件不大的湿漉漉的衣服”。大自然的可怕给母子情蒙上一层悲情面纱。张石牙跳水救人的情节将故事推向高潮。暴雨来得让人惧怕，小黑河变得愤怒，奔腾吼叫，来势汹汹，肆意破坏着大地。王猛被大水淹没，人们在凶猛的自然力量面前束手无策，只能求救于有船的石牙子。救人迫在眉睫，石牙子当机立断砍断绳子，引船奔向处于危险漩涡之中的王猛。他在关键时刻跳入水中，以自己的生命为代价拯救了他人。石牙子死得悲怆壮烈，尸体被打捞上来后静静地躺在母亲当年躺的地方，使人们深受震撼。

小说将关注点放在少年成长过程中所面临的各种关系上，在矛盾冲突与消解中实现救赎的主题。冲突表现为两方面，一是张石牙与以王猛为代表的同龄人之间的冲突，二是张木头与张石牙之间的父子对峙。因王猛与父亲张木头结下梁子，石牙子在学校处处受人排挤，校内校外忍受着孤独的滋味。当儿童的成长发展达到能够独立行动的阶段时，他们与成人的矛盾冲突也就开始了。对于父亲的“三独”，石牙子心中早有不满，当众发泄对父亲的怨念：“我怨我爸爸！”当自己借船给王猛挂网取鱼的要求被拒绝后，二人的矛盾再一次升级。处于青春期的少年由于生理与心理的变化，对父母的保护既有依赖，又想突破。父亲以爱为名的控制造成父子关系的紧张，石牙子用实际行动化解了父子之间的矛盾。石牙子不计前嫌成全王猛的孝心，此举让从没说过软话的王猛受到触动，当下决定“一定找个机会向石牙子道歉，郑重邀请石牙子踢球”。最后，石牙子用死亡来拯救周围的人。王猛得救后跪在张木头面前喊着“爸爸！”这一声呼唤打破了之前横亘在张木头与王猛之间的厚重壁垒。张木头也受到儿子义举的感化，从“世上好人少了”“活在世上别太傻”的生活执念中脱离出来，最后重回群体生活。死亡虽是一个生命的终止，却是另一个生命的起始。此后的日子里，无论是王猛还是张木头，我们皆可从他们身上看到石牙子的影子。作者写作技法张弛有度，这种并非大团圆的和解结局，留给读者无尽的思索。

【阅读提示】

几乎所有的评论者都一致肯定《独船》是上乘之作。《儿童文学选刊》的编者在以头条位置选载这篇小说时动情地写道：“《独船》是独特的，无论思想与艺术都是独特的。我们期待这样独特的佳作已经很久了。”耐人寻味的是，在一片热烈的褒奖声中，关于这篇小说算不算少年小说的争鸣也同样热烈。

《独船》诉说的是一个令人战栗的悲剧故事。少年石牙子渴望合群与友谊，也渴望父亲能理解他的内心要求和愿望。然而在生活中变得异常自私、孤僻、冷漠、狠心的父亲张木头却宁愿离群索居，在小河边厮守着独屋、独船、独子度日。他粗暴而专断地拒绝了石牙子的合理要求。在张木头的影响下，石牙子遭到了同学们的误解甚至羞辱，被逼上了孤独、与同学隔阂的境地。为了摆脱孤独，获得同学们的友谊和尊重，石牙子顶住了父亲的训斥和痛打，尽了令人心酸的努力。最后，这位少年孤独者毅然划船去搭救落水的同学，并在这最后的渴望和努力中献出了自己的生命。而痛失儿子的张木头这才幡然悔悟，但悲剧终究已经发生了。

——方卫平：《文本与阐释》，明天出版社，2006 年版

但时代在变，文学在变，儿童文学也在变——创作上已经出现重大变化了。这是不以人的主观意志为转移的。人们不能不面对以下的事实：一些新的创作现象说明了不少作者的儿童文学观念已经发生根本性的变化。他们不仅着眼于生活反映上的真实与丰富，而且力图使作品对时代生活有自己的审美认识和表现。青年作家常新港不久

前有一篇为人们所注目的小说《独船》,写的虽然是小伙伴之间的友谊和尊重这样的“传统”题材,但和过去司空见惯的教育故事大相径庭,作者对题材、时代内容的审美把握与表现十分独特。他从现实生活中少年伙伴间对友谊、对相互尊重的渴求,捕捉到了当前新旧交替时代的投影,从而形成了既忠实于现实又融合了自己的情感、愿望和审美力的动人心魄的故事。

——周晓:《我与新时期儿童文学》,安徽少年儿童出版社,2017年版

破釜沉舟(存目)

刘家祥

刘家祥(1956—),黑龙江省泰来县塔子城人,1976年因投奔哥哥来到建三江分局八五九农场,先后担任农工、统计员、生产队副队长、政策研究室工作人员。1980年开始业余文学创作,1985年创办家庭农场,失败后以打工谋生。黑龙江省作家协会会员、北大荒作家协会会员。曾在《北大荒文学》《中国》等文学刊物上发表中短篇小说多篇。代表作品有《破釜沉舟》《多雨的季节》《走进秋天的五花山》《莲花泡漫游记》《北国白雪迷醉人》《开荒的号子》《荒原深入打小宿》等。

中篇小说《破釜沉舟》原载于1985年第2期《中国》,以北大荒兴办家庭农场为素材。作者以真挚的情感、生动朴素的语言,形象地描绘出黑龙江垦区在兴办家庭农场初期所经历的重重困难。小说没有刻意地回避问题,而是从多角度多侧面反映出改革开放后垦区出现的新变化和积极向上的精神风貌,展示了兴办家庭农场一定会成功的必然趋势,塑造了李丰、杨荒生、小凤等具有开拓意识的人物形象。

小说主要讲述了1983年八队农业技术员李丰揭榜自荐去茂林队当队长,兴办家庭农场,在农垦系统中引起轩然大波的故事。李丰联想到农场连年亏损,因此大家积极性都不高,从而感到兴办家庭农场的迫切性。正好茂林队换队长给李丰提供了施展才华的机会。李丰接手了原队长留下的烂摊子,面对茂林队亏损三十万的事实,他心事重重,思绪很乱。在经过实地考察后,李丰和党支部副书记王长河商量决定试行新的承包责任制——单车承包,全奖全赔,却遭到王长河的强烈反对，二人各执己见。终于，茂林队第一个家庭农场在李丰的坚持和杨荒生的张罗中诞生了。然而领黄油事件让他们的理想挨了沉重的一闷棍，材料员孙培礼在王长河、卞军等人的怂恿下，以李丰不是党员为由，拒绝给油，却被李丰以队长的身份撤销了材料员的职务。讨论会上出现的各种问题也都被李丰一一解决，人们的主人翁精神逐渐恢复，开始讨论生产。茂林队此刻展现出多年不曾有过的朝气和干劲，卞丽英、小凤、玉兰等女职工们也开始计划起养蜂、养牛、种树等副业。家庭农场作为一种新的改革方式，势必会对原有的制度产生冲击，威胁到一些人的利益，引起他们的不满。这时，匿名举报信事件、家庭农场逼"死"人事件等接连发生，人们对李丰连续不断的举报，引起党委副书记云昌义的愤怒，他听信这些人的片面之词，对李丰进行停职检查。后来，经过场里调查，李丰重任队长，一个个家庭农场、专业户、承包户开始成立，这也为整个管局的改革开了一个好头。

改革文学初期的作品往往是简单的"一片光明"，充满了理想色彩，而刘家祥的《破釜沉舟》开始向表现多重复杂的现实转变。小说通过对王长河和他妻子、卞军、孙培礼等沆瀣一气、千方百计地阻挠和破坏改革，以及茂林队新队长李丰等改革者在广大群众的支持下披荆斩棘、解决错综复杂的矛盾，这一系列大胆革新的情节描写中，可以看到经济体制改革所带来的社会结构的改变，尤其是伦理关系和道德观念的变化。同时，这也生动地展现了经济体制改革的艰巨性和困难性。僵硬腐朽的意识与观念、愚昧无知造成的狭隘偏见，都是造成改革进程缓慢的原因。小说一定程度上摆脱了前期改革小说简单化、模式化的倾向，关注的焦点虽然在于社会变革，同时也表现出改革对人们的日常生活、思想观念、情感心理和精神面貌等方面所产生的微妙而又深刻的影响，从而使人们透过作品看本质，认识到经济体制改革需要伴随着政治体制改革和社会主义精神文明建设。

刘家祥这部以兴办家庭农场为题材的改革小说，不仅较早揭示了当时我国经济体制改革的必要性、紧迫性，而且作者凭借敏锐的社会洞察力和科学的预见性，在改革的矛盾斗争漩涡中，塑造了一系列个性鲜明、闪烁着时代精神的人物形象。统观他所塑造的人物形象，大体可以分为两类：一类是兴办家庭农场的支持者，如李丰、杨荒生、王岩、小凤；一类是兴办家庭农场的阻挠者和破坏者，如王长河、云副书记、卞军、孔培礼、孙兰芝，都给读者留下了深刻印象。

李丰是小说的主人公，是创办家庭农场的提出者和实施者。李丰是一个有理想、有抱负、智勇兼备的人物。李丰以前的工作经历和对党的政策的信任，使他有了毛遂自荐的勇气，去施展自己的能力，努力改变原有的集体生产制度。李丰自荐到茂林队当队长后，面对矛盾重重、危机四伏的严峻局面，没有一丝退缩，反而迎难而上，通过走访询问、实地调查寻找茂林队连年亏损的原因。他经过深思熟虑后，进行了一系列大胆革新，试行一种新的承包责任制——单车承包，全奖全赔。可以看到，李丰身上有着改革者的魄力和远见卓识。小说还将人物置于经济体制改革的矛盾斗争中，通过对人物自身行动的描写，揭示了李丰深谋远虑、坚毅果断、敢作敢为的性格特征。在创办家庭农场的过程中，面对以党支部副书记王长河为首的改革阻挠者，李丰毫不畏惧，大量裁员和撤职，放开手脚抓生产。面对乡亲的质疑与犹豫，李丰能设身处地为他们着想，力排众议，挨家挨户地解释动员，为身单力薄的老幼妇女安排副业，使每个人都有活干，有可靠的经济来源，让改革的春风吹进茂林队。

王长河是一个自私狭隘、阴险狡诈的人物。权力欲驱使他提前结束假期，回来接原队长李常的班，暗自得意的他没想到却被自荐的李丰捷足先登，两人从此结下仇怨。他是一个灵魂深处积淀着小生产者狭隘思想的人物，为了阻挠改革，他采取了种种手段，写举报信、打举报电话，对茂林队的改革进行干扰和破坏，还利用自己的影响，与在改革中失去既得利益的人结成小团体，给李丰的改革施加压力，制造障碍。他自私狭隘、阴险狡诈的性格特征在他一系列有意破坏经济体制改革的行为中得到生动展露。

一切景语皆情语。小说中，自然景物触动人物的情思，对客观世界的景物描写成为人物主观世界情绪变化的象征，情语和景语两相融合，达到情景交融的艺术效果。“西天的一抹红晕褪去了。夜色从东方的天际慢慢扯过来，多少带点潮湿的晚风也吹过来。”表面上看似在写眼前之景，实际上在抒发心中之情。红晕褪去，夜色慢慢笼罩天际，这种“昏暗”的色调其实暗含着李丰将要面对的困难以及他失落、混乱的心情。面对茂林队连年亏损、群众积极性不高的现状，他清楚地知道迎接他的将是一场巨大的风暴，此时的他思绪很乱，关于茂林队应采用何种方法进行改革还在犹豫不决。“初春的夜空，闪烁着无数的、大小不一的星斗，一颗流星划破夜幕，消失在苍茫的太空中。”此时的李丰内心无比清醒，充满了希望与魄力。划破夜幕的那颗流星，实际上象征着改革的导火索，单车承包，全奖全赔的改革策略犹如一道惊雷引爆了整个茂林队，李丰也做好了时刻战斗的准备。“东方的天宇放射出万道金线，金线牵出一轮火红的朝阳，北疆的原野一片光亮。”“金线”“火红的朝阳”和光亮的原野都是希望和光明的象征，衬托出人物内心对于改革成功的喜悦之情。作品中的景物描写虽着笔不多，但别有一番韵味，实现了人、事、景、情的高度融合，使小说变得多姿多彩，充满诗韵。

在《破釜沉舟》中，作者注重对北大荒乡俗民情的描写，创造出一幅北大荒人民生活的风情画。小说在推进故事情节的同时，注意撷取生活场景，十分考究用细节描绘北大荒人民的生活日常，贴近实际，增强了作品的生活趣味。小说中，当王岩场长陪同李丰来到原队长李常家时，看到的是这样一幅景象：“几个年轻女人分别坐在沙发上、木凳上，一边嗑瓜子一边闲唠嗑儿，胳肌窝里夹着织毛衣的针线。”通过生动形象的描写，展现出改革前人们轻松愉快、自得其乐的简单生活，具有浓郁的北方人民的生活气息。

小说在语言方面显示出鲜明的地方特色，通过小说中的人物对话准确传神地刻画出北大荒农民粗犷豪放的性格特征。如卞军晃着膀子喊道：“姐夫，我让你买的枪给没给我买，谁要是敢牛哄哄的，咱就给他一下子。”姐夫回道：“你瞎吵吵啥，崩死了你不偿命咋的？别老是虎儿吧唧的冒虎话！”小说中还提炼了许多富于东北特色的俚语、俗语，生动鲜明地描绘了北大荒的自然景物和社会风情。例如“寻思”“搁楞黄了”“老母猪掉腰子——挺有唠”“黄鼠狼下个耗子——一代不如一代”“爹死娘嫁人——个人顾个人”“兔子跟着月亮走——借光啦”“黑瞎子敲门——熊到家了”等，贴近生活，使人读起来真实可感。

【阅读提示】

《破釜沉舟》有着浓厚的生活气息，使人感到真实、亲切、可信。

作品另一个特点是生动、朴实的语言。文学是语言的艺术。语言的功力如何，直接影响到作品的质量。作者在这篇小说中，比较准确地掌握和运用了北大荒人的语言。或是写景，或是叙事，或是写人，都带有明显的地方特色和浓厚的乡土韵味，这就大大增强了作品的可读性。

——邓灿，孙勇才：《北大荒文学艺术史》，黑龙江人民出版社，1996 年版

可以说，《破釜沉舟》是北大荒文学史上一部少见的力作，具有十分重要的现实意义。小说不仅为垦区的深化改革鼓了劲，加了油，也给沉寂的北大荒文坛吹进了一股强劲的春风，更为垦区反映现实生活题材的小说创作树立了榜样。

——安会茹，刘娜：《当祖国需要的时候——北大荒精神》，黑龙江人民出版社，2008 年版

晚秋的网滩（存目）

王左泓

王左泓（1955—），黑龙江省北安县（今北安市）人。1979年到黑龙江省农场总局团委任干事。1981年调《北大荒文学》编辑部工作，先后任编辑、副主编。1987年调入哈尔滨市文联，后担任黑龙江省作家协会副主席。王左泓在全国各报刊发表中短篇小说多篇，代表作有中篇小说《G弦上的颤音》《地平线上的诱惑》，短篇小说《拉网号子》《太阳和雪原》《雪谷》《山谷在落雪》《太阳里的蝴蝶》《荒原与狭谷之间》《黑漩涡》等。《快乐王国》获《小说林》1982年优秀作品奖；《蓝色的海鸥》收入《1985年全国优秀儿童小说选》；《晚秋的网滩》获1986年黑龙江文学奖。王左泓的作品大多反映黑龙江中下游流域人与自然搏斗的生活，具有粗犷、豪放的风格和浓郁的生活气息。

短篇小说《晚秋的网滩》发表于1985年第8期《人民文学》，这是一篇极具鲜明的地域特色和浓郁的乡土气息的小说。作家生动描绘了北疆神奇瑰丽的自然风光和浓郁纯朴的风俗民情。小说通过描写世代生活在黑龙江边的赫哲人的渔猎生活，把赫哲人边远、闭塞的网滩生活以及新旧两代渔民炽热、粗犷的情感展现得淋漓尽致。在小说中，作家围绕毕塔、乌勒嘎两个年轻渔把式先后和一条大鱼搏斗的故事，穿插讲述了他俩和尤日娜的爱情，以及在此过程中尤日娜父亲尤根的心路历程。正值赫哲人的渔猎季，渔村中唯一的网滩来了一条很大的鱼，撞翻了很多渔船，村中渔把式都拿大鱼没有办法。尤根是远近闻名的老渔把式，人们尊称他为“渔鹰”。尤根的儿子在捕这条大鱼的时候不幸受伤而瘫痪，他在悲伤气愤之下更加希望能捉住这条大鱼。他对年轻的渔把式乌勒嘎寄予了厚望，希望乌勒嘎能捉住大鱼，结果乌勒嘎失败了。尤根想亲自去捉鱼，可岁月不饶人，他的力量不足以和大鱼相抗衡。万般无奈之下，他让女儿尤日娜找来了另一个年轻渔把式毕塔。毕塔和尤日娜相爱，但尤根不喜欢毕塔，一直不同意他俩的婚事。毕塔很珍惜这次捕大鱼的机会，希望借此改变尤根对他的看法。所以在第一次捕鱼失败以后，紧接着第二天他一早又进行了第二次。在几乎付出生命的代价、使尽浑身解数后，终于把大鱼拖到了沙滩，可惜大鱼恢复体力之后还是逃跑了。尤根觉得仿佛上天注定让大鱼逃脱，亲手烧毁了他的渔具，决定不再捕鱼。

这篇小说刻画了尤根、毕塔、乌勒嘎、尤日娜这几个性格鲜明的人物形象，给读者留下了深刻的印象。老渔把式尤根是作家精心塑造的一个人物形象，在他的身上既有着传统渔民的勤劳朴实，又积淀着中华民族传统文化中的陈垢。他是一个在新旧观念交替时期极具时代特点的代表人物，他勤劳、善良、执拗、守旧，是旧观念、旧传统的坚决捍卫者。尤根年轻时就成为远近闻名的渔把式，受人尊敬，所以身上有一股傲气。当村子里别的渔把式都在用木船和机动船捕鱼时，他还坚持用桦皮舟这样的老式船只捕鱼，不愿意轻易改变传统，不喜欢任何一种和固定模式相左的人和事。他喜欢和他一样坚持用桦皮舟捕鱼的乌勒嘎，而不喜欢时髦另类、开新式船只的毕塔。他执拗地认为：赫哲人的传统就是老实本分，少说话多做事。尤根骨子里认同宿命论，认为如今捕大鱼的情形和自己年轻时候在禁渔期捕一条大鱼的情形一样，儿子瘫痪是自己当年违反自然法则的报应。

与尤根形成鲜明对比的是渔村中新一代的渔把式毕塔，他时髦前卫、见多识广、聪明勇敢、能说会道，敢于接受新鲜事物，喜欢戴夸张的太阳镜、穿牛仔裤，像城里人。他性格坚韧，喜欢尤日娜，也敢于去尽力争取，为了理想和爱情敢于豁出生命，在捕大鱼时遇到重重危险也咬牙坚持。

小说中另一个年轻渔把式，是和尤日娜青梅竹马的乌勒嘎。朴实、憨厚的乌勒嘎，意识到尤日娜不爱自己的事实后，能够真心祝福她和毕塔。乌勒嘎能和情敌承认自己的错误，经历挫折也没有丧失对生活的信心，敢于离开渔村重新开始。小说中唯一的女性人物尤日娜温柔善良、孝顺，她能接受新观念，敢于追求自己的爱情。她出于对父亲的爱而不敢忤逆父亲，一直等待着父亲同意自己和毕塔的婚事。她忧心父亲的身体，竭力劝说父亲不去捕大鱼，不去比试力气。同时，她也担忧毕塔的安危，鼓起勇气独自撑船去寻找他，不惧怕世俗的眼光，坚持送毕塔回家。

《晚秋的网滩》在结构上分为五个部分，在讲述捕大鱼的过程中，穿插交代了毕塔、乌勒嘎和尤日娜的爱情纠葛。作者通过插叙和设置悬念，使故事情节引人入胜，并且小说的情节前后呼应，赫哲族两代捕鱼人的矛盾冲突贯穿其中。小说虽然着眼于人与自然的斗争，但是作家在创作时通过尤根和毕塔这新旧两代渔把式观念的冲突和对比，揭示出赫哲人的心理嬗变，也揭示出新事物必将代替旧事物的客观规律。

小说极具地域特色，主要表现在对赫哲人风俗的描写。小说中有这样的风俗描写：尤根在乌勒嘎捕大鱼失败后想自己去捕，为了证明自己还老当益壮而去掀千斤石，结果掀不起来。之后毕塔来了，他也是先去掀江边的大石，借此来显示自己的力量，证明自己有捕大鱼的资格。因为自古以来赫哲族的习俗便是崇尚力气，赞美英勇无畏的品质，把能掀起千斤石的人视为英雄。小说通过对举千斤石比试力气这一民族习俗的描写，把尤根和毕塔的彪悍、粗犷、英勇、无畏的性格生动地刻画了出来。同时作家在挖掘人物的内心矛盾时，注重表现其所受到的赫哲渔猎风俗的影响。而小说中穿插的几段嫁令阔（赫哲语民歌），也使小说极富乡土特色，起到渲染气氛和抒发情感的作用。

作者在观察和表现生活时，能运用当代摄影技术中的“广角镜”“变焦距”的视角和方式，多方位、多层次地描写。小说中对环境的描写尤见匠心，作家在描写黑龙江江面和沿江两岸的景色时采取开阔的视野，在空间的转换中突出黑龙江动静结合的特征。如写到清晨的黑龙江江面时，重点突出其有着超乎寻常的平静和壮美，而描写渔把式们的捕鱼活动时，却指出江水的暗流汹涌。另外，小说中有大量的细节描写，把乌日嘎和大鱼搏斗时的过程写得极为细致入微。

《晚秋的网滩》语言洗练，多用动词。在描写乌勒嘎、毕塔和尤根捕鱼、掀千斤石时，运用多个动词来描绘人物的神态、动作。如在描写毕塔掀千斤石时，运用"插""抓""挺"三个动词，把毕塔用尽全力且有技巧地去掀巨石的场景精准地表现了出来。

【阅读提示】

沉浸在黑龙江沿岸那苍莽、神秘的氛围里，不由人不生一种心往神追的感觉——就仿佛真的瞧见了那一江钢青色的秋水在不息地流淌；真的听到了赫哲人那悠远、动人的嫁令阔渔歌，一阵阵地从网滩上漾起，白云般飘向远方……应该承认，《晚秋的网滩》使我感受到了赫哲渔民那种古老生活方式的沉重，感受到了新生活扑面而来的吸引，感受到了人的力量的伟大，也感受到了大自然对人类的恩抚、期待以及因人类的不肖而反为仇的愠恼。

——刘焕君：《网滩 · 雪原 · 硬汉子——读王左泓几篇小说印象》，《文艺评论》，1987 年第 6 期

王左泓的创作题材广泛、手法多变，既有大气磅礴、一泻千里的犷悍之气，又有委婉细腻、意趣缠绵的情愫。其中获奖小说《晚秋的网滩》巧妙地把民族风情、乡土特色与时代精神相糅合，在广阔的社会背景上，展现了人物新旧观念的矛盾冲突，揭示了他们的复杂灵魂和人性美。

——赵国春，郭亚楠：《北大荒文艺史略》，哈尔滨工程大学出版社，2019 年版

北极村童话（存目）

迟子建

迟子建（1964—），女，出生于黑龙江省漠河县（今漠河市）。1984年毕业于大兴安岭师范学校。1986年因发表中篇小说《北极村童话》而成名，因其独特的东北地域文化书写和苦难的温情叙事受到文坛的瞩目。1987年进入北京师范大学与鲁迅文学院联办的研究生班学习。1991年担任黑龙江省作家协会兼职副主席、专业作家。2010年担任黑龙江省作家协会主席。2016年，当选中国作家协会第九届全国委员会委员。2020年，当选政协黑龙江省第十二届委员会副主席。2021年，当选中国作家协会第十届全国委员会副主席。1983年开始写作，主要作品有长篇小说《树下》《伪满洲国》《额尔古纳河右岸》《白雪乌鸦》《群山之巅》《烟火漫卷》等；小说集《北极村童话》《白雪的墓园》《清水洗尘》《雾月牛栏》《炖马靴》等；散文随笔集《伤怀之美》《听时光飞舞》《我的世界下雪了》等。出版系列丛书有《迟子建文集》（全四册）；《迟子建短篇小说编年》（共四卷）；《迟子建中篇小说编年》（全八册）；《迟子建长篇小说系列》（全六册）等。曾获茅盾文学奖、鲁迅文学奖、庄重文文学奖、冰心散文奖、澳大利亚"悬念句子文学奖"、人民文学奖、百花文学奖、"茅台杯"《小说选刊》年度短篇小说奖等多种文学奖项。作品被译为英、法、日、意大利等文在海外出版。

《北极村童话》于1986年2月发表在《人民文学》，创作这部小说时，迟子建刚二十岁，这是她登上文坛的第一部中篇小说。她自己曾说过，当时没考虑到技巧，也没考虑到立意，信马由缰地追忆童年生活，凭借满脑的幻想和一身的朝气完成了这部处女作。自然和山水是永恒的，迟子建生命与文学的根就是冰雪根芽。北极村源头活水的滋养使其妙笔生花，情感顺着笔端汩汩流淌。她此后的作品也烙有深深的故乡印记，留有故乡底色，散发着勃勃生机。在这部作品中，迟子建以赤子之心关爱生灵，与日月星云进行心灵交流，以与自然相融的情感体验进行虔诚叙述，达到了高度和谐状态。

作者眼中的故乡那么大又那么小。迟子建童年时期生活在北极村，认定世界就是北极村这么大。她在成年以后踏过更远的山水，见过更多的人，领略过更多的风景，回头来看，其实世界还只是一个小小的北极村那么大。这部小说通过描写小小的北极村，体现了大大的世界。小说以母亲坐船把七岁孩子迎灯留在北极村的姥姥家作为开端，又以坐船离开结束，以孩童视角讲述其在姥姥家所度过的乡村生活。迎灯白天到菜园里捉蚂蚱、蝈蝈，触碰着自然万物的气息，体会着童年的乐趣；晚上听大人讲鬼神故事，感知人间悲欢离合，体验着淳朴民风、古老民俗。小说融入作家童年时代的生存经验，寄寓着对和谐自然的眷恋，闪现着人性的光芒，也透射了当时社会的隐痛。

小说主人公“我”是七八岁的小女孩，名唤迎灯，天真无邪、调皮活泼。“我”会捅马蜂窝、偷母娘娘家的黄瓜，偷偷把姥爷珍藏的西瓜籽当作泥人嘴巴，又悄悄把小姨的胭脂膏子抹在嘴巴上。“我”凭借一股子率性和勇敢肆意玩耍，自由自在，无拘无束，言行举止充满童真童趣。“我”又有稚子的善良纯真，不被世事污染，友好对待套着锁链的黄狗傻子，贴心陪伴被人孤立的苏联老奶奶，深切同情姥姥，在她面前保守大舅去世的秘密等，“我”以稚嫩的金子般的心给予每个人温暖的守护。

那个特殊年代下的大人显得谨小慎微、满怀心事。他们会在日常生活小事上处处留意，保持警惕，比如爸爸妈妈对莫斯科广播电视台讳莫如深，怕“我”口无遮拦会惹是生非而把“我”送到姥姥家。村民们对住在东头的苏联老奶奶避之不及，姥姥限制“我”外出，反对“我”与她往来。而这些人身上也刻有时代不幸的烙印，如为姥爷抱不平的十七岁大舅被调到远处而客死他乡。同样是疼爱“我”的姥姥和老奶奶,她们的性格却不一样。姥姥身上带有封建落后观念的残余,如她裹小脚、房梁拴红布以辟邪、求雨磕头等;又有东北女性的爽朗,总是尖着嗓子招呼“我”。她会含蓄表达对“我”的关心与担忧,有时甚至带几分赌气成分,同时也怀有慈悲之心,为老奶奶的死伤心落泪。老奶奶是苏联人,命运坎坷,年轻时跟着她爹糊里糊涂离开了故乡。她嫁的男人胆小怕事,因为历史运动,他带着儿子跑到山东,只留下她一人孤苦伶仃。她能歌善舞、亲切慈祥,每次见面热情亲抱“我”,教“我”识字、唱歌,为“我”烤毛嗑等,在苍凉的世界中传递温暖,处处尽显温情爱意。作者于不动声色间将那个时代的伤痛融入百姓喜怒哀乐中,对人物的描述令人感动。小说通过真切描写民间群众的生活来展示患疾的社会和小人物在这个社会中表现出的人格魅力,这种暗含着苦难辛酸的温情表达,于黑暗的夜空点燃希望之火,在沉重生活中使读者感到安慰。

小说以“我”的儿童视角进行叙事,以别样眼光观察生活空间,呈现鲜明的儿童思维特征,从而打造别致清新的世界。以童心去看世界,是对生活的诗意创造,消解着现实生活中的心酸、苦难,弥漫着纯真色彩。如小说中出现最多的是“我”仰望着天的场景,眼中的云充满儿童幻想,富有灵性。“我”将雪白的云形象化,像兔子睡觉、猫捉老鼠,似狗、鱼,赋予自然以灵动的生命美;也将云拟人化,它可以睡觉、奔跑,俯可看树木花鸟,仰可望日月星辰。那颜色深浅不一的晚霞也被“我”抹上一层儿童生活的趣味:大红的是炉膛的火,粉红的是小猫舌头,金黄的是大公鸡尾巴。平常普通的自然万物在孩子眼中变得生动活泼,可爱多彩,令人心驰神往。作者曾表示,“对童年时所领略到的那种种奇异的风景情有独钟”,其中便包括“轰轰烈烈的晚霞”,她将热爱之情写入小说,字里行间洋溢着一股蓬勃的朝气。而小说中的形象思维方式与神奇浪漫的气质,也离不开神话传说的滋养。作者坦言也许是神话的滋养,记忆中的田舍园地、山川河流、日月星辰等,无一不沾染上神话的气韵,连笔下的人物也被神话笼罩。作者所热爱的自然与童年相连，与故乡有关，小说采取儿童视角触摸天地万物，感受自然草木呼吸，体现着作者写作的姿态与心态。

作家所深爱的大自然还与文学思考联系密切，她将这种深情诉诸笔端，自然风景变成美不胜收的画卷。在作者笔下，近景或成为写实的油画，远景或成为写意的风景画。“油画”五彩斑斓，明亮鲜艳，如银色的绣针雨、五颜六色的彩虹桥、青茵茵的菜园、白莹莹的莲花、豆角叶变黄、柿子晒红脸等，种种色彩构建成童话的王国。“风景画”构图精妙，和谐美好，如“我”站在姥姥家的苞米地里，由远及近地向苏联老奶奶家望去，先看到满院的向日葵，接着是黄泥抹的墙，墙上挂着一串鲜红辣椒、一串雪白大蒜、一把香菜。在作家眼中，这些风景比人物更富含感情与色彩。

小说中的人物语言具有个性化的特点，生动活泼，符合人物性格。如“我”童言无忌，会取笑姥姥走路的样子，“鸭子鸭子快快走，踿悠踿悠上高楼。高楼有个松鼠塔，一咬一半拉”，充溢着儿童的欢快感；会“言语攻击”猴姥，骂她“造谣精！大黄牙！黑耳窝！”，童言童语妙趣横生，让人忍俊不禁。姥姥张口即来的语言体现了民间因果报应的迷信色彩，警告“我”，“骂姥姥，天打五雷轰”；吓唬“我”，“快起来，要不天兵天将该来了”；教育“我”，“吃多少拿多少，糟蹋粮食可伤天害理哪”等。地道的东北话展现出农村生活风貌，再现出民间生活场景，如“新穿的棉靰鞡，还抗这么造？”“热炕头都烙不住你”等。此外，老奶奶哄“我”的曲子、八月十五哼的歌谣、腊月二十三念的词、老奶奶教“我”唱的歌，这些人物语言真实，朗朗上口，节奏明快流畅，具有音乐美。这为小说内容增添了生活情趣，体现出乡土世界的别样风趣，展示了淳朴的民俗生活，传达着民间生活话语。

【阅读提示】

我觉得自然对人的影响是非常大的。我一直认为，大自然是这世界上真正不朽的东西。它有呼吸，有灵性，往往会使你与它产生共鸣。很小的时候，我就有这种感觉了。现在我印象比较深刻的，还是童年经历中的自然画面与生活场景。比如小时候跟着家人去黑龙江捕鱼，傍晚时分，一堆堆篝火点起来了，更使得冰天雪地一片苍茫，给人非常生动和活跃的感觉。那时我根本不知道什么叫伤感，也不会想到今后去表达它，可当时就有种说不出的感觉。现在想起这些，心中还有一种意外的感动。这种感觉促使我走上文学创作道路以后，脑海里还时常浮现出童年时家乡的山峦、河流、草滩的自然画面，似乎还能闻到花草的香气，嗅出河流的气息；也常常不由自主地想起童年故乡的生活场景，乡亲们言谈举止的方式和表情，他们高兴时是什么样子，发怒时是什么样子，说话时是什么样子……种种情态，在我脑海里特别深刻，一下笔故乡的人、事、景、情就扑面而来。

——方守金，迟子建：《自然化育文学精灵——迟子建访谈录》，《文艺评论》，2001 年第 3 期

她执着地引导读者一次又一次地流连忘返于她故乡的山川草木、花鸟虫鱼之中，让人们倾听或浑厚或亮丽的天籁独语，感知朴素而又生机勃勃的自然万物的亲切召唤，体验来自自然的生长与消亡的感动。大自然，不仅是迟子建和她笔下乡民们赖以生存和生活的具体可见的内容，而且是他们生命的一部分。他们敬畏、仰慕、尊重大自然，又亲近、怜惜、关爱大自然，与自然互依共存，你中有我，我中有你。迟子建把生命与激情倾注在一切自然万物之中，她相信动物与植物之间也有语言交流，只不过人类生就的智慧与这种充满灵性的语言有着天然的隔膜，因此，在她的笔下，青草会歌唱，牛马会思想，鱼儿会流泪。生活在与自然肌肤相亲环境中的乡民们，由自己的命运、肢体、生存价值联想到动物、植物和日月江河的存在价值，于是，一切都有了生命的灵性，有了尊严，人与自然万物平等、和谐相处。

——郭杰，秋芙：《图文本 · 中国文学史话 现当代文学》，吉林文史出版社，2008 年版

《北极村童话》为 20 世纪 80 年代的中国当代文坛带来一股清新

之气。同样是写历史事件和政治事件,同样在写人们内心的伤痕和沉重,却没有歇斯底里的批判和痛苦的揭示,以及血淋淋的呈现痛楚,没有以“丑恶”对“丑恶”,而是发现它的另一面即真善美的可贵,用柔软轻灵的笔触给予最大限度的张扬。“这本书没有直接描绘历史事件和人心的承担,但在字里行间,却让读者通过文字读到了那段历史的沉重,感受到了每个人承受的巨大孤独和苦痛,可贵的是在孤独之间,在沉重之间,却能清晰地感到那些潜藏的、暗涌的某种人性温暖,给人以希望和勇气。”迟子建在文学创作中以自己独特的方式观照社会现实。这种观照方式,评论家褒贬不一,但是可以肯定的是,迟子建从来不是远离社会现实生活的作家,只是她处理社会现实生活的方式遮蔽了她观照的方式。因为一个放弃对现实生活观照的作家,不可能在文学之路上走得长远,哪怕文字和格调再优美。

——宋秋云:《极地 · 远方 迟子建文学创作论》,光明日报出版社,2017 年版

额尔古纳河右岸(存目)

迟子建

长篇小说《额尔古纳河右岸》于2005年12月由北京十月文艺出版社出版。2008年,该作品荣获第七届茅盾文学奖,2019年,选入“新中国70年70部长篇小说典藏”。《额尔古纳河右岸》以一位九旬鄂温克最后一位酋长的女人的自述,回忆了鄂温克族的百年沧桑历史。在额尔古纳河的右岸,有一群自贝加尔湖迁徙至此,与驯鹿相依为命的鄂温克族人,他们穿着皮衣,划着桦皮船,以打猎游牧为生。这里有茂密的森林和丰沛的河流、有充满神秘色彩的萨满教,还有流传至今的民族歌舞。一代代鄂温克族人在这里繁衍生息,他们有喜怒哀乐、生死存亡和爱恨情仇。弱小的民族在享受自然恩赐的同时也时刻与命运进行顽强的斗争,他们在严寒、猛兽、瘟疫等的侵害下求繁衍,在日寇的铁蹄、“文革”的阴云乃至种种现代文明的挤压下求生存。在现代文明的蚕食下,这片原始栖息地也随之消逝,小说唱出一曲民族挽歌,显示出弱小民族顽强的生命力和不屈不挠的民族精神。

《额尔古纳河右岸》表达了丰富的主题意蕴。小说展现了鄂温克民族衰落的悲剧命运,记述了鄂温克族人原有的生存模式被打破。他们由大山的主人变成了现代文明的“边缘人”,生存危机和精神危机让他们无所适从,这个古老独特的民族开始发出悲凉的哀叹。在现代文明冲击下原始部落人民带着无奈下山,他们的抗争显得苍白无力,让一位九旬的老人讲述一个民族衰落的故事,更多了一分凄凉。

小说倡导人与自然和谐共生的观念。大自然是鄂温克族人赖以生存的重要保障，人的生命与自然融为一体，这里的动植物充满灵性。鄂温克族人敬畏自然，热爱自然，生活习俗也和自然息息相关，他们供奉山神、火神。小说的结尾当伐木声代替鸟鸣和鹿铃声时，鄂温克族人不得不离开他们世世代代生存的地方，引发读者对生态环境的思考。

小说展现了温暖的人性关怀。迟子建不仅描写出一个古老民族寒冷苍凉的一面，还描写出人类生存温暖的一面。小说中赞美了原始部落简单纯洁的爱情，达玛拉与林克、“我”与拉吉达、鲁尼与妮浩、达西与杰夫琳娜等，男人游牧，女人守家，以繁衍子嗣作为平凡又伟大的家庭梦想，以一种健美而自然的生存状态活着。小说还歌颂了伟大的亲情，“我”这位九旬的老人述说着对父辈和子辈的脉脉深情，温暖着整个民族的心灵，也带给民族生的希望和消亡的悲哀。如达玛拉失去列那的痛苦；妮浩先后失去果格力、交库托坎、耶尔尼斯涅三个孩子后的绝望；哈谢和玛利亚对儿女的渴望；拉吉米对捡来的孩子倍加呵护，显示了一种母性的关怀，更体现出一个民族对生存和延续的渴望。

值得一提的是，小说赞美了族人对民族情怀的坚守。鄂温克族信仰萨满教，他们具有坚强的民族品格，面对生死他们具有坚韧的生存意志和超然的态度。此外，他们还坚守民族文化，如西班造字、坚持使用鄂温克语言，他最大的梦想就是将鄂温克语言变成通用的语言；依莲娜做皮毛嵌画，用起伏的山峦、弯曲的河流、千姿百态的驯鹿做素材；等等。

《额尔古纳河右岸》作为一部描写少数民族生存状况的作品，受鄂温克族文学的影响并从中汲取养分。在人物形象塑造上，开创性地将少数民族神话传说中的“大母神”形象与女性形象相结合，为读者呈现出一系列美丽、温情、仁慈、强大的女性形象。

作为鄂温克族最后一位酋长的女人，“我”是一个代表民族发言的人物形象。“我”是故事的讲述者、亲历者和回顾者，“我”的生命历程与整个民族的历史变化融为一体，这其中蕴含着强大的叙事张力。“我”听着雨声，看着火光，讲述一个民族部落变迁的故事。一个北方部落从原始打猎逐渐和外部世界发生关系，并逐渐在现代化进程中消亡。在小说中，“我”承载着维系部落生活，传承历史，构建民族共同体的重要意义。

达玛拉是“我”的母亲，相貌美丽，勤劳善良，喜欢穿裙子，跳起舞来活力四射。达玛拉敢爱敢恨，是部落中好妻子的代表。故事中关于达玛拉的叙述总是和林克相伴而行，丈夫打猎游牧，妻子生儿育女，守候在家，呈现了最纯粹的少数民族原始家庭的生活方式。林克死后，达玛拉的痛苦随之而来，失去疼爱自己的丈夫，又因为族规不能与尼都萨满相爱，她只好以疯狂跳舞的形式燃烧自己的生命，表现了她对爱欲的渴求以及对族群规定的不满。

伊芙琳是反面形象的代表，她长着歪鼻子，性格尖酸刻薄，是带有反抗性和攻击性的角色。她不满意自己的丈夫，认为婚姻不是单纯的繁衍子嗣，声称永远不会和不喜欢自己的人睡在一起。她用自己的方式反抗男性话语、秩序与霸权，在行动上，她像男子一样打猎、带着其他妇女迁徙、反抗日寇。作为母亲的伊芙琳依旧摆脱不了悲剧性的命运，儿子金得因不满意自己的婚事在婚礼当天自杀。伊芙琳的生命是坚韧的，她尝尽生命的苦难，在苦难中成长和体悟。因此在晚年时她变得温顺，不再怀有敌意，用悲悯之心对待世界。

妮浩萨满是鄂温克族故事中“大母神”的原型。鄂温克族的故事离不开萨满文化。妮浩捍卫誓言，保护家园与生命，维系民族社会的信仰和准则，在“小我”和民族“大我”之间，牺牲自己的孩子拯救他人的孩子，承受着肉体和精神的痛苦，表现出对众生博大的爱。

《额尔古纳河右岸》在艺术表达上也颇见功力。在叙事结构上，采取双重化结构的隐喻意义。主人公“我”这位九旬的老人既是故事的讲述者又是故事的参与者，具有“内视”和“旁视”的多重视角。小说巧妙地运用了“时间”这个概念，从文本的结构上看，整部小说分为上、中、下三部，即“清晨”“正午”“黄昏”，这其中蕴含着一种天地的自然轮回的意义。清晨对一个人来说正是青年时代，对民族来说正是一个民族的发达时期，而“正午”“黄昏”则暗示一个人从强壮走向衰老，一个民族从鼎盛走向衰退，大自然从繁荣走向衰落。这种命名的方式既表示了小说的结构，又具有隐喻的意义。一天代表时间，老人象征的是历史，自然暗喻的是生命，这种结构巧妙地将三者结合在一起。尾声“半个月亮”又把读者拉回到了“我”的现实生活中。夜幕降临，“我”讲了一天的故事，也讲完了一部鄂温克族的历史。

在语言表达上，小说采用散文化的语言，具有强烈的抒情性。作家将情感浸润在小说的细节中，并将其富有诗意地表达出来，如描写月光，“我背着一个白色的桦树皮篓去冰面上拾月光。冰面上月光浓厚，我用一只铲子去铲，月光就像奶油一样堆卷在一起。然后我就把它们拾起来装在桦树皮篓里，背回去用它来当柴烧。月光燃烧的无声无息，火焰温存，它散发着春意持之以恒。”微小的细节融入作家的情感体验，给人以温情与诗意的审美体验。“温情与诗意”是评论界对迟子建小说语言的共识。迟子建善用长句，巧妙地运用修辞手法营造诗意的意境，小说独特的语言方式能够给读者带来惬意的阅读感受。迟子建用诗意的想象向人们展示着她心中的故土。“如果说夕阳是一面金色的鼓，这些晚霞就是悠悠的鼓声了。”她运用比喻的修辞手法将晚霞比作悠悠的鼓声，又运用通感的修辞手法变视觉为听觉，将人们对于夕阳的认识感觉化，洋溢着浓浓的诗意。

迟子建的作品带有鲜明的地域色彩，她多关注人、自然、生命之间的关系。迟子建将人类置于自然万物平等的位置上，她尊重自然，敬畏自然，崇尚“天人合一”的生态观念。小说的开篇：“我是雨和雪的老熟人了，我有九十岁了，雨雪看老了我，我也把它们给看老了。”雨雪如人一般温情地和“我”对视，奠定了全篇浪漫忧伤的感情基调，又表达了迟子建对自然的强烈情感。《额尔古纳河右岸》中的人物沉浸在日月星霜、山林密丛中，和大自然融为一体。迟子建在刻画这些自然之子时融入了大自然的因素，如拉吉达的眉毛“使他的眼睛仿佛笼罩上了一片郁郁葱葱的树林，看上去分外宁静”，喜欢吃树皮的西班“抱着一棵桦树或者杨树，歪着头啃树皮的样子，很像一只小羊”。人物的相貌、行为都融入了大自然的痕迹。此外，在男女情欲的刻画上同样展现了对自然人性的关注，原始本真的自然情欲自然流淌，在描写两情相悦之时伴随着明月、清风、鸟语花香的自然美景，原始的生命力在大自然中尽情舒展，母亲达玛拉和父亲林克在希楞柱里制造的风声在“我”看来与大自然的风声无异，大自然的生机与男女情欲的迸发有着天然的契合。

【阅读提示】

迟子建怀着素有的真挚澄澈的心，进入鄂温克族人的生活世界，以温柔的抒情方式诗意地讲述了一个少数民族的顽强坚守和文化变迁。这部“家族式”的作品可以看作是作者与鄂温克族人的坦诚对话，在对话中她表达了对尊重生命、敬畏自然、坚守信仰、爱憎分明等等被现代性所遮蔽的人类理想精神的张扬。迟子建的文风沉静婉约、语言精妙。小说具有史诗般的品格和文化人类学的思想厚度，是一部风格鲜明、意境深远、思想性和艺术性俱佳的上乘之作。

——第七届茅盾文学奖授奖词

《额尔古纳河右岸》借助神话故事和萨满教的神歌神谕，将道法自然、万物有灵、天人合一的文化想象与鄂温克族一个部落近百年的兴衰史结合起来，融虚构想象于写实求真，在历史叙述中加入了传奇笔法，使平直朴素的历史叙述呈现出瑰丽奇崛的传奇化特点，开拓了历史叙述的想象空间和审美维度。不仅如此，迟子建通过具体的文本实践，为当代文学处理写实与虚构、叙述与抒情提供了一种可兹参照的写作方式。可以说，《额尔古纳河右岸》因此也接通了史传与传奇两种叙事传统的精神脉络，探索了当代文学整合古典小说叙事资源的另一种可能。

——郭冰茹：《历史叙述与传奇笔法——读〈额尔古纳河右岸〉》，《当代作家评论》，2018 年第 6 期

“我是雨和雪的老熟人了，我有九十岁了。雨雪看老了我，我也把

它们给看老了。”这句素朴、简洁的话语，一开始就像一支交响乐曲的基调，引导、统摄着小说整体叙述的走向，率真而沉郁，哀而不伤。《额尔古纳河右岸》里，这位鄂温克老人，是一位阅尽沧桑的历史老人，也是一个见证了自然和人类斗转星移、兴衰变化的活化石。她在额尔古纳河右岸生活了将近一百年，最后，她自己似乎也变成了一条河流，与自然融为一体。在自然、天地和人文的大背景下，我们看到她行走的轨迹，在经历数十年风雨的洗礼之后，她化成大自然的精魂、活化石，因为人与自然的这种强大的亲和力，必定会使一个人的命运与世界之间浑然一体，彼此不分。在这里，迟子建借助这位鄂温克老人的目光和缅想，是想表达人类文明进程中的尴尬、悲哀、无奈，也是她站在东北大地上书写的世纪传奇和人间沧桑变奏曲。

——张学昕：《迟子建的“文学东北”——重读〈伪满洲国〉〈额尔古纳河右岸〉和〈白雪乌鸦〉》，《当代文坛》，2019 年第 3 期

烟火漫卷(存目)

迟子建

迟子建的长篇小说《烟火漫卷》于2019年4月开始动笔,完成于2019年年末,经过修改于2020年9月由人民文学出版社出版。

《烟火漫卷》是一部以哈尔滨为主要描写对象的长篇小说。迟子建自己说:"哈尔滨是埋葬着父辈眼泪的城,在后辈的写作者眼里,可以是一只血脚印,也可以是一颗露珠。"青年时代的迟子建来到哈尔滨生活,开始有对城市的生活体验。近十年以来,迟子建以哈尔滨为创作背景的作品不胜枚举,比如《伪满洲国》《黄鸡白酒》《起舞》《白雪乌鸦》《晚安玫瑰》等。城市在她的作品中不仅是一个地理位置,是故事的发源地,还是承载悲欢离合的历史背景。迟子建在哈尔滨生活三十年,可以说哈尔滨是迟子建继北极村之后的第二个精神故乡,《烟火漫卷》是她献给哈尔滨的一部力作。

《烟火漫卷》将哈尔滨的百年历史与当下城市生活相结合,刻画了核心人物——开"爱心救护"的刘建国,衍生出投奔上门的黄娥和儿子杂拌儿、常客翁子安、好朋友于大卫夫妇、大哥刘光复、妹妹刘娇华以及榆樱院里的租客。作者以洗练从容的笔触塑造了栩栩如生的人物群像,他们每个人的内心都有不为人知的秘密。"找人"是故事的主要线索,刘建国年轻时弄丢了好朋友于大卫和谢楚薇的孩子——"铜锤"。他一生未娶,只为找孩子而四处奔波。黄娥以寻夫之名替儿子找父亲,实则丈夫被她的"过激行为"气死,她想安顿好孩子后以死相还。"找人"将所有的人物联系在一起,是命运遭际和机缘巧合让爱恨交织的人们收获了点点烟火，焕发着勃勃生机。

小说中“烟火”具有多重含义。“烟火”指平民百姓日常生活中的人间烟火。哈尔滨清晨的菜市场、鸟语花香的公园、夜市的风味小吃，这里饱含着人情的交往，是“人”的层面的烟火。“烟火”还指万物生灵的烟火。小说中贯穿着一只鹰——小鹞子，得到人类帮助的小鹞子忠诚地为主人服务，它的烟火是广阔的天空，是绚烂的晚霞。小说多次提到晚霞，它不仅是景物，更是一种意象。只有晴天才会出现晚霞，这是属于小鹞子的烟火，是天空的烟火，是生灵的烟火。最后一种“烟火”是埋藏在地下又回到人间的烟火。黄娥的丈夫葬身鹰谷，他生前戴着的帽子本不该出现在松花江畔，而黄娥在为鹰寻找食物的时候却发现了这顶帽子，这令她感觉她的丈夫还活着。总之，《烟火漫卷》中的“烟火”具有多重含义，是人间的烟火，更是生灵的烟火，也是被隐匿的烟火。烟火在都市百姓的人情交往中，在人与人的相互关怀中，在万物生灵中，在藏匿的地下。

小说将几个家庭交织在一起，演绎出现代都市生活的人生百态，为读者呈现了复杂而深刻的主题意蕴。《烟火漫卷》表达了人性救赎的主题。主人公刘建国在厄运的折磨下，依然坚守寻子的责任，文末他选择远离亲友，到自己该去的地方，完成人性的救赎。小说展现了现代女性意识的觉醒。迟子建颠覆了传统作品中女性的性爱观念，洗刷女性原始性欲的罪恶感，并赋予其顽强的生命力，如女主人公黄娥敢于直面自己内心的性欲。当黄娥与刘建国讲起自己的私生活时也毫不避讳，她天真无邪的样子让刘建国无法讨厌。《烟火漫卷》还呈现了人与自然和谐共生的生态观念。小说中被刘建国和翁子安捡回来的鹰变成了黄娥的“护花使者”。类似的意象在迟子建的《额尔古纳河右岸》中也曾出现，达西的鹰奥木列，鹰象征了自由与不惧险阻。《烟火漫卷》中的鹰却是受伤的灵魂，知恩图报，守护着主人，体现出人与自然的和谐相处。《烟火漫卷》展示了城市街头巷尾最真实的烟火气息和形形色色的都市人生，每一个生灵的背后都隐匿着作者对现代社会的深切思考和精神寄托。迟子建以温润的笔触探寻灵魂深处的秘密,以悲悯的目光看待人性的善与恶、罪与赎;以客观的角度肯定女性追求自我的意识;以博大的胸怀赞颂人与自然的和谐,彰显天人合一的价值取向。

刘建国是《烟火漫卷》中的核心人物,又是一个两面性的人物。他曾因为自己的错误毁了一个孩子的一生,寻子成为他一生的救赎。在这过程中,他做过许多职业,遇见了形形色色的人。当读者为刘建国的执念惋惜之时,作者让我们看到他所背负的另一个灵魂债务。最终孩子找到了,可刘建国的救赎并没有结束,而是走向了另一个开始。刘建国寻人一生,没想到自己也是被找的人,他自身经历的苦难与命运的安排都具有救赎的意味。

黄娥是"自然性"的人物,她以大自然女儿的身份出现。她长久生活在七码头,性情天真活泼,喜欢独自驾驶小汽艇,"一个人走在拇指河和鹿耳河上,能和岸上垂下的树枝说说话,跟河里的鱼儿说说话,跟灰云中的飞鸟说说话,觉得美好"。黄娥愿意对自然界的事物敞开心扉,向水中鱼、云中鸟倾吐自己的心事,而它们也像黄娥的好友一样,体会黄娥的喜怒哀乐。与自然融为一体的黄娥具有旺盛的生命力,敢于正视自己的性欲,在黄娥的认知中,雾雨朦胧的天气才会激起被保护的愿望。

《烟火漫卷》在艺术结构上分为上、下两个部分——"谁来署名的早晨"和"谁来落幕的夜晚",这与《额尔古纳河右岸》的"清晨""正午""黄昏"有相似之处,运用时间的概念将一部长篇小说切分开,又自然而然地融为一体。小说用一年四季的时间辗转隐喻主人公的人生历程。上部"谁来署名的早晨"写的是哈尔滨的春季和夏季,春季万物复苏,冰雪消融,夏季雨水丰沛,电闪雷鸣,一片生机勃勃的景象。下部"谁来落幕的夜晚"则写的是哈尔滨的秋季和冬季,秋季树木萧瑟,天气转凉,冬季大雪纷飞,银装素裹。小说没有交代具体的时间点,而是伴随着自然的时间推移,用一年四季的轮回推动故事情节的发展,将人物的境遇融于自然的时间中。如在春季,翁子安第一次见到黄娥,心里就埋下了爱情的种子,到了秋季,黄娥意外被马车撞伤激起了翁子安的保护欲,他们正视自己的情感,收获了爱情。

在叙事上,《烟火漫卷》采用历史与现代交错的时空叙事方式。小说将哈尔滨旧时代的殖民历史、日俄战争、上山下乡等历史事件融入现代的哈尔滨城市生活中,这些历史遗留和殖民记忆与城市里的人物命运形成相互依存的共同体。如小说以追忆的方式叙述了主人公刘建国在上山下乡的路上把好朋友的孩子“铜锤”弄丢了,致使他心怀愧疚,用一生去赎罪。

《烟火漫卷》具有鲜明的地域文化特征。作为一个移民城市,哈尔滨融合了俄罗斯文化和犹太文化,具体表现在建筑风格上,因此哈尔滨有“东方小巴黎”之美誉。小说中随处可见哈尔滨的地域文化和风土人情,中央大街、太阳岛、松花江、索菲亚大教堂等地标性建筑跃然纸上,传统与现代、自然与都市、民俗与宗教,多重文化纵横交织,呈现了哈尔滨这座城市独特的文化内涵。松花江上具有百年历史的滨江铁路桥和新的阳明滩大桥形成鲜明对比,“上世纪初年,河两岸是林木眼影的俄国人的花园小洋房,风光旖旎,至今仍有部分建筑保留,成为外来者寻访哈尔滨旧梦的地方。”旧的建筑就像人一样会衰老,这是历史发展的必然规律,但是老的建筑承载着历史的文化记忆。

《烟火漫卷》一如既往地延续着迟子建以伤怀为美的基调,语言唯美,充满诗意。如对哈尔滨春日清晨景物的描写,“当晨曦还在天幕的化妆间,为着用什么颜色涂抹早晨的脸而踌躇的时刻,凝结了夜晚精华的朝露,就在松花江畔翠绿的蒲草叶脉上,静待旭日照彻心房,点染上金黄或胭红,扮一回金珠子和红宝石,在被太阳照散之前,做个富贵的梦了”,寥寥几笔就把哈尔滨破晓时分的宁静与生机勾勒了出来,清晨的露珠、新生的阳光被作者赋予生命的灵性,表达了对大自然勃勃生机的礼赞之情。

【阅读提示】

《烟火漫卷》是迟子建最近推出的关于哈尔滨的长篇力作。小说聚焦于城市居民的市井生活,将笔触伸向城市中“烟火气”十足的场所，试图通过细小琐碎的生活细节来展现在飞速发展前进的时代里，不断变迁的城市中，生活在其中的人们到底有怎样的喜怒哀乐。

——刘明真:《城市里的人间烟火——论〈烟火漫卷〉中的市井人生》,《中国当代文学研究》,2020 年第 6 期

在最新的长篇小说《烟火漫卷》中，迟子建探索了一种具有个人印记的城市书写。为了有效地勾连起某种具有总体性的城市生活，写出城市烟火之漫卷，作者打造了三个特别的叙事装置：护送车、榆樱院和小鹞子。这三者在小说中不是一般性的物，而是承担着为故事推动提供可能性、连接更普遍的城市生活经验以及凝聚善的共同体的叙事伦理功能。迟子建既站在城市的内部书写了城市的建筑、文化和地理，城市人的日常、悲辛和命运，更站在城市的外部，塑造了黄娥这一别具神采的自然之子的形象，既丰富了中国当代文学的人物谱系，又对城市生活的困境和拯救提供了灵的启示。迟子建的城市书写，延续了她以往的那种属灵的精神线索和现代性反思意识，开创了中国当代文学城市书写新的生成路径。

—— 陈培浩:《叙事装置、灵的启示和善的共同体——解读迟子建〈烟火漫卷〉的城市书写》,《中国当代文学研究》,2020 年第 6 期

十三号盲流点（存目）

窦　强

窦强（1933—），原名窦桂萱，黑龙江海伦县（今海伦市）人。1947年参军，1953年开始发表作品，1958年转业来到北大荒，长期从事宣传工作，坚持业余创作。1962年加入作协黑龙江分会，1991年加入中国作家协会。曾任黑龙江省国营农场总局文化中心创作员、北大荒作家协会副主席等。发表小说、散文、评论等多篇，代表作有短篇小说集《路漫漫》，中篇小说集《无名河上的桥》，中篇小说《我怀念的同志》等。

中篇小说《十三号盲流点》原载于1986年第5期《柳泉》，《中篇小说选刊》1987年第4期转载。作者将目光聚焦在特殊群体——盲流身上。长期以来，人们对盲流这一群体充满了偏见与歧视，文学作品也鲜有关注此类人物的。《十三号盲流点》因独特的题材受到文坛的关注。在北大荒，盲流有不同类型：一种是闯关东来到黑龙江的人。他们因生存艰难，背井离乡，来到北大荒，站稳脚跟后，其亲朋好友也投奔而来。但是，严格的户籍制度使一部分人没有落下户口，成为人们口中的“盲流”。当然，盲流还有一种类型，即不思进取、好吃懒做、居无定所的流浪者。在《十三号盲流点》中，作者表现的是前者。

《十三号盲流点》以生动的笔触描写了“文革”时期以秦成宽、吴贵喜为代表的盲流们的日常生活。小说中的“盲流”因为各种各样的原因，不得不背井离乡，短暂的或是长久地成为盲流群体中的一员。秦成宽最初以打鱼为生，后因家里光景不好，决定去投奔在国营林场工作的姨夫。在这里，他遇到了因与人家媳妇保持不正当关系，到林场讨生活的吴贵喜和爹死娘改嫁，不愿忍受后爹毒打的石小春。“冬伐”结束，秦成宽和吴贵喜一起带着石小春到洪比拉河拐弯处，后在被命名为“十三号点”的地方稳定下来。不久，李祥也因见义勇为而招致官司，为了躲避官司投奔到此。北京下乡知青沈小丽因“倭瓜”事件，逃跑路上昏倒在十三号盲流点。之后，秦成宽、吴贵喜、小石头、沈小丽四人一起生活在十三号盲流点，他们相互帮助，抵御外界的风雨，尤其是沈小丽依靠他人的帮助，才安全地生活下来，“四人帮”被打倒后，他们才重新回归正常人的生活。

作者对于盲流群体的生活经历是充满同情的，小说中的人物多因为一些不得已的原因，被迫成为盲流中的一员，他们无时无刻不在为改变现状而竭尽全力。作者诉说盲流苦难的生活，对他们的所作所为充满了敬意，也展现出了苦难岁月里盲流之间的珍贵情谊。同时，小说更可贵地进一步思考了盲流现象，作者借沈小丽的研究提出：盲流不是“盲目的、无计划的；盲流是跨行业、跨地区的自谋职业者，是向不合理制度冲击的先进分子，不是低人一等，是先人一步，不是黑人是能人”。

秦成宽是故事的叙述者，他忠厚善良、豪爽仗义，有着极强的家庭责任感，为了一家人的生活，背井离乡，来到北大荒。他不怕吃苦，坚韧不拔，即使处在一种自身难保的境遇中，冒着被连累的风险，依然想着帮助别人。李祥是作者着力塑造的爱打抱不平、正直善良的形象，他受过部队训练，豪爽正直，崇尚公平正义，厚道老实；他不畏强权，见义勇为，即使外界对于盲流群体有偏见，李祥还是以自己的标准严格要求自己，从不恣意妄为。吴贵喜也是盲流群体中的一员，他无视道德规范，主张及时行乐，“臊性大”。小石头和沈小丽代表了盲流群体中的年轻一代。为了护卫沈小丽，小石头付出了生命的代价。下乡知青沈小丽有理想、坚毅执着，面对冯麻子的威逼利诱，她没有屈服，始终坚持自己的原则，经过与秦成宽、李祥等人的相处，她对盲流的态度由当初的轻视、害怕，变成由衷地尊敬、佩服。

小说故事情节紧张刺激，曲折离奇。如“俺”看见满地的山老鸹，“撅着屁股低着头”“俺下炕见可地老鸹屎，心中好不痛快”“老鸹进宅，七八成灾”，这些语句似乎预示了要有险情发生，为下文的故事埋下了伏笔。果然，民兵们来问话，秦成宽等人为掩护沈小丽，和民兵们斗智斗勇，紧张刺激，成为小说中的高潮部分。对于民兵的质疑，秦成宽一伙做了详细的解答，在他们以为终于隐藏了沈小丽的行踪，准备松一口气时，“花衣裳”却暴露了沈小丽的行踪。面对此种情形，秦成宽“又不敢喊，急地干没招”，读者也替他们捏了一把汗，但是李祥和沈小丽却巧妙地装扮成夫妻，又请民兵们大吃大喝，并装成有痢疾的样子，骗过了民兵。沈小丽绝处逢生，逃过一关，读者也长舒了一口气。这样一波三折的情节使小说整体上扣人心弦，引人入胜，增强了小说的故事性。

小说使用第一人称叙事，以主人公秦成宽的口吻叙述在十三号盲流点发生的故事。这样的叙述方式亲切自然，拉近了读者和叙述者的距离，也有助于塑造秦成宽的人物形象。通过秦成宽的叙述，读者很容易走进他的内心，感受他的真诚与善良。

小说利用盲流的视角，也展现了北大荒优美的自然风光以及丰富的物产资源。“这个地方真荒凉，周围几十里没人家。这个地方也真美，屋后是青青的山，顶上接着蓝蓝的天，房前是绿绿的水，在山谷里头静静地流。周围草地上，开着各式各样的野花，有红艳艳的百合，有黄灿灿的金针，有白鲜鲜的芍药……”北大荒是一片未经打扰的净土，在秦成宽眼中，北大荒像是仙人居住的地方，“这里比蓬莱也差不了那儿去”。北大荒有着丰富的物产资源，“河里的鱼多得很。有宽脊梁的鲫鱼，大的一条有两三斤重”。如此语句增强了小说的地域色彩。

【阅读提示】

毫无疑问，作者是抱着深切的同情写这些盲流的，他写盲流们苦涩甚至哀凉的盲流史，写他们所遭受的不平等待遇，也写了他们种种难以诉说的隐言和苦衷。但还不仅如此，作者甚至是以赞美的情感去描写这些"下里巴人"的,他笔下的忠厚善良的"俺",豪爽仗义的李祥,甚至"臊性大"的贵喜身上似乎也被涂抹上了几行圣洁的光彩。在自身难保的境遇里救护一个北京女知青的义举中所见出的高大自不必说,那种桃园三结义式的有福同享、有难同当的义气也让人称羡不已,更有在小说结尾处作者不由地做出的对"盲流"的新的评价,足以使人们对这特殊的一群产生新的认识:这些盲流,也是人,当之无愧的人,甚至是不可多得的人。

——袁元:《〈十三号盲流点〉品评》,《文艺评论》,1988 年第 1 期

在艺术表现上,这篇小说突破了传统现实主义对生活加以提纯、净化的典型化反映,而注重原汁原味地展现生活,从而使作品更加真实生动;对细节描写也不再苛求外在逼真,而注重作者的艺术直觉,着力表现生活真实经由作者心灵熔铸后的艺术真实。所有这些都体现了这篇小说对传统现实主义的突破与深化。当然,这篇作品也有不足之处。一是艺术描写过于平实、简化。如对盲流所处自然环境的险恶、对盲流独特生活方式的描写都很平淡,缺乏艺术功力。二是对人物性格刻画也过于平面化、定型化。像贵喜的"臊"、"俺"的"善"、李祥的"豪",几乎都成为一种固定不变的性格特征外化于人物的一言一行、一举一动,这就显得单一死板、概念化。三是情节处理简单化。这种艺术处理就过于简单,不够真实,因而影响了作品的艺术感染力。

——彭放:《黑龙江文学通史》(第三卷),北方文艺出版社,2002 年版

名医(存目)

孟久成

孟久成(1945—),北京人,1964 年只身来到北大荒农场,担任过农工、会计、北大荒文学杂志社编辑。1987 年调到北方文学出版社,后任黑龙江省作家协会组联处处长。代表作有《名医》《龙眼湖》《从门到窗是十步》《风浪》《中秋节》《宰鸡》《陈惠兰》《一念之差》《疗效一年》等。

短篇小说《名医》发表于 1987 年第 11 期《鸭绿江》,荣获首届丁玲文学奖二等奖。孟久成创作的同名短篇小说集在 1989 年由哈尔滨出版社出版。短篇小说《名医》讲述了在“文革”中失去工作的外科主任陈浣,得到“我”的帮助,重返工作岗位,因其业余兴趣广泛,擅长男高音,精通四国语言,深受大家喜爱。但是“我”在考察陈浣能否成为院长的过程中,却发现他专业能力不足,有弄虚作假的嫌疑。在陈浣的恳求下,“我”帮他保守了秘密,但是组织部和周围人却认为“我”没有重用陈浣,对陈浣太不公平,最后陈浣被调到了上级大医院。

作者将对现实生活的观察描写与对历史的反思很好地结合了起来,使小说既有深刻的思想性,又有深邃的历史感,具有启人心智、发人深省的作用。小说通过描写陈浣的不同境遇揭露出了社会问题。同时,也通过陈浣的遭遇反映了一些知识分子在“文革”中的遭遇,为知识分子只能做体力活,忽视了专业能力的钻研抱有同情的态度。

显而易见,小说的主题又不止于此。对于知识分子我们心怀同情,迫切希望他们能重返岗位,发挥自身的专业技能,但是,这些人是否具备真才实学？小说也通过陈浣重返工作岗位，但是不精通、不钻研技术，只醉心于业余兴趣爱好，满足于留在门诊部的故事，揭示出一批“归来者”的真实状况，在分析社会应该如何对待这些人的问题上，表明了不能一刀切，不能盲目地做决定的态度。小说的结尾饶有意味，虽然“我”顶住领导与周围人的压力，根据陈浣的真实水平，没有安排他当院长，但是陈浣还是在一纸调令下，被调到了上级大医院。陈浣这顶“名医”的帽子，能否长久地戴住，留下了问号。

小说整体上都围绕名医的事迹来写。题目中所指的“名医”本应该是陈浣，小说也写到了很多关于陈浣的传说：他是北京458医院的外科主任，精通四国语言，是中华人民共和国成立前的本科毕业生，为患急性阑尾炎的病人做手术，病人在术后第二天便能上赛场比赛……但是小说的后半部分呈现出了所谓“名医”的真实一面：原来，精通四国外语，却难以翻译一篇英语论文；会唱外国歌曲，或许和小秘书一样都是按照汉语发音来唱，只是唬人而已；在面对阑尾炎手术时，手忙脚乱，大汗淋漓，临阵把手术刀递给了助手。相比之下，小说中的“我”，虽然没有高学历，但是冒着风险拉了陈浣一把，让他能够发挥自己的一技之长。“我”虽然被人误解，但依旧能坚守本心，尤其是出于为病人负责的考虑，顶住压力，执意要考察陈浣的业务能力。恢复工作后，所有人包括陈部长都只考虑陈浣之前学历高、资历深，要求立马重用陈浣，但是他们却忽略了陈浣的业务能力是否能够担当此重任。“我”在围观陈浣做急性阑尾炎手术时发现他才疏学浅，没有实战经验。在陈浣的恳求下，“我”选择为他保守秘密，甘愿牺牲自己的名声，顶着嫉贤妒能的骂名替陈浣背锅。由此可见，“我”不仅在专业能力上实战经验充足，而且有高风亮节的品质，不仅能医治人身体上的病痛，更能医治人心灵上的创伤。

《名医》构思精巧，情节设置独具匠心，情节环环相扣，善于设置悬念，吸引读者的阅读兴趣。小说最开始将陈浣塑造成了一个热爱、向往医生工作，并且业余爱好广泛、学历高、资历深、人缘好的正面的人物形象，让读者对此人物产生强烈的期待之情，渴望他恢复医生的工作后能够大展身手，改变医学界落后的面貌，但是后半部分作者却笔锋一转，原来陈浣精湛的业务水平只是传说，“我”还要帮助他保守秘密，成全他的名声。通过这种欲抑先扬的写作方式，读者看清了所谓一些“名医”的真实面目，促使读者对社会进行深入的思考。

小说多处采用了对比的手法，这种手法不只存在于人物与人物之间，也存在于人物自身之间，由此使得人物形象更加立体丰满。小说的主人公看似是陈浣，但是他不仅专业能力不足，而且不求上进、不认真钻研业务，反而一心扑在业余爱好上，这怎么能称得上是名医呢？反观“我”，虽然没有很高的学历与深厚的资历，但是“我”以病人为先，专业能力突出，共情心极强。通过陈浣和“我”的各个方面的对比，读者能更加深切地了解到一名真正的“名医”应该具备怎样的素质与品行。

不仅两个人物构成了对比，人物自身也存在对比。陈浣一开始是北京 458 医院的外科主任，有可能彼时他的业务能力是极为突出的，但是之后却连简单的阑尾炎手术都不敢下手；陈浣被派到农场锻炼时依旧渴望通过手术治病救人、对手术刀十分留恋，但是在恢复工作后却只想唱歌、举办活动，在门诊部混日子，不想钻研业务。小说通过将陈浣在农场经历的苦痛与恢复工作后得到的优越待遇进行对比，揭示了因势利转下人们的不同态度，反映了社会问题，也侧面反映了能始终如一对待陈浣的“我”品格之高尚。

【阅读提示】

孟久成的小说，内容新鲜，情节动人，构思精巧，结构严谨，尤其是语言具有幽默、诙谐的特色，读之令人回味无穷。

——邓灿，孙勇才：《北大荒文学艺术史》，黑龙江人民出版社，1996 年版

在艺术表现上，孟久成的小说构思精巧、短小精悍，结尾处理尤为精妙，或戛然而止，或峰回路转，或妙语连珠，都极具匠心。他善于把

对现实生活的观察与历史的反思结合起来，使作品既有现实意义又有深邃的历史感，使人读后振聋发聩，启人心智。

——赵国春，郭亚楠：《北大荒文艺史略》，哈尔滨工程大学出版社，2019年版

年关六赋(存目)

阿　成

阿成(1948—),原名王阿成,哈尔滨人。1966年参加工作,哈尔滨文艺杂志社总编辑、编审,市文联副主席。1990年加入中国作家协会。1979年开始以笔名阿成发表作品。1985年毕业于黑龙江科技职工大学中文系。著有短篇小说《年关六赋》《良娼》《空坟》《安重根击毙伊藤博文》《小酒馆》等,中篇小说《胡天胡地风骚》《远东笔记》,长篇小说《马尸的冬雨》《忸怩》,随笔集《哈尔滨人》《胡地风流》等40余部。阿成出道较晚,但作品质量较高,在文学史上也有一定的影响。其中,《赵一曼女士》获首届鲁迅文学奖,《良娼》获东北文学奖,《狗皮帽子》获中华文学选刊奖。

《年关六赋》原载于1988年第12期《北京文学》,后又为《小说选刊》《新华文摘》所刊,获《人民日报》文艺部、《小说选刊》杂志社主办的1987—1988年度全国优秀短篇小说奖。小说带有作者本人的影子,阿成出生于黑龙江省尚志市,祖籍在山东,祖父当年闯关东从山东迁至哈尔滨。《年关六赋》中的老三的爷爷也是从山东搬迁到黑龙江落户的。因为身份的相仿,阿成对侨民生活颇有同感,写起来得心应手。

小说主要讲述了王氏家族的生活,作者先从老三的爷爷在松花江安家落户讲起,接着讲述老三的爷爷跟着"漂漂女"过日子,"漂漂女"生了"漂漂崽"(也就是老三的爸爸)后去世,留下王氏一族继续繁衍生息。老三的爸爸是个读书人,熟读经纶,深知礼仪风俗,他教育子女

“层次较高,很有群体意识”,孩子们也都有礼貌。老大是法院的副院长,为人忠厚正直,平反冤假错案,不为财权所动;大嫂精明利落,是老大的贤内助。老二是商人,办事利落,人情世故应付自如,与新二嫂生活较为和谐美满。老三是文人,文风新潮,工作严谨。兄弟三人职业不同、地位不同,但回家都注意自己的言行举止,他们衣服朴素整洁,没有一点儿“架子”。一家人无论有什么事,过年都要聚在一起吃团圆饭,一家人和和睦睦,亲切融洽,但是小说在描写王氏家族谦让和美时,也或多或少透露出家族成员的矫饰与虚伪。

《年关六赋》受寻根文学影响较大,小说通过对王氏家族的描写以及对在道德约束下各行各业的人们相亲相爱场面的刻画,把哈尔滨生活风貌淋漓尽致地展现了出来,表现了王氏家族对仁义礼节的传承,展现出侨民扎根于哈尔滨繁衍生长的家族历史,以及对传统文化的追寻与怀念。作者在赋一中对哈尔滨三个区镇的社会风气进行了详细刻画,与王氏家族的和谐儒雅形成鲜明的对比,表明了作者企图从王氏家族出发重新挖掘民族之根的意图。阿成不忍看这片富饶的黑土地日渐衰落,他带着忧虑和呼喊将民族传统文化融入《年关六赋》的创作中,为的是能唤醒“今朝有酒今朝醉,明朝没酒现掂对”般及时行乐、没有生活目标的人们的良知,重铸中华民族的“根”。然而,哈尔滨人口构成极为复杂,正如阿成所说:“我从小就生活在这座城市里,在三四十年代到五六十年代,这座城市里到处都是外国人。其中有相当一部分是来自世界各地的流亡者。”①阿成选取外来迁入者作为民族精神传承的载体,是把民族之根进行新的培育和滋养,让民族传统文化在一个全新的群体之上发芽生长,繁衍生息。

在艺术特色方面,首先,小说结构清晰,层次清楚。小说开头将哈尔滨三个区镇风貌做了概述,并以时间为序将小说分为六个部分。赋一写的是老三爷爷的故事,赋二是老三父亲的故事,赋三、赋四、赋五分别讲述了三个兄弟的家庭,赋六描写了年夜饭全家团聚的场面。作

① 阿成. 马尸的冬雨[M]. 北京:中国文学出版社,1996:291.

者讲述哈尔滨三个区镇时运用全景式描写，将三个区镇的风俗概况做了简单的陈述，讲述王氏家族则是从年夜饭这个切入点对其进行了截断面式的描写，叙述三兄弟家庭同样选取生活中的小事进行刻画。阿成运用个体化的故事映射整个民族文化传承的过程，生动地展现了小人物寻常生活的形态与风貌。

其次，小说人物描写较为生动。母亲是刀子嘴豆腐心，和家人开玩笑时"嘎嘎地大笑"，和父亲时常拌嘴，却也温馨地同父亲聊天，作者通过对比来衬托出母亲豪爽而又不失温情、细腻的性格特点。作者通过母亲对父亲的调侃表现了母亲与父亲之间的情调，虽然表面上老三的母亲讨厌父亲惦记木婉，但是依旧维护父亲，坚持为父亲正名。木婉是父母两人的秘密，也是母亲对父亲占有欲的表现，体现了母亲对父亲深深的爱意。关于三个兄弟的描写也各有侧重。有人给老大送礼时，老大"凶煞着脸"始终是冷冷的，形象地展现出老大的铁面无私、公平正直。去父亲家时，老大嘱咐妻子："到家讲话做事要注意，不能乱说，不能神气，也没什么可神气的，是事儿，听着就是了，多干活！"活脱脱的官僚命令的语气，与其副院长的身份相匹配。老二有着商人的圆滑，将住房问题编了顺口溜，借百姓之口反映问题所在。他也有商人敏锐的洞察力，看到老三买的糕点，能清楚地认识到"这东西市面上脱销，买要排队"。老三是文人，有着文人细腻敏感的情怀，谈论作品可以高谈阔论一个上午，吵架提及玫瑰花也能感时伤怀，叨咕一个下午。三个兄弟，三种职业，作者抓住人物的性格特征对其动作、语言进行了传神的描绘，使人物更加鲜明生动。

再者，小说语言生动活泼、典雅简约。小说开头对松花江三个区镇的描写古朴典雅，展现了三个区镇生活的特点，由此引出王氏家族的来源。在赋二中描写老三父亲的院落："凭栏望去，一任江天浩浩荡荡，爽着肺腑。其住房几经修缮已楚楚动人。庭院里植着一簇丁香、一簇樱桃、一簇迎春，另有两株高杨，任鸟啁啾，任风肆意。栅栏上爬着翠翠柔柔的喇叭、蒺藜，精精巧巧，缀着各色彩朵，十分享眼。院里犁开几垄，植豆角、茄子、黄瓜、土豆。栅栏上勾悬着几条铁丝，晒着鱼干，有白鱼，有三花，亦有江鲤、草根一类，哗哗啦啦，干干透透，濡着精盐。”由远及近、由粗到细，寥寥几笔将二老生活的环境诗意地勾画出来，侧面表现了二老的辛勤与质朴。小说白话文与文言文交杂并行，善用短句，使作品具有韵律美和节奏美，生动活泼地展现出王氏家族的缘起与传承。

【阅读提示】

汪曾祺在给阿成与小说集《年关六赋》序中说：“一个作家能不能算是一个作家，能不能在作家之林中立足，首先决定于他有没有自己的语言，能不能找到一种只属于他自己，和别人迥不相同的语言。阿成追求自己的语言的意识是十分强烈的。”“阿成的语言杂糅了普通话，哈尔滨方言，古语。他在作品中大量地穿插了旧诗词、古文和民歌。”

阿成早期的小说追求一种典雅简约的语言意境，因而一种诗的意识极为明显地保留在他的小说之中。对于唐诗宋词抒情方法，如情景交融，以景写情等可谓了然于心。有时甚至直接化用古人诗句来使自己的语言趋于写意化，使情感内涵乘上想象的翅膀，借助富有动态的、强烈视觉化的景物描写，使语言沾上了一些散文化的“古朴”韵味。

——刘绍信：《胡地天籁——阿成论》，黑龙江人民出版社，2002年版

阿成的小说无论是对地域风情的描述，还是对现实生活状态的关注或是对人物形象的塑造都有一根历史的经线贯穿始终，并随着故事情节的发展，这根经线也被拉长加大。使作品浸润着一种岁月的苍凉，具有独特的认识价值和审美价值。颇为典型的是作者最初的获奖作品《年关六赋》(《小说选刊》1989 年第 3 期)，作品侧重叙写东北过春节的民俗风情。但在对“漂漂女”与“漂漂崽”这一闯关东人的独有现象的叙写中，透视了“漂漂女”对传统礼教大胆的叛逆精神，展示了闯关东人的强烈生命意识，赋予了“漂漂崽”——哈尔滨的闯关东人的

“第一代子孙”苍凉的历史韵味。作品在对日本姑娘木婉的简笔勾勒中，又透视出了东北沧桑的历史巨变。类似的异曲同工之笔在《胡天胡地风骚》《正正经经说几句》《人生写意》《风流慷慨过流年》等诸多作品中，均可见到。

——何青志：《当代东北小说研究》，吉林人民出版社，2002 年版

如果说，《年关六赋》还有美中不足之处的话，那就是在艺术的分寸感上有时还掌握得不够好。如描写老三的母亲当着众多儿女、儿媳等晚辈的面取笑丈夫年轻时的“艳遇”，以及始终未忘旧情，就是欠妥当的。在这样一个处处讲究儒家传统礼节的山东移民后代的家庭，这种现象实在难以令人想象。即使老三的母亲已经不再信奉“夫为妻纲”的儒家教条，但也不会不在晚辈们面前维护作为一家之主的丈夫的尊严的。如果改为描写她与丈夫单独相处时取笑，也许更好一些。又如，某些词句的陌生化处理，也有“太作”的痕迹。

——黄益庸：《岁月留痕》，黑龙江人民出版社，2016 年版

小说开头写道：“爷爷活着的时候，每逢旧年的春节，老三的父母一定要领着他们生育的四位雌雄，到爷爷的家去过年；爷爷死后，老三这兄妹四人也一定得到父母的家守岁。这是王氏家族的规矩。”这是极有象征含义的几句话。“王氏家族”实际上象征着中国传统社会的每一个细胞。小说写的是中国千家万户都要举行的“甜丝丝”的文化仪式。作者在“家”的主题下，写了除夕夜的团聚及具有地方特色的历史风情和现代的生活场景。其中，让人感受至深的是存在于祖孙三代人身上的深深的亲情和浓厚的血肉之情，这种情感是一种凝聚力与号召力。在“王氏家族”这样一个温暖的大家庭中，孝道与和睦使读者深受感动。虽然王家人各有各的生活之道，思想观念皆有不同，但是在长时间的相处与磨合中，大家很快就打成一片并和睦相处，大家扮演着各自应该扮演的角色。此时，我们发现传统文化、传统道德原来无处不在，它们已通过祖辈的血脉流到了后代人的心里。但作者似乎又

是怀着一种复杂的心绪去写它们的:他既仇视封建文化磨灭人性的弊端,又敬畏这种文化中异乎寻常的尊严与魅力。仔细品读,该作品似乎是作者给这些封建文化写就的一副挽联。

——马振宏:《中国当代重要小说分年评介》(第2卷),中国言实出版社,2019年版

良娼(存目)

阿　成

《良娼》原载于1989年第1期《现代作家》,是阿成早期的作品,曾获东北文学奖,小说主要讲述了江老先生的母亲——江桃花的一生。江桃花是个娼妓,白天在家里干粗活,夜里去小窑馆里接客,她在家里接的第一个客人是宋孝慈,宋孝慈知冷知热,懂得心疼人,江桃花怀孕后仍劝说宋孝慈外出闯荡,独自一人生下宝儿(江老先生)。此后,宋孝慈回来过两次,一次是在江老先生四岁时,一次是在江老先生十四岁、江桃花亡故两年之时。最后宋孝慈去了台湾,江老先生守着记忆在哈尔滨一个人孤独地老去。

《良娼》以短小的篇幅容纳了对人生价值的探讨,在有限的文字中表达出无限的意义。作者抛开对娼妓的世俗偏见,给予小说中的人物以温情关怀,通过对江桃花、宋孝慈、江老先生三人的描写,表现出和谐的人际关系,展现了人性的纯良。作者还将"高尚"的价值融入在宋孝慈亲自撰写的《东亚铭》中,希望这种精神可以得到继承与发展。

小说的人物是拼命活下去的小人物。江桃花是坚强独立的女性。她在父母去世后沦落风尘,卖身为妓,靠的是自己,不论生活再难也劝宋孝慈出去打拼。她知礼贤良,知道宋孝慈有家,让孩子叫他舅舅,教导孩子不到饿死不去找他。面对养家糊口、能力低下的宋孝慈,她不责怪,也不懊悔,她尊重、理解宋孝慈,鼓励他外出闯荡。江桃花顽强而又孤独的一生是无私的,她爱宋孝慈却不占有,至死也没有告诉宋孝慈宝儿的身世,她的爱是大爱。她是真心希望宋孝慈好的人,这个

“好”不在眼前，而在大局之中。在对江桃花的描写中，作者把她“神化”“圣母化”，使其成为一个完美的传统女性。

宋孝慈是个有情有义、温润贴心的人，虽夜宿窑馆，他却肩负起了责任，没有始乱终弃，多次回来看望江桃花。他临行前对江桃花说：“多保重。挣了钱，我就回来，把房子修修，太旧了，心里放不下……”这一句承诺他记挂了一生，四年后他回来了，虽没有拼下一番事业，但仍记得曾经说过的话，这次他说道：“这房子……我自己动手，修。”宋孝慈最后一次回来是在宝儿十四岁时，这时他已事业有成，但命运不公，江桃花已病逝两年，他没有忘记自己的承诺，把宝儿带到厂里做更夫，即便后来去了台湾，也终生惦记、关照着宝儿。

深入思考宋孝慈这一人物，我们也发现，他第一次回来看望江桃花时，承担的角色是家庭的“帮手”，照顾孩子和江桃花。因为全家的收入都靠江桃花来挣，所以对于“娼妓”这份工作宋孝慈没有提出异议，但是他再温情善良也是一个不敢透露姓名的嫖客，处境的窘迫体现出男权地位的隐退。宋孝慈第二次回来时让江老先生看了《东亚铭》，《东亚铭》承载着文化传承的作用，结尾宋孝慈的离去意味着文化传承又落在了江老先生身上。

江老先生，也就是宝儿，是江桃花和宋孝慈的孩子，他从小生活在母亲博爱温情的怀抱中，遵守着传统的礼仪道德。厂房墙上挂着的“己所不欲，勿施于人”“你愿人怎样待你，你就先怎样待人”的几个繁体大字，以及每个员工手中宋孝慈亲自撰写的《东亚铭》是他毕生遵循的道义。江老先生是重情重义之人，在宋孝慈走后，他“看着庭院里的两株桃树也失了往日的精神，随着风，絮絮叨叨，听了，心里厌厌的”，常常“望江水东去，感渔舟唱晚，亦常常落泪”。江老先生和江桃花一样，是温情善良的。江桃花嘱咐他不到饿死坚决不找宋孝慈，江老先生也听从了，直到宋孝慈回来，他才再次见到了这个舅舅。宋孝慈携家属回来办厂，江老先生一直回避他，为的是不引起宋孝慈家人和工厂里人们的怀疑，甚至每晚都躲着前来看他的宋孝慈。

阿成致力于俗人俗事的书写，关注小人物的生存现状，通过对小人物的刻画表现出以下特点：首先，阿成展现的是下层民众的生存方式。无论怎样生活，人们唯一的目标就是生存下去，江桃花沦为娼妓、宋孝慈外出闯荡，他们都以自己的方式生存着，他们或屈辱，或辛劳，都在为生存奔波劳碌。其次，生存状况的窘迫决定了小说悲凉的基调。为了谋求更好的生活，人们不得不外出求生，宋孝慈与江桃花及其家人都不能长相厮守，最终导致江桃花和宋孝慈阴阳两隔，造成了宋孝慈一生的遗憾；最后，小人物是寻常之人，也会有缺陷。宋孝慈再完美也是一个嫖娼之人，但阿成真切地关爱着这些人，经过他宽容的打量，宋孝慈更多呈现出重情重义的一面。

和阿成的众多作品一样，《良娼》中的故事也发生在哈尔滨，这体现了阿成对哈尔滨的眷恋与温情。作者对哈尔滨的深情主要体现在江老先生身上。江老先生誓死不离开哈尔滨，不随宋孝慈远走，因为他的母亲葬在这里，他的根在这里。哈尔滨不仅是江老先生的家乡，也是他的精神家园，这里有他热爱的宽容博大的人文精神，江老先生一生也都在捍卫与传承着这种人文精神。

《良娼》语言古朴优美，用词典雅，具有诗意。开头描写院子里的桃树“恰春风越过万里长城，到了这里，只一夜的工夫，脱胎换骨，万朵齐绽，很爽眼，香了四邻”。散文诗化的语言描绘了桃花盛开、芳香四溢的场景，烘托了小说温婉柔情的氛围。描写江桃花与宋孝慈的离别时，“汽笛一响，雨也颤，江也颤，泪就下来了”，语言文风似有骈文的风采，生动形象地表现了离别的伤感与愁思，使小说更加哀婉缠绵。小说描述人物的话语时也是含蓄委婉的。江桃花的一句“趁热……”，语气温柔舒缓，两个字就表现出贤良女子对羁旅游子的关怀体贴，宋孝慈走时的“我还来……”，句短情深，饱含了他对江桃花的深情与留恋。

【阅读提示】

《良娼》的深刻不仅是普通人的美德熠熠闪光，更在于“宝儿娘”能超越妓女性爱的层次，超越一般妓女的色情成分，将“宝儿”作为嫖客与自己生命的延续留存于世。就性爱的功能而言，男女色情专注于享乐功能而回避生命的延续功能。正如《马尸的冬雨》中的娜塔莎对“孩子”的怜爱一样，妓女对生命的尊重与常人并无两样。

——刘绍信:《胡地天籁——阿城论》，黑龙江人民出版社，2002年版

《良娼》写的是旧社会的落难商人和娼女的爱情故事，但洗尽这类被古往今来的文人写滥了的故事的轻薄、浮华和香艳，也不在故事的逶迤、曲折、传奇上做文章，而是用细腻的笔触描画下层人民人生的困顿以及在风雨坎坷的人生道路上的相濡以沫，支配他们的行为、浸润着他们心灵的，是理解和体谅，是一腔柔情。当宝儿奔到枯死的桃树之下，扶着树身，涕泪交流地要将宋孝慈归来的消息告诉已经去世的江桃花时，他大喊“妈——舅舅回来了”“妈——你听到没有”，当其时也，大地同悲。“我写过这本小册后，我还有一条发现，那就是——中国真是一个能吃苦的民族。这样的民族，应当被其他国家刮目相看。”我们这个民族正是靠着这种坚忍的品性越过一个又一个急流险滩的。

——林超然:《汪曾祺论》，黑龙江大学出版社，2013年版

阿成用清瘦的笔调，简约地写着苍凉的人世。小说写一个底层娼妓的苦难生活，虽是写娼，却没有半点淫邪之意，满溢着苦涩的温情。宋孝慈和江桃花都是动乱时代弱小群体的一员，宋孝慈因外出闯荡而来到东北，而江桃花因双亲离世被迫为娼，两个天南海北的人就这样把命运缠绕在了一起。作为江桃花接待的第一个客人，两人的感情无疑是浓厚的，江老先生的存在就是他们感情的明证。但乱世情缘实在孱弱，宋孝慈不是拯救困难者的天使，也不是行侠仗义的英雄，同样羸弱的他并没能直接改变江桃花的命运，如果说有改变，那也只是陪江桃花共度苦难的生活之河。宋孝慈为了改变命运几度向远方出发，可叹的是，等到他终于载誉归来，伊人已去，阴阳两隔，这是他们的悲剧，或许也是无数微小如蚂蚁般小人物的共同悲剧。阿成以小人物写历史，以小写大，将历史的悲怆感写得绵密不绝，如泣如诉。历史从不会

自动呈现这种伤感，更不会留下这些小人物的痕迹，但他们真实地来过、发生过、存在过，他们是历史的一个注脚，是一幅真实的人的画像。

——吴义勤：《中国当代文学经典必读 1989短篇小说卷》，百花洲文艺出版社，2016年版

小人物间饱含着温情，消解了因生活贫困而带来的苦楚，这是阿成小说的独到之处。阿成对底层人有一种亲近感和敬畏感，从他们坎坷的生活中发掘温暖的亮色。小人物默默接受生活的所有磨难，承担着生活的艰辛和人世的屈辱，尤其是生活在最底层的妓女。《良娼》中江桃花是一个让人感受到温暖和爱的女性，贫穷使她沦落“小窑馆”。她和闯荡到此的宋孝慈相濡以沫，隐瞒自己怀孕的事，把卖身钱分出大半给他去闯世界。四年后，她接纳依旧落魄回来的宋孝慈，让儿子称他“舅舅”，不给他带来任何尴尬和负担，为了保护他的男性尊严，她绝不在家接客，而是到小窑馆里“坐灯”。她鼓励宋孝慈继续外出闯荡，自己带着孩子靠卖身养家，临死还嘱咐儿子不到饿死，不能去找他。凡俗人生的温情与亮色淡化了人世的苍凉与悲怆。

——车红梅：《北大荒文学地图》，中国戏剧出版社，2018年版

私厨(存目)

阿　成

《私厨》原载于2016年第6期《小说月报 原创版》,小说由十个小部分组成,主要讲述了年过半百的“我”出狱后在家乡开了一个叫“寻味小馆”私厨的故事,并记录了“我”在经营过程中的见闻和感受。

私厨,指专为私人做饭菜的厨房或个人,也可理解为私人定制的厨房,小说的标题是“私厨”,实则是为收集回忆,收集故事,十道菜便是十段回忆。“我”出狱以后年龄已高,开饭馆也不在乎赢利,为的是帮助人们找回记忆中的味道,“我”帮助的客人有知青、父母、儿女,也有素不相识的陌生人。小说将土豆饼、雪里蕻炖豆腐、酸菜油滋拉饺子、大酱炖鱼、白高粱米饭、山东包子、坛肉米饭、苏伯汤、大列巴面包和疙瘩汤十个菜,串成了一串故事,讲述了不同人物为生活努力的艰辛,表现了小人物生活中的隐痛与坚韧,也展现出东北浓厚的地域文化色彩。

阿成的作品带有浓厚的东北风俗,在小说中的体现就是吃食。首先是吃什么。吃食体现出时代和生活水平的特色。例如,土豆饼和酸菜油滋拉饺子都是旧时代贫苦生活的写照。那时生活条件较差,人们生活艰苦朴素,将普通的菜肴折腾出新的花样,是小人物生活中的新意。小说中的十道菜都是很普通的家常菜,有的甚至是现代人不会再吃的“穷苦”饭菜,是底层人生活的表现,客人对这些吃食的回忆,再现了东北底层人物生活的状况。其次是怎么吃。在客人的回忆中,食材的烹饪是他们对旧时代的记忆,是对逝去的东北文化生活的怀念,体现了旧时代东北地域文化风俗。在“寻味小馆”里，简单的食材在老板的悉心烹饪下显现了巨大的价值，为了做好每一道菜，老板上山下乡尽可能寻找最“地道”的原材料，体现了老板的情谊深厚。老板尽自己最大的可能，为客人提供最原始、最完美的饮食体验，他费尽心思做饭却不求回报，有时只因和客人投缘就免了客人的饭钱，体现了东北地区民风淳朴、人们直爽善良的特点。最后，吃食体现了民族文化的交融。黑龙江外与俄罗斯接壤，内与内蒙古自治区相邻，又因独特的地域环境，从而具有多民族杂居的特点。小说中雪里蕻、酸菜油滋拉饺子都是东北特色菜，大酱炖鱼是内蒙古自治区的特色，白高粱米饭是辽西特有的，大列巴和苏伯汤是俄罗斯的特色，不同地域的菜肴体现的是不同地区的民俗风情，反映了黑龙江兼容并包的民俗特点。

阿成描写小人物的平凡琐事，从他们身上挖掘出中华民族吃苦耐劳、顽强拼搏、善良勇敢的精神。老齐年轻时拉过车、送过货，甚至在火车站卖过假冒伪劣的小玩意儿，六十多岁的他早已被生活压弯了腰，但他仍在努力生活着，现在在一家厂子里打更。他不放弃生活的希望，出门在外穿戴整齐，并且还劝说老板没有独自一个人过日子的，每个人都不孤单。预定热面的小伙子是一个二十出头的年轻人，白天上班，夜晚照顾生病卧床的父亲，虽然才二十出头就已经老态龙钟，这种未老先衰的气息是从他父亲那里“耳濡目染”而来的。小伙子不拒绝这种与年龄不符的老练，因为这使他感受到家的气息。虽然父亲性格执拗，现今生活艰辛，但小伙子依旧期盼父亲能好起来，因为父亲没有了，家就没有了，所以他每天强撑着精神努力生活，靠老板的热面“暖和”自己。预定山东包子的女士的丈夫与其离婚，前公公现在病危，前夫在国外回不来，女士凭着往日的情谊看望前公公，她并没有因为以前的怨恨而不理睬一个垂暮老人的要求，而是甘愿为他去买包子，山东包子是女士对前公公的善良关怀。送快递的哥哥独自抚养上学的妹妹，哥哥从十岁就肩负起照顾妹妹的重担。但快递行业不好干，经常有客人投诉，遇到下雪天，快递数量很少。尽管生活再苦再难，哥哥也要供妹妹读研究生，妹妹是他坚持下去的动力。在小说中，无论老年人、中年人还是年轻人，他们都是为生活奔波的小人物，虽然他们生活不同，但是小说都彰显了他们吃苦耐劳、善良慈爱的特点，对他们故事的细致描写，也展现了阿成对小人物深切的关怀。

小说采用插叙的手法记录“我”的故事，在叙述“我”出狱后插入了对梅的回忆，第一篇插入了“我”在狱中了解的小周管教和他对象的事情。第二篇引入竹刀和小喇叭这两个人物。第三篇中的饺子又使“我”想起了梅。第四篇交代了“我”坐牢的原因，是和人起争执打坏了那人一只眼睛，在逃亡的路上遇见了梅，梅劝他自首。第五篇插入对狱友“我是一只小羊”的回忆。第六篇遇见了狱友甩子，提到了狱友教授。第七篇讲述了教授的故事。第九篇得知了教授的死讯，也明白了他出狱后的生活，“我”把他的骨灰洒在了大海和南山坡。同时，小说通过“我”这个第一人称角度，将杂而乱的故事连接起来，“我”的叙述袒露了内心真实活动，诉说的都是可知可感的故事，拉近了读者与作者的距离，使故事具有真实性，情节的叙述更加动人。

小说结构清晰，双线并行，条理明晰。一条是“寻味小馆”客人的故事，另一条是“我”的回忆，两条线索交织，增加了小说的容量，使主题更加鲜明。小说采用了首尾呼应的手法，用疙瘩汤这一道饭菜开头，点出疙瘩汤象征老板心中家的味道，最后再用疙瘩汤引出梅和儿子，“我”和妻儿团聚，一直以来热衷于满足客人心愿的老板也实现了自己的愿望。故事有头有尾，除客人之外，老板提到的每一个朋友都有各自的出路，例如竹刀和小喇叭在乡下过着美满的生活，教授出狱后四处漂泊直到死亡等，这使小说故事非常完整。

作者描写人物较为生动，通过外貌、动作、对话，把人物描写得活灵活现。描写老张时，作者先注意形容他的布满青筋的糙手，从而印证老张的职业。描写老雪时注意刻画了他进门看向酒柜的眼神，透露出他是个酒鬼。描写小喇叭时，着重描写她的对话，表现出了小喇叭的大大咧咧和活泼可爱。描写看护父亲的年轻人时，通过对话表现了年轻人的有趣和朝气。

在语言方面，小说语言体现了东北浓厚的地域特色。小说叙述语言口语化、散文化。人物通过东北方言进行对话。例如老齐一直用“地道”一词夸奖老板做的饺子非常正宗,用“熊”一词来形容自己老年不得志的状况。预订山东包子的女士说她连扇了前夫几个“大耳刮子”,表现出她豪爽、敢爱敢恨的性格特点。

【阅读提示】

阿成在刻画描写俗人,叙说他们的故事时,常常使俗人们流露出一点“雅”来。这“雅”在“俗”的背景下常显得熠熠生辉,令人目眩神迷。雅,无非是文明人的思想、情感意志的表现。阿成深藏不露,不加褒贬,又常常在刻画“雅人”之中使他们呈现出一种俗相。这背后的心理动机恐怕是:既然是人,何论雅俗。可这么一来,小说即使篇幅长短有别,多因成竹在胸,轻轻点睛使得小说的意蕴变得丰厚起来。而在读者看来,当我们以一种相对平静优越的心态阅读阿成的小说时,无论是感受俗人们的苦难艰辛,还是领略雅人们的矫情浅陋,一种忐忑不安的情绪就会油然而生。俗人雅人们的生活烛照了我们的人生,会使我们发现我们的生活优美优适与缺陷之处,这种贴近真实人生的感觉是阿成传达给我们的,情不自禁地让我们由衷地向这位知心朋友般的作家致以真挚的谢意。

——刘绍信:《胡地天籁——阿成论》,黑龙江人民出版社,2002年版

小说关乎美食,以怀旧美食串起普通人的生活与人生。作者以轻松的笔调冲淡了原本有些灰色沉重的故事,字里行间充满了一种质朴而温暖的情怀,是一部中国版的《深夜食堂》。

——戴木金等:《中篇小说选刊》,2016 年第 4 期

趟过男人河的女人(存目)

张雅文　远　方

张雅文(1944—),女,辽宁开原人。曾是国家一级速滑运动员,从事过运动员、会计、编辑工作。中国作家协会会员,中国报告文学学会会员,国家一级作家,黑龙江省作家协会副主席,国务院政府津贴享受者,中国百佳电视艺术工作者。1979 年开始发表作品,出版长篇小说、传记、报告文学集《趟过男人河的女人》《爱献给谁》《玩命俄罗斯》《韩国总统的中国御医》《盖世太保枪口下的中国女人》等,发表《走过伤心地》《香魂》等报告文学及中短篇小说数十篇。编剧《趟过男人河的女人》(与他人合作)、《不共戴天》《妈妈,拉我一把》《冰雪人生》《盖世太保枪口下的中国女人》等。长篇小说《趟过男人河的女人》获得黑龙江文艺大奖一等奖,《韩国总统的中国御医》及报告文学《走过伤心地》获得黑龙江文艺精品工程一等奖,报告文学《四万:四百万的牵挂》获得《北京文学》及"正泰杯"大奖,《与魔鬼博弈——为了生命的权利》获得第九届《中国作家》鄂尔多斯文学奖优秀奖。

远方(1950—),本名陈国远,国家二级编剧,曾担任多部电视作品的编剧、导演、制片人,代表作有《趟过男人河的女人》《梦回青河》。

《趟过男人河的女人》原是张雅文创作的中篇小说,1993 年远方和北京电影制片厂的工作人员准备将小说改编成电视剧,张雅文和远方合作创作出电视剧剧本。此后,两人又合作将本来的中篇小说修改、扩充成了长篇小说。张雅文善于在生活中收集创作素材,她总是将生活中的触动付诸文字。《趟过男人河的女人》灵感来源于一个多次到法院要求离婚却失败的中年男子。这个中年男子的妻子是精神病患者,法律规定,精神病患者的配偶要求离婚,精神病患者必须有监护人,否则不能离婚。中年男子的生活、事业全都毁了,但是也无能为力。这件事深深触动了张雅文,张雅文在久经思索后,创作出了《趟过男人河的女人》。

《趟过男人河的女人》讲述了美丽、善良的山村姑娘山杏尝尽人间凄苦却依然勇敢面对现实、笑对人生的故事。山杏与从城市来的扶贫干部王玉生相恋,却在村治保主任王怀才的阴谋下嫁给了治保主任的儿子大宝。婚后,大宝因误杀二叔而精神失常。精神失常后的大宝疯狂折磨山杏,山杏不堪重负,跟着小木匠逃到了城市。命运弄人,来到城市的山杏再次与王玉生错过,绝望下,山杏接受了一直仰慕自己的小木匠。谁知,小木匠的老婆、孩子找来了,山杏再次遭到命运的愚弄。小木匠离开后,山杏独自在城市漂泊,她生存得异常艰难。后来,山杏与厨师刘云鹏相知、相恋,眼看迎来幸福生活,公公王怀才却起诉山杏重婚罪。山杏面临着牢狱之灾,而刘云鹏误会山杏与朋友华莹有染也离开了山杏。最终,山杏独自坚强地面对苦难人生。

《趟过男人河的女人》着重塑造了一个美丽、善良、纯情、命途多舛却又坚毅、不甘被命运摆布的山村女性山杏的艺术形象。山杏生得极为美丽,并且人又相当乖巧,是无名屯最得宠的女孩儿。山杏总是真诚对待身边的人。孙大彪给山杏"泼污水",使山杏深处舆论的旋涡之中,但后来在孙大彪的孩子生病付不起医药费的时候,山杏不计前嫌,拿出自己的积蓄给孙大彪的孩子付医药费。山杏是一个纯情的少女。她向往爱情,在父母之命大于天的大环境下,她勇敢地与王玉生自由恋爱。王玉生是山杏心中唯一的希望,山杏对王玉生的爱支撑着她克服诸多苦难,山杏对王玉生的爱纯真且至死不渝。但是,命运对这个美丽的女孩似乎极不友好。在无名屯时,山杏要承担沉重的家务和农务,忍受精神失常的丈夫的疯狂折磨,还要被不实的谣言中伤。后来山杏逃离到现代化的城市,为在城市生存下去,山杏捡过垃圾、睡过车站、卖过红薯、做过服务员。眼看她将要迎来幸福的生活,却被公公起诉，可能面临牢狱之灾，生活再次将她推向苦难的深渊。面对不公的命运，山杏仍然没有放弃。无论生活如何折磨这位少女，她都不曾丢失高洁的品质，始终保持着善良、淳朴的天性。生活没有希望，她便用自己的坚韧去创造希望。山杏凭借自己的坚毅熬过一段段的困苦，在无数次的磨难后，山杏学会了笑对人生。

《趟过男人河的女人》从女性视角分析了女性的生存处境。由于偏见、固化思维等，一定程度上，某些男性笔下的女性具有虚假性与扭曲性，而作者则发挥了自己女性身份的优势，真正从女性视角出发，揭开女性真实的生存处境。山杏这一女性形象就是现实社会中众多女性的缩影。在无名屯时，山杏承受着身体和心理上的双重压迫。逃离到现代化的城市后，作为一个出生、成长在偏远封闭山区的女孩，要在城市生存发展，艰难程度可想而知。作者通过山杏这一形象表达了对所有在痛苦中艰难挣扎的女性的深切同情。

此外，在山杏母女命运的设定上，小说展现出两代人的经历相似与结局不同。山杏与其母亲都冲破父母之命、媒妁之言的传统婚姻观，跟城里青年人自由恋爱，但是最终都没能在一起。母女俩对爱情的追求，都是对无话语权婚姻的反抗。山杏母亲一辈子待在闭塞的无名屯，这里承袭着几千年来愚昧、落后的思想。虽然山杏母亲试图反抗，但风俗、舆论等却像一张密不透风的网，让山杏母亲无处可逃，山杏母亲也为反抗付出了一辈子的代价。山杏作为母亲反抗的延续，她走出了无名屯，虽也是磨难重重，但毕竟走出了那座封闭、落后、愚昧的大山，总算在两代人延续不断的反抗之中看到了希望。作者在山杏身上寄予了希望，实际也是对女性的未来寄予了希望。作者希望在时代的发展下，女性能够拥抱幸福的未来。

《趟过男人河的女人》蕴含浓郁的地域文化色彩。小说以小兴安岭作为背景，描写了大雪、深水汀、百年歪脖老树、千年松树等小兴安岭地域的自然景观。此外，某种程度上，作者笔下的无名屯就是小兴安岭农村的缩影。无名屯闭塞、落后、愚昧，承袭了中国几千年的蛮风陋俗，小说以此表现出对小兴安岭农村蛮风陋习的揭露与批判。无名屯的人封建迷信,凡是遇见大事都要用箩筷请问黄仙。大宝发疯时,他爹并没有选择让大宝看医生,而是请来徐半仙驱鬼,将希望寄托于半仙的符咒和小剑,这是何等荒唐、愚昧。无名屯的村民还追求铺张的丧葬仪式。村治保主任王怀才弟弟的丧葬仪式极尽隆重,村民看到发丧场面感叹:“等到咱们那天,能得到这份发丧就心满意足了!俺到今儿个连件装老衣裳还没有呢……”村民的生活相当穷苦,但却追求奢华的后事,试图以此弥补活着的缺憾。同时,隆重的丧葬仪式也给每个家庭带来极大的负担,使村民的生活愈加艰难。

《趟过男人河的女人》用大量笔墨对人物心理展开描写,展现人物内心,表现人物性格,暗示情节发展。小说既有对人物内心的直接描写,例如山杏在山杏娘坟前的心理活动:“现在,她多么希望一切都没有发生,她还是原来那个无忧无虑、深受乡亲们宠爱的山杏啊!那么,她可以重新走自己的路:绝不被迫结婚,绝不走进这个活地狱里。”从这段描写可以体现出山杏的心理活动,使其苦难形象更加生动、立体。当山杏听说玉生有对象时:“一时,山杏好像突然被人推下了万丈深渊,头上恶风飞卷……”这展现出山杏难以置信、极度难过的心理,体现出了山杏对玉生纯洁的爱。小说还通过梦境表现人物内心,暗示情节走向。山杏几天未见到恋人玉生,坐立难安,在晚上便梦到玉生吊在树上,自己也在泥潭中越陷越深。这个梦反映出山杏对玉生突然消失的担忧、恐惧,同时,这个噩梦也暗示着玉生被诬告,山杏嫁给不爱的人,在生活的泥潭中越陷越深的悲惨未来。总之,小说生动、细腻地描写、剖析了人物心理,使人物形象更真实、生动、立体,也借心理描写暗示了人物命运。

《趟过男人河的女人》在结构上借鉴了传统小说分章叙事的形式。小说一共分成了三十个章节,每个章节都围绕主人公山杏展开,章节的划分意味着小说情节的转折、人物命运的改变。各章节相对独立,又前后相互勾连,并以一个简单凝练的题目,概括本章节的主要内容。此外,小说营造了一个开放性的结局,写到山杏前往法院接受审判便戛然而止,未明确交代山杏最终的命运走向,作者以此留下想象的空间，引发读者对小说深入思考，达到“言有尽，意无穷”的艺术效果。

小说语言兼具质朴自然和婉约隽永的特点。讲述故事时，语言质朴自然，不做过多修饰。进行环境描写时，语言细腻、婉约、隽永，以此达到渲染和烘托氛围的效果，增添了小说的艺术性。而人物的语言则充分个性化、口语化，多使用日常口语，并夹杂地方方言，这样的语言风格符合人物山村人的身份。

【阅读提示】

长篇小说《趟过男人河的女人》（张雅文、远方著，以下简称《趟》）活现了东北小兴安岭深处无名屯的村女胡山杏，为摆脱命运，走出家园，又饱经风霜的苦难历程。这个生活在封闭的山村的年轻女人，“纯情得就像一股刚从石缝里喷出来的山泉，没有一丝现代的污染”。她渴望爱情，却生无佳运，阴差阳错，嫁给了封建意识很浓的治保主任王怀才家的长子大宝，爱情的梦幻破灭了，她沦为疯丈夫虐待的摧残品，最后被逼离乡，到松花江边的A城，寻求一个流浪女的生存空间。

作者的目光是观照当代塞北变革的时代风貌。但从小说的整体结构审视，它是一部流良（浪）女在爱情国度里波折与变奏的篇章。作者描写她的单纯、厚重、诚实的爱情品格，在倍（备）受摧残的命运中，展现她的性格与心灵之美。

——刘树声：《流浪女爱情与命运的画卷——长篇小说〈趟过男人河的女人〉管窥》，《文艺评论》，1996年第5期

《趟过男人河的女人》最大特点是将人物始终放置在一个大起大伏的人生境遇中，在矛盾冲突中表现人物命运以及人物冲破宿命的一次又一次努力。山杏既是结构作品的一个主线，又是性格不断发展不断有所超越的人物。由于她的存在和行为致使作品中其他人物鲜活起来，治保主任、村长、疯二叔、山杏娘、大宝、二宝、丑妮、孙大彪、小木匠、玉生、华莹、玉芬、刘云鹏等，他们每一个人都展示出完全不同的个性特征，他们的行为方式都有着他们生长的背景做依托。从这些人物

身上又牵扯出一些令人吃惊意外的故事来,使得作品时刻处在人物命运波澜起伏之中,环环相扣推动着情节进展。其次,作品通篇荡漾着原始蛮荒之地自然狂躁的情欲力量,这种力量成为一股暗流渗透在作品每一个部位,构成作品基调。大宝的蛮劲,孙大彪等山野女人的撒野调情打诨逗哏,将山村未被文明驯化的自然性情生动地表现出来。那是一种因年轻而生出的浑身燥热的血液,流淌着说出每一个故事。那蠢蠢欲动精力过剩的欲望,构成了人物生存创造寻求爱抚以及造谣生事、嫉妒仇恨种种情势的底色。再次,作者具有把握生活各个层面,并将这不同层面的人生浓缩成场景的能力。这种浓缩使作品在并不宏大的叙事中呈现出万花筒般的人生色彩,达到了宏大人生叙事的艺术效果。

——彭放:《黑龙江文学通史》(第4卷),北方文艺出版社,2002年版

当然,张雅文对底层弱者的生命并不是简单的悲悯和同情,她还更希望从中发掘出他们与命运顽强抗争的精神,从而见证内在的生命尊严。《趟过男人河的女人》中的主人公胡山杏就是一个在和命运抗争中获得尊严的典型例子。她出生于小兴安岭深处的无名屯,长得非常漂亮,天真淳朴,"她是那样鲜活,鲜活得就像一朵饱含晨露的山芍药;她是那样纯情,纯情得就像一股刚从石缝里喷出来的山泉,没有一丝现代的污染;她是那样渴望爱情,从孩提时代起,就朦朦胧胧地追寻着母性的体味,向往着美好的爱情"。正是这样美好的一个生命,却被迫嫁给自己不爱的大宝……流落城市后,胡山杏只能依附于一个又一个男人,和王玉生破镜重圆无望时,她跟从了小木匠,小木匠返家后她又跟从了刘云鹏。不过,最终她摆脱了对男人的依附,在命运的拷问下不再害怕,能够坦然地面对人生的风风雨雨,从而获得了独立生命的内在尊严。

——汪树东:《挥洒激情与寻觅尊严——论张雅文的生命意识》,《文艺评论》,2003年第11期

赵尚志(存目)

王忠瑜

王忠瑜(1927—2022),笔名寄萍、梅子、王予,安徽省合肥人。1951年报名参军,在华东军区空军政治部文化部任美术创作员。1952年参加志愿军入朝,从事战地报道,陆续发表战地新闻照片、通讯、访问记和短篇小说。1954年回国,在军委空军政治部文化部任《空军生活》杂志编辑。1958年,随十万转业官兵来到北大荒,在牡丹江农垦局政治部任《北大荒文艺》编辑,从事文艺创作。王忠瑜在北大荒生活期间,创作了大量描写垦荒生活的新诗,如《雁窝岛之歌》《一朵迎春花》《夏锄即景》等。1962年调到中国作家协会黑龙江分会任专业作家。半个多世纪以来,王忠瑜发表了大量的诗歌、小说、散文、报告文学、国画、书法、电视剧本等作品。主要有长篇小说《鹰击长空》《惊雷》《赵尚志》《烽火辽东》,短篇小说集《鹰之歌》《银燕》《阿布沁河上》等,诗集《列车奔向北方》《一朵野芍药》《饮雪斋诗稿》《西窗诗稿》等,散文集《美与爱的溶合》《不谢的樱花》《诗一样的生活》等,报告文学集《火的战争》《世纪风云》,文艺理论集《冰城寄语》《艺海情思》,电视剧剧本《赵尚志》。

王忠瑜将创作视野集中于革命历史人物传记、历史纪实题材领域,相继完成长篇革命历史传记小说《赵尚志》和《李兆麟传》。其中《赵尚志》原名《赵尚志传》,由《中国的夏伯阳》和《总司令的悲剧》上、下两册组成。《赵尚志》以东北抗日联军的英雄事迹为题材,较完整地再现了民族英雄赵尚志英勇悲壮的一生。作家在强烈历史责任感的驱使下，在赵尚志烈士事迹的感召下，甘愿冒着风险，向固执的偏见发出挑战，试图为抗联总司令赵尚志重新立传。

《赵尚志》以民族英雄赵尚志为人物原型，真实再现了在日寇侵袭下抗联英雄传奇的一生。当童工的经历，养成了赵尚志吃苦耐劳和富有反抗精神的倔强性格，使他在接受教育后，毅然决然走上了革命的道路。在学校，他秘密组织读书会，讨论探索救国道路的方式以及青年出路的问题。他还组织宣传队，亲自带领学生去街头演讲，声援上海工人和学生的反帝斗争。入党后的他，更是废寝忘食地在学校做革命宣传工作，也因此二度入狱，后在党的帮助下，他成功脱身。此后，他走上了武装抗日的道路，赵尚志以大无畏的英雄气概，在常年缺少弹药，始终处于日寇伪军全方位的包抄、突袭、进剿的艰险条件下，转战于林海雪原。他所率领的抗日武装部队从七个人秘密集结开始，逐步发展到拥兵数万。然而，这位曾被当年苏联红军誉为“中国的夏伯阳”，令日本侵略军惊呼的叱咤风云式的人物，在革命的过程中，不断地遭遇打击而被孤立，更受到内部争权夺势的影响，倒在特务的枪弹之下。

《赵尚志》歌颂了中华民族反侵略斗争的凛然正气，小说通过描绘抗联战士赵尚志的切身遭遇和悲剧命运，不仅展现出民族英雄的豪情壮志，也具体形象地展现出东北抗日联军革命发展的历程，以及无数优秀的中华儿女前赴后继地投入民族救亡斗争的过程。作者通过对历史的反思，不仅真实具体地描绘了赵尚志个人的经历，同时还大胆深刻地揭示了造成赵尚志人生悲剧的社会根源，从而为我们正确地总结历史、洞察现实提供了可以借鉴的宝贵经验，这也有利于激发读者的爱国主义精神，强化中华民族的凝聚力。

在《赵尚志》中，作者塑造了一个献身于民族解放战争事业的爱国英雄的典型形象。赵尚志是叱咤风云的东北抗日联军总司令，被誉为松花江之魂，是一位令敌人闻风丧胆的传奇式人物。他具有战略家的胆识、军事家的机敏。当朝阳队在日军围剿下濒临覆灭之际，他提出“围魏救赵”的计策，使得朝阳队转危为安，因此连孙朝阳这样喜欢大权独揽的人都心服口服地交出了兵权。他凭借自己的军事才能，连续发动了“激战三岔河”“奇袭黑龙沟”“肖田地突围”等一系列战役，把敌寇打得晕头转向，令敌人头疼不已。小说描写了赵尚志骁勇善战、所向披靡的英勇事迹。同时，也描绘出他忠贞不渝、一心革命的共产党人英雄形象。赵尚志即便被开除党籍，也没有减弱共产主义的信念。他宁可做马夫也要坚持抗日，他说：“他们可以开除我的党籍，可开除不了我忠于党的一颗赤心。我还要爱国！我要抗日！”对于中国共产党，赵尚志是完全忠诚的。当省委决定恢复他的党籍时，他说：“我是衷心感谢的，也是很振奋的……党籍对于共产党员来说，就是第二个生命。我从来没有想到过自己不是个共产党员。”他没有任何埋怨，有的是终身为党的事业奋斗到底的实际行动，这是一个共产党员无比诚挚的情感。

在小说中，作者善于以不同的方法塑造人物。小说一开始，作者就对赵尚志的外表进行了描写：“矮矮的身个，干不拉碴的，瘦长的脸黑得像多少天也没洗过似的，腮帮上疙疙瘩瘩的。一双高挑眉，两只小眼……左眼下面还有一块伤疤……看上去有点叫人发憷……腰间扎着一条麻绳，头上戴着一顶破军帽……一身的土里土气。”这种刻画使他看似很不起眼，但随着故事情节的推进，他博大的胸襟、过人的本领逐渐显现出来。赵尚志不修边幅的外表与其个性品质形成巨大反差，烘托出他内在的英雄本色。通过对比手法增强了小说的真实感和具体感。另外，作者注重在矛盾冲突的漩涡中刻画人物性格，在“智取滨州”“激战三岔河”等一系列重大历史事件中，在和其他人物的激烈斗争中展现出他正直、刚毅、无私的品质。作者除了着力刻画赵尚志的性格外，还写了其他抗联将领，如孙朝阳、张寿钱，也写了反面人物，如何高参、郝元鹏等，这些人物虽着墨不多却也颇具特色。

《赵尚志》是一篇传记式小说。传记文学要写真人真事，真实是传记文学的基础。小说中所描写的历史事件（如赵尚志两次被开除党籍、在朝阳队做马倌、“夜战半截河子”“智收‘坐地虎’”等）和主要人物（赵尚志、李兆麟、冯仲云、朱鸣阳等）都是有史实根据的，是在历史上真实发生和存在过的。但作者也并非类似照相机式的对历史现实直接反映与呈现，而是采取艺术手段对故事情节进行加工，呈现出鲜明个性的典型形象。小说从选材谋篇、形象塑造、语言运用等方面，在不违背历史真实的前提下，进行适当虚构，这既符合当时的历史现状，又满足艺术创作的需要，以真实为基础又不局限于真实，源于生活而又高于生活，小说实现了历史真实和艺术真实的统一。

在结构形式上，小说以赵尚志抗日救国为主线，循着两条脉络展开，一条是循着赵尚志奋不顾身，在极为艰苦险恶的条件下，指挥抗日联军驰骋沙场，与日寇展开一场又一场的殊死决斗；另一条是来自党内的错误路线对他的无情打击和残酷陷害，使他遭受了巨大的精神压力，这使全书情节跌宕起伏，而且层层递进，逐步深入，读起来引人入胜。另外，小说还描写了许多民间传说，如“诸葛亮派来的”“他是黑虎星”“赵尚志毙他舅——公事公办”等，这些情节故事性较强，穿插生动活泼，扣人心弦，也增加了人物的传奇性和神秘色彩，符合广大读者的审美心理，具有较强的可读性。

在《赵尚志》中，作者运用了大量具有东北特色的地方语言，如“绺子队”（是土匪的通称，意思是一个“绺”子上的）、“大排队”（是地主势力组成的村、镇等地方武装的通称）、“赶‘边猪’”（土匪黑话，意思是绑架、勒索老百姓）等。还有一些符合东北人爽快豪放气质的语言，如“到时候谁要装熊，老子毙了他”“他妈的，一个喂马的，尽瞎白乎”等，使作品带有浓厚的地方特色，充满了东北地区的生活气息，极富关东情、关东味，读起来倍感亲切。

【阅读提示】

《赵尚志传》在故事情节的安排，细节的描绘上，可以看出有古典文学和民间通俗文学的影响。赵尚志一上场，就是个来路不明的人，派他去喂马，人们也觉得他的言谈举止有些神秘，这些一开始就抓住了读者。就是这样一个被人视为其貌不扬的人，居然足智多谋，敢立军令状，计取宾州，他究竟是个什么人呢？使人不能不受到吸引，想一口气读下去。等到他当了参谋长，孙朝阳部队内部那些嫉恨反对他的人，更加紧了对他的监视和暗算活动。直到建立珠河反日游击队之后的巧赚“刀笔王”、智取“坐地虎”，情节由始至终起伏跌宕，奇巧曲折，更增添了赵尚志英勇艰难，富有传奇色彩的一生的光辉。

——关沫南：《一部优秀的传记文学——读〈中国的夏伯阳——赵尚志传〉》，《小说林》，1988 年 9 月

《赵尚志传》作为长篇革命历史人物传记小说对特定题材领域的开拓，具有撮万物于笔端的艺术气魄，善于把作家所把握的历史内容的全部生动性、丰富性与曲折性，转化为波澜壮阔的艺术画面，并且在画面的序列中使错综复杂、纷至沓来的矛盾冲突繁而不乱，使意境开阔深远的战斗场景广而不散。作家以亢奋的创作激情、高速的创作进度，实现宏观审视，一气呵成，同时又以惊人的艺术耐力，对一幅幅互不重复的战斗生活画面从容不迫地挥毫落墨，一丝不苟。对生活场景与艺术细节的微观展示，王忠瑜特别精心地注意画面构成的对立元素或对应关系的艺术处理，例如史实与虚构，纪实与表现，写实与抒情，事件与人物，个性与群象，主线与散点等等，每一环节都能仔细揣摩，不枝不蔓，尽力突出主人公的悲剧性格这一核心涵蕴。

——张松泉，于森，连秀丽：《评王忠瑜对长篇革命历史传记小说的新开拓》，《学习与探索》，1995 年第 6 期

在作品中，作家以雄浑、博大、恢宏的磅礴气势勾勒了赵尚志的战斗雄风，以精雕细刻的艺术笔触描绘了他坚韧不拔、心热如火的性格风采，着力塑造了一个顶天立地、宁死不屈的共产党人的英雄形象。

——彭放：《黑龙江文学通史》（第 3 卷），北方文艺出版社，2002 年版

天荒(存目)

韩乃寅

韩乃寅(1947—2018),山东章丘人,1968年在鸡西市第四中学高中毕业后,赴黑龙江省山河农场插队务农,1982年毕业于牡丹江师范学院中文系,曾任中共鸡西市委办公室主任、秘书长,虎林县委书记,后调任黑龙江省农垦总局党委副书记、副局长,黑龙江省驻地作家,省作家协会副主席。1981年开始发表作品,主要写儿童文学作品,1983年加入中国作家协会。1990年出版长篇小说《天荒》,继后完成《苦雪》《泪祭》两部长篇,总题名为《远离太阳的地方》。此外还有长篇小说《密林虎啸》《血溅蟒猊峰》,中篇小说《断线的风筝》《箭娃》《丢了名字的孩子》《海峡飞来的信鸽》《和老虎开玩笑的孩子》等。

《天荒》出版于1990年10月,由北方文艺出版社出版,获东北三省首届文学奖一等奖。小说从大批知识青年响应号召奔赴北大荒写起,生动地再现了知青们下乡后发生的错综复杂的故事,反思历史给青年人带来的伤害,赞美青年人在面临理想与现实的冲突时不屈不挠的斗争精神。作者对知青们是充满同情的,但作者并没有沉溺于悲伤的情感,而是以一种冷静客观的态度看待过去发生的事。

小说塑造了许多个性鲜明、独具特色的人物形象。王大楞仗着自己是贫下中农出身,在领导者位置上作威作福。小说开篇就交代了王大楞亲手树立的"创业碑""警戒碑""扎根碑",这三块碑记录了王大楞的英雄事迹,起到维护权威地位、警示他人的作用。王大楞利用极"左"思潮给自己提供的便利条件,不断巩固自己的权威,为所欲为。

在知青队伍里，王大楞宣称“两年内不准谈恋爱搞对象，五年内不准结婚”，私下却纵容自己儿子王明明追求白玉兰。为了把白玉兰和郑风华分开，王大楞滥用私权，将白玉兰调到了连队办公室。王明明仗着自己手中的权力为所欲为，追求白玉兰不成，就用蛮力强奸了她。

小说中，作者运用语言描写、动作描写和神态描写多种方法刻画人物，塑造了一个个身处复杂环境，为了改变现状进行不屈不挠斗争的知青形象。李晋、郑风华是贯穿整个小说的中心人物，他们共同展现了知青们从满怀希望到幻想破灭，从而奋起反抗的全过程，在这一过程中，他们的心灵也遭受了巨大的创伤。李晋，自称是“工业化了的小知识分子”，受到诗人父亲的影响，“会诌几句诗甩几个词”。他有着杰出的领导才能，组织了知青恋爱问题讨论会。他善于苦中作乐，让严肃的斗争转化成一场闹剧。他学习丁向东发言时的磕巴窘相，让王大楞在发言会上出丑。在恐怖的学习班里，为了袒护别人，他忍受着严刑拷打却不屈服。郑风华才华横溢，高中时发表的论文轰动了全校；有着“与年龄很不相称的沉稳心性”；勇敢正直，淳朴善良。此外，还有众多女知青形象，如性子火暴、淳朴、聪明伶俐的薛文芹；端庄、活泼、俊秀的梁玉英；活泼可爱、美丽多姿的竺阿妹，懂事理、乐于奉献的奚春娣……这些个性鲜明的知青形象，丰富了知青形象图谱，展现了特殊时期青年人的精神风貌。

作者注重对知青进行集体性的考察，也没有忽视捕捉他们身上的不同点，展现出不同地域知青的不同特征。不像北京、上海、哈尔滨等其他大城市的知青，乌金市知青接触实际劳动较早，劳动机能强，憨直坦率、讲义气。北京知青喜欢谈论历史，知青们常常为历史事件的真伪争得面红耳赤。

作者运用纪实性手法，真实再现了“文革”时期的社会氛围。一方面，作者极力追求细节的真实，故事开头就向我们展示了“革命化”的女报幕员形象，她“笔挺地立正站好……抑扬顿挫地大声朗诵道……”，女报幕员的动作、语言、神态都有时代的烙印。誓师大会上的豪言壮语、雄心壮志；会场上新颖的发言方式、热烈的气氛……不同场景的描绘展现了特殊时期青年人的精神面貌。这些生活细节真实再现了那段历史时期的现实生活和环境氛围。另一方面,作者致力于塑造典型环境中的典型人物。环境和人物之间相互影响,大的社会背景塑造了人物不同的性格。

作者善于运用恶作剧等喜剧的形式表现悲剧的内容。富于喜剧意味的调侃书写方式,隐藏着深沉的悲剧意识。在马广地和王明明的较量中,作者利用恶作剧侧面反映了人物性格。马广地和王明明争着给白玉兰献殷勤,私底下暗暗较劲。马广地假装送装尿的糖浆给白玉兰,没等糖浆到白玉兰手上,王明明就喝了下去,马广地从而报了仇。这种复仇的方式,只有像马广地这样的“地癞子”才能想得出来。

小说构思精巧,情节设置别具匠心。开篇利用楔子,介绍了王大愣之前的“丰功伟绩”,交代了知识青年即将到北大荒劳动的故事背景,引出下文。郑风华与白玉兰的爱情故事是贯穿小说的线索,人物之间的冲突围绕此展开。作者并没有按照严格的时间顺序建构起整部小说,而是在顺序的基础上辅之以插叙的手法,使得故事情节更加完整。

小说语言平实质朴,人物语言符合人物性格特征。李晋突出的领导才能表现在其具有极强号召力的语言上。在誓师大会上,没等主持大会的王大愣发言,李晋就直接连连拍手叫好:“同志们,鼓掌啊!”李晋的反应,既是对郑风华提出的农场建设建议表示赞同,也是对王大愣提出的“两年内不准谈恋爱搞对象,五年内不准结婚”的嘲讽。在与王大愣的斗争中,李晋常是话中带刺,幽默的话语凸显了李晋的斗争智慧。在王明明和马广地的斗争中,马广地直言:“尿债要用尿来还!”泼皮捣蛋的人物形象跃然纸上。此外,“没人吱声”“撒眸”等东北方言土语的运用也展现了浓郁的地方特色。

【阅读提示】

从《天荒》到《苦雪》到《泪祭》,作家努力为我们还原了一个真实的历史过程,要感谢作家复苏了我们的记忆,让噩梦和痛苦成为过去,让子孙不要忘记中国历史上曾有这一段破天荒的故事发生。

——彭放:《评韩乃寅的"知青三部曲"》,《北大荒文学》,1998年第5期

北大荒地腴水肥,物产丰富,文学作品中时常能看到这种奇特的景象。韩乃寅的长篇小说《天荒》中就描写道:"这广袤深邃的荒野里,草甸子衔着烂泥塘,片片芦苇缠绕着水泡子,虎啸熊嗷,野狼成群,那野鸭、野鸡群集惊飞时遮天蔽日,那水泡里的鲤鱼、鲫鱼、草根子、鲈鱼挤挤挨挨,互相碰撞,遇上炎夏天旱水里缺氧时,死鱼漂起,水面上白花花一片。"这就是"棒打狍子瓢舀鱼,野鸡飞到饭锅里"的繁盛景象,犹如神话世界一样,令人心驰神往。

——车红梅:《北大荒文学地图》,中国戏剧出版社,2018年版

岁月(存目)

韩乃寅

长篇小说《岁月》(初名为《燃烧》)出版于2003年1月,由百花文艺出版社出版,后由作者改编成电视连续剧《破天荒》。小说以转业官兵为观照对象,书写了从20世纪50年代转业官兵挺进北大荒到国营农场改革长达40年的历史。

1958年,贾述生、高大喜、方春、姜苗苗等人在国家政策的指引下转业到北大荒。小说从转业官兵"媳妇荒"问题展开,叙写转业官兵的婚恋故事。转业官兵和支边青年的婚恋问题和北大荒的生产建设交织在一起,构成了小说的上半部分。后来,贾述生被魏晓兰诬陷,魏晓兰成为六分场党支书,小说后半部分在此背景下展开。因领导失误,魏晓兰为躲避责任逃离北大荒。不久,贾述生重新被重用,农场改革也在大刀阔斧地进行,由此形成了以高大喜和贾述生为代表的两大阵营。与此同时,以连喜为代表的北大荒人的后代也成长起来,逐渐成为改革的中坚力量。

《岁月》塑造了几代有血有肉的北大荒建设者形象。以贾述生、高大喜为代表的十万转业官兵,在"向地球开战"口号的指引下,将战斗热情转移到开发建设北大荒上。贾述生作为领导者,有勇有谋,富有开拓精神。高大喜勇敢顽强,不怕吃苦,即使是被魏晓兰陷害,依旧能做到忠于职守,但有时性情急躁,不善于接受新鲜事物。以连喜为代表的年轻一代,他们在北大荒出生,放弃了优越的环境选择留在故乡和父辈一起建设北大荒。连喜正直,有担当,敢于创新。在连喜的坚持下，农场改革得以顺利推行。高大喜的女儿高小颖，将自己研发的水稻种植技术在农场里推广。建设北大荒的任务在年轻一代身上得到了发展与延续。

作者秉承现实主义精神，展现出特殊时期北大荒人的辛苦奋斗史。作者因下乡生活、农垦局的经历以及和包括转业官兵在内的北大荒开拓者的接触，对北大荒的开发历史有着宏观的把握，他的创作紧跟主旋律，同时又避开了主旋律中出现的公式化、概念化倾向，关注北大荒日常生活，贴近现实。作者将自己的乐观主义精神熔铸到作品中，既能从整体上把握人物的精神面貌，塑造北大荒建设者的群体形象，也不忽视人物的个性特征，原生态还原北大荒的现实生活，从而使《岁月》成为“第一部纵深反映北大荒从开发到改革再到走向现代化的具有史诗性的长篇小说”。

在小说中，建设者和北大荒这片土地之间的关系并不是一成不变的，而是处在一种动态变化过程中。初到北大荒，这片原始荒原是拓荒者试图征服的对象。在一次生产劳作中，拖拉机陷入沼泽地里，拖拉机手席皮自告奋勇，潜入泥水中将挂钩挂在拖拉机上，后不幸牺牲。葬礼上，贾述生强调席皮是“向地球开战的北大荒英雄”，这时拓荒者与北大荒还是征服与被征服的关系。关系的转变来自席皮母亲的话：“领……导们……孩子……们，皮儿是……我的儿子，也是北大荒的儿子……”不久，在场的人都不约而同地高喊：“我们是北大荒的儿子，我们要为北大荒事业献青春……”在这里，垦荒者和北大荒之间有了某种血缘关系，北大荒成了垦荒者的母亲，二者合为一体。在建设北大荒过程中，他们不知不觉对北大荒产生情感上的认同，背井离乡的漂泊之感转化成以“扎根荒原，无私奉献”为中心的浓厚的家园意识。作者利用“流血事件”，巧妙地展现了关系的转变，推动剧情发展，升华了作品的主题。

小说构思精巧，匠心独具。小说一开篇就将复转官兵“媳妇荒”的问题充分暴露在读者面前，之后作者将复转官兵的婚恋问题和北大荒的生产建设联系在一起，串联起整部小说。小说中描述的革命夫妻、患难夫妻、政治夫妻以及北大荒年轻一代的爱恨纠葛都被融入北大荒开发建设中。他们不仅建设了北大荒,而且共同创造了北大荒精神。作者并没有选择北大荒建设中的英雄人物作为自己的描写对象,而是注重展现普通人平凡的思想。北大荒建设者来自社会的不同阶层,素质也存在差异。作者在描写人物时,展示了人物的方方面面,既写善良的馈赠,也写罪恶的索取。作者这样塑造人物、构思情节,是为了推动故事发展奠定基础。韩乃寅对平凡人物展览式地描绘,意在突出矛盾,展现出了以韩乃寅为代表的北大荒创作者对于北大荒人文精神的思索。

作者描绘了北大荒独特的自然风光,使小说呈现出浓郁的地域文化特色。一方面,充足的光照和稀有的黑土资源,孕育了北大荒丰饶的物产,吸引了开发建设者的目光,将“北大荒”建设成“北大仓”成了拓荒者的建设理想。小说中不乏对北大荒丰收景象的描绘:“北大荒的金秋变得如此成熟了:稻田,金子般的黄;高粱,玛瑙般的红;大豆,摇出了令人心醉的铃声;泉水,流淌着响脆悦耳的声音……”另一方面,恶劣的气候条件给北大荒人开发建设北大荒设置了重重阻碍。“不知夜里什么时候,呼号的大烟泡袭击了北大荒,一直到天亮还不歇劲儿。”“呼号的大烟泡”“刺骨的寒风”等对艰苦环境的描写,侧面反映了北大荒人开发建设的热情。也正是这种复杂的环境铸就了北大荒人坚毅执着、不屈不挠、粗犷豪放、宽容大度的性格。作者从地理环境和人物精神面貌两个方面出发,全方位、多角度展现了北大荒独特的地域风光。

【阅读提示】

《岁月》很大程度上围绕着方春、魏晓兰这对“革命夫妻”,高大喜、姜苗苗这对“政治夫妻”,贾述生、马春霞这对“患难夫妻”展开叙事,精准地把握了日常生活体验,避免空洞的政治功能化,避免特定时代的规约,塑造了生活化的人物。

——车红梅:《北大荒文学地图》,中国戏剧出版社,2018 年版

《岁月》作为一部北大荒创业史，出色地呈现了北大荒形象的转变过程。小说以隐喻的方式再现了北大荒开发建设中人和自然的互动过程，以及一个荒无人烟的自然空间向人们居住的社会空间的转变过程。其实，正是在北大荒逐渐由“荒原”成为“家园”的过程中，“北大荒人”这一身份认同才逐渐确立。

——李飞：《从“荒原”到“家园”：韩乃寅〈岁月〉中的北大荒形象》，《文艺评论》，2018 年第 3 期

屠牛少年(存目)

杨孟勇

杨孟勇(1943—),原籍山东省牟平县(今烟台市牟平区),1954年随父亲来到北大荒,在农场当过工人、宣传干事,后调入《北大荒文学》任编辑,曾进修于鲁迅文学院。黑龙江省作家协会会员,北大荒作家协会理事。曾在《诗刊》《诗林》《北方文学》等刊物上发表组诗,著有长篇纪实文学《活下来再说》。作者多次获奖,诗集《太阳传说》获丁玲文学创作奖,报告文学《交粮大户的困惑》获中国工会报刊研究会一等奖。

《屠牛少年》原载于1992年第2期《文学港》杂志,随即被同年第7期《小说月报》转载。小说讲述了一个天真的少年,在别人都不愿意宰杀一头身负人命的牛的情况下决定去杀牛的故事。少年把杀牛当作了一件非凡的任务,他与牛进行了一系列紧张刺激的搏斗,结束了牛的生命。少年这一行动被众人敬佩,但一段时间后引起了他生理上的不适,最后他选择离去。

《屠牛少年》是一篇极具象征意义的寓言化小说,有着双重乃至多重寓意,具有深刻的思想性与现实意义。一方面,就小说本身而言,表现出人在邪恶面前的随波逐流。在小说中,顶死主人的牛本身就是一种邪恶的化身,而管理员、班长、胖女人、主任以及众多的围观者互相推诿,没有一个人敢亲自上前去杀牛,只是寄希望于他人,代表了常人对邪恶势力的害怕与逃避,不作为同样是一种恶。这时一名纯洁的少年从山坡上走来了,杀死了象征邪恶的牛,这一行为带有一定的个人英雄主义色彩，也暗含了善良最终能够战胜邪恶的正能量价值观。另一方面，小说也体现了“原罪”意识。作者对人性的挖掘更带有一种哲学的深度。杀死牛之后的少年突然在一段时间后呕吐不止，最后选择放弃奖金和洗得十分干净的头蹄下水，用锁头挂上门悄悄走向远方。选择离开是少年对自己杀牛行为发生地的远离，他想要重新寻找自身存在的意义与自然的法则，想要进行自我救赎。少年因杀牛而引起的生理反应体现了人与生命的关系。牛是弱小的，只能任凭人类宰割，它虽是动物却依旧想要生存，生命本身并没有尊卑贵贱高下之分，不该由人来决定它的生死。牛兜兜转转历经了好几个人的手，都没死，最后一名少年将其杀死。这是因为大家都心存善念，尊重生命的存在、敬畏生命。最后将牛杀死的少年也并未心安理得，他因“杀牛”一事感受到了不安，他本能地对杀戮感到厌恶。作者通过少年杀牛时的勇猛与杀牛后的自省这一前后的矛盾和错位消解着小说，粉碎其意义，使人类在原罪意识的认知下选择自我救赎，以期获得解脱。

小说以屠牛少年作为主要人物进行描述，塑造了一位天真纯洁、对一切事物充满好奇但又能够自省的少年形象。作家看似只是塑造了一个普普通通的主人公，普通到甚至连自己的名字都没有，只是以年龄为依据称其为少年，但是却极具典型性，小说中的其他人物也没有具体的名字，只是根据外貌、职业称其名，这也使得个体的悲哀变成了社会的大悲哀。牛本身是有罪的，因为它顶死了自己的主人，周围所有人都不敢杀牛映衬出少年不与世俗同流合污的纯洁善良与敢于反抗邪恶势力的优秀品质。在周围群众的衬托下，跃跃欲试的少年具有勇敢无畏的斗争精神，更让人心生敬佩。在杀死牛之后，少年又能从生命的角度出发反省自己的所作所为，通过远走从而达到灵魂救赎，体现了他心怀大爱，能够平等对待一切生命的品质。

小说的整体结构组织非常巧妙，作者独具匠心。相对于其余北大荒作家而言，作者在选取小说事件发生地时并没有局限于具体的地域，而是有意将北大荒的特定景物模糊和淡化，没有很明显的地标性建筑。比如说介绍少年从何而来，仅仅写他来自山坡。小说一开始以牛为切入点,给人以很强烈的新鲜感,并且激发了读者的阅读兴趣。小说采取正面描写与侧面描写相结合的手法来进行情节设置,用三分之一的篇幅写周围人对杀牛的抗拒与推脱,通过侧面描写暗示杀牛这一任务的艰巨,让读者为之揪心,并设置悬念,接下来牛会被怎么处置呢?谁会去杀死这头牛呢?接下来用三分之二的篇幅写少年杀牛的过程,通过正面描写突出杀牛的不易,这种写作方式的运用更使得小说设置巧妙,别有生趣。小说在结尾时又给人以意料之外但又在情理之中的感觉,经历了杀牛的少年并没有接受他最初想要的奖励,反而选择离去,更加深化了主题。

“看/被看”模式的运用使小说的情节设置扣人心弦,又发人深思。围观者聚集在现场并不是为了杀死牛,而是想看究竟是谁能把牛杀死,想看天真单纯的少年是怎样将牛杀死的,少年与牛搏斗过程中的每一个细微动作都被围观者看得清清楚楚。此时围观者在“看”少年的杀牛举动。少年拿着刀看了一眼每个注视他的面孔,当他听到女厨师惊叫时漫不经心地随便扫了一眼。此时少年在看围观者的反应。一面看别人,一面被别人看,任何看者都别无选择地接受着同一个动作——被看,由此构成了“看”与“被看”的二元对立。小说既表现出少年这一个体的杀牛过程,也表现了围观者整体的状态,既有具体描写,也有整体概括。小说先用全景式描写,对围得密不透风的圆形人群的推诿与冷眼旁观进行整体刻画,突出场面的凝重。接着聚焦于少年这一点上,对其杀牛的过程进行特写式描写,突出少年的冷静机智、勇敢无畏,暗含了与邪恶势力斗争到底的决心。周围人的各种反应起到了烘托气氛的作用,“满目惊疑”“惊叫”“慌乱离开”“掩面低着头跑向一边”等突出了当时杀牛的胶着与惊险。将牛杀死后,少年不论走到哪里都会遇上一群人将他围住,让他讲述杀牛的经过,少年就绘声绘色地当故事一样讲。这一情节与鲁迅《祝福》中祥林嫂讲述阿毛被狼吃这一情节有异曲同工之妙,祥林嫂是被看者,将祥林嫂悲惨境遇当作消遣娱乐的老女人则充当了看客的角色,少年也被围观者当成了茶余饭后的八卦谈资。通过“看/被看”的模式,将少年与围观者对杀牛一事的不同反应与行动做了鲜明的对比，更加突出少年勇敢坚韧的品质。

小说运用白描的手法勾勒人物、塑造形象，使得人物更加立体又独具特色。作家并没有用华丽的辞藻与繁复的修辞从头至尾地描写少年的外貌，只是简单抓住少年一个小的部位显示其英俊秀气，用准确有力的笔触、简练的语言，寥寥数笔就写出活生生的形象来。比如“腰身”，少年的腰像女孩子般的腰身一样美，就连腰身上缠绕的腰带都引起人群喝彩，腰带上的扣子都能吸引女厨师的目光，也正因为少年的腰肢纤细美丽才使其腰间佩戴的饰品都令人称赞。“细密洁白的牙齿”“修长的腿”等词语都能看出作家描绘人物的独具匠心。通过作家对白描手法的使用，读者可以在把握少年最基本特征的基础上进行想象，而非固定的一个形象，有利于读者与文本进行交流并产生共鸣。

【阅读提示】

杨孟勇的别具创新精神的短篇小说《屠牛少年》在艺术上已获得明显的全新意义的嬗变，重新营构了自己的艺术世界。解读《屠牛少年》我们会发现，这是一篇极富象征意义的寓言化作品；与他以前力求真实地描摹再现北大荒风土人情、渔猎生活的创作宗旨，有着迥然的不同。

——边云峰：《人类自我救赎的具象化演绎——兼论杨孟勇小说的艺术嬗变》，《北大荒文学》，1994 年第 8 期

沉雪（存目）

李　晶　　李　盈

李晶、李盈（1952—）是孪生姐妹，1969年正处初中时期的她们共赴黑龙江生产建设兵团，先后参与过制砖、种地、修渠、盖房等工作。李盈1974年被推荐进入天津师范学校学习，1983年毕业于天津师范大学教育学院数学系，任北京市中学高级教师。李晶1982年毕业于天津师范大学中文系，著有中篇小说选集《北山无知青》，小说散文自选集《自在飞花》，长篇小说《水火女人》，长篇纪实文学《搭起太阳村》等。

《沉雪》是李晶、李盈合著的长篇小说，李晶执笔，李盈补充回忆，1998年由作家出版社出版。曾获台湾《联合报》文学奖——第十九届长篇小说首奖。小说中的孙小婴是二人合力塑造的成果。小说讲述了难以融入集体的孙小婴远赴北大荒进行垦荒活动的知青生活。孙小婴父亲生前在大学任教，战乱时一时脑热去做了驻日某领事馆的副领事，因此孙小婴支援新疆建设的哥哥和在电台工作的姐姐受到牵连。孙小婴吸取哥哥和姐姐的教训，将自己档案中父亲的资料销毁，只身前往北大荒。来到北大荒后，艰苦的集体生活使孤独柔弱的孙小婴无法融入，被当成集体的“拖油瓶”。在此期间她找到了精神伴侣舒迪，但舒迪因出身问题被迫去石灰窑做工，二人就此分别。在石灰窑相聚时两人因一些问题产生了隔阂，不久后又重归于好。两人经历一系列磨难后萌生出一个想法：去处于草创期的水利连争取上学的名额。孙小婴在水利连中的工作超出了承受的极限，但她咬牙忍耐，凭着坚韧的毅力成功争取到名额，离开了北大荒。

小说通过“个人化叙述”的方式描写了孙小婴与舒迪的相知相惜，以及最终对异性秦铭爱意的拒绝，表现在时代大背景下个体的生活状态。

孙小婴作为主要人物，作者描写了她从脆弱到坚强的蜕变过程，重点塑造了孙小婴性格的脆弱敏感，展现了在特殊时代柔弱个体生存的窘境，同时，也突出了孙小婴意志的坚定。孙小婴作为一个刚初中毕业的小姑娘，她的柔弱与周围充满干劲的氛围格格不入，她的“无能”使她自己感到羞愧，她认为所有的任务对她都是惩罚。但是为了达到目标，孙小婴勇于克服自己的短板，最后超越劳动标兵拿到了上学的名额。

《沉雪》采用象征手法表现了孙小婴一生中的重要节点。小说的引子提到三个贯穿孙小婴一生的意象：画像、阳光、草帽。画家的自画像象征着舒迪，吸引着孙小婴，让她产生共鸣，她看到画像上的光象征着舒迪在艰难生活中给予她的慰藉。李晶在《沉陷于记忆》中提到，孙小婴需要一种看不见的深入人心的力量支撑她活下去，阳光就象征着希望，但希望也会带给她无尽的磨难。孙小婴向着上学目标奋进的时候，超越她身体极限的劳作不断压迫她，但她仍是咬牙挺住了。草帽象征欲望、象征困守于黑暗之处的爱情，在孙小婴马上成功时，秦铭的出现打乱了她的计划，但孙小婴也明白“遮蔽仅是片刻的事”，她挣脱了欲望的束缚才看到了成功。引子中用三个意象勾勒了《沉雪》总体的叙事线索，清晰确切地展现了孙小婴性格的柔弱，衬托出她成功之路的坎坷。

小说心理描写较为细腻，易于表现人物的内心世界。当舒迪的才能被大家发现，她成为众人之友时，孙小婴觉得舒迪不再属于自己，她猜想舒迪踊跃的表现力是出于讨好的动机，或是出于笼络人心的目的，但随后孙小婴想起舒迪对自己的处处留意，又否定了之前狭隘自私的猜忌。作者通过内心独白的方式展现出孙小婴矛盾的内心活动，表现了孙小婴对舒迪的依赖和占有欲。孙小婴在水利连挖壕坑累到几乎昏厥时，她脚下壕坑不断散发的湿气、腐殖质地底长年封冻的冰碴、黏重的泥块被铁锹送到地面上发出的声响被感官无限放大，孙小婴感觉此时像是在被埋葬，是在给自己修筑坟墓。这一段通过感官描写表现出孙小婴面对过重的劳动任务时的恐惧和绝望。

《沉雪》语言平实，寓意深远，作者用较为平静的态度描绘了那个时代不为人知的故事。正如台湾作家朱西宁的评价："最难得的是整篇作品没有歌颂，没有诅咒，没有抗议，没有伤痕，写得朴素安静。不平静的年代，不平常的经历，像沉雪一般，耐人寻味，诱人深思。"作者娓娓道来孙小婴的知青生活，通过细腻缠绵的情感语言对孙小婴在集体生活中的苦痛、与舒迪纠葛的情感等进行描绘，展现出个体被极度压抑的苦闷情境。

【阅读提示】

小说所写的是一个柔弱的女性在北大荒知青生活中的一段刻骨铭心的心理历程。小说的主人公孙小婴因其柔弱、因其与舒迪之间一段特殊的感情而不同于以往任何一部知青作品中的人物。她因而也具有了不同于他人的对那段生活、那段历史的独特感受。孙小婴是一个异类。尽管她极力想使自己融入当时的主流意识形态，但体质与性格却使得她的努力反而造成了心理反弹，造成了她对主流意识形态的独特的感受与理解。这是孙小婴的个人性，也是李晶和李盈的个人性。在大众遗忘的当下坚持着不肯遗忘历史过程中一个难以融入昔日主流意识形态的人物的独特感受，这可以说是《沉雪》个人化叙述的最鲜明特征。

——牛玉秋：《〈沉雪〉与个人化叙述》，《小说评论》，1999 年第 1 期

《沉雪》里所蕴涵的对于生活深处的沉静思考，使它与同一题材的作品一下区别了开来。静水流深，这是《沉雪》给我们读者带来的美学的享受。这里并没有激昂的大道理，没有令人沉重的生活酷虐，有的

是作者对生活涓涓细流般的回忆,对青春萌动的神秘而又失落的迷惘,以及对生命本身的朴素的认知。而这一切,又都是通过作者对生活客观而又冷静的描述,在平淡的画面里却达到了一种美学意义上的震摄心灵的审美价值。

——于青:《静水流深话〈沉雪〉》,《出版广角》,1999 年第 1 期

可以说,除了文学的意义,这部小说还有着价值不菲的历史学意义,许多不被“历史”记述的被“记述”下来,“历史”无法表现的被表现出来,完全可以当作“信史”来读。

——雷颐:《补史之阙——〈沉雪〉的历史学意义》,《当代作家评论》,1999 年第 3 期

《沉雪》是一本很好读的书,其中最打动我的是作品所展开的痛苦年代里的那种经历。《沉雪》是有激情的,这个激情是一种疼痛感,用一个真实的很具体的画面让我们感受那个年代的痛苦。……“我们冷静的在生活中进行这种对照,恰恰就是因为,我们目前的现状就是冷漠和遗忘。”两位作者是非常重视这段引语的,她们花费大量的时间精力,将以往逝去的“爱情的博大”,与现实感受的“绝对的冷漠”相对照,从而充分的回忆,作者将疼痛感交给我们了,但这不是外在的、渲染的、煽情的,而是无声无息的。那沉重的雪花落下来的感觉,是寒冷的。落下,用一种非常平静的叙述,叙述着不平静的年代里的外在的和内心的不平常的经历。从两位作者身上看到,她们没有失去记忆,这就是让我感动之处。

——谢冕:《沉雪》,中国工人出版社,2004 年版

黑白道(存目)

朱维坚

朱维坚(1953—),1977年师范毕业后历任中学教师、文化馆创作员、文化局秘书、嫩江县公安局秘书科科长、办公室主任、工委主任。朱维坚是公安文坛的佼佼者,1980年开始发表作品,丰富的工作经验给予他无穷的创作灵感,他将现实生活中形形色色的案件做进一步的艺术加工,最终形成集思想性与艺术性于一体的优秀文学作品。朱维坚著有《黑白道》《使命》《绝境》等七部长篇小说,其中《使命》获第七届公安部金盾文学奖一等奖,《绝境》获第八届公安部金盾文学奖二等奖。此外,他还创作了《水落石出》(三部)电视剧剧本。

长篇小说《黑白道》于2001年由作家出版社出版,是朱维坚的代表作之一。小说贴近社会现实,情节曲折复杂,深受读者喜爱。小说描写了司法战线反腐打黑的故事。刑警大队教导员李斌良所在城市接连发生几起杀人案,李斌良遇袭险些丧命。在案件的侦查过程中,每一次杀手都能抢在侦查队之前采取行动,种种迹象表明,公安局内部隐藏着内奸。侦查队对案件抽丝剥茧,真相逐渐浮出水面,与此同时,案件的调查牵出了多年前不为人知的惊天秘密。

《黑白道》塑造了“黑”与“白”两个对立的团体。刑警大队教导员李斌良是代表正义的“白”团体的中心人物。首先李斌良是一个高素质的现代警察,他经历过专业训练,具有过硬的专业素质,逻辑思维缜密,具有很强的推理能力。另外,李斌良还是一名优秀的刑警教导员。他坚持在刑警队实施现代化管理制度,带领刑警大队每天开展体能训练，不断提高刑警队伍的综合素质。李斌良善良、正直、清廉，他立下军令状，一定要让真凶伏法，为了追查案件甚至毫不犹豫地放弃了晋升的机会。李斌良的清廉体现在他的以身作则中，自工作以来他绝不以权谋私，他绝不容忍任何的贪污腐败。小说还塑造了公安局蔡局长和雷副局长两个公安队伍的领导作为正义的坚实后盾。公安局蔡局长背后被人称为“菜头”，表面看起来不了解侦破工作，工作部署没有主见，实则暗自学习理论知识，推理案件。蔡局长明辨是非，坚决维护正义。雷副局长嗓门儿大、脾气火爆、心直口快，他将捍卫正义作为自己的终身信仰，最终，他为捍卫正义献出了自己的生命。此外，还有宁静、常务副市长刘新峰等人，他们共同组成了正义的最后防线。

与正义阵营相对立的是威胁社会的“黑”团体，这个团体是由以杀人犯季小龙、铁昆为首的地头蛇以及贪污腐败官员共同组成的。季小龙是一名杀手，冷血、残酷，他为了保全自己，甚至毫不留情地将自己的母亲和弟弟灭口。铁昆巴结手握权力的官员，在本市成为只手遮天的地头蛇。他开赌场，招揽甚至强迫女性卖淫，为除掉竞争对手买凶杀人，可谓无恶不作。此外，邪恶力量中还包含官员队伍中的“蛀虫”。作为公职人员的市长魏民、市长秘书余一平、公安局副局长秦荣等一行人，他们本来应该是正义的守护者，却与邪恶为伍，贪污腐败，为邪恶势力“保驾护航”。这一窝“蛇虫鼠蚁”严重破坏社会秩序，对社会安危造成巨大的威胁。

《黑白道》具有一定的思想性。善与恶在多次交锋、搏斗后，代表正义的“白”最终战胜了邪恶的“黑”，揭示了黑暗最终的结局是灭亡，正义必将战胜黑暗的真理。小说深刻的思想性还体现在对社会黑暗势力存在的根本原因的剖析。作者不仅停留在对社会邪恶势力揭露这一层面，更是从现象向本质深入，揪出邪恶势力背后的保护伞，将市长、市长秘书、公安局副局长等位高权重的腐败官员连根拔起，批判了公安队伍中的贪污腐败问题。此外，小说毫不回避地揭露了众多社会民生问题，并对其进行强烈的批判。杀人案的背后隐藏着许多现实问题。一是官员队伍“鱼龙混杂”。低素质的人员通过贿赂混入了官员队伍，上班浑水摸鱼，为官却不为民办事。二是部分官商相互勾结，修建问题工程。贪污腐败的官员联合奸商贪污工程款，将牟取暴利作为唯一的目的，修建的住房、基础设施存在严重的质量问题。同时，工厂的生产缺乏严格的监管。工厂的工业废水不经处理直接排入附近河流，严重污染了环境，也对居民的生活造成了巨大的不良影响。三是贪官污吏利用手中权力迫害人民群众。拖欠老师工资，致使老师生活极其拮据。小说反映出的这些问题引人深思。

《黑白道》的情节跌宕起伏，引人入胜。案件在侦破的过程中不停发生反转，案件的发展扑朔迷离。例如，证据表明凶手是一个三年前被执行死刑的人，这其中究竟隐藏着什么不为人知的秘密。此外，公安局的内奸到底是谁，也不断在发生反转。正如《黑白道》中李斌良的母亲对李斌良的告诫："知人知面不知心。"看起来尖酸刻薄、畏惧权贵的胡学正却是一个正义的捍卫者；而处处帮助李斌良，满口正义，看似忠厚老实的吴志深竟然是藏得最深的内奸；表面一心为民并且位高权重的市长魏民、公安局副局长秦荣却与黑暗势力相勾结，成为邪恶势力背后的"保护伞"。

此外，作者架构的故事情节曲折复杂，人物众多，但却丝毫不混乱，从始至终合乎逻辑，情节一环扣一环，经得起反复推敲。作者对《黑白道》中人物的行为、语言也进行了精心的设计，当真相浮出水面，发现一切都是事出有因，有迹可循。例如李斌良被杀手袭击身负重伤，苏醒后，吴志深反复问他是否看清凶手面目。最初，李斌良以为吴志深是急于抓住杀手，实际吴志深是害怕暴露自己。吴志深的这个举动便有其特殊的含义。正是作者对小说的精心雕琢使得《黑白道》成为一部高水平的公安小说。

在叙事策略上，小说采取双线叙事结构。小说在楔子部分写了三年前李斌良亲眼见证了"季小龙"被执行枪决，为小说的副线埋下伏笔。接着，小说将主线铺展开来，即李斌良等人追踪几起命案的杀人凶手，随着调查的推进，一切证据都指向三年前被枪毙的季小龙。至此，小说的副线正式展开，小说的故事回溯到三年前，讲述了季小龙如何逃过枪决，如何走上职业杀手这条路。最终，叙事时间又回到当下，主线和副线汇合，小说的故事发展到高潮，李斌良和季小龙展开正面较量。主线贯穿整部小说，将小说联系起来形成整体的大框架。而副线的设置也独具匠心。在楔子和主线的叙事中为副线铺设大量伏笔，制造悬念，将读者完全带入了一个充满未解之谜的案件中，然后再展开副线的叙述，逐渐揭开背后隐藏的秘密。小说精心设置的双线结构使小说疑点重重，充满紧张的氛围，牢牢抓住了读者的好奇心。

除此之外，小说具有质朴、自然的语言风格，不追求华丽的词藻，同时，小说又有大量细腻的环境、心理等描述性语言，使得小说语言平淡中饱含深意。例如李斌良夜晚独自走在空无一人的小巷时的内心描写："忽然想起毛沧海被杀案。他也是夜里一个人被杀的，他见过他的尸体，那是个身体强壮的中年人，可就在黑夜里，不知被谁一刀刺进了心窝，再也不能爬起来了……"此段心理描写语言虽平淡、质朴，却将紧张、恐怖的气氛渲染到了极致。此外，小说的人物语言具有个性化的特点，每个人物的语言都符合人物形象。李斌良是一个正直、有责任感、坚守正义的人，在案件分析会上说："因为我们是刑警，我们有这个责任。那就是把案子破了，让罪犯伏法！""我现在郑重向大家承诺，如果我不能带领大家攻破此案，就地辞职，今生再不当刑警！"他的语言充满了正气。宁静在有良好家风的环境中长大并且接受过高等教育，她有很强的语言组织能力，逻辑清晰。当队伍中有人在背后污蔑李斌良时，宁静为李斌良辩护："我觉得，他不是你们说的那种人，很正派，既不是为了官，也不是为了权……我也不怕你们生气，我觉得，咱们刑警大队就缺这种人！"宁静的辩护简洁却又掷地有声。总之，《黑白道》中众多的人物都有其不同的语言风格，人物的语言能反映出人物的性格，语言中暗藏着人物经历。

【阅读提示】

朱维坚的两部公安题材作品从表面上看，都是侦破小说，悬念、伏笔、推理、凶杀、追逐、枪战，极具可读性，但是，他的过人之处是将侦破小说与深刻地反映社会矛盾紧密结合起来，把深刻的思想性和可读性结合起来。两部小说都以公安机关与黑恶势力做斗争为主线，在反映黑社会猖狂的同时，深刻地揭示其产生的社会根源，并准确地表现出公安机关肩负的沉重压力，令人震惊，引人思考。

《黑白道》就集中地表现出他这方面的才华，作品扑朔迷离又真实可信，复杂的案情和背后隐藏的事件及深藏的内奸，只有到最后才会恍然大悟，既深化了作品的主题，也使读者得到审美上的高度满足。

——嫩江政府网：《全国著名反黑作家》，http://www.nenjiang.gov.cn/system/201612/104542.html.

两半屯(存目)

关恒武

关恒武(1961—),中国作家协会黑龙江分会会员,齐齐哈尔市作家协会副秘书长。主要作品有短篇小说集《阴阳先生》,长篇小说《李家围子》《两半屯》,报告文学集《收获的时刻》。长篇小说《李家围子》《两半屯》,短篇小说《啊,小城》《菜园风波》《芦花》多次获得省、市文学创作奖项。

长篇小说《两半屯》是关恒武的代表作,花费其近十年时间写成。小说曾节选发表在2004年第6期《青年文学家》,2005年5月由北方文艺出版社出版。小说从主人公三爷失踪写起,三爷在坏事做尽后选择悄无声息地结束生命。三爷的爹田小个子点了屯官家的柴禾垛,害怕被官府抓,跑到山上做了土匪。三爷是原来的山寨主在田小个子家避难时和田小个子的老婆所生之子。因为田小个子调戏三爷媳妇葱花,三爷赌气离开自己的家乡,带着妻子儿女前往黑龙江闯荡。三爷的邻居王老好世代以积德行善为荣。王老好出生时恰逢洪水侵袭,因父亲被饿死,母亲离家出走,王老好由二大爷抚养直到长大成人。王老好十八岁之后,他的婚事成了二大爷的心病。二大爷救了因推苇子不小心掉进水里的赵秃爪,为报答救命之恩,赵秃爪将女儿月影嫁给了王老好。结婚前,月影生了场大病,再也无法直立。王老好不离不弃,违背二大爷的命令依旧和月影举行了婚礼。王老好见不得别人过得不好,宁可自家挨饿受冻也要鼎力相助;他一生勤俭节约,到头来弄得自己家徒四壁。后来,三爷诬陷王老好偷了他的钱匣子,王老好选择以死明志，自证清白。

小说内涵丰富深邃，以北大荒日常生活为创作背景，将自然欲望与传统道德的冲突通过人物的命运表现得淋漓尽致，展现了个人性格对命运的决定作用。同时，作者利用现代社会价值体系对传统道德进行重新审视，王老好身上体现出来的善，隐含着作者对封建礼教的批判。

小说运用二元对立的手法，将人性中善与恶的冲突展现在读者面前。王老好和三爷分别代表着人性中的善、恶两面，二者是对立统一的关系。三爷身上满溢着一种自然的生命蛮力。他率性而为、彪悍粗野、匪气十足，为了生存，他可以抛弃仁义道德，无视一切社会规则，不管处于何种境地，都在为“成为土地主人”理想而奋斗。他独特的自残方式，与其说是对自己一生所作所为的忏悔，不如说是他蔑视道德规范、特立独行生存方式的具体体现。虽然他蔑视道德，但从不触犯法律。三爷身上体现了东北土著居民身上勤劳又奸诈，粗犷豪放又自私狭隘的复杂品性。相较而言，王老好则是善的化身，这个人物的创作原型是关恒武的父亲关福发。关父一生未和人红过脸，未占过人家便宜，真诚待人，却受了一辈子的穷。从王老好身上，我们看到的是传统文化的力量。他将传统道德规范作为自己的行为准则，一辈子行善积德。作者一方面肯定了王老好的善心善举，另一方面对王老好盲目做好事，不考虑自身实际情况所体现出来的顽固的思想观念也进行了批判。三爷这位新规则的创造者与王老好这位传统礼教的守护者形成了双峰并峙的局面。

小说情节设置别具匠心，扣人心弦。作者追求小说情节的内在统一性，注重各个部分之间的因果关系。王老好的死显示了深刻的因果性：王老好最悲惨的地方不是他物质上的贫困和精神上的苦楚，而在于造成物质和精神双重痛苦的根源竟在于他奉之为理想信念的传统道德。作者并没有采用传统的时间顺序架构全篇，而是充分利用倒叙、插叙等多种叙述方式，使得情节更完整，结构更严密，内容更充实。小说利用倒叙手法，从三爷失踪被狼吃掉写起，接着叙述三爷生前在两半屯发生的事,设置悬念,引人入胜。作者着力凸显年轻一代和年老一代面对封建道德的压迫所采取的不同态度。在封建伦理道德的压迫下,人的自然欲望受到压制。同样受到压迫,王老好选择逆来顺受,年轻一代则开始觉醒,以自己的方式和封建势力对抗。面对压迫,不同的人采取了不同的应对方式,形成了巨大的反差,增加了小说的讽刺效果。这一情节安排,暗示着以封建礼教为中心的传统道德体系逐渐走向崩溃,深化了主题。小说中还有一些故事情节充满了荒诞色彩。智力有问题的小人物“刘光腚”,出生时不哭不闹,开口便笑。狼吃了喝醉酒的三爷,也被醉倒。一些不可信的情节,被作者描绘得活灵活现。这样的描写增加了小说的艺术感染力。

小说中对东北自然风物的描写,使得小说呈现出浓郁的地方特色。作者极力书写东北荒凉寒冷的生存环境,“中国北方的冬天冷得要命。地都冻得裂开一条条缝,有时马腿就陷进地裂子,崴折了。”生活在这里的人们利用自己的方式对抗着极端的生存环境,养成坚毅的品格。小说描绘北大荒普通民众的日常生活,突出介绍了一些北方风俗。在中国北方,家门前挂的倒头纸,意在告诉人们这家在办丧事。“办红事儿菜要双数,吉利;办白事儿菜才单数。”人死后不能立刻埋,需要停留三天,确定真正死亡才可以出殡。出殡时在棺木下面凿个洞,晚辈呼喊死者名字,确定无回应再下葬。对于这些风俗的细致刻画可见作者对北大荒生活的熟悉程度。此外,小说也介绍了一些带有迷信色彩的风俗,比如“蒸猫”“跳大神”……作者对这些封建民俗进行现代性的解构,起到开启民智的作用。

作者在小说中使用了大量鲜活的东北地方性语言,既有独具特色的方言词汇,也有生动有趣的俚语歌谣。小说随处可见“撒眸”“该着”等方言口语,极具东北特色。大人小孩都能唱上几口的莲花落子展现了北方人民的生活,更能体现北方人民的聪明智慧。莲花落子大都篇幅短小,但具有极强的抒情性。例如“三月里,下关东,一副箩筐三股绳,前头挑着小儿女,锅碗瓢勺后头盛,媳妇身边跟着走,一只黄狗家中扔,哎哟哟,拉家带口下关东”。他们借莲花落子讲述未讲完的故事，抒发未表达的情绪，以求得内心的满足。

【阅读提示】

松嫩平原是黑土地的摇篮。生活于这片土地的人们其性情恰如这里的自然景观粗犷疏朗。关恒武便带着他家乡这般况味和熟透的记忆，向我们通过他的小说《两半屯》说说唱唱道出一番人性博弈的故事。他将人性的矛盾性置于黑土地的时代背景中加以考量，于是这部小说向我们展现了人性的自然属性之花与社会道德之花竞相斗妍、异彩纷呈的图画，通过这幅画面可以洞观人性的复杂与微妙以及当下困惑与焦虑的精神状态。

——唐序成：《一幅人性故事生动图画的描绘——读关恒武的小说〈两半屯〉》，《理论观察》，2013 年第 1 期

在北大荒土著作家中，关恒武能占据一席之地不是他的影响力超过了刘亚舟、王治普等作家，而是他坚守田园的写作所带来的独特性：他用十年写就的小说《两半屯》以大量的民俗风情为背景，将人性的矛盾放置于北大荒历史的发展中，在二元对立中塑造了三爷和王老好这两个典型人物，展示了人的自然属性与社会道德属性，也是北大荒土著文化中的匪性与中原儒家文化的仁义的交锋。《两半屯》讲述了交织着生与死、正与邪、爱与恨的人生悲喜剧。他是第一个将人物性格塑造到如此两极化的作家。

——车红梅：《北大荒文学研究》，中国社会科学出版社，2017 年版

苍茫大地(存目)

徐景辉

徐景辉(1958—),笔名荒村,黑龙江肇源人。先后就读于牡丹江师范学院、牡丹江教育学院中文专业、东北师范大学中文系(本科函授)、鲁迅文学院作家研究生班。当过十二年中学语文教师,后在黑龙江海林市文化馆任创作员、副研究馆员,2008 年加入中国作家协会。系黑龙江省作家协会驻地作家、牡丹江市作家协会副主席。著有长篇小说《苍茫大地》《血色河谷》《边缘地带》《鹿儿沟》《飘情》《错望红尘》六部,长卷纪实散文《大清流放》,中短篇小说十余篇,散文、报告文学若干。累计发表作品 500 多万字。《苍茫大地》获东北三省图书一等奖、黑龙江精品工程三等奖、第五届黑龙江省文艺奖三等奖。

《苍茫大地》于 2004 年由北方文艺出版社出版。全书共四册,共一百零六万字,内容含量较大、情节复杂,主要讲述了野马镇历史的变迁。野马镇有三大家族,钱家、田家和许家,钱家和田家都是镇里的有钱人,故事从钱家二小姐(彩荷)嫁给许家老三(许国材)这门门不当户不对的亲事说起,牵连出一系列的事情,叙述了从抗日战争、解放战争、中华人民共和国成立,再到“文革”结束后野马镇的变化和家族繁衍的故事。小说以东北地方文化为特色,通过钱、田、许三个家族后代的不同走向展示了野马镇的沧桑巨变,揭示了战争的残酷。作者创作作品时对牡丹江一带剿匪历史进行了深入的调查和了解,使小说在虚构中又带有一定程度的真实性,展现出战争年代东北地区的历史风貌。

许国材是贯穿小说始终的人物,他与人赌博赌输了,将彩荷抵押给胡子后连夜逃出野马镇,游荡时差点被处决,逃亡期间经过万家庄认识了万国富和巧哥,结识了郭警官而考入警校。他为日本人当差,却喜欢上了抗日分子萧萧,最后与巧哥成婚。解放战争时为国民党当差,中华人民共和国成立后加入解放军,后又当了逃兵,找到巧哥时她已为人妇,许国材怀着纠结的心情住在巧哥家旁,因饥荒年私分粮食入狱,在彩荷死的第二天回到野马镇。许国材是个软弱的人,他畏惧马人龙的势力,丢下彩荷只身逃跑;他憎恶日本人却委曲求全,帮助日本人严刑拷打抗日分子;后被钱耀宗安排去参加解放军却又当了逃兵;他是个狠心的人,自己赌输当了逃兵,却用无辜的弱女子彩荷弥补他的过错;他为了不泄露自己的秘密,残害了共产党人;他无法给萧萧未来却与她育有一子;他又是一个书生,有乡下人的淳朴善良。他尊重女性,欧阳玉珠和曲喆在战乱时倾心于他,他沉着冷静地劝她们找个好人家。小说以许国材失踪开头,以许国材回乡结尾,表现了动荡年代里小人物生活的艰难与辛酸。许国材性格中带有旧式知识分子的软弱无能,迫于强权而不敢反抗,但传统文化带给他的儒雅善良使他没有成为极端凶恶的人,其性格的复杂受时代影响,他在不同的政权手下工作仅仅是为了养家糊口,他不像许国梁、钱耀宗那样英勇无畏,也没有像田凤林、秦一夫那样罪大恶极,他是普普通通东北百姓中的一员。

小说中女性的命运是悲惨的。在旧社会,尤其是战乱的年代,女性地位不高,随时都有可能被侵害,她们活下去的唯一方法就是找个男人依靠。儿女之事全凭父母定夺,成见和流言成为束缚女人的枷锁。钱诚为两个女儿筹谋的婚姻是失败的,他明知彩莲有心爱之人,仍执意让她嫁给花花公子田小秋,知道许国材跑掉之后依旧执意将彩荷嫁给许家,彩莲、彩荷悲惨的命运是封建大家庭父权文化导致的结果。从小接受的旧式教育使彩荷安分守己,她和许国梁互相喜欢,却因成见而不能在一起,最终只能悲惨地孤独老去。相反,小妹翻山越岭找到许国梁大胆求爱,不在乎镇上的流言蜚语,却拥有了幸福的家庭，摆脱了任人宰割的命运。

《苍茫大地》具有史诗性的特点，小说对野马镇的沧桑巨变予以全景式的描写，故事结构设计独特。小说以时间为序，从许国材和彩荷订婚之事向外延伸至整个野马镇村民的生活，主体线索清晰，将错综复杂的故事梳理得井井有条。全书人物众多，事件繁复，故事情节具有戏剧性。许国材婚前被骗，以及他与萧萧在监狱中的错过等情节，种种巧合造成的结果都推动了故事的发展，既符合人物性格，又表现了作者高超的写作技巧和精于构思的能力。小说以许国材的死作为结尾，将整个野马镇的沧桑巨变画上了一个句号，又开启了一个新的时代。

作者文笔独到，刻画场景传神生动。如描写日本人血刃万家庄时，通过巧哥和万国富惊恐的神情以及屠杀后黑暗沉寂的废墟，揭露出日本军队的惨无人道。描写野马镇出大殡情景之时，字字诛心，感人至深，作者在故事结束之际将仇恨凝结为几声枪响升入云霄，突出了场面的苍凉悲壮。

小说具有浓厚的地域特色。从地域环境上看，小说发生在野马河周围的野马镇，野马河是黑龙江省齐齐哈尔市的一条河流，整个故事以黑龙江为中心展开叙述。从历史环境来看，抗战时期黑龙江位于伪满洲国的统治区域，是沦陷区，居民种族较多，出现了中国人与日本人组成家庭的现象，但又因抗战胜利后日军撤离，存在亲人两隔的局面，如钱耀堂和加代回日本后无法与钱家亲人团聚，彩荷和石村医生朦胧的爱情终成悲剧，石村医生的妹妹被杨豆腐倌掳去做了老婆终生没回日本等；从人物性格来看，小说多塑造粗犷、豪爽、耿直的东北汉子，如“神枪许二”许国梁，他为人正直勇敢，只身上山从土匪马人虎那里带回来了田小秋和彩莲，护送钱耀堂与部队会合，与日本兵激烈战斗，等等，都显示出许国梁豪爽、讲义气的东北汉子气质。

小说语言通俗，大量使用关东方言。小说中人物对话虽显粗俗，却又显示出人物的直率、豪爽，如钱耀宗知道萧萧把她和许国材的孩子留给彩荷时，他言语激动连用一串粗俗之话痛骂许国材，但又因萧萧泪眼婆娑忍住了更难听的话，表现了钱耀宗直率又带有柔情的一面。在语言的雕琢上，作者每一章都附两句短诗概括章节内容，虽未提及事情概要，却以对事物的描写来烘托故事的总体基调，使读者产生了强烈的期待之情。

险象环生(存目)

库玉祥

库玉祥(1965—),曾做过6年搬运工人,1989年通过自学考试获得大学中文文凭。1990年加入公安队伍,曾任职秘书、刑警、狱警,现为牡丹江公安文联主席、中国作家协会会员、公安部全国公安文联理事、牡丹江师范学院兼职教授、牡丹江市作家协会副主席。已发表、出版各种体裁文学作品三百余万字。主要作品有长篇小说《誓不言悔》《险象环生》《隐形罪恶》《目标锁定》。作品曾获公安部第十届金盾文学奖和首届中国法制文学原创大赛二等奖等奖项,长篇小说《誓不言悔》已被改编成23集电视连续剧《你有权保持沉默》。

《险象环生》是库玉祥的第一部长篇小说。小说最初分为上、下两期连载于2007年第9期和第10期《啄木鸟》上,后于2009年由群众出版社出版。小说讲述了一个正义与邪恶双方互相搏斗的故事。身负重案的在押人员吕龙借住院之机,杀死看守民警脱逃;提供破案线索的死刑犯霍英国在雷电交加的雨夜里不明不白地死去。本应对霍英国死亡一事负责的在押人员卢春江轻而易举地逃脱了罪责,而当晚值班的民警胡波却代人受过成了替罪羊,最后胡波含冤自杀。看守所民警杨爽目睹了这一桩桩怪事,想要找出真相。看守所的主要领导已经被黑恶分子笼络,杨爽的调查引起了他们的恐慌,他们立即把与霍英国之死有关的两名在押犯异地关押,甚至动用检察院的人对杨爽进行违纪调查。后来吕龙故意制造车祸,将杨爽撞成了植物人,但左同英在不懈努力下找出了真相,正义最终战胜了邪恶。

小说具有深刻的思想性，通过中国传统的大团圆式结局，弘扬了“正义终将战胜邪恶”的正能量价值观，暗含了“正义永远不会缺席”的主题。在以左同英、杨爽为首警察的领导下，最终警察们查明了“9·28事件”与霍英国死亡事件的真相，将卢春江、卢春海兄弟追拿归案，虽然在查案过程中不可避免有伤亡，但是以最小的牺牲换取了恶人的落网是值得的。明处坏人的倒台，牵扯出一系列社会蛀虫，即与黑恶势力纠缠不休的处在黑暗中的官员，正是他们的存在纵容了恶的产生。胡波因为见义勇为，开枪把行凶的歹徒击伤，组织不公正地让他包赔对方两万多元的医药费。做好事反而要担责任，这会让好人寒心，不利于形成良好的社会风气。杨爽在调查过程中发出了“是谁放纵了卢春江这样的人?”的感慨。小说给社会敲响了一记警钟，推进反腐倡廉建设、“老虎”“苍蝇”一起打，势不容缓。

在故事起承转合的发展过程中，小说成功地塑造了众多性格鲜明的人物形象。杨爽是一个善良、正直的警察，他的身上具备着人性关怀。对待霍英国的死、胡波的含冤受死等不正常的事件，杨爽没有选择明哲保身，反而将生死置之度外，他与黑恶势力做不懈的斗争，并且努力寻求真相、声张正义。左同英是一个真诚对待人民、真正为人民做实事的警察。白晓瑞最初为犯罪分子做伪证，但是在得知左同英被冤枉收押时，她站出来做了证人，说出了真相。“如果换个别人，我可能会保持沉默。可受冤枉的人是左同英……”这从侧面反映了左同英的善良。左同英帮助白晓瑞抓住了侵犯她的人，帮她交学费，让她能够正常上学。正是之前左同英的真诚才使白晓瑞幡然悔悟。

作者坚持人物“非黑即白”，塑造人物形象时多抓住一个主要特点进行放大。总体来说，小说中的正面人物都是正义的化身。以杨爽、左同英为首的正面人物都是为了责任、为了正义而冲锋陷阵、勇往直前。在他们的身上，体现着人性的光辉与真善美，他们是国家的栋梁，通过他们的努力社会终将变得更加美好。小说中的反面人物往往都自私自利、贪图享受、贪赃枉法，丝毫没有责任感、荣誉感可言，大多为金钱、权力和美色等欲望所蛊惑，为此他们可以杀人越货、颠倒黑白、行贿受贿。

《险象环生》构思精巧，独具匠心，情节编排合乎情理，能吸引读者。小说一共有十九章。小说从霍英国在监狱想要与杨爽谈话这一事件开始叙事："杨管教！杨管教！我有事要跟你说，你提我一下。"这一句话点出了"叙述时间"的起点，即霍英国已经被捉拿入狱。按正常叙述应该是先办案再捉拿，而霍英国被关在看守所是小说所有情节开展的前提，必然会引起读者探究这一事件的兴趣，更加显示出作家写作的独具匠心。小说最后用"尾声"交代了众人的结局，使其更加完整。小说分为明、暗两条线索：明线是杨爽、左同英等相继跟踪调查卢春海、卢春江兄弟等人的种种罪行，是正义对邪恶的追剿。其中又穿插着杨爽与谢芸丽曲折而不幸的恋爱经历，左同英坎坷的警察生涯、妻子的红杏出墙，以及一批好警察，如赵旭建、公安局纪检书记温庆辉、关主任、小唐和市委书记申兴辉、公安局局长陶志歆等人的工作和对案件的介入。暗线则是卢春海借助省人大代表之名以及手中掌握的巨大财富千方百计对警察的调查取证过程进行阻挠和破坏，是邪恶对正义的阻碍。以上明线与暗线将整篇小说全部的故事情节归纳为一个叙事模式：坏人处处设障百般阻挠，好人步步艰难坚持不懈，最后正义打败邪恶，获得了大团圆结局。

《险象环生》采用了以小见大、以点带面的写作手法对小说蕴含的社会问题进行了深刻揭示。作者对社会问题并没有从非常宏观的角度来进行揭露批判，反而是将看守所这一点作为观照社会生活的切入点。如果作者选取重案、要案、悬案来写警察，很容易使人产生假大空、离自己生活很远的感觉。只有从普通人常见的场景写起，才能让人产生共情，体会警察工作的不容易，并且能从中体会到社会中切实存在的问题，从而群策群力加以解决。艺术来源于生活又高于生活，库玉祥长期从事警察这一职业的丰富经历对其写作有很大的帮助，使其创作的作品具有思想性与艺术性。因作者自身就是警察，他对警察工作、监所生活场景、犯人生活及心理都非常了解，写起来得心应手。小说虽在故事情节上是虚构的，但是对人物形象的刻画、对犯罪分子的心理描写,以及对正义与邪恶的殊死搏斗的描绘具有真实性。上述几个方面不是作家仅凭个人的文学素养与间或进行社会考察后进行的空想创作,而是实际的亲身体验与思考后得出的感悟,使小说的主题更具震撼力。

《险象环生》的人物语言不仅能够显示人物身份、性格而成为人物的标志,同时也是一种情境语言,有些对话甚至包含丰富的“潜台词”:“我有些话还没说,我没说的话很重要,我想现在说。”“难道你没打霍英国? 你是冤枉的?”“那倒不是,我只是想说……”“你既然打了霍英国,又不是冤枉的,那你还跟我说什么?”通过这几个回合的对话,显示出刘检察官只顾办事快捷而不追根究底探寻真相的官僚主义做派,也为后来吴佳才与杨爽的做法做出铺垫。此外,小说大量使用东北方言,拉近了小说与读者的距离,增强了可读性,比如,“溜达”“咋的了”“办妥了”“缺不缺啥”等。同时“小巫见大巫”等俗语的恰当运用使小说变得口语化、形象化。上述特点扩大了小说的受众范围,达到了作者希望人们更加关注警察这一群体与改善社会问题的写作目的。

【阅读提示】

《险象环生》区别于其他侦探小说最明显之处在于它对看守所内外生活场景的描绘。换言之,这部小说是以看守所(可被视为广义的“监狱”)作为人物活动的主要场所,人物出场和结局都发生在“监狱”,围绕着是走进“监狱”还是逃出“监狱”、远离“监狱”来进行的。因此,我们也可以把它当作一部监狱题材的小说。

——李朝全:《看守所内外的生活“浮世绘”——库玉祥〈险象环生〉读评》,《啄木鸟》,2007 年第 10 期

库玉祥写的故事是他熟悉的生活,那就是警察题材的作品。警察的生活经历让他对警察工作产生了深刻的思考。警察面对诱惑时若把持不住会掉队,面对危险时则有可能牺牲。他有三张集体合影的照片,每一张照片里的人物命运都大相径庭。有的在打击犯罪中牺牲

了，成为了烈士；有的违法、违纪，被开除甚至被追究刑事责任。他说，警察随时都有不可知的危险，你的战友今天跟你在一起工作，明天晚上执行公务的时候或许就牺牲了。“1994·4·27”案件发生时，库玉祥在爱民分局。三个夜巡的警察被歹徒持枪杀害。当时牺牲的三个警察中，两个警察还没有落实编制，没有正常工资收入，不能享受应有待遇，家里生活非常艰辛。战友的牺牲让库玉祥非常感慨，他要把警察真实的生活写出来。

——郝振铧：《库玉祥：悲悯地再现生活》，《现代世界警察》，2014年第6期

大鱼（存目）

安石榴

安石榴（1964—），本名邵玫英，2008 年开始小说创作。已出版《全素人》《大鱼》等五部小小说集。2013 年获第六届全国小小说金麻雀奖。在安石榴的作品中，《关先生》获《小小说选刊》2007—2008 年度佳作奖；《深白》获 2013—2014 年度《小小说选刊》佳作奖；《大鱼》获《百花园》2009 年原创奖、2009—2010 年度《小小说选刊》优秀作品奖，2018 年又获改革开放四十年最具影响力四十篇小小说奖。

《大鱼》讲述了"我"到伯父家探寻大鱼的有关传说，在与伯父的交谈中明白，作为万物灵长的人类应该守护自然的故事。传闻镜湖中有三四十米的大鱼，这个神秘的传闻引起了广泛关注，"我"也在好奇心的驱使下决定去镜湖一探究竟。"我"将镜湖边的伯父家作为观察点，在等待的过程中，"我"询问伯父大鱼的传闻是否为真，伯父并未正面答复这个传闻的真实性。巧合的是，"我们"在谈话间正好看到了跃出水面的大鱼，这一场景的出现恰巧证实了大鱼的传闻是真实的。"我"对大鱼的真实存在异常激动，但伯父却淡然表示："我们活我们的，它们活它们的，不相犯。"伯父的一席话表明，一直以来他都闭口不谈大鱼的秘密，伯父以此方式守护着大鱼。最终"我"成为伯父的"同行者"，成为大鱼的守护者。

从整体来看，《大鱼》是一篇集思想性与艺术性于一体的小说。

《大鱼》立意高深，虽然篇幅短小，但是却蕴含着深刻的道理。作品借伯父之口道出了人类与自然之间尖锐的矛盾。一方面，在"我"的多次追问之下，伯父都未回答大鱼是否存在，而是旁敲侧击地教诲道：“你记好了，什么事情都不能让人知道。”“人要是知道了，就没好了。要是人不知道这山里有大松树，那些大树就还活着，现在还活着，一千年、一万年也是它。人知道了，那些大树就没有了，连它们的子孙也难活。”伯父曾经是一名林业工，他常年与树木打交道，他的职业让他见到了一棵棵大松树的被伐倒。生态环境的恶化深深触动了他。另一方面，作者将照相机、摄像机等带镜头的电子产品比作一排枪口，这实际也是一种暗示，暗示着人类会成为大鱼生存下去的威胁。如果人类证实大鱼是存在的，便会大量捕捞大鱼，以此来满足自己的私欲。作者通过叙述大鱼的故事揭示了人类与自然长期以来的矛盾。人类为了快速发展，常只看到当前的经济价值，对自然造成了不可逆的伤害。某种程度上，人类和自然的关系已经是老生常谈的问题，人类与自然究竟应该如何相处，作者再次借伯父之口给出了答案：“不相犯。”人类在发展文明的同时，也要注意对万物生灵的尊重。作者告诫世人，应该保护自然，与自然和谐共处。

从艺术来看，小说也具有过人之处。小说的叙事节奏张弛有度。对于大鱼的传说等背景信息采取快节奏叙述，匆匆几笔带过，而“我”在伯父家观测大鱼这一天的经历则进行细致叙述，对小说中“我”的心理活动、伯父的劳作、“我”和伯父间的交谈等的叙述都显得从容不迫。作者在安排故事情节的同时也重视环境描写。故事的推进和静谧景色的描摹相结合，使小说的节奏不会显得紧张、迫切，能够带给读者从容不迫、娓娓道来的阅读体验。

此外，《大鱼》在结构上凸显了作者的独具匠心。小说主旨的表达并没有通过枯燥的讲道理来阐述，也不是通过单纯的呼吁来呈现。作者选取生动曲折的故事的方式来反映《大鱼》的主旨。小说的开头抛出一个奇异的传说，牢牢抓住读者的注意力，接着，通过“我”、伯父、伯母三个人物间简短的对话推动情节发展，伯父一句“不相犯”，自然而然地将传说、故事升华到更为深刻的思想层面，使《大鱼》既有深刻的内涵，又具有高超的艺术。《大鱼》的结尾设计得相当巧妙。结尾处提到了“我”从伯父那里听闻了森林的故事，但对于是否有野人、外星人，“我”一个字也不会说，其原因是什么，结合与伯父的对话可领悟出这其中的缘由。“我”对伯父所告诫的话语仔细思考后，不再为了满足自己的好奇心而不断探寻传闻。“我”决定与伯父统一战线，从大鱼、森林的世界中退回到自己的位置，与自然界互不打扰。作者从传说开头，又以另一相似传说结尾，首尾呼应，同时两个传说的娓娓道来也使《大鱼》蒙上一层神秘的面纱，使小说引人入胜。

《大鱼》具有淡泊、宁静之美，这种静谧之美主要来自以下几个方面。首先，不同于狂热追求经济价值的人，《大鱼》中的伯父、伯母以及深思伯父话后的“我”，都具有高尚、超脱的情怀。这三个人物都秉承一种相互尊重的淡然态度，决心与万物生灵保持一定距离，以一种洒脱的态度去守护大自然。伯父和伯母为了保护大鱼，对大鱼的秘密守口如瓶，而“我”在伯父的教诲下也成为一个超脱的守护者。小说中的人物剥离唯利是图的浮躁，回归到一种淡然心境。人物超脱的性格体现出宁静之美，为小说增添了一分静谧。

其次，《大鱼》中的景色呈现出祥和之美。“一头奶牛，两只猪，三箱蜜蜂，一群鸡，一条狗”“自酿的山葡萄酒”，以及八月的秋阳下铰蜂蜜，构成了一幅远离工业化都市的乡村图景。小说中的生活图景呈现出生命最初的状态，这种状态远离世间的喧嚣、浮躁，抛开了永无止境的欲望和人生追求。小说中的人物回归到了宁静、朴实的田园生活，回到了理想的、不急不缓的淡然生活状态。

最后，《大鱼》的语言具有散文化、诗意化的特点。以大鱼跃出水面的场景描写为例：“随即周遭巨大的静谧漫天黑云一样压下来。阳光并不暗淡，依然透明润泽，但是森林里鸟儿们似遇到宵禁同时噤声，紧接着，平静如镜的湖面涌起一层白雾，顷刻一排排一米多高的水墙，排浪似的一层一层涌来。”短短几句，将阳光润泽、鸟儿噤声、湖面涌起水雾这一静谧的美景生动地勾画出来，语言也如诗歌般优美。这一段环境描写在流畅、自然的同时，又韵味十足，具有诗意。散文化、诗意化的语言使得《大鱼》更添淡泊、宁静之美。人物心境的超脱、环境的祥和，以及语言的诗化这三个方面使得《大鱼》呈现出淡泊、宁静美的总体特征。

【阅读提示】

然而安石榴的《大鱼》，却给我们带来意外的惊喜。毋庸置疑，这是一篇能成为至高水准的一流作品。立意之高远，结构之精当，叙述之从容，留白之余响，无懈可击地构成了“经典”的质地。人类的文明进步和大自然的原始形态能否和谐相处，一直是一组被反复拷问的矛盾。镜湖里有大鱼。“我”去森林深处寻觅这类乎诡异的传闻。而老林业工人“伯父”却在“真相显影”时，以勘透世情的目光和不动声色的生活姿态，告诫“我”应该怎么办。《大鱼》的主人公说：“要是人不知道这山里有大松树，那些大松树还活着，一千年一万年也是它。人知道了，那些大树就没有了，连它们的子孙也难活。”答案显然是不能。那么仅靠法律和规定来平衡制约行吗？它又会给那些利令智昏和投机取巧者太多的空子可钻。所以，《大鱼》的结论是，人作为万物灵长，更应该靠自律和品行的升华，才能为这个世界乃至自身带来福音。不仅仅是“打死也不说”，而是“打死也不做”。作品的叙述不疾不徐，流淌诗意，故事情节虽呈跳跃性，表述起来却十分工稳内敛。环境、人物、气氛与题旨恰如其分地糅合在一起。

——杨晓敏：《雪国盛开石榴花——安石榴小小说论》，《小说林》，2015 年第 1 期

太阳岛(存目)

王鸿达

王鸿达(1961—),笔名洪荒。一级作家,中国作家协会会员,黑龙江省文学院合同制作家、大庆市作家协会副主席。自 1982 年开始发表作品,迄今已在《人民文学》《当代》《青年文学》等刊物上发表作品三百多万字,并有作品被《小说选刊》《小说月报》《人民日报海外版》转载。代表作有《代课教师》《孤鸟》《绿》《方庄行动》《不被他人伤害》《站前民警》和中短篇小说集《孤鸟》《遥远的羊草》等。

人生经历是作家进行文学创作最重要的依据,王鸿达的代表作多数是描写警察生活的作品,这和他多年来的从警经历密切相关。加之王鸿达善于观察生活,善于呈现出最普通的小警察的工作状态,自然就有了《孤鸟》《青春岛》《警校生》等一系列优秀的作品。《青春岛》是王鸿达警察系列三部曲之一,也是王鸿达的代表作。2013 年发表在《中国作家》第 3 期,最初以《太阳岛》的名字发表,2019 年 3 月由中国文史出版社出版,更名为《青春岛》。

小说以哈尔滨的太阳岛为背景,描写了几个警校青年在太阳岛这片土地上的各色人生,“是太阳就会在这里升起”是这个警校的校训,这句话在小说中多次出现,也把哈尔滨和无数青年的理想联系在了一起。小说主人公来自不同的家庭,有着不同的家庭背景。但是在面对困难时,都体现了人性最本真的善良。在警校中,这些年轻人挥洒着自己的光和热,努力实现自己的人生价值。

小说主要讲述了警校学生王西林的爱情、友情以及亲情故事。在警校上学的王西林虽然身边有很多志同道合的朋友,但他内心里依旧是孤单的,他无处倾诉,在互联网上他爱上了一个网名叫“太阳雨”的女孩。两人很快陷入热恋,“太阳雨”珍珍在现实生活中是一个面包店老板的女儿,她的母亲是俄罗斯人。父亲认为这个在十年前失踪的俄罗斯女人是因出轨而逃跑了,直到有一天俄罗斯女人的尸体在太阳岛被发现,面包店老板才悔不当初,原来是妻子在外出时被歹徒强奸后杀害了,真相大白于天下。在警察追捕的过程中,王西林不顾自己只是一个警校学生,英勇地协助警察并在其他同学的帮助下抓住了潜逃十余年的罪犯。小说通过王西林和珍珍的爱情故事,表达了作家对人生境遇的思考,尽管王西林不喜欢“太阳岛”,但是他依旧选择主动融入这个城市,这也表达了人们心中对美好生活的向往之情。

小说塑造了众多的人物形象,除了主人公王西林之外,还有“公子哥儿”周跃文、“博士”苏彬彬、“臭虫”李晨希、老邱、老警察朱家福、由珍珍、朱雀等人。周跃文是出生在城市的富家子,他的父亲在哈尔滨是十分有名的商人。周跃文蛮横无理,在同学们眼中,他是惹不起的公子哥儿。直到有一次父亲和继母来学校接他回家,在回家的路上继母开车撞死了一个老农民,父亲不仅没有下车救人,反而驱车逃走,这让周跃文大为震惊。回到学校的周跃文逃不过内心的谴责,他让父亲和继母去自首,并正直地说:“因为我是一名人民警察。”虽然平时周跃文是一个玩世不恭的公子哥儿,但是经过了警队的训练与熏染,在亲情与正义之中,他毅然决然地选择了正义。

“博士”苏彬彬一开始的志向是成为一名工程师,他的父母也都是知识分子,他阴差阳错来到了警校,本想从警校毕业之后继续考大学,却在一次追击犯人的过程中不幸牺牲。他牺牲后,同学们带着他生前最爱看的书坐在他的墓碑前陪他说话。他的牺牲引起了全校的注意,每一个警校生都明白了自己肩负的重担。总之,这些人物丰富了小说的思想内涵,也展现了各色人生,不论这些青年人的过往如何,进入警校后他们都受到了各方面的教育,成了一名心中有正义的人。

在语言上,王鸿达多使用口语化的语言。比如“真不走字儿”“我乐意”等等，这些日常口语的使用使作品更加灵动具体、贴近现实。同时，王鸿达也善于用颜色增强语言的感染力，在描写珍珍母亲时，作者是这样描写的：“她站在一棵红李子树下，光洁的额头，高而挺直的鼻子，一双长睫毛深陷的大眼睛，头发是棕色的，梳成两根长辫子垂在穿着白底碎花的布拉吉胸前。”简单的一句话用了三个颜色，让读者在脑海中对人物形成基本的认识，使人物形象更加生动立体。

小说结构灵活，在历史与现实之中来回转换。比如当王西林和珍珍走到霁虹桥时，珍珍把思绪转到了几十年前，因为她的外祖父曾经参加过这座大桥的修建，最终在这座大桥上结束了自己的生命。通过这种历史与现实的转换，更能让读者体会到人物的情感，浓厚的历史感与现实感也让小说更具魅力。

在城市与乡村的空间构建上，王鸿达也处理得恰到好处，故事虽然发生在冰城哈尔滨，但小说也经常把视线拉回到遥远的苔青小镇。苔青小镇是王鸿达的故乡，在其作品中多次出现，可见作者对故乡的深切怀念。同时，作者也注重描写具有哈尔滨地域特色的物象，如马迭尔面包、圣·索菲亚教堂、巴洛克等多种风格的建筑，以及哈尔滨的市花——丁香花等，以此展示出哈尔滨的美，读者也能从中感受到作者对哈尔滨的热爱与眷恋。

【阅读提示】

王鸿达笔下大多是他所熟悉的生活，我们能够从他作品主人公身上，看到他本人生活的足迹。比如频频出现的教师、警察形象，比如频频出现的林场、油田景象。生活在提供给他源源不断的创作素材的同时，也使他局限在自己固定的领域里，这在一定程度上限制了一个作家的想象力。而想象，众所周知，在作家酝酿更大突破的时候，是不可或缺的最大的支持力。许多作家都会面临这种创作过程中的双刃剑的考验：有时最大的优势，经常转变成为一种劣势，题材是这样，风格也是这样，它让我们在赞赏一个成熟作家的同时留下一点遗憾。双刃剑下的游刃有余，这当是优秀作家的一种超越。

留连在品读王鸿达营造的意境之中，我不由想起一句古话“宁静致远”，也许这句话，正预示了一个作家的未来和潜力。

——忽培元:《大庆文艺精品丛书 文艺评论卷》，中国青年出版社，2008 年版

《太阳岛》是王鸿达对黑龙江文明的强烈认同、执着探索与其小说诗学的一次巧遇，可以视之为特殊地域文化与作家人文理想相互等待、终于相逢的结果，所以小说有着异乎寻常的精神底蕴与人性深度。

小说情思缠绕，立场平易，感怀唯美。作家选定一群出身不同的警校学生来串接哈尔滨的当代故事。单调、枯燥、乏味的军事化管理令人厌倦和疲惫，长期的心理压抑和紧张甚至使学生出现了暂时性精神失常。然而生命的活力与青春的热望是关不住的，他们锯开铁栅栏无数次溜出去看电影、看流星雨、看外面的世界，宁可被惩罚也要奋力保持与时代的联系。尽管这些身不由己的年轻人有过主体性迷失，生存与精神陷入挣扎，性格出现了程度不同的扭曲，在各种文化势力之间显得慌张与无措，但这些不和谐都只是精神炼狱的一个章节，他们的坚守与执着仍表现为一种顽强向上生长的力量，并最终写就了一部生动、深刻的集体抒情诗。他们抓小偷、制止流氓滋事、协同民警办案，歹徒挟持满载乘客公交车的一场暴力犯罪也因为他们的智慧和勇气而化险为夷。他们不再是准警察而是真警察，更重要的是他们禁得住现代文明的严苛审视，已成为符合礼法规范的现代人。

——林超然:《现代化语境中的城市笔记》，《文艺报》，2013 年第 5 期

很高兴看到作家王鸿达在《中国作家》2013 年第 3 期上发表的长篇小说《太阳岛》。这位以写林区生活见长的作家，这次却写起了哈尔滨，写起了太阳岛。这是一次不同寻常的转身，它表明王鸿达在内容的表达上正在进行新的尝试。但这样的尝试不是孤立的，它是王鸿达在已有的创作基础上的尝试。这种创作基础不是说作家此前写到了

哈尔滨，而是说作家表现能力的日积月累。好多年前王鸿达就已是颇有成就的的小说家了，近几年王鸿达的小说创作又有了新的跨越。从长篇小说《冷云传奇》中我们看到了，从长篇小说《太阳岛》中我们也看到了。

——王立宪：《地域色彩中的各色人生——读王鸿达长篇小说〈太阳岛〉》，《文艺评论》，2014 年第 1 期

人民警察(存目)

程　琳

程琳(1966—),人民警察,毕业于黑龙江省人民警察学校,1988年参加工作,任牡丹江市公安局侦查员、秘书、三级警督。黑龙江省作协驻地作家,牡丹江市作协副主席,公安部影视中心特约编辑。1994年开始发表作品,2003年加入中国作家协会。在《当代》《收获》《十月》等杂志上发表《警察与流氓》《香水》《拘留》《犯罪嫌疑人》《人民警察》等八部长篇小说。长篇小说《警察与流氓》被改编成电视剧《一针见血》。程琳多次获公安部金盾文学奖。

由于同时具备作家与警察的双重身份,程琳写警察这一类型的小说如鱼得水。长篇小说《人民警察》将近百万字,分为上、中、下三部,于2014年由人民文学出版社出版。小说出版之前曾分三期在《当代》杂志上连载,并获得《当代》文学拉力赛2014年度总冠军。《人民警察》的每一部时间跨度都为十年,以东北小城林河为故事背景,以陈文的成长经历为主线,讲述了警察与人民在三个不同的年代所面对的问题,即20世纪80年代的严打和90年代的改革开放、招商引资带来的种种问题,以及21世纪的维稳这些极具特色与备受关注的事件。真实地描绘了在变革时代与老百姓息息相关但又神秘陌生的警察生活,勇敢地触碰了“严打”“维稳”等当时的社会热点话题,以及针对这些问题警察采取的各种应对措施。从警察在这三十年里所起的作用与执法方式的变化中,读者也能发现国家、地区和人民群众的变化。

小说展示了变革时期人们的困惑、迷茫,试探中前进,也写到了摸着石头过河的探索经验与不可避免走弯路后的总结教训，具有深刻的思想性与现实意义。如陈文认为警察应该不计一切代价保护人民，郭玺则认为“我们只是个机器！既然我们是人民警察，那么，凡是人民让我们做的，我们只管闭着眼睛去做就完了”。事实上，人民警察应该在法律的基础上为人民服务，依法治国，才能肃清社会风气。小说具有深刻的反思意味，如实记录了社会问题，揭示了彼时因法制不完善导致的弊端，以此强化了依法治国的必要性，使读者意识到，只有国家对社会黑恶势力大力整顿，健全法治，公安队伍才能真正为人民服务，更好地维护治安、保护百姓。

小说塑造了一个名叫陈文的年轻警察形象。陈文是一个有底线、有事业心、深思熟虑、正直善良的人。他想要靠自己的努力得到别人的尊敬，干出一番事业，不想依靠师傅金伟的荫蔽混功劳。在看守所被殴打、被立规矩，他本可以向管教反映，免于皮肉之苦，但是他为了获得别人的尊敬，为了发展可以获得破案线索的线人，没有向上报告，在他被领导询问是否受苦时也没有出卖刘铁军等人，最终凭借自己的人格魅力赢得了刘铁军死心塌地的帮助。检察院将陈文抓进看守所收审时没有告知理由，在释放陈文时依旧没有给出明确的理由，陈文对此感到疑惑与不满，坚持让检察院给出说法，但是周围人对陈文的做法却感到不解，并质疑与反对。同时，陈文又不是一个常规意义上的警察，他心胸狭窄、有仇必报。杀死李旭是为了报复李旭曾经用钳子拔掉他的牙齿、搅他裸露的牙神经；对嫌犯，他手段凶狠。这些缺点使陈文并非是个无所不能、完美无缺的大英雄，引起人们的重视，从而推动政府相关部门采取具体举措进行改革。

小说具有整体性、全景性的特点。小说选取公安队伍作为描写对象，在某种程度上以陈文来代表改革开放三十年来公安战线的整个生活。时间跨度为改革开放三十年，陈文也从初出茅庐的小警察结婚生子变成了正处级的老警察，从空间维度来说，虽说只是选取林河这一地点进行观照，但是却映射出整个社会的状况。

《人民警察》以警察这一普通人物的眼光来看待中华人民共和国

成立之后所经历的三次变革，以及变革之后所带来的一系列问题与针对这些问题采取的种种措施。陈文是参与者、经历者、变革者，他的多重身份强化了小说的真实性，使人们切实地了解了当时的真实情况。小说抓住陈文遭遇的三次危机进行叙述，即涉嫌刑讯逼供和故意杀人罪被调查、涉嫌为卖淫嫖娼提供保护伞被拘捕、网传"血洗胜利村"成了人民公敌，通过以小见大的方式，展现出整个社会当时的境况与经历的三次变革，即整顿警风警纪、整顿卖淫嫖娼、整顿群发事件，使读者感受到那个时代的腥风血雨，让人身临其境，消除与时代的隔膜感。

小说语言符合人物的性格特征，也符合人物在特定情境下的心理状态。陈文、郭玺、金伟是警察，他们的话语带有为人民服务、以人民为先的正气，而李旭、金狮等黑恶势力人物，说话带有一定的匪气。小说还运用了大量的东北方言，如"赶趟儿""闹心"等，增强了小说的地域特色。

【阅读提示】

对已经写过7部警察小说、7部电视剧剧本的程琳而言，如何写出更精彩的警察故事，是一个极大的挑战。在深入调查和思考之后，他决定写一部能够反映改革开放30年来公安战线的"史诗小说"，写出警察的悲情与光荣。

——刘秀娟：《程琳新作〈人民警察〉：书写真实的警察生活》，《文艺报》，2015年5月25日

流放(存目)

葛均义

葛均义(1958—),出生于黑龙江省绥芬河市。中国作家协会会员,国家一级作家,黑龙江省作家协会第一、二届驻地专业作家,绥芬河市文联主席。他从1993年开始发表作品,有长篇小说《浮世》,中短篇小说集《旗镇》《最后的狩猎》,中国作家经典文库《葛均义卷》《葛均义作品选》等。其中2001年出版的《浮世》是葛均义的力作,获得首届中国作家大红鹰文学奖、黑龙江省第三届文艺精品工程奖一等奖,《旗镇》获得首届黑龙江省文艺精品工程奖二等奖。

长篇小说《流放》发表于2015年第1期《北方文学》,同年,由百花文艺出版社出版。这部作品是一部题材独特、内容充实的文化小说,以峻极为贯穿小说始终的人物,以流人文化为切入点。清初,一些文人被流放到的宁古塔,峻极先生便是其中一员,他从泰山之巅被发配到蛮荒雪域,其传奇波折的一生是千万流人的缩影。小说营造峻极等人的生存境况,追问"人应如何活着"的生命哲学问题。葛均义不仅是作家,还是属意于佛道的学者。作者从生命体验角度衡量人的生命价值标准,既要"顺应天地之道",也要自强不息、"逆道而行"。作者通过展示不同文化面貌,揭示文化碰撞给人的命运带来的磨难与启示。小说传播中华文明,展示出以儒释道为精髓的传统文化与带有原始神秘色彩的萨满文化的融会贯通,呈现出厚重深远的关东文化与丰厚独特的民间风俗。

小说塑造了流人峻极先生。他是"仁"的化身,是至亲至爱至义的表率。他满腹经纶,精于六艺,诗词文赋无所不通,有“泰山游龙”的美誉。但他还未建功立业便因言获罪,被发配到极苦寒之地宁古塔,可以说,他是清代文字狱的牺牲品。被流放到旗镇的峻极,衣衫褴褛,悲怆迷茫,早不复往日的风光。但是他没有自暴自弃,反而积极适应新环境,收弟子,办学堂,有教无类,传道授业解惑,开化蒙昧思想。峻极先生是严师,要求学生鸡鸣而起,昼读夜武,对于态度不端正的学生的惩戒毫不含糊;他也是慈师,因课本极缺,他连夜点灯在桦树皮上抄书;学堂狭小,他亲自选址,昼夜设计,亲力亲为创办新学堂;端午野游时,他细心检查众弟子的衣着,为其扎好裤脚以防毒虫蛇咬。在黑熊想勒死石娃的危急时刻,峻极先生果敢无畏,百步穿杨将大熊钉到树上;当狼群包围镇子残害村民时,他决定停课,承担起保护镇子的责任,率领众弟子与狼群对峙;他机警敏锐,在护送将军府的朝廷贡品时路遇大沼泽,吩咐弟子上山砍树去搭桥铺路。

同样选择授课办学的流人还有“关东府城七子”,他们奔走呼号,致力于当地教化事业,身上体现了士的责任担当精神。府城“流人”领袖李大先生,举人出身,侠肝义胆,组织众人搭棚优先照顾老幼妇女,再搭茅屋帮众人渡过危难,李大先生有仁慈之心,想方设法翻山越岭帮江南秀才逃离苦寒。他还有生意头脑,是府城第一买卖人,在当地开启以物换物的先河,为办学院慷慨出资。其余几人也皆满腹锦绣、才华横溢。

小说不仅注重人物刻画,在布局上也颇为精巧。小说分为金、水、木、火、土五个部分,每个部分的开头又附带着满族创世神话。小说的故事情节完备,穿插大量的民间传说和神话故事,反映了民族特性、早期社会形态与先民的价值追求等。金、水、木、火分别对应着冬、春、夏、秋四季,“土旺于四季末”,土生万物,尘归尘,土归土,一切又归于新的循环。一方水土养一方人,肃慎的子民们沿袭祖辈的传统,随着四季的变换而繁衍生息,展现出独特的民族文化与地域文化。春雷滚滚,入水捕鱼前要举行“鱼祭”;春水淙淙,又是一年一度的采珠节;端午野游又有异样的风情;六月干旱,全镇围柳求雨;七月核桃八月梨;

秋霜一落采葡萄;秋收过后便是旗镇族人家祭,庄严而神圣。大雪漫天时,猎队入山打冬围,猎手也开始捕鹰训鹰。在小说中,衣食住行、生老病死体现的关东文化是民族传统文化与民间萨满文化碰撞融合的结果。同时,四季又暗合着峻极先生一生的起落。人世无常,他正值春风得意却惨遭流放到宁古塔,命运骤降到冰点,但绝处逢生,峻极先生找到安身立命之处,兴办学堂,不断壮大教育事业,开化当地的思想风气。但是悲戚苦楚从未在峻极先生心中消散,他始终渴望得到赦免,最终还愿于泰山,完成了人生的循环。

在叙述峻极先生传奇人生时,作者主要借鉴了《红楼梦》中描写贾宝玉的手法。与贾宝玉口含通灵宝玉出生,又随一僧一道出走的命运甚为相像,在峻极先生出世之时,一位玄衣道人预言其命运,将其收为记名弟子,并送给他肃慎"石砮"所制的太极锁,作歌而去。流放期间,峻极得到师父指导,修习三丰真人《五德篇》以"修养人道,行道济时,修身利人"。四十年后,峻极登上泰山极顶的石峰,又见玄衣道人与净空法师,伴随着道禅意味的颂唱之声离世。和尚、道士不仅是攸关峻极命运遭际的关键人物,而且佛道二教的"飘逸"和"超脱"意旨始终统摄峻极的心灵。

作者还运用了丰富的意象,且同一意象反复出现,增加了小说的文化底蕴。如反复出现的大雁鸣叫,峻极先生在出生、流放、去世时,天空都会掠过雁影鸣声。降世时,玄衣道人解释此现象为"雁鸣九皋,声震泰岳,此谓天鹅送子之兆",故而替他取名峻极,字泰岳,号雁鸣。鸿雁传书,拼写绵延亿万年的古老天书,暗示其身世之谜。《诗经》中云:"两服上襄,两骖雁行。"《礼记》中曰"父之齿,随行,兄之齿,雁行。"前两次碰到的大雁都排成一个"人"字形振翅高飞,"雁行有序",兄长弟幼,行之有次,年龄有序,有温良恭俭让的儒家礼教观念。且古人将大雁视为禽中之冠,是五常俱全的灵物,这五常便是仁、义、礼、智、信,这五字信条也贯穿峻极先生终生。晏殊在《清平乐·红笺小字》中提到"鸿雁在云鱼在水,惆怅此情难寄。"峻极与飞凤初遇于泰山,正是峻极雁塔名标春风得意之时,两人一见如故,惺惺相惜。因机缘错过，未等再续情谊，“游龙飞凤”便雁翔鱼游、雁影分飞，天各一方十八年。而飞凤替女儿取名为“鸿雁”，并令其拿着檀香小扇这一信物去拜峻极为师，便是借此传寄惆怅难言的情意。

【阅读提示】

很久以来，总想写一部表现关东地域文化的小说，展示一种地域的、民族的、人类的文化。这个念头，几乎贯穿在我整个创作生涯之中。为此，我阅读了大量有关历史文化的书籍，采访过很多祖辈生活在白山黑水之地的居民，积累了一批关东民间文化资料。在数千年的渔猎生活中，肃慎的子民们，创造了丰富、鲜活的地域文化；明清以来，一批又一批的关内文人，因文字狱被流放到这里，带来了以“儒释道”为灵魂精魄，以诗词文赋为形体博大精深的民族传统文化；一批又一批闯关东者，带来了丰厚的民间文化。在不断碰撞融合中，形成了今天厚重深邃的中华关东文化。文而化之，文化是一个民族的护佑者，在人类的一切文明创造中，只有文化与人类在时间中共存。

在这部原名《黑水白山》的小说创作中，我对照参阅了《宁古塔纪略》《宁古塔山水记》《柳边纪略》《天宫大战》《乌布西奔妈妈》《尼山萨满》以及诸多相关的历史、纪略、史诗、祭祀礼仪、风情、民俗、神歌、民间故事传说和对满族文化研究的文章，在此一并向这些对民族民间文化传承和收集整理者，表示衷心的感谢和敬意。

——葛均义:《流放》，百花文艺出版社，2015 年版

兴凯湖(存目)

何凯旋

何凯旋(1963—),北京人,出生于兴凯湖农场,1986年开始在《北方文学》《小说林》等杂志上发表作品。1987年调入哈尔滨市文联作家协会,任专业作家,同年入黑龙江省宣教干部学院作家班学习。1998年加入中国作家协会,任哈尔滨文艺杂志社社长,哈尔滨市作协副主席,萧红文学院院长,《小说林》杂志社副主编。何凯旋从事文学创作的三十余年间,共创作出版了多部文学作品,主要代表作有长篇小说《昔日重现》《江山图画》,中短篇小说《永无回归之路》《我冷我想回家》《图景》等。除小说创作之外,何凯旋在话剧方面也有着不俗的成绩,创作了《红蒿白草》《梦想山峦》等作品。他的作品曾获东北文学奖、黑龙江省精品工程奖、黑龙江省文艺大奖、老舍青年戏剧文学奖等多个奖项。

《兴凯湖》是何凯旋发表在2017年漓江出版社出版的“大益文学”书系第四辑《戏》“先锋”栏目中的一篇中篇小说,2020年荣获首届“大益文学双年奖最佳小说奖”,与其长篇小说《昔日重现》的许多情节、人物有相同之处,可视为《昔日重现》的续篇。小说主要围绕黑龙江省兴凯湖劳改农场展开叙事,以流放之名将不同生存世界的不同身份的人集聚到这里,以冷静客观的叙述态度复现历史的一角,深入挖掘人性的复杂与莫测。

小说的标题“兴凯湖”不仅是一个地域符号,也是具有特定历史意义的标志,历史上曾作为流人下放劳作的地方而存在。据记载,1955

年北京公安局在黑龙江省密山市东南部建立农场，因临近兴凯湖而取名为兴凯湖农场。小说的副标题为——献给老迈的父母。何凯旋在小说中运用大量想象填补历史的空白，塑造了桃儿、疤拉张队长、光、屠夫、画漆画女孩等一批鲜活的流人形象，并通篇以人物对话的方式揭开他们过去的身世背景，是“为这片土地上绵延不绝的流人写下文学意义上的备忘录”。

小说的故事发生在一个具有特定历史意义的地方——兴凯湖，小说围绕人物劳改后的今昔生活进行叙述。小说主要讲述了一个名叫桃儿的女孩，过去遇人不淑，在水电部职员姚的强烈攻势下与其恋爱并怀有身孕，而后才得知姚早已有了妻子，受到欺骗的桃儿因作风问题被下放到农场进行劳动教养的故事。在农场期间，桃儿最初为了寻求权力的庇护与疤拉张队长在一起，在技术员光到来之后，桃儿又与有着相同流放经历的光相恋，二人的几次约会都被张队长所撞见，原本因脸上的疤而自卑的张队长产生了嫉妒的心理，三人不断纠缠。一次张队长在欲望的驱使下，运用手中的权力，命令做文职的光去屠宰场杀猪，并用枪威胁光杀死桃儿精心喂养的猪，桃儿为了阻止他们疯狂毫无人性的滥杀行为，呼唤一名叫作小猫的公猪用獠牙攻击杀猪者。桃儿、疤拉张队长、光之间的情感纠葛是贯穿小说的主线。除此之外，小说还叙述了画漆画女孩在墙上画画、在雨中与喂牛者聊天、光与屠夫杀猪、喝酒等情节。

何凯旋无比冷静地书写了那段兴凯湖的历史，以冷冽的文字深入挖掘人性之恶，揭示了时代的荒诞、社会的丑陋与人性的复杂。当四个 17 岁大的孩子吃了有毒的蘑菇被毒死时，场部通知了他们的亲人，但没有一个人来，这体现了那个时代亲情的冷漠与淡薄。当人的欲望过度膨胀，就会激发出其人性中潜藏的暴力、残忍的一面，疤拉张队长因桃儿与光的暧昧而发疯，用枪与权力折磨光杀猪，光为了自保露出了自己虚伪自私的真面目，在生死面前忘却了与桃儿之间的爱情，不达目的誓不罢休，对桃儿使用暴力逼迫其说出公猪小猫的下落。小说通过这些情节揭示了社会现实的荒寒与人性的冷漠，引人深思，这是一篇外在技巧与内在深度有机统一之作。

作家力求形式上的创新，这篇小说最大的特点就在于其先锋性的特质。首先，小说的谋篇布局如拼图一般呈现出碎片化的面貌，故事的开端、发展、高潮、结局等部分在小说中体现得并不明显，所有情节需读者慢慢品味拼凑。何凯旋故意冷落了小说的叙事性，单纯通过虚构和对话的方式架构文本，以通篇的人物对话推动情节的发展，打破了戏剧与小说之间的界限，使得小说呈现出戏剧化的效果，突出了画面感。

小说中的对话是对潜在内容的挖掘，作家通过对话使小说中的各色人物往返于今昔之间，让人物自我言说以完成对各自过去的回望，揭露他们悲痛的过往。这样的叙事方式既能将各个人物的身世与人生经历交代清楚，又能将人物隐蔽、复杂的内心情感呈现出来，在有限的叙事空间中使得小说的内容不断向外延伸。正是因为人物过去的经历才导致了他们现在的命运，他们通过不断诉说过去的故事来印证自我的存在。

其次，小说内容丰盈，充满了象征意蕴与隐喻色彩，意象如同谜语般潜藏在文本之中，带有很强的暗示性。如小说中经常出现的动物主人公——猪，作家曾多次描写画漆画的女孩在墙壁上画的黑猪与白猪，颜色单一，但后来当公猪小猫对杀猪者进行攻击报复，用獠牙取胜时，漆画上出现了一头带着红色的笑容的巨大红猪。在这里红色代表着鲜血，猪的胜利暗示着被压迫人的胜利，带有反抗暴力的意味，还暗含着对生命的渴望，猪是具有顽强生命韧力的象征。

最后，小说语言简练朴素，作家巧用白描的笔法绘景，渲染氛围。如作家在描写光与桃儿约会时的景象，“天空上还有一抹淡青色，已经是一空的星星、一片的蛙鸣”，这句话真实地描摹了农村夜晚的静谧景象，漆黑色的夜晚，除了漫天闪烁的星星，一片的蛙声，世间万物都处于祥和寂静之中。“麻雀在屋梁上落下，屋梁黝黑，长长的蛛网挂满灰尘。”作家不加任何修饰，生动地表现了人物生存环境的残破与恶劣，营造了一种凄清破败之感。作家在小说中牢牢把握住了人物与周围环境之间的关系，小说中随处可见作家对环境的细致描摹，人物、故事与环境形成了一种和谐的联系，产生悠远的韵味。

【阅读提示】

何凯旋一直坚持以先锋的姿态复现历史、拷问人性，本篇有中篇小说的样貌与容量，大量对白与场景描摹又颇具戏剧之风。桃儿、光、屠夫均有不同的文化经历，讲述他们的故事以“他说”总觉得似有障碍，而自我言说才更适合接近幽闭空间……作家通过讲述者与追问者历史狂欢化叙事而深刻反思。顾左右而言他的叙事风格，无疑是一种先锋的姿态，但比先锋更决绝的是主题的深刻钻探。这部作品，与见证文学颇为相似，而作家的创作雄心是拨开历史埋藏着的废弃物，在无用的东西和被遗忘的东西的深渊里造出新的物质的档案。还要提及的是，作为“幸存者”的桃儿、光，内心始终存有入骨入肉的历史伤痛体验，也烙印着深深的回忆体验，这些经由作家的艺术处理随时由回忆变为历史。小说涌动着几个猪舍、树林、湖水等“主观意象”，这些充满主观的“意象”是经验与超验的混合体，可称为“思想的荷载物”，归属为历史的返照与超脱。

——姜超：《时空分延与记忆迭代——2017—2018 年黑龙江中篇小说述评》，《文艺评论》，2019 年第 6 期

语言，细节的高度客观化甚至绝对具体化，赋予了《兴凯湖》不同凡响的叙事质地，何凯旋以悲悯之心回望兴凯湖，令晃动于历史深处的人物和光线，情节与身影莫不自给自足又超然而立；历史在真实与虚幻之间腾挪，原本有着截然不同的生存世界和精神世界的人，在兴凯湖不停变换身份，并在冷静客观的审视下一次次往返于复杂与怆痛，绝望与希望。讲述兴凯湖的故事需要巨大的勇气，这篇献给年迈双亲的小说，也是作者献给一个时代的意境悠远的记忆。

——首届“大益文学双年奖”最佳小说奖作家何凯旋授奖辞：http://yn.xinhuanet.com/marketing/2020-05/31/c_139101409.html.

红灯笼(存目)

陈力娇

陈力娇(1960—),女,原名陈俪娇,出生于黑龙江省明水县。曾就读于鲁迅文学院和复旦大学中文系。黑龙江省作家协会签约作家,黑龙江省作家协会全委会委员,中国作家协会会员。在《小说选刊》《小说月报》《清明》《芙蓉》《北京文学》《长江文艺》等全国文学期刊上发表作品三百余万字。已出版长篇小说《草本爱情》《红灯笼》,中短篇小说集《青花瓷碗》《非常邻里》《平民百姓》等,小小说集《米桥的王国》《我们爱狼》《赢你一生》等。作品入选各种精华选本和年度小说选及全国排行榜,或被文学选刊转载。短篇小说《青花瓷碗》《草原》《南磨房》《紫河殇》等分别转载于《小说月报》,部分作品在国外发表。荣获第七、八、九届黑龙江省文艺奖,全国第五届小小说金麻雀奖,《文艺报》改革开放三十周年一等奖,黑龙江省第八届十佳文艺工作者德艺双馨奖。

长篇小说《红灯笼》首发于2019年8月,由上海文艺出版社出版,是纪念复旦大学中文系作家班创办30周年高山流水系列丛书之一,由陈思和先生担任顾问并作总序。作者于2017年去黑龙江省北安庆华工具厂体验生活,在那里感受到了昔日兵工的荣耀和奋斗精神,以这种所思所想完成了《红灯笼》这部作品。小说以东北小城一对普通夫妇的生活经历为主线,讲述了战士改和乔米朵对兵工事业的执着、误解,后来他们认识了机械工程师的女儿李兰君,才逐渐觉醒,最后完成了自我救赎。小说还以冯家一家人的生活为副线,描写了冯家人对人和动物的友善,歌颂了人性之美。作品也揭示了特殊时代的悲剧性。20世纪60年代,人们的物质和精神生活极度贫乏,乔米朵为了养活孩子不得不在市场捡菜叶;战土改为女儿看病借了单位两百元,因拖欠公款而造成严重的后果,性格极度扭曲,时刻想着你死我活或“消灭”;而李兰君这样的国家栋梁之才,却变成了“敌特”而香消玉殒。作者在讲述李兰君的故事时,着重歌颂了她高贵而不屈的灵魂。她摒弃个人利益和儿女情长,痴迷于枪支设计,用生命维护科研成果。被捕时,她不惜谎称自己是英国间谍,也不愿说出枪支的秘密。她不愿受到副监狱长的侮辱,毅然决然地开枪,最后从容地走向了刑场。李兰君宁死不屈的人格在死亡中涅槃,让人扼腕叹息,也让人顿起高山仰止之慨。在小说中,作者以婉约的笔调表达出对底层人民悲苦命运的同情,歌颂了平凡生命的人性之美,也赞美了为祖国事业不懈努力的奋斗精神。

小说以女性为主要描写对象,尽显女性的坚韧、顽强、善良与大爱。被家暴的乔米朵不断地反抗,从迷茫和绝望中醒来,走上自我救赎的道路。李兰君一心追求自己的军事梦想,为国防事业献出了宝贵的生命,展现出坚韧不屈的品格。文英对她人孩子的照顾表现出母性的大爱和对生命的尊重。小说中的女性没有向男权社会妥协,用自己的方式展示着女性的力量。

另外,《红灯笼》展现了人间温情,描绘了和谐的生态关系。战小莲被打伤后,冯家人极力救治,细心呵护她。文英送小莲去盲人学校,让她接受教育,冯家人对战小莲无微不至的照顾表现了人性温情的一面。此外,公狼托比、小狗星星和小狼奶白与人类的交往,表现出人类与动物的和谐相处与心心相印。托比和星星一起帮助人类驱赶疯狼,守护家园的净土,预防发生大规模的传染疾病。小莲与小狼奶白的关系是理想化的人与动物的关系,相互依靠,相互取暖,和谐共生。小说中的动物被人格化并赋予了人类的情感,当李兰君死后,小狼奶白和小狗星星用树枝将她的脸盖上,表现出人与动物的深情厚谊。

《红灯笼》塑造了丰富的人物形象,如李兰君、乔米朵、战小易、战土改等。李兰君是作者塑造的理想型人物形象，她聪慧、勇敢、坚韧、顽强，是一代兵工人的骄傲。她出身于兵工世家，酷爱机械设计，在极特殊的年代她以唱戏为掩护，每天在她的“闺房”里刻苦钻研，终于一款无声手枪得以问世。她从小坚定自己的梦想，为了无声手枪甘愿付出自己的一切，哪怕是年轻、瑰丽的生命。因为有梦想，她在被捕时表现出超凡的勇敢和无畏的信念，当她得知自己的研究成果被妥善保管后便安心地死去。李兰君是一代兵工人的缩影，作者在后记中评价李兰君“她带动了无数的精彩人生，也传承了太稀缺的精神”。

乔米朵是这部长篇小说的女主人公，在她的生命中充满着不安、挣扎、憧憬与反抗，她走出了常人无法企及的人生之路，是一个充满矛盾的、具有两面性的人物形象。乔米朵是小说中转变最大的人物形象，小说开篇她并不是一个讨喜的人物形象，她没有文化，像泼妇一样阻止丈夫去枪厂上班，每天要着小聪明在贫苦的生活中挣扎，直到她遇到了李兰君，她从一个懦弱的市井妇女转变成一个勇敢、无私、善良的女性，在生命的最后完成了自我救赎。

此外，小说中的战小易是一个八岁的孩子，小小年纪的他却是一个极端的利己主义者，贫穷让他想把一切宝贵的东西都据为己有，为了减轻家里的经济负担他竟然把妹妹送入深山野林；为了得到自己心爱的小人书，对把自己视如已出的机械专家李兰君置于死地。父亲的死在他幼小的心灵留下不可磨灭的创伤，他不懂得大人们的世界，却成为大人们世界的牺牲品。战土改是负面的化身，他不是一个合格的父亲和丈夫，在极“左”时代，他把自己的苦闷和失意的怒气转嫁给自己的家人，可怕的家暴让这个穷困潦倒的家庭风雨飘摇。内心的伤痕和经济的压迫让他失去理智，变成了一个疯子，他在伤害家人的同时也伤害了自己。

《红灯笼》在艺术手法上也颇有讲究。在叙事策略上，采取双线镶嵌的叙事线索。小说以全知视角构建了两条叙事线索，分别是乔米朵一家与机械工程师李兰君的泥城故事线和冯家的小八庄故事线。泥城故事线为主线，小八庄故事线为副线，两条线索均与兵工事业有关，最终两条线索交织在一起。小说的开篇介绍了乔米朵一家经济上的贫苦，儿子战小易为了减轻家中的经济负担而将妹妹战小莲诱骗到荒郊野外，由此展开了第二条叙事线索——小八庄故事线。两条故事线同时并行，以单、双数章结构布局呈现，单数章讲述战小莲受伤后失去记忆，被冯家人收养并得到悉心照料。小八庄故事线勾勒了一幅人与自然和谐共生的美好图景，小莲和小狼奶白情同手足，小狗星星和公狼托比帮助冯家人驱赶疯狼，像战士一样守卫人类与动物共同的家园。双数章讲的则是乔米朵一家的窘况，战土改因欠钱和丢失女儿被逼疯，李兰君用唱戏来掩饰自己造枪的事实。两条故事线类似"复调"的叙事结构，相互交集，最终突出主线，合二为一。

在意象营造上，小说选取了具有象征意义的意象。这些意象会让读者联系故事情节，思考其背后的深刻内涵。如小说的题目"红灯笼"直到文末才作为意象出现。乔米朵为监狱中的李兰君唱《洪湖水浪打浪》表示自己的敬意，随着狱警的一声枪响，红灯笼被打了下来，袅袅娜娜地飘向远方，消失不见的红灯笼象征着李兰君生命的消逝。"红灯笼"作为暖色意象出现在作品的文末，象征乔米朵对李兰君的敬佩和临别的温暖，代表一代兵工人为祖国国防事业奋斗的理想和信念。此外，还有一些带有负面色彩的意象，如疯狼和与人为善的狼形成鲜明的对比，它们不仅自身疯癫还给其他的生物带来疾病，严重影响生态平衡。疯狼象征与时代发展相背离的不和谐因素，又象征着极"左"时代的荒谬。

在语言艺术表达上，陈力娇善用修辞增加语言的表现力。如描写柳条通的树木矮矮的一团，"像碉堡一样拥挤着不透风""柳条通很大，如老天爷的一碗粥。冬天时它是红色的，夏天时是绿色的，每根指套上都吐着无数绿色的小舌头。"运用比喻的手法将柳树比作碉堡和老天爷的一碗粥，突出柳林生长的茂密，为下文战小莲在柳林里走失做铺垫。再如描写战小易打碎的鸡蛋"地上抽搐的蛋黄，被猛啄几口之后，像被捣碎的小太阳，瑟缩地受了伤，呻吟着，残下身子，若去了不少光亮。"描写被战小易趴在地上吮吸的鸡蛋，说明鸡蛋对于他的重要性，侧面突出战小易的家境贫困。蛋黄被比作失去光亮的小太阳也暗示了战小易生活失去光亮。

【阅读提示】

《红灯笼》这部小说悲壮而凄婉，生动地再现了20世纪60年代中国大地发生的一幕幕苦难、绝望的场景以及在这绝望中生生不息的犹如高高飘扬的红灯笼般的希望。

——王晓艳：《烛照苦难的圣光——陈力娇〈红灯笼〉细读》，《文艺评论》，2020年第1期

其次，《红灯笼》更值得我们揄扬的是，陈力娇敢于直面黑暗，超越世俗，为那些历史中轻舞飞扬的灵魂精心塑像，从而给读者带来心灵的震撼。批判当然是文学的天职，但是仅有批判是远远不够的，如果一个作家只能在文学世界中把一切写得墨黑，而缺乏想象善与美的意愿与勇气，那样的作家无疑也是可悲的，他的文学感染力也必然是有限的。幸好，陈力娇不是那样的作家，她对社会黑暗了然于心，对人性之丑恶也谙熟，但是她更愿意的是耐心地捕捉灵魂的光芒，她希望这种光芒能够给读者带去心灵的滋养。

——汪树东：《历史批判与灵魂塑像——评陈力娇长篇小说〈红灯笼〉》，《文艺评论》，2020年第1期

陈力娇的长篇新作《红灯笼》是一部对历史与人性有着独特解悟与拷问的新历史主义小说。该作品从死亡感受与死亡意象展开的精神境域与空间隐喻，内含着伟大而崇高的精神质素，具有超越死亡的自然含义而向社会文化、政治伦理与人情人性多面拓展的丰富意蕴。在作品中，死亡不仅是一种对恶的批判与清除，也是一种对善的温情呵护，还是一种对不义社会的愤怒抵抗，更是一种终结社会之恶的隐喻力量。《红灯笼》的死亡书写充满广阔深沉的人文关怀，带有坚定不移的历史理性，附着着美丽、宁静的神圣色彩。

——黄大军：《废墟上的花朵——陈力娇长篇小说〈红灯笼〉的死亡书写》，《昭通学院学报》，2020年第6期